LEBE, ALS GÄBE ES KEIN MORGEN

INSEL DER WALE

BUCH 1

CHARLOTTE MCGREGOR

CHARLOTTE TAYLOR

Charlotte McGregor / Charlotte Taylor

Insel der Wale – Lebe, als gäbe es kein Morgen

Carin Müller c/o Die Bücherfee Karina Reiß, Zick Zack 1, 39393 am Großen Bruch

www.charlottemcgregor.de

www.carinmueller.de

3. Auflage, Januar 2024, Originalausgabe: Dezember 2020

Taschenbuch-ISBN 978-3-910843-05-9

Umschlaggestaltung: Sabine Albrecht, www.benisa-werbung.de, unter Verwendung von:

- ©Depositphotos.com/Wirestock
- ©Depositphotos.com/MennoSchaefer
- ©Freepik/lifeforstock
- ©Freepik/logturnal

Sensitivity Reading: Micha Goebig

Lektorat: Julia Funcke

Korrektorat: Veronika Schlotmann-Thiessen

LEBE, ALS GÄBE ES KEIN MORGEN

INSEL DER WALE

BUCH 1

CHARLOTTE MCGREGOR

CHARLOTTE TAYLOR

INHALT

ÜBER DAS BUCH

LIEBE LESERIN, LIEBER LESER,

»Lebe, als gäbe es kein Morgen« ist ein wahres Herzensprojekt für mich, das ganz viele Leidenschaften von mir in sich vereint. Ich denke, das merkt man der Geschichte auch an. Gerade Wale faszinieren mich, seit ich ein kleines Mädchen war, und hier sind sie der rote Faden, der nicht nur diesen Roman zusammenhält, sondern die ganze Reihe.

Vielleicht geht es dir ja ähnlich – dann findest du am Ende eine Vorschau auf die beiden anderen Bände der Reihe, die jedoch genauso in sich abgeschlossen sind und völlig unabhängig voneinander zu lesen ist.

Wenn du mit mir in Kontakt bleiben möchtest, mehr von mir und meiner inneren Autorinnen-WG erfahren möchtest und Lust auf zwei gratis eBooks hast, dann melde dich doch für mein »Dienstags-Update« an. In diesem Newsletter informiere ich alle zwei Wochen über mein kleines Schreib-Universum.

Hier geht's zur Anmeldung und zu den kostenlosen Büchern »Claire and her Prince of Whales« (wie gesagt, ich LIEBE Wale) sowie »Problemzonen«: https://carin-mueller.de/newsletter/leser-post

Aber jetzt viel Spaß mit dem Buch!

Deine Charlotte

Darum geht's:

Zwei Menschen, eine Leidenschaft: Orcas! Aber reicht das, um die tiefen Wunden beider zu heilen?

Wale sind Reed Archers große Leidenschaft und zusammen mit seiner dreizehnjährigen Tochter Grace sein ganzer Lebensinhalt. Nach einem tragischen Schicksalsschlag fühlt er sich endlich bereit für eine neue Liebe.

Wenn die Vergangenheit nicht ruhen will, können Rückschritte auch Fortschritte sein. Kiona Brooks will zurück in ihrer Heimat endlich alte Wunden heilen und herausfinden, was genau die Orcas ihr zu sagen haben.

Eine abenteuerliche Kajak-Tour zu den Walen vor der winterlichen Küste Vancouver Islands schweißt die beiden auf unwiderstehliche Art zusammen. Doch wollen sie auch dasselbe?

Ein winterlicher Liebesroman voller Gefühl und mit wichtigen Themen – fesselnd, bewegend und fürs Herz.

HEILIGE KUH

PORT MCNEILL, VANCOUVER ISLAND, 17. DEZEMBER, REED

»Sweetheart, hast du schon mal auf die Uhr geschaut?« Ich war gerade auf dem Weg ins Bett gewesen, als ich unter der Zimmertür meiner Tochter noch Licht gesehen hatte. Nun starrte sie mich mit erschrocken aufgerissenen Augen von ihrem Schreibtisch her an. »Es ist fast elf«, fügte ich hinzu. »Du machst doch nicht etwa noch Hausaufgaben?«

»Ähm ...« Grace drehte sich auf ihrem Schreibtischstuhl so, dass ich nicht sehen konnte, was sie machte.

»Gracie, morgen ist Schule, ab ins Bett!«

»Ich muss nur noch eine Karte fertig machen, dann geh ich schlafen«, versprach sie. »Aber du darfst nicht reinkommen!« Sie breitete die Arme aus, und da sie über ihrem Schlafanzug einen von meinen alten Hoodies trug, in dem sie komplett versank, konnte ich tatsächlich kaum etwas von dem erkennen, was sie auf ihrem

Schreibtisch machte. Aber ich roch ihren Bastelkleber und sah ein paar bunte Papierfetzen.

»Süße, für wen um alles in der Welt musst du denn noch eine Weihnachtskarte fertig machen? Ich dachte, wir haben schon alle?« Ich seufzte, denn am vergangenen Wochenende hatten wir gemeinsam ungefähr ein Dutzend Karten gebastelt, geschrieben und verschickt.

»Nur noch für ein paar Lehrer«, behauptete sie.

»Für Lehrer?« Ich wäre zu meiner Schulzeit sicher nie auf die Idee gekommen, meinen Lehrern Weihnachtskarten zu überreichen. Schon gar keine selbstgebastelten. »Macht man das neuerdings?«

»Oh Mann, Dad!«, empörte sich Grace prompt. »Natürlich macht man das! Das ist nett. Außerdem bekommen ja nicht alle Lehrer eine Karte, sondern nur die, die man mag.«

»Verstehe ...« Tat ich nicht, aber ich stellte mir vor, wie im Lehrerzimmer ein bizarrer Wettbewerb darum abgehalten wurde, welche Lehrerin die meisten Weihnachtskarten von den Schülern abgestaubt hatte.

»Eben. Und deswegen muss ich diese Karte jetzt noch fertig machen.«

»Und warum darf ich sie dann nicht sehen? Ich musste bei den anderen Karten ja sogar mitbasteln.«

»Weil ... weil das ...«, stammelte sie herum, und mir kam ein anderer Gedanke.

»Bist du etwa mit meinem Weihnachtsgeschenk beschäftigt?«, fragte ich lächelnd und insgeheim gerührt.

»Deins? Nein, das hab ich längst.« Die Worte waren kaum aus ihrem Mund gesprudelt, da dämmerte ihr, dass sie die perfekte Ausrede verpasst hatte. Ich musste unwillkürlich grinsen. So ein Lapsus passierte meiner dreizehnjährigen Prinzessin sonst nie.

»Wenn das so ist, dann heißt es für dich jetzt: auf der Stelle ins Bett!«, sagte ich mit der strengsten Dad-Stimme, die ich hervorbringen konnte. Also vermutlich nicht besonders überzeugend.

»Aber ...«

»Kein Aber. Bett. Jetzt. Und sofort Licht aus.«

Grummelnd knipste sie ihre Schreibtischlampe aus, zog mein altes Sweatshirt aus, warf es achtlos auf den Boden und schlurfte dann betont genervt in ihr Bett.

»Hast du nicht was vergessen?«

»Was denn?«, entgegnete sie augenrollend, und ich deutete auf den Pullover.

»Ehrlich, du bist so spießig«, motzte sie. Doch sie stand wieder auf, hob den Hoodie auf und warf ihn aus der Distanz so schwungvoll über die Lehne ihres Schreibtischstuhls, dass durch den Luftzug zwei Karten und ein paar von den zurzeit allgegenwärtigen Origami-Tieren auf den Boden flatterten. »Wenn die jetzt kaputt sind, bist du schuld«, kreischte sie aufgebracht und hastete zum Schreibtisch.

Ich ersparte uns beiden einen Kommentar über die logischen Lücken in ihrer Argumentation und half ihr lieber, ihre Bastelarbeiten aufzuheben. Diese Falttiere waren wirklich sehr kunstvoll. Damit hatte Grace vor ein paar Wochen im Kunstunterricht angefangen und war seitdem wie besessen davon. Sie hatte für jedes Familienmitglied jeweils einen Kranich und ein anderes Tier als Weihnachtsgeschenk gebastelt. Ich selbst hoffte ja insgeheim auf einen Wal, aber diesbezüglich hielt sie sich bedeckt. Plötzlich zuckte ein verstörender Gedanke durch meinen Kopf. »Hast du dich etwa verliebt? Und eine Karte ist für deinen Schwarm?«

»Bist du irre, Dad?«, rief sie so empört, dass ich mich gleich viel besser fühlte.

»Hätte ja sein können. Das wäre immerhin eine Erklärung dafür, dass ich die Karten nicht sehen darf.«

»Jungs sind ...« Sie schüttelte vehement den Kopf, aber es fiel ihr kein passendes Adjektiv ein, um ihre Ablehnung angemessen auszudrücken.

»Jungs sind auch nur Menschen«, nahm ich meine minderjährigen Geschlechtsgenossen in Schutz. Einfach weil ich erleichtert war, dass Grace ihnen nichts abgewinnen konnte. Noch nicht. »Also sind die Karten wirklich für deine Lehrer?«

»Ja, das sag ich doch die ganze Zeit. Mann, du nervst so sehr!« Sie drückte mir die beiden Karten in die Hand, lief knallrot an und zog sich im Bett die Decke bis zum Haaransatz.

Ich sah mir die Karten an, die ähnlich liebevoll gestaltet waren wie die, die sie für ihre Onkel, Tanten und Großeltern gebastelt hatte, und klappte die erste auf.

Liebe Ms Brooks,
ich bin so froh, dass Sie an unserer Schule sind. Noch nie war Kunstunterricht so toll wie bei Ihnen. Ich hätte gern noch in anderen Fächern Unterricht bei Ihnen. Fröhliche Weihnachten und ein gutes neues Jahr. Haben Sie schöne Ferien.
Liebe Grüße, Ihre Grace

Ich fand diese Karte ganz zauberhaft und wäre an der Stelle dieser Ms Brooks sicherlich wahnsinnig gerührt, aber ich konnte irgendwie auch verstehen, warum es Grace unangenehm war, dass ich sie las. Die andere war an ihren Geschichtslehrer adressiert, aber diesen Text las ich nicht, sondern legte beide Karten zurück auf den Schreibtisch. Dann ging ich zu ihr und setzte mich auf ihr Bett.

»Ich bin mir sicher, dass sich deine Lehrer sehr freuen werden. Tut mir leid, dass ich so neugierig nachgebohrt habe, aber es muss dir nicht peinlich sein.« Ich zog die Decke von ihrem Gesicht. »Schlaf gut, mein Schatz.« Ich strich eine rotbraune Haarsträhne zur Seite und küsste sie auf die Wange. Hinter mir hörte ich tapsende Pfoten, und gleich darauf stupste mich unser Hund Ollie an.

»Gute Nacht«, sagte Grace leise, vermied es aber immer noch, mich anzusehen. Dann tastete sie mit einer Hand nach ihrem weiß-braun gelockten besten Freund. »Ollie bleibt heute Nacht hier.«

»Natürlich tut er das.« Ich schüttelte lächelnd den Kopf, als das Fünfzig-Kilo-Monster zu meiner Tochter ins Bett sprang und sie sich an ihn kuschelte wie an einen Teddybären. »Süße Träume euch beiden.« Damit stand ich auf, knipste das Licht aus und ging selbst zu Bett.

PORT MCNEILL, VANCOUVER ISLAND, 23. DEZEMBER

»Willst du wirklich nicht mitkommen?«, fragte Grace zum wiederholten Mal unseren Nachbarn Connor, der heute bei uns zu Abend aß.

»Nein, Schätzchen, wirklich nicht. Aber vielen Dank für die erneute Einladung.«

Connor Davis war mehr als nur ein Nachbar. Er war hier in Port McNeill mein bester Freund und für Grace eine Mischung aus Onkel, Vertrautem und Lieblingsbabysitter – auch wenn sie Letzteres vehement abstreiten würde, schließlich war sie ja schon fast erwachsen. Zumindest in ihrer Wahrnehmung. Alle wichtigen Ereignisse feierten wir jedenfalls zusammen, und seit Emilys Tod vor gut fünf Jahren war er noch mehr Teil unserer Familie geworden als zuvor. Doch beim Thema Weihnachten blieb er stets hart, auch wenn wir ihn Jahr für Jahr einluden, mit uns in Tofino bei meiner Schwiegermutter Kelly oder in Victoria in meinem Elternhaus zu feiern.

»Ich versteh dich nicht«, versuchte Grace es erneut. »Du magst doch meinen Grandpa. Ihr könntet euch den ganzen Abend über Eishockey unterhalten.«

Mein Vater Wolf war Eishockey-Trainer am College in Victoria, und Connor war ein ehemaliger Profi, der früher für die Vancouver Canucks gespielt hatte. Wann immer sich die beiden trafen, ging es nur um das Spiel, das für beide Männer den Großteil ihres Lebensinhalts ausmachte.

»Das ist alles richtig, Gracie, aber Weihnachten ist das Fest der Familie, und da habe ich nichts verloren.« Er warf mir einen kurzen, hilfesuchenden Seitenblick zu, doch ich zuckte nur mit den Schultern. Von mir brauchte er keine Unterstützung zu erwarten, denn in diesem Punkt war ich mit Grace einer Meinung.

»Aber du bist doch unsere Familie!«, beharrte sie prompt. »Ich sehe dich häufiger als meine echten

Verwandten. Connor, bitteeeeee! Du musst einfach mitkommen!«

»Ja genau, Connor, bitteeeeee!«, gab ich meiner Tochter recht, obwohl ich die Antwort kannte.

»Ihr seid vielleicht zwei Nervensägen«, brummte er und schüttelte dann energisch den Kopf. »Aber egal, welche Geschütze ihr noch auffahrt, ich passe. Weihnachten ist nichts für mich.«

»Aber Weihnachten ist das beste Fest im ganzen Jahr«, jammerte Grace. »Und das soll man mit den Menschen feiern, die man liebt. Und du liebst uns doch wohl, oder?« Sie sah ihn so treuherzig an, dass sich selbst Ollie noch eine Scheibe davon hätte abschneiden können.

»Es gibt keinen Menschen auf dieser Welt, den ich mehr liebe als dich, mein Engel, aber egal, welche fiesen Argumente du noch auffährst, ich bleibe über Weihnachten hier, und wir feiern erst Silvester wieder zusammen.« Er streichelte mit seiner riesigen Pranke erstaunlich zärtlich über ihre Wange.

»Na schön«, gab sie seufzend auf. »Ich musste es versuchen. Wann gibt's dann Geschenke?«

Connor lachte laut auf. »Ich finde es immer wieder erstaunlich, wie schnell du von ›todtraurig‹ auf ›geschäftsmäßig‹ umswitchen kannst. Aber ich würde sagen, wir handhaben es mit den Geschenken ebenfalls wie immer: Wenn ihr wieder zurück seid, machen wir bei mir Bescherung.«

»Aber ich komm ja erst an Silvester wieder. Ich bleibe doch nach Weihnachten ein paar Tage bei Grandma Kelly.« Grace zog eine Schnute.

»Ich kann dir versichern, du wirst dich auch dann noch drüber freuen«, behauptete er mit einer solchen

Bestimmtheit, dass selbst meine penetrante Tochter keinen weiteren Widerspruch wagte, sondern den Rest ihrer Gemüse-Lasagne aufaß, die sie sich heute zum Abendessen gewünscht hatte.

»Darf ich aufstehen?«, bat sie, als ihr Teller leer war. »Ich muss dringend noch mal mit Becky telefonieren.«

»Und der Tisch?«, fragte ich.

»Dad, musst du eigentlich immer so ein Spielverderber sein? Ich kann das doch nachher abräumen.«

Ich schloss die Augen, hin- und hergerissen zwischen Resignation und dem Beharren auf den Regeln. Grace hatte wirklich nicht viele Aufgaben im Haus, aber zu den wenigen gehörte, dass sie das Geschirr ab- und in die Spülmaschine einräumte. Eine Sache von maximal fünf Minuten, die aber jeden Tag endlose Diskussionen forderte. Auf Streit hatte ich nicht die geringste Lust, aber auch nicht, klein beizugeben. »Bitte räum den Tisch sofort ab. Danach kannst du, solange du willst, mit Becky telefonieren. Ich weiß zwar nicht, warum das schon wieder nötig ist, weil ihr doch den ganzen Tag miteinander verbracht habt, aber ihr werdet schon eure Gründe haben. Und dann musst du noch deine Sachen herrichten, die du nach Tofino und Victoria mitnehmen willst.«

»Das habe ich vorhin schon gemacht«, maulte sie, machte sich aber endlich an die Arbeit. Fünf Minuten später verschwand sie in den ersten Stock.

»Scheißpubertät«, murmelte ich, als sie lautstark ihre Zimmertür zuknallte.

»Auch diese Zeit geht vorüber«, entgegnete Connor weise.

»Vermutlich. Aber im Moment fühlt es sich an wie mein ganz persönliches Fegefeuer auf Erden.«

»Das müsste nach der Hölle, die du schon durchschritten hast, doch geradezu ein Spaziergang sein.«

»Haha.« Ich verdrehte in Gracie-Manier die Augen, aber Connor zuckte nur unbeeindruckt mit den Schultern. Und ja, er hatte natürlich recht. Es war eben immer eine Frage der Perspektive. »Kann sein, dass ich gerade zu Weihnachten besonders dünnhäutig bin«, gab ich zu. »Zu viele Erinnerungen und zu viele Leerstellen.«

»Auch diese Tage gehen vorüber«, wiederholte er mantraartig.

»Ja, aber es fällt mir von Jahr zu Jahr schwerer. Weißt du, früher war Weihnachten immer der Höhepunkt des Jahres. Zumindest als ich noch ein Kind war. Meine Mom war total verrückt nach Weihnachten und hat es jedes Jahr voller Wonne zelebriert. Doch seit sie und Emily tot sind, ist für mich auch der weihnachtliche Geist verschwunden. Es fühlt sich nur noch nach einer hohlen Fassade an. Auch wenn mein Dad und vor allem meine kleine Schwester nach Kräften versuchen, den Spirit aufrechtzuerhalten – um meine Mutter zu ehren und um für Grace unvergessliche Erinnerungen zu schaffen.« Ich trank einen Schluck und schüttelte dann den Kopf. »Ganz ehrlich, ich würde tausendmal lieber mit Grace und dir hier Weihnachten feiern und eine ganz neue Tradition begründen. Davon hätten wir alle mehr. Ich glaube nämlich, dass auch der Rest meiner Familie nicht glücklich mit dem Arrangement ist.«

»Dann müsst ihr halt mal offen drüber reden.«

»Das müssten wir, aber das tut keiner. Denn die heilige Kuh will niemand schlachten.«

»Auf die heilige Kuh namens Weihnachten!«, sagte Connor und prostete mir mit seinem Wein zu.

»Muh.« Ich hob meine Bierflasche und musste grinsen. »Du machst das jedenfalls ganz richtig mit deiner Verweigerung.«

»Ach, meine Verweigerung ist nicht absolut. Unter den richtigen Umständen wäre ich für ein Weihnachtsabenteuer zu haben. Vielleicht habt ihr ja bis nächstes Jahr die Kuh geschlachtet?«

TOFINO, VANCOUVER ISLAND, 24. DEZEMBER

»Ihr hättet wirklich nicht den Umweg über Tofino machen müssen«, sagte Kelly beim Mittagessen. Ihr glückliches Lächeln sprach jedoch eine andere Sprache.

Es war tatsächlich ein ziemlich spontaner Entschluss gewesen, noch bei meiner Schwiegermutter vorbeizuschauen, zumal wir für morgen Nachmittag bei ihr angekündigt waren. Es war allerdings noch so viel von der Lasagne übrig, auf die Connor keine Lust gehabt hatte, dass Grace und ich uns zu einem Überraschungsbesuch entschieden hatten. Was wirklich gut war, wie sich herausstellte, denn unsere Mitarbeiterin Cora war heute am Telefon mit der Hiobsbotschaft herausgerückt, dass sie zu ihrem Freund zog und nicht wiederkommen würde. Für Kelly war das gleich ein doppelt harter Schlag. Zum einen mussten wir nun einen Ersatz suchen, der sich um den ganzen Social-Media-Kram für unser Unternehmen »Scott's Spout Scouts« kümmerte, was in der Wintersaison nicht ganz einfach werden dürfte, und zum anderen hatte Cora im Apartment über Kellys Garage gewohnt. Sie war mehr als nur eine einfache Mitarbeiterin gewesen, fast ein bisschen wie Familie. Natürlich verstand ich es, wenn eine junge Frau lieber mit ihrem Freund in einer Großstadt leben wollte als in der Einsamkeit von Vancouver Island, andererseits verfluchte ich ihr Timing. Musste sie die Bombe ausgerechnet an Weihnachten platzen lassen? Jedenfalls war es gut, dass Grace, Ollie und ich diesen spontanen Besuch unternommen hatten.

»Es wäre schade um die Lasagne gewesen«, sagte ich daher leichthin und drückte kurz ihre Hand. »Und du hättest dir doch garantiert nichts gekocht, oder?«

Sie schüttelte mit einem wehmütigen Seufzen den Kopf. »Aber für morgen ist schon alles vorbereitet. Ich hoffe, ihr bringt ordentlich Appetit mit.«

»Das tun wir doch immer, Grandma«, behauptete Grace und strahlte ihre Großmutter an. »Haben wir nach dem Essen noch Zeit für einen Besuch auf dem Friedhof?«, fragte sie dann. »Ich würde gerne Mom und Grandpa ihre Geschenke bringen.«

Ich schluckte schwer. Ich hasste es, auf den Friedhof zu gehen. Emily und Jeff waren dort nicht. Nicht in meiner Vorstellung jedenfalls. Für Kelly war das Grab ihres Mannes und ihrer Tochter jedoch ein wichtiger Ort des Gedenkens, und auch Grace ging gerne dorthin – wenngleich viel unbefangener.

»Natürlich, Sweetheart«, sagte ich. »Das machen wir am besten gleich.« Ich hoffte, dass ich einigermaßen ruhig klang, aber Weihnachten war einfach verdammt hart, und damit hatte ich nicht gerechnet.

Wir räumten rasch den Tisch ab und Grace zog eine kleine Schachtel aus ihrer Umhängetasche, doch sie wollte uns noch nicht zeigen, was sie vorbereitet hatte. Gemeinsam mit Ollie und Kellys Hund Cooper machten wir uns auf den kurzen Weg zum Friedhof. Grace lief mit den Hunden voran, während Kelly und ich die Nachhut bildeten.

»Tut mir leid, ich wusste nicht, dass sie das vorhat«, sagte ich leise zu ihr.

»Das muss es nicht. Ich wäre heute sowieso noch zu den beiden gegangen. Mir tut's leid, dass du da jetzt durchmusst.« Sie warf mir einen liebevollen Seitenblick zu. »Ich weiß ja, dass du nicht gerne hingehst.«

Ich schüttelte den Kopf. »Schon gut. Es ist für euch wichtig, daher ist es auch für mich wichtig. Und normalerweise komme ich auch besser damit klar. Nur an Weihnachten ...« Ich sprach nicht weiter, sondern seufzte. Kelly verstand mich. Es war fünfeinhalb Jahre her, dass wir unsere Liebsten verloren hatten. Wir hatten gelernt, mit dem Schmerz zu leben. Gut zu leben sogar, doch an Tagen wie Weihnachten, Hochzeits- oder Geburtstagen war der Verlust wieder sehr präsent. Grace ging damit ganz anders um. Sie war knapp acht gewesen, als sich ihr Leben von einem auf den anderen Tag verändert hatte – und doch war sie inzwischen deutlich souveräner als Kelly und ich. Sie hatte viel schneller und besser als ich akzeptieren können, dass ihre Mom und ihr Grandpa nicht mehr bei uns waren. Zumindest nicht in physischer Form. Sie glaubte jedoch fest daran, dass sie trotzdem noch irgendwie existierten und sich daher auch über Geschenke freuen konnten.

Wir hatten den kleinen Friedhof erreicht und setzten uns wie immer über das Hundeverbot hinweg – wie die meisten anderen Besucher ebenfalls. Als wir das gut gepflegte Grab erreichten, merkte ich, wie der Kloß in meinem Hals immer dicker wurde, und hoffte, dass ich nicht die Fassung verlor.

Kelly hatte zwei rote Rosen und eine Kerze dabei, die

sie nun entzündete, während Grace die Schachtel öffnete.

»Hallo, Mom, hallo, Grandpa«, sagte sie. »Heute ist Heiligabend, falls ihr das noch nicht mitbekommen habt. Dad und ich fliegen gleich zu Grandpa Wolf nach Victoria, deshalb bekommt ihr eure Geschenke schon heute. Frohe Weihnachten. Ich hab euch lieb.« Sie legte zwei kleine Origami-Wale neben die Rosen, und mir entfuhr der Schluchzer, den ich mit aller Kraft unterdrücken wollte.

Kelly streichelte mir über den Rücken. Sie hatte selbst Tränen der Rührung in den Augen, wirkte aber viel gefasster als ich.

»Nicht traurig sein, Dad. Für dich habe ich auch einen Wal«, sagte Grace liebevoll.

»Ich bin nicht traurig, Sweetheart. Oder nicht sehr. Ich bin nur so froh, dass ich dich habe«, schniefte ich und wischte mir die entkommenen Tränen von den Wangen. Dann zog ich meine wundervolle, großherzige, perfekte Tochter in die Arme und hielt sie so lange fest an mich gedrückt, bis ich mich wieder im Griff hatte. Aus irgendeinem seltsamen Grund fühlte ich mich jetzt eher bereit für unsere nächste Station. Ich war absolut sicher, dass das Weihnachtsfest mit meiner Sippe gar nicht mehr so aufwühlend werden konnte.

WEIHNACHTSVERWUNDERLAND

VICTORIA, VANCOUVER ISLAND, 25. DEZEMBER – REED

DAS HAUS WAR RUHIG. VERDÄCHTIG RUHIG FÜR EINEN Weihnachtsmorgen. In meiner Kindheit war um sechs Uhr früh immer schon mindestens einer ins Wohnzimmer geschlichen, um nach den Geschenken zu gucken, die Santa Claus in den nächtlichen Stunden unter den Baum gelegt hatte. In der Regel war ich es gewesen, der gecheckt hatte, ob alles in Ordnung war und ob der Weihnachtsmann auch sein bereitgestelltes Keks-Milch-Bestechungsmahl verputzt hatte. Erst dann hatte ich wieder ins Bett gehen und zufrieden noch ein paar Stunden schlafen können. Bei den Archers gab es nämlich die eiserne Devise, dass die Bescherung frühestens um neun stattfinden durfte.

In der Rückschau betrachtet war das eine schlaue Regel unserer Eltern gewesen, weil sie so wenigstens ein paar Stunden Schlaf bekommen hatten – nach einer ausgelassenen Party an Heiligabend und dem obligatorischen nächtlichen Santa-Dienst, bei dem sie die bunt eingewickelten Pakete aus dem Keller unter den Baum verfrachten mussten. Weihnachten war in meiner Familie immer der Höhepunkt des Jahres gewesen – bis vor gut fünf Jahren unsere Mom gestorben war. Der Abend gestern dürfte den absoluten Tiefpunkt markiert haben.

Ich gab jeden Versuch auf, noch einmal einzuschlafen, und schwang mich aus dem Bett. Mein altes Kinderzimmer sah noch genau so aus, wie ich es hinterlassen hatte, als ich mit achtzehn ausgezogen und zum Studium nach Vancouver gegangen war. Das war vor siebzehn Jahren gewesen. An den Wänden hingen alte Poster von Oasis, Nickelback und Jennifer Lopez neben einem riesigen Plakat, das alle bekannten Walarten zeigte, und ich musste unwillkürlich schmunzeln. Mein Musikgeschmack hatte sich seitdem signifikant weiterentwickelt, mein Interesse an den Meeressäugern war dagegen ungebrochen.

Leise schlüpfte ich ins Bad und hoffte, dass eine heiße Dusche die düstere Ahnung in mir vertreiben würde. Das sichere Gefühl, dass meine Familie endgültig zu zerbrechen drohte. Schon möglich, dass das ein wenig melodramatisch klang, aber nach dem gestrigen Abend wäre es keine Überraschung. Verdammtes scheißemotionales Weihnachten! Seufzend zog ich mir meine Klamotten an und sah auf die Uhr. Viertel nach sechs. Bis mittags musste ich mindestens noch durchhalten, ehe ich Grace und Ollie schnappen und mit ihnen nach Tofino fliegen konnte. Gut sieben Stunden noch also, die sich im Moment anfühlten wie Äonen. Und im Haus immer noch bleierne Stille.

Ich stieg die Treppe hinunter und lief automatisch direkt ins Wohnzimmer. Wie früher stand dort ein festlich dekorierter Baum, nur dass das Schmücken seit Jahren Nora übernahm und nicht mehr Mom. Und tatsächlich lagen ein paar Pakete darunter, die gestern Abend noch nicht da gewesen waren. Nicht nur mein Geschenk für Gracie, sondern auch noch einige andere. Der Anblick rührte mich und machte mich gleichzeitig traurig. Seit die Zwillinge achtzehn geworden waren, machten sie mit beim großen Geschenke-Nichtangriffspakt. Nur Grace bekam noch Weihnachtspäckchen. Nora hatte sich mit Händen und Füßen gegen diese Abmachung gewehrt, aber gegen die Übermacht der Archer-Männer war meine kleine Schwester chancenlos gewesen. Mom wäre entsetzt gewesen, wenn sie das hätte miterleben müssen, doch ich verdrängte das aufflammende Gefühl von Scham gleich wieder. Sosehr ich es auch versuchte, ich konnte nicht alle Probleme der Welt lösen. Genau genommen noch nicht einmal die simpelsten in meiner eigenen kleinen Familie. Wobei, simpel ...

Vor dem Kamin, der ebenfalls prächtig geschmückt und mit den traditionellen Weihnachtsstrümpfen aller Familienmitglieder verziert war, lag Ollie und klopfte träge mit dem Schwanz auf den dicken Teppichboden.

»Was machst du denn hier unten?«, fragte ich meinen Hund. »Solltest du nicht bei Grace und Nora schlafen?«

Erwartungsgemäß antwortete er nicht, sondern gähnte nur herzhaft. Ollie schlief gerne lang und ausführlich. Aber es wunderte mich trotzdem, ihn hier unten zu sehen. Seit wir ihn vor fünfeinhalb Jahren als kleinen Welpen bekommen hatten, wich er Gracie eigentlich nur von der Seite, wenn sie zur Schule gehen musste. Seltsam. Aber ich nahm an, dass die Mädels schon ihre Gründe dafür gehabt hatten, ihn rauszuwerfen.

»Wollen wir eine Runde drehen?« Ein Spaziergang in der nasskalten Dunkelheit war zwar auch kein klassischer Stimmungsaufheller, aber immer noch besser, als untätig herumzusitzen und darauf zu warten, dass das Weihnachtsdrama in die zweite Runde ging. Das würde mich noch früh genug ereilen.

Die Aussicht auf einen kleinen Ausflug mobilisierte Ollie dann doch. Er sprang auf, schüttelte sich heftig und riss dabei zwei Socken vom Kaminsims und drei Kugeln vom Baum, die den Sturz aber glücklicherweise unbeschadet überstanden. »Gott, wann lernst du endlich, dich nicht immer wie ein Elefant im Porzellanladen zu benehmen?«, schimpfte ich mit dem Hund, der mich jedoch nur verwundert mit schiefgelegtem Kopf ansah und jedes bisschen Schuldbewusstsein vermissen ließ.

Als Ollie im zarten Alter von acht Wochen in unser Leben gestolpert war, hatte ich keinen Gedanken daran verschwendet, was für eine Art Hund wohl mal aus dem wuscheligen Welpen werden würde. Ich hatte ohnehin kaum Erinnerungen an diese Zeit. Kellys Nachbarin hatte uns das Tier förmlich aufgedrängt und erklärt, es werde uns die schwere Phase ganz bestimmt erleichtern. Ich hatte damals nur auf Autopilot funktioniert, meine Frau und mein Schwiegervater waren zu diesem Zeitpunkt knapp sechs Wochen tot gewesen, meine Mom hatte im Sterben gelegen – und ich hatte mich irgendwie um die damals fast achtjährige Grace und das Business von Emilys Familie kümmern müssen, weil ihre Mutter Kelly nicht die Kraft dazu gehabt hatte. Ollie war da wirklich mein geringstes Problem gewesen, und das flauschige Energiebündel hatte tatsächlich wieder etwas Freude in unser Leben gebracht. Er war gewachsen und gewachsen und gewachsen und hatte erst aufgehört, als er ein stattlicher, fünfzig Kilo schwerer, prächtiger »Newfypoo«-Rüde gewesen war. Ein Mix aus Neufundländer und Pudel und allem Anschein nach kein Unfall, sondern Vertreter einer total angesagten Designer-Hunderasse, die die besten Eigenschaften der Eltern in sich vereinen sollte. Dazu konnte ich nicht viel sagen, denn Hunde hatten in meinem Leben bis dahin eine eher untergeordnete Rolle gespielt. Der braun-weiß gescheckte Ollie war jedenfalls ein fröhlicher Sonnenschein, der jede Form von Wasser liebte, Steaks klaute und sich selbst für einen klitzekleinen Schoßhund hielt.

Ich war gerade noch dabei, die abgestürzten Strümpfe wieder zu befestigen, als ich hinter mir Schritte hörte.

»War das der Weihnachtsmann oder dein Höllenhund?«

Ich drehte mich um und fand mich meiner kleinen Schwester gegenüber, die ihre Arme vor der Brust verschränkt hatte und mich herausfordernd anstarrte.

»So gern ich es Santa in die Stiefel schieben würde, der Schuldige ist leider Ollie. Sorry.« Ich hoffte, ich klang so zerknirscht, wie ich mich fühlte, denn einer weiteren Szene wie der gestern Nachmittag fühlte ich mich nicht gewachsen. Als Grace, Ollie und ich gestern gegen fünf angekommen waren, hatte Nora kurz vorm Nervenzusammenbruch gestanden. Sie hatte alles allein gemacht – die Deko und das Kochen –, und von meinen nichtsnutzigen Brüdern und Dad war weit und breit keine Spur zu sehen gewesen. So hatte ich die volle Breitseite ihrer berechtigten Rage abbekommen, die von den verflixten

Hormonen noch einmal so richtig angestachelt worden war. Und jetzt hatte mein Hund auch noch ihre Deko beschädigt. Wobei, Deko? Die Weihnachtsstrümpfe, die gestern noch leer und schlaff am Kamin gehangen hatten, waren prall gefüllt, wie mir jetzt auffiel. Mit Nüssen, Schokoriegeln, Orangen und liebevoll verpackten Minipäckchen. Erneut flutete mich das unangenehme Schamgefühl. Nora hatte sich so viel Mühe gegeben, und ich war ein genauso blöder, undankbarer Idiot wie die restlichen Archer-Männer.

Aber offensichtlich hatte Nora ihre Wut gestern schon völlig verpulvert. Sie winkte mit einer müde-resignierten Geste ab, die mich jedoch noch mehr beschämte. »Schon gut, ich bin sicher, er hat es nicht absichtlich getan. Stimmt's, Ollie?« Sie streichelte seinen lockigen Kopf.

Nora sah müde und abgekämpft aus, stellte ich fest, als ich sie jetzt ausführlich musterte. Sie hatte dunkle Ringe unter den geschwollenen Augen. Es schien, als hätte sie kaum geschlafen, sondern die halbe Nacht geweint. Ihr langes, rotbraunes Haar hing kraftlos herunter, und ihr Teint war fahl und fleckig. So sollte eine zwanzigjährige Frau nicht aussehen, und schon gar nicht Nora, die das Abbild meiner eigenen Tochter war. Oder vielmehr war es so, dass Grace ihrer nur sieben Jahre älteren Tante unfassbar ähnelte, und ich brauchte nicht viel Fantasie, um mir mein kleines Mädchen in ein paar Jahren vorzustellen. Der Gedanke, dass Grace dann derart traurig und abgekämpft wirken könnte, weil sich gewisse Familienmitglieder unmöglich benahmen, brachte mich fast um den Verstand. Zumal dieses Familienmitglied mit hoher Wahrscheinlichkeit ich wäre ...

»Oh, Baby, es tut mir alles so leid«, sagte ich hilflos

und zog Nora in meine Arme. Ich war mir nicht sicher, ob ich in diesem Moment tatsächlich meine kleine Schwester um Verzeihung bat oder meine Zukunfts-Tochter, doch vielleicht spielte das auch keine Rolle.

»Spar dir die Show, Reed«, kam es jedoch knapp von Nora, und sie befreite sich genervt aus meiner Umarmung. Auch in diesem Punkt war sie Grace verdammt ähnlich: Beide konnten ziemlich ungnädig werden, wenn ich in ihren Augen etwas falsch gemacht hatte.

»Das ist keine Show. Ich meine es ernst. Es tut mir ehrlich leid, wie der gestrige Abend gelaufen ist. Und es tut mir leid, dass ich nicht mehr getan habe.«

»Schon gut. Du bist derjenige, der mich noch am wenigsten enttäuscht hat.«

»Trotzdem«, begann ich erneut, obwohl ich mir mein plötzlich fast unstillbares Bedürfnis, vor Nora zu Kreuze zu kriechen, nicht wirklich erklären konnte, denn ich war tatsächlich nicht das Hauptproblem.

»Dass Dad diese ... diese ... diese Frau eingeladen hat! Zu unserem Familienweihnachtsfest! Das werde ich ihm nie verzeihen!«, brach es prompt aus ihr hervor und ich befürchtete schon die nächste Schleusenöffnung. Doch – erstaunlich genug – Nora bekam sich schnell wieder unter Kontrolle. Verhältnismäßig jedenfalls, denn ehe ich überhaupt irgendetwas sagen konnte, fuhr sie fort: »Und Jared kann mir auch gestohlen bleiben. Dass er neun Monate mit mir zusammen im Mutterleib verbracht haben soll, halte ich für ein unbestätigtes Gerücht. Wenn nicht gar für eine dreiste Lüge. Zwillingsbruder? Arsch!! Und von Easton will ich gar nicht erst anfangen.«

Letzteres war mir auch ganz recht, denn welcher Teufel in den letzten Jahren von unserem mittleren Bruder Besitz ergriffen hatte, konnte ich mir beim besten Willen nicht erklären. Eigentlich stand ich Easton von all meinen Geschwistern am nächsten, auch wenn der Altersunterschied von sechs Jahren schon ziemlich groß war, aber irgendwann war unser guter Kontakt unter die Räder gekommen. Wobei ich, wenn ich den Kommentaren der anderen Glauben schenken durfte, immer noch der mit dem besten Draht zum eigenbrötlerischen schwarzen Schaf der Familie war. Und immerhin hatte er mir als Profifotograf einen wertvollen Tipp für Gracies Geschenk gegeben. Man musste wohl dankbar für die kleinen Dinge sein.

Was jedoch Jared angerichtet haben sollte, war mir nicht ganz klar. Sein dämlicher Spruch mit dem Braten in der Röhre war nicht gerade charmant gewesen, aber bestimmt auch nicht böse gemeint. Nora und Jared, die Familiennachzügler, waren doch immer ein Herz und eine Seele gewesen – so wie man es Zwillingen ja gemeinhin auch immer unterstellt. Irgendwas musste in den letzten Wochen passiert sein, was ich nicht mitbekommen hatte. Und was Dad betraf …

»Es war vielleicht nicht der allerschlauste Move von Dad, uns ausgerechnet an Weihnachten die neue Frau an seiner Seite zu präsentieren«, sagte ich sachte, um Nora nicht weiter zu provozieren. »Genau genommen war es sogar eine verdammt dämlich Aktion von ihm. Aber ich halte Joanne nicht für einen schlechten Menschen. Ich denke, sie ist sehr nett und könnte unserem alten Herrn wirklich guttun. Es wird Zeit, dass er nach Moms Tod wieder auf die Beine kommt.«

Nora starrte mich ungläubig an, so als hätte ich behauptet, aus Wasser Wein machen zu können. »Sag mal, du hast den Schuss wohl auch nicht gehört?«, blaffte sie mich an.

»Doch. Laut und deutlich. Aber ich meine es ernst. Joanne ist eine nette Frau, und ich bin mir fast sicher, dass der Abend gestern für sie genauso scheiße war wie für uns. Ich würde sogar meinen Arm darauf verwetten, dass Dad darauf bestanden hat, sie uns an Weihnachten vorzustellen.«

»Vergiss nicht, dass ich deine Schwester und nicht deine Tochter bin«, giftete sie mich an. »Mich brauchst du nicht zu erziehen.« Da war ich mir zwar nicht so sicher, hielt aber lieber meine Klappe. »Diese Joanne mag ja nett sein, und vielleicht ist sie auch gut für Dad, aber sie hat auch nichts dafür getan, die Situation irgendwie zu entspannen. Und dann setzt sie sich auch noch auf meinen Stuhl. Auf Moms Stuhl!«

»Jetzt halt mal die Luft an, Nora«, unterbrach ich sie. »Woher hätte sie das denn wissen sollen? Dad hat ihr den Stuhl zugewiesen, also sei ruhig wütend auf ihn. Er hat das verdient, aber lass Joanne bitte außen vor.«

Sie gab ein abfälliges, grunzendes Geräusch von sich und fügte dann trotzig hinzu: »Warum ausgerechnet an Weihnachten? Er hat uns doch sonst nicht mit seinen Affären belästigt.«

»Weil es diesmal keine Affäre ist, sondern etwas Ernstes? Wenn ich die beiden richtig verstanden habe, wird Joanne ja bei ihm einziehen«, schlug ich vorsichtig vor, obwohl ich hätte wissen müssen, dass dies der denkbar falscheste Kommentar war.

»Dad und was Ernstes! Dass ich nicht lache. Außerdem hast du ja auch keine neue Frau, obwohl Emily schon länger tot ist als Mom.« Dieser bestechenden Logik war eigentlich nichts hinzuzufügen, außer einer – in ihren Augen sicherlich unwesentlichen – Tatsache.

»Emily ist ganze zwei Monate länger tot als Mom, ich denke, das ist zu vernachlässigen, obwohl ich sie nach wie vor jeden Tag vermisse.«

»Siehst du!«, fiel sie mir triumphierend ins Wort.

»Ich sehe gar nichts, denn auch ich wünsche mir eine neue Beziehung. Irgendwann. Falls ich jemanden finde. Niemand kann Emily ersetzen, aber sie hätte auch nicht gewollt, dass Grace und ich allein bleiben. Ich weiß nicht, ob es so einen Menschen für mich gibt, aber ich weiß, dass ich mich sehr für Dad freue, weil er jemanden gefunden hat.« Nora sah mich mit großen Augen an. Damit hatte sie wohl nicht gerechnet – ich übrigens auch nicht. Ich hatte es bislang sogar vermieden, über meine Sehnsüchte und Träume nachzudenken, ganz zu schweigen davon, sie lauthals auszuposaunen. Zumal mein Wunsch auch eher abstrakter Natur war, denn zu Hause in Port McNeill gab es keine Frau, die die Leerstellen in meinem Herzen und an meiner Seite hätte ausfüllen können.

»Oh«, kam es tonlos von Nora. Offenbar wusste sie nicht, wie sie reagieren sollte, aber ihre Wut auf Dad war, wenn schon nicht verraucht, dann wenigstens fürs Erste eingedämmt. Sehr gut, dann war sie vielleicht offen für meinen nächsten Vorschlag.

»Süße, ich weiß, dass das im Moment alles ein bisschen viel für dich ist, und ich denke, es würde dir und allen anderen Beteiligten guttun, wenn du einen kleinen Tapetenwechsel hättest. Was hältst du davon, mich und Gracie zu begleiten und eine Weile bei uns zu wohnen? Zumindest so lange, bis du dich sortiert hast und weißt, was du willst?«

»Das kann dauern«, entgegnete sie bitter und frustriert. »Ich weiß nicht, was soll ich denn bei euch im Norden? Da gibt's ja nichts außer Natur.«

»So schlimm ist es auch wieder nicht. Port McNeill hat immerhin zweieinhalbtausend Einwohner, es gibt Läden, Pubs, eine Bar und ein paar Cafés, und im Sommer sind echt viele Touristen in der Gegend. Du hättest Zeit und Ruhe dafür, dir Gedanken zu machen und vielleicht ... nun ja ... zu schreiben?« Ich hatte immer noch nicht alles verdaut, was Nora uns gestern Abend angekündigt hatte, und war mir nicht sicher, was ich schockierender fand: die Tatsache, dass sie schwanger war, oder dass ihr Berufswunsch Schriftstellerin war.

Wegen der Schwangerschaftssache waren Dad und Jared gleichermaßen ausgerastet. Auch und vor allem deshalb, weil Nora sich standhaft weigerte, die Identität des Vaters preiszugeben. Jared war entsetzt, weil seine Zwillingsschwester so ein großes Geheimnis vor ihm hatte, Dad, weil er seine Prinzessin viel zu jung fand. Letzteres konnte ich ganz gut nachvollziehen, denn wenn ich mir vorstellte, dass mir Grace in sieben Jahren verkünden würde, sie werde ein Baby bekommen, drehte sich mir der Magen um. Andererseits war ich selbst erst zweiundzwanzig gewesen, als sie zur Welt gekommen war – ungeplant, aber trotzdem heiß ersehnt und noch mehr geliebt. Auch Mom und Dad waren bei meiner Geburt sehr jung gewesen und hatten alles irgendwie hingekriegt. Warum sollte Nora das nicht auch schaffen? Aber während Mom und Dad einerseits und Emily und ich andererseits in stabilen Partnerschaften gewesen waren, als sich Nachwuchs angekündigt hatte, war Nora allein. Und sie hatte keinen ernsthaften Schimmer, was sie beruflich machen sollte. Ihr Journalismus-Studium hatte sie ja direkt wieder hingeschmissen. Schriftstellerin? Puh.

»Ich finde es echt witzig, dass du dich so darüber aufregst, dass ich schreiben will«, bemerkte sie kopfschüttelnd. »Als gäbe es keine gravierenderen Probleme. Außerdem schreibst du doch auch.«

»Wissenschaftliche Arbeiten. Und die letzte ist ewig her. Aber ich will auch gar nicht mit dir über deine berufliche Zukunft diskutieren. Ich will dir die Möglichkeit einer kleinen Auszeit bieten. Was meinst du?«

»Ich weiß nicht«, sagte sie unschlüssig, aber ich meinte, einen winzigen Hoffnungsschimmer in ihren Augen glimmen zu sehen. Klar, der einsame Norden von Vancouver Island war für eine aktive Zwanzigjährige nicht besonders verlockend, aber in unserem Elternhaus hier in Victoria hielt sie derzeit auch nicht viel.

»Überleg's dir. Grace und ich brechen nach dem Brunch auf. Ich drehe jetzt eine Runde mit Ollie. Magst du mitkommen?«

»Nein. Ich werde ... packen.« Sie sah mich entschlossen an.

»Gute Entscheidung.« Ich wagte noch einmal eine brüderliche Umarmung, und diesmal ließ sie sogar zu, dass ich ihr einen Kuss auf den Scheitel drückte. »Die paar Stunden hier halten wir noch mit Würde durch, und dann kann ich dir für später einen schönen Weihnachtsabend bei Kelly versprechen, die sich schon wahnsinnig auf Gesellschaft freut.«

»Wie lang bleibt ihr in Tofino? Und denkst du, es ist okay, wenn ich mitkomme?«, murmelte sie in meinen Pullover hinein.

»Grace bleibt bis Silvester bei ihrer Grandma, ich fliege morgen weiter nach Port McNeill, und natürlich ist es okay, wenn du mitkommst. Du kennst doch Kelly.« Ich schob sie ein Stück zurück, damit ich ihr in die Augen blicken konnte. »Wirst sehen, alles wird gut.«

PORT MCNEILL, VANCOUVER ISLAND, 25. DEZEMBER – KIONA

»Happy birthday to me«, sang ich leise vor mich hin – weil es sonst keiner tat. Nur wenige Leute wussten, dass ich heute Geburtstag hatte, und die waren, wie alle anderen normalen Menschen, mit Weihnachten beschäftigt. Unter den vielen Dingen, die ich meiner Mutter vorwerfen konnte, war mein unglücklich gewählter Geburtstag zwar nur die Kirsche auf dem Sahnehäubchen, aber trotzdem nervte es mich jedes Jahr aufs Neue. Ganz besonders, seit ich Weihnachten allein feiern musste, weil meine Familie nur noch aus mir selbst bestand.

»Reiß dich zusammen«, schimpfte ich mit mir – weil es sonst keiner tat. Niemand hatte mich gezwungen, zurück in meinem Geburtsort zu kommen, den ich fast zwölf Jahre nicht mehr besucht hatte. Nach der Schule hatte ich die Gelegenheit ergriffen, nach Vancouver zu ziehen, hatte Englisch, Sport und Kunst auf Lehramt studiert, nebenbei als Katalog-Model gejobbt und dann ein paar Jahre unterrichtet. Doch im letzten Jahr war irgendwie alles schiefgelaufen und dann hatte sich die Möglichkeit ergeben, nach Port McNeill zurückzukehren ... Stopp! Warum log ich sogar mich selbst an? Es war nichts »schiefgegangen«. Angeblich hatte ich den Rauswurf aus der Schule ja regelrecht provoziert, man hatte mir schließlich mehr als einmal deutlich gemacht, dass offenes politisches Engagement seitens der Lehrkräfte nicht erwünscht sei. Und wahrscheinlich war auch die Geschichte mit Matt nicht die allerbeste Idee gewesen. Ganz bestimmt sogar, denn der Mistkerl hatte nichts Besseres zu tun gehabt, als Fotos von mir bei einer Frauenrechts-Demo mit seinem Buddy Brad zu teilen, dem fiesesten Typen im Lehrerkollegium. Natürlich waren die Oben-ohne-Fotos von »Sexy Kiona« im Handumdrehen auch auf den Handys von einigen meiner Schüler aufgetaucht, und schwups, war ich arbeitslos gewesen. Großartig.

Einen neuen Job in Vancouver konnte ich vergessen. Dafür waren die Schulen untereinander viel zu gut vernetzt. Und wenn es nicht die Schulen waren, dann definitiv die Schüler. Früher oder später wäre also rausgekommen, welch »unmoralischen Lebenswandel« ich pflegte, kombiniert mit einer »aufrührerischen politischen Agenda« – das hatte mir Direktor Hancock noch mit auf den Weg gegeben. Dass Matt die Fotos gemacht und nachweislich verteilt hatte, interessierte natürlich niemanden ... Aber Matt war ja auch ein guter weißer Kanadier mit noch weißerer Weste. Arschloch!

Nein, ich würde mir von der Erinnerung an diesen Idioten nicht meinen Geburtstag verderben lassen. Und auch nicht Weihnachten. Denn selbst wenn ich beide Feste nicht mehr feierte, war jeder Tag ein verlorener, wenn er von der Erinnerung an Matthew Smith besudelt wurde. Ich beschloss, einen ausgedehnten Spaziergang zu machen und anschließend in die alte Werkstatt meines Großvaters zu gehen.

Eigentlich war mein Leben gar nicht so schlecht. Ich hatte einen Job, der mir Spaß machte – die Kids waren hier, im Norden der Insel, viel netter als in Vancouver –, eine kleine Wohnung, die ich möbliert übernommen hatte und die nur lächerlich wenig Miete kostete, und eine Werkstatt etwas außerhalb, die mir mein Großvater vererbt hatte. Kenai Brooks war einer der berühmtesten »First Nations«-Bildhauer der Insel gewesen. Seine Skulpturen standen sogar in einigen bekannten Museen auf der ganzen Welt. Leider hatte er nicht mit Geld umgehen können und mir so außer seiner Werkstatt, seinem Werkzeug und ein bisschen Talent nichts vererbt. Seine letzten beiden größeren Stücke hatte ich kurz nach seinem Tod verkauft, damit ich wenigstens die Schule abschließen konnte. Immerhin.

Seit heute war ich neunundzwanzig Jahre auf dieser Welt, und ich fragte mich schon seit einer Weile, was diese Zahl für mich bedeutete. Die drohende Dreißig war in meiner Clique in Vancouver ein großes Ding gewesen – vor allen bei den Frauen. Nicht wenige waren zutiefst davon überzeugt, dass diese Zahl eine Art magische Schwelle sei: Wenn man es bis dreißig nicht geschafft hatte, die Weichen für sein Leben zu stellen, war es mehr oder weniger vorbei. Wer bis dahin nicht einen Karrierepfad, einen Ehering und vielleicht sogar das erste Kind vorweisen konnte, hatte seinen Platz in der Welt der Erfolgreichen praktisch schon verspielt.

Ich hatte diese Sprüche zunächst belächelt, weil ich nicht glauben konnte, dass intelligente, gebildete junge Frauen auch noch im einundzwanzigsten Jahrhundert derart antiquierten Rollenbildern nachhingen, doch irgendwann hatte ich resigniert und nichts mehr dazu gesagt. Was auch? Von den echten Herausforderungen, die ein Menschenleben für manche von uns bereithielt, hatten meine Freundinnen keine Ahnung. Vielleicht war das auch gut so. Vielleicht lebte es sich entspannter und glücklicher, wenn das größte Problem darin bestand, rechtzeitig zu heiraten. Oder wenigstens einige signifikante Stufen der Karriereleiter erklommen zu haben. Wie auch immer, es hatte nichts mit mir und meiner Geschichte zu tun. Ich war am Leben, einigermaßen in Sicherheit, hatte einen guten Job, und bis auf ein paar tiefe Kratzer war auch meine Würde intakt. Das war nicht die schlechteste Ausbeute, beschloss ich mit einem Anflug von Optimismus. Es gab genug Aufgaben und Herausforderungen für mich, denen ich mich stellen konnte und wollte. Wer wusste schon, ob meine Bestimmung nicht irgendwo hier lag?

Mein Blick fiel auf den Sims, der leider keinen echten Kamin umrahmte, sondern nur eine flache Propangas-Simulation, die aber wenigstens hübsch aussah. Fast zwei Dutzend Weihnachtskarten standen da oben aufgereiht – alle von meinen Schülern. Ein Lächeln huschte über meine Lippen, als ich daran dachte, wie sie am letzten Schultag vor den Ferien reihenweise zu mir gekommen waren und mir ihre Karten und einige kleine Geschenke überreicht hatten. Manche ganz schüchtern, andere selbstbewusst und stolz, aber alle mit echter Zuneigung und einer Wertschätzung, die ich selten zuvor erlebt hatte. Ein paar Kinder hatten mich sogar im Namen ihrer Familien eingeladen, die Feiertage bei ihnen zu verbringen. Natürlich hatte ich alles abgelehnt, das hätte nur zu Komplikationen geführt, aber es gab mir trotzdem ein warmes Gefühl. Diese Kinder hier hatten einen Gemeinschaftssinn, den Gleichaltrige in Vancouver nicht hatten. Ich dachte an meine eigene Schulzeit in Port McNeill zurück. Da war es auch schon so gewesen – nur dass ich meist nicht Teil dieser Gemeinschaft gewesen war. Nicht, weil man mich ausgegrenzt hätte, sondern weil ich mich meist selbst separiert hatte.

Trotzdem waren meine Mitschüler und deren Eltern für mich da gewesen, als ich mit fünfzehn plötzlich allein dagestanden hatte. Entgegen aller Wahrscheinlichkeit war ich nicht durchs Raster gefallen. Zeit für mich, etwas zurückzugeben. Die Kinder hier waren toll und hungrig danach, ihr Leben mit Bedeutung zu füllen. Dabei wollte ich sie unterstützen.

DREISAMKEIT

TOFINO, VANCOUVER ISLAND, 25. DEZEMBER – REED

»MUSST DU WIRKLICH HEUTE NOCH WEITERFLIEGEN, Dad?«, fragte mich Grace ungläubig und setzte ihren besten Hundeblick auf, der selbst den von Ollie meilenweit in den Schatten stellte. »Du wolltest doch bis morgen bleiben.«

»Ich weiß, mein Schatz, aber das Wetter hat andere Pläne. Für morgen ist eine Sturmfront mit reichlich Niederschlägen angekündigt, womöglich sogar Schnee, da ist Fliegen eindeutig zu gefährlich.« Ich war ein erfahrener Pilot und hatte mit meinem Wasserflugzeug schon alle möglichen Unwetter gemeistert, aber ich versuchte unnötige Risiken zu vermeiden. Das war leider nicht immer möglich, in diesem Fall jedoch die einzige schlaue Vorgehensweise. Ich warf meiner Schwiegermutter Kelly einen kurzen Blick zu, und sie nickte unmerklich.

Ja, es war alles anders geplant gewesen, aber als ich vorhin noch einmal den Wetterbericht gecheckt hatte, war mir klar geworden, dass ich nur zwei Optionen hatte: Entweder saß ich in den nächsten Tagen in Tofino fest – mit meinen zweifellos zauberhaften, aber stressigen Lieblingsfrauen – oder ich hatte ein paar Tage meine Ruhe, zu Hause in Port McNeill, wo außer einem lange aufgeschobenen Aufsatz für ein Fachmagazin und der Buchhaltung nur mein Nachbar Connor auf mich wartete. Zwei Frauen im Hormonrausch – die Teenagertochter und die schwangere kleine Schwester – plus meine herzensgute, aber manchmal etwas anstrengende Schwiegermutter gegen himmlische Ruhe und ein Bier mit meinem Buddy? Keine schwere Entscheidung, auch wenn ich das offiziell natürlich nicht zugeben würde.

Zumal sich mit Nora alles geradezu magisch gefügt hatte. Kelly hatte sie mit offenen Armen empfangen, ihr resolut das leerstehende Apartment über ihrer Garage zum Wohnen angeboten und sie außerdem als Halbtags-Mitarbeiterin für »Scott's Spout Scouts« angeheuert. In unserem Whale-Watching-Betrieb war zwar gerade Winterpause, aber zu tun gab es genug. Ich hätte ihr den gleichen Job im Norden aufgedrängt, wo ich vor zehn Jahren mit Emily eine Niederlassung gegründet hatte, aber das dortige Büro lag in Telegraph Cove, gut fünfundzwanzig Kilometer von Port McNeill entfernt, und da war in dieser Jahreszeit noch weniger los als nichts. Zwischen November und Februar kamen nur Meeresbiologie-Studenten und andere Walforscher, mit denen ich zu den Schwertwalen rausfuhr, sonst herrschte Winterschlaf. Tofino war zwar noch ein bisschen kleiner als Port McNeill, aber zumindest gefühlt war hier mehr los. Und es lag näher an Victoria. Ich wusste nicht genau, was Noras Motivation dafür war, hierzubleiben, statt mit mir in den Norden zu ziehen, aber wenn ich ganz ehrlich war, wollte ich es auch nicht so genau hinterfragen. Mit Kelly an ihrer Seite war sie definitiv besser dran als mit ihrem großen Bruder, der schon Mühe hatte, seine eigene Tochter im Zaum zu halten.

»Trotzdem find ich's doof«, nahm ebenjene Tochter das Gespräch wieder auf. »Ich habe gedacht, dass wir was mit Grandma zusammen unternehmen und so.«

»Aber das könnt ihr doch machen. Und Nora ist auch noch mit dabei. Bei so einer Mädelsrunde störe ich ohnehin nur«, entgegnete ich lahm. Ich hasste mich dafür, dass ich gerade so sehr nach Ruhe lechzte. Nach einigen wenigen Tagen ganz ohne Drama und Tränen. Solche Tage waren bei uns in den letzten Wochen wirklich Mangelware gewesen, denn die verdammte Pubertät hatte Grace voll in ihren Klauen – und mich dazu. Kaum ein Tag verging, an dem ich nicht wahlweise Staatsfeind Nummer eins war, der blödeste Dad der Welt oder der einzige Mensch, der sie verstand. Meist gab es sämtliche Phasen täglich. Manchmal sogar mehrmals. Und immer wurden sie von lautem Getöse, Wutanfällen, Schreierei, herzzerreißenden Weinattacken oder bockigem Schweigen flankiert. Normalerweise kam ich damit einigermaßen klar, aber nach dem gestrigen Abend hatte mein dickes Fell einige Löcher bekommen. War ich ein schlechter Vater, weil ich mich nach einer kurzen Auszeit sehnte?

»Lass deinen Dad doch in seine einsame Männerhöhle abtauchen. Manchmal brauchen die Kerle das«, sagte Kelly augenzwinkernd zu Grace und legte einen Arm um ihre Schultern. »Ich hab ein paar tolle Ideen, wie wir es uns richtig schön machen können.«

»Aber wir wollten doch die Zeitraffer-Kamera ausprobieren.« Gracies Stimme zitterte und es fiel mir schwer, hart zu bleiben. Nach einigen Experimenten im Kunstunterricht hatte sie sich die Kamera gewünscht. Easton hatte mir das Modell empfohlen und Grace selbst noch einiges an Zubehör geschenkt. Wir hatten vorhin bei der Bescherung beschlossen, dass wir die Kamera gleich testen würden.

»Das holen wir nach, Sweetie, versprochen. Ich nehme sie mit nach Hause und suche schon mal ein erstes Filmobjekt. Richtig spannend wird es ohnehin im Frühjahr. Dann können wir sie im Garten aufbauen und das Gras beim Wachsen filmen.«

»Wow, das klingt ja sexy«, schaltete sich Nora mit schneidender Ironie ein.

»Das ist echt cool!«, beharrte Grace. »Wir haben zwei Kunstprojekte in der Schule gemacht. Beim einen haben wir Kresse und Katzengras beim Wachsen gefilmt, beim anderen das Schulaquarium.«

»Wie aufregend. Aber dein Dad hat recht«, schlug sich Nora dann doch noch auf meine Seite. »Das läuft dir nicht weg. Und wir können die nächsten Tage ganz gut mal ohne Männer verbringen. Glaub mir, das wird eine Wohltat.« Sie warf mir einen finsteren Blick zu.

»Na gut«, lenkte Grace schließlich mit einem Seufzer ein und entließ mich großmütig in die Freiheit.

»Danke, Sweetheart«, sagte ich und umarmte sie. »Ihr werdet viel Spaß haben, da bin ich mir ganz sicher.« Ich sah auf die Uhr. Wenn ich es noch bei Tageslicht schaffen wollte, musste ich schleunigst los. »Ollie?«, rief ich nach dem Hund, der mit seinem Bruder Cooper irgendwo im Haus herumtobte.

»Ollie muss bleiben!«, kreischte Grace empört auf.

»Aber Ollie ist auch ein Kerl, und wir haben doch

jetzt eine Mädelswoche vor uns«, mischte sich Nora wieder ein.

»Cooper ist auch ein Junge. Außerdem sind es Hunde, das zählt also nicht.«

Ich sah erneut zu Kelly und die zuckte nur ergeben mit den Schultern. »Mir soll es recht sein. Mehr Chaos als Cooper allein können die beiden zusammen gar nicht anrichten.«

Ich hob eine Braue, denn gemeinsam waren die beiden Hundebrüder vermutlich in der Lage, den ganzen Ort niederzureißen. Aber immerhin lebte die Züchterin der beiden nebenan, vielleicht konnte die erzieherisch eingreifen. Ich jedenfalls würde nicht mehr diskutieren. Wenn Grace darauf bestand, dann sollte Ollie ruhig bei ihr bleiben. »Na dann, habt viel Spaß allerseits, und wenn was ist, meldet euch.«

»Und du sagst bitte Bescheid, wenn du gut gelandet bist«, beschwor mich Kelly mit einem Glimmer der Sorge in den Augen, die sie seit dem tödlichen Unfall von Emily und Jeff stets begleitete, wenn ein Familienmitglied irgendein Verkehrsmittel verwendete, das über die eigenen zwei Beine hinausging.

»Versprochen.« Ich küsste die drei Damen der Reihe nach auf die Wangen, schnappte mir meine kleine Reisetasche und ließ mich von Kelly zum Hafen kutschieren, der nur einen guten Kilometer entfernt lag. Ein paar Minuten später hatte ich schon meine Starterlaubnis und machte mich auf den Heimweg.

PORT MCNEILL, VANCOUVER ISLAND, 25. DEZEMBER – KIONA

Ich schreckte hoch, als es an der Tür der Werkstatt klopfte. Kurz darauf erschien der dunkle Schopf von Connor Davis im Türspalt. »Stör ich?«, fragte er und trat näher. »Ich habe Licht gesehen und dachte, ich schau mal vorbei. Was machst du denn hier?«

Wonach sah es denn aus? Ich verkniff mir mit Mühe einen ätzenden Kommentar. Connor war der Mensch hier im Ort, der einem Freund bislang am nächsten kam, obwohl wir uns auch nicht besonders gut kannten. Wir waren uns einige Male beim Joggen begegnet und hatten dann irgendwann ein bisschen länger geplaudert, statt nur die üblichen Höflichkeiten auszutauschen. Er kam ursprünglich aus einem Vorort von Vancouver und hatte einige Jahre professionell Eishockey gespielt, ehe ihn eine schwere Verletzung zum Aufgeben gezwungen hatte. Mit Anfang dreißig. Vor zwölf Jahren war er dann hierhergezogen, weil er hier günstig und ruhig leben konnte. Kurz nachdem ich selbst meinen Geburtsort, vermeintlich für immer, hinter mir gelassen hatte. Seiner Berechnung nach könnten seine Geldreserven bis zum fünfundneunzigsten Lebensjahr reichen. Was er sonst so tat, außer auf sein Ableben zu warten und regelmäßig Sport zu treiben, wusste ich nicht.

»Hast du die gemacht?«, fragte er neugierig und deutete auf die Holzfiguren vor mir. Ich war zurzeit besessen von Origami und hatte versucht, die kantige Form des klassischen Papier-Kranichs in Holz zu übersetzen. Allerdings nur mit mäßigem Erfolg. Stattdessen hatte ich einige Wale geschnitzt. Die lagen mir wohl buchstäblich im Blut, denn mein Großvater Kenai »Schwarzer Bär« Brooks war für seine Stelen und seine

Orcas berühmt gewesen. Als Mädchen hatte ich mir einiges von ihm abgucken können, auch wenn er immer behauptet hatte, Bildhauerei sei nichts für Frauen.

»Hm«, brummte ich anstelle einer konkreten Antwort. Connors Konversationsversuch war rührend, aber unbeholfen. Wer außer mir hätte die Tiere denn hergestellt haben sollen?

»Die sind wirklich toll.« Er nahm einen der handtellergroßen Wale und strich mit dem Finger über die raue Oberfläche. Die Figur war noch ganz roh und hätte bei meinem Großvater wohl keine Gnade gefunden, weil sie nicht ikonisch genug war, sondern viel zu individuell. Vermutlich hatte er damit recht gehabt, dass aus mir nie eine gute Bildhauerin werden würde – zumindest nicht nach den Vorstellungen des Stammes. *Seines* Stammes. Schnell fing ich diese unerwünschten Gedanken wieder ein. Über meine Herkunft wollte ich heute ganz bestimmt nicht nachdenken.

»Danke«, sagte ich daher mit einem artigen Lächeln zu Connor und beschloss, mich einfach über sein nettes, wenn auch inkompetentes Kompliment zu freuen.

»Verkaufst du die Figuren?«, bohrte er nach und betastete nun einen der verunglückten Kraniche.

»Nein, die sind nur Fingerübungen. Wahrscheinlich landen die meisten im Feuer.«

»Im Feuer?« Er bekam große Augen. »Sind das Opfergaben für einen traditionellen Ritus oder so?«

»Bitte?« Ich runzelte die Stirn, und es dauerte einen Moment, bis ich verstand, worauf Connor hinauswollte. Diesmal konnte ich das Augenrollen nicht unterdrücken. »Nein, das ist kein geheimnisvolles Indianerspielchen, sondern einfach nur Müll«, erklärte ich in ätzendem Tonfall.

»Sorry, so habe ich das nicht gemeint. Ich finde die Figuren einfach nur großartig, und weil du von Feuer gesprochen hast, das klang ... Vergiss es. Tut mir echt leid.« Er schenkte mir ein zerknirschtes Lächeln.

»Schon gut. Mir tut's leid, dass ich dich so angefahren habe«, hörte ich mich zu meiner eigenen Überraschung sagen. Offensichtlich war ich weihnachtlicher gestimmt, als ich es bisher wahrgenommen hatte. »Ich bin nur nicht wirklich zufrieden mit den Ergebnissen.«

»Verstehe ich nicht. Die Wale haben alle eine eigene Persönlichkeit. Sie sind witzig und gleichzeitig einzigartig und wirken längst nicht so ... ich weiß nicht, wie ich es besser formulieren soll ... nicht so streng und uniform, wie man indigene ›First-Nations‹-Kunst sonst kennt.«

»Was vermutlich daran liegt, dass es keine indigene Kunst ist«, entgegnete ich halb verärgert, halb amüsiert. Connor bemerkte offensichtlich, dass er sich auf sehr dünnem Eis bewegte, und hielt abrupt die Klappe.

»Du willst mich ganz offensichtlich falsch verstehen«, sagte er schließlich seufzend.

Das wiederum brachte mich auf den Boden der Tatsachen. »Sorry, du hast recht. Ich hatte nur schon so oft ähnliche Diskussionen, dass ich ..« Ich winkte ab, weil ich merkte, dass ich jetzt anfing, ihm Dinge zu unterstellen, die er weder gesagt noch mutmaßlich gemeint hatte. »Es ist halt nicht einfach, wenn man nicht den Erwartungen seines Gegenübers entspricht.«

Er nickte, baute sich zu seiner vollen, durchaus imposanten Größe auf und deutete mit beiden Daumen auf sich selbst.

Er war ein Schwarzer, okay, aber inwiefern sollte mich das jetzt beeindrucken? Nun war es an mir, verständnislos zu schauen. »Ich verstehe nicht ganz. Was haben denn meine Schnitzereien mit deiner Hautfarbe zu tun?«

»Nichts. Und alles. Wie viele schwarze Eishockey-Profis kennst du?«, fragte er mich in einem provozierenden Tonfall.

Ich zuckte mit den Schultern, war völlig ahnungslos. »Keinen Schimmer«, gab ich zu. »Ein paar vielleicht?«

»Es gibt verdammt wenige. Es gibt auch praktisch keine schwulen Eishockey-Profis. Zumindest nicht offiziell. Und jetzt stell dir einen schwarzen, offen schwulen Eishockey-Spieler vor. Mit enttäuschten Erwartungen meiner Gegenüber kenn ich mich nur allzu gut aus.« Nun grinste er breit und deutete erneut mit beiden Daumen auf sich.

»Okay«, gab ich zu. »Das dürften interessante Erfahrungen sein.«

»Darauf kannst du einen lassen, Schwester«, rief er triumphierend und legte mir eine Pranke auf die Schulter. Offenbar war ich, ohne es zu wollen, in seinen Tribe aufgenommen worden. Yeah.

»So richtig viel Lust auf ein Gespräch darüber, wer von uns beiden schlimmer diskriminiert wurde, habe ich ehrlich gesagt nicht«, erklärte ich und schüttelte seine Hand ab.

»Ich auch nicht. Ich wollte dir nur klarmachen, dass du die blöden Erfahrungen nicht allein abonniert hast. Falls es darum überhaupt ging. Vielleicht sind deine Sachen auch einfach nur schlecht. Was weiß ich denn schon? Ich bin ja nur ein einfältiger Sportler.«

»Vorhin haben dir meine Stücke noch gefallen«, protestierte ich lachend. Aus irgendeinem Grund machte mir das komplett sinnfreie Geplänkel mit Connor gerade ziemlich viel Spaß. Außerdem war es das erste Gespräch überhaupt, das ich heute mit einem anderen Menschen führte, wenn ich die morgendliche Diskussion mit meinem Spiegelbild nicht mitzählen wollte.

»Ich mag sie immer noch, aber ich habe ja auch keine Ahnung.« Er kratzte sich gespielt ratlos am Kopf. »Falls du es dir anders überlegst mit den Feueropfern, würde ich dir die beiden Wale hier abkaufen und einen der Kraniche auch. Das wären die perfekten Weihnachtsgeschenke für meinen Kumpel und seine Tochter.«

»Weihnachten ist doch praktisch vorbei. Bist du nicht ein bisschen spät dran mit Geschenken?«

»Erstens sehe ich ihn frühestens morgen, zweitens habe ich natürlich noch andere Geschenke. Dein Viehzeug wäre dann nur die Zugabe.«

»Viehzeug?«

»Ich merke schon, dass ich sagen kann, was ich will. Ich bin auf ewige Zeiten in Ungnade gefallen bei dir, was?«

»Möglich.« Ich stand von meinem Hocker vor der niedrigen Werkbank auf und rollte meine schmerzenden Schultern. Wie viele Stunden hatte ich hier bloß gesessen? Mir war jedes Zeitgefühl abhandengekommen. Ich sah aus dem Fenster nach draußen, wo es schon wieder ziemlich dunkel war. Konnte es sein, dass ich den ganzen Tag hier verbracht hatte? Allein mit meinen Holztieren? »Wie spät ist es?«, wollte ich von Connor wissen, und dann kam mir noch die erheblich interessantere Frage in den Sinn: »Was machst du eigentlich hier? Woher weißt du von dieser Werkstatt?«

»Ich lebe seit zwölf Jahren hier. Glaub mir, ich kenne jede Gartenhütte und jede illegale Sauna.«

»Illegale Sauna?« Ich merkte, dass auch meine Konversationsfähigkeiten immer mehr zu wünschen übrig ließen. Dass ich stupide und papageiengleich einzelne Wörter nachplapperte, kam ansonsten selten vor. Musste an meinem seltsamen Besucher liegen.

»Egal«, winkte Connor ab. »Das ist ein Thema, das wir jetzt nicht vertiefen müssen. Zu deinen anderen Fragen: Es ist kurz vor sieben, ich war spazieren und habe Licht gesehen. Dann habe ich durchs Fenster geschaut, dich entdeckt und habe kurzentschlossen geklopft.«

»Warum?« Noch so eine dämliche Frage, aber es interessierte mich wirklich. Warum suchte jemand an Weihnachten freiwillig die Gesellschaft einer frustrierten, einsamen und höchstens mitteltalentierten Tierschnitzerin?

»Weil du genauso allein aussahst, wie ich es bin«, antwortete er prompt, und die schlichte Wahrheit seiner Worte rührte mich an einer Stelle, wo bei anderen Menschen das Herz sitzt. »Und weil ich neugierig bin. Warum ist eine junge Frau an Weihnachten allein?«

Hätte er sich nicht vor wenigen Minuten als schwul geoutet, hätte ich den letzten Kommentar als Anmachspruch eingeordnet. In seinem Fall lag die Sache wohl anders, aber trotzdem merkte ich, wie mir instinktiv der Kamm schwoll. Auf gewisse Kommentare reagierte ich nicht gerade souverän. »Ich könnte die Frage zurückgeben«, antwortete ich daher ausweichend.

Er lächelte. »Verstehe. Zurück auf Los. Na schön: schwuler, schwarzer Ex-Eishockey-Spieler im wohl familienfreundlichsten Ort Kanadas. Deswegen bin ich allein.«

»Ich verstehe wirklich nicht, warum du ausgerechnet nach Port McNeill gezogen bist«, sagte ich mit tief empfundener Verwunderung. »Ich meine, du hättest überall hingehen können. Ich nicht. Ich stamme von hier, und aus Gründen, die für den Grad unserer Bekanntschaft zu komplex sind, hatte ich keine andere Wahl, als wieder hierherzukommen.«

»Bist du immer so kompliziert? ›Aus Gründen, die für den Grad unserer Bekanntschaft zu komplex sind‹ – meine Fresse.« Er schüttelte lachend den Kopf. »Was hältst du davon, wenn ich dich zum Essen einlade und wir dabei den Grad unserer Bekanntschaft so weit ausdehnen, dass wir uns die Gründe für die jeweilige Weihnachtseinsamkeit gestehen können?« Connor sah mich treuherzig an und erinnerte mich im Moment stark an einen Hund.

Ich hörte in mich hinein. Eigentlich stand mir der Sinn nicht nach einem Kneipenabend, aber was waren die Alternativen? Ein weiterer Abend allein mit meinen düsteren Gedanken? Und hungrig war ich auch. Heute Morgen hatte ich nur eine kleine Portion Müsli gegessen, und das war's für den restlichen Tag gewesen. »Einverstanden«, sagte ich daher. »Wohin gehen wir?« Hatte an Weihnachten überhaupt ein Laden in Port McNeill geöffnet?

»Das Archipelagos Bistro hat auf, und auch Gus's Pub.«

Burger oder Burger also. Ich seufzte – was konnte man von diesem Kaff schon anderes erwarten? Außerdem ging es ja nicht ums Essen, sondern ums Nicht-allein-Sein. »Klingt verführerisch«, antwortete ich und angelte mir meine Jacke.

»Verkaufst du mir vorher noch die beiden Wale und den Kranich?«, fragte er erneut.

»Die sind ja noch gar nicht fertig. Die müssen

mindestens noch abgeschliffen werden und dann entweder poliert oder angemalt.«

»Ich finde sie perfekt, so wie sie sind«, beharrte Connor und hielt meinen Blick gefangen. »Ich meine es ernst.« Er nahm erneut den Buckelwal, der mir wirklich gut gelungen war, in die Hand. »Du hättest ihn nicht ins Feuer oder in den Müll geworfen«, sagte er. »Du hast die Tiere ja sogar signiert.«

Mist. Er hatte ein wirklich gutes Auge. Ich hatte tatsächlich meine Initialen »KB« in das Holz geritzt und dazu Monat und Jahr – genau wie mein Großvater es immer gemacht hatte. Als mir das aufgefallen war, hätte ich sie am liebsten tatsächlich weggeworfen, denn es erschien mir wie ein Sakrileg. Doch andererseits waren seine Initialen auch meine, und dafür konnte ich ja nichts. Außerdem hatte er neben seiner Unterschrift immer noch einen kleinen Bären skizziert.

Mein Name hatte keine besondere Bedeutung. Eine alte Frau hatte mir als Kind gesagt, »Kiona« bedeute »brauner Hügel«, und hatte wissen wollen, ob ich auf einem solchen gezeugt worden sei. Nicht sehr schmeichelhaft, doch meine Mutter hatte mich getröstet und behauptet, sie hätte den Namen allein wegen des schönen Klangs ausgewählt – und dass die Geschichte meiner Zeugung weder mich noch irgendwelche Dorfältesten irgendetwas anginge. Damit war die Diskussion beendet gewesen. Doch ich driftete gedanklich schon wieder ab. Was war nur los an diesem Tag, dass ich mich auf nichts konzentrieren konnte, sondern ständig von Geistern aus meiner Vergangenheit heimgesucht wurde?

»Ich hab heute Geburtstag«, sprudelte es aus mir hervor, ehe ich mich bremsen konnte.

»Oh? Na dann herzlichen Glückwunsch! Noch ein Grund mehr, zu feiern.« Connor lächelte mich warmherzig an, dann fiel sein Blick wieder auf die Wale. »Ich habe keine Ahnung, wie viel diese kleinen Kunstwerke wert sind, aber ich würde dir hundertfünfzig Dollar dafür bezahlen.«

»Hundertfünfzig?« Ich starrte ihn verblüfft an.

»Ist das zu wenig?« Er kramte in seiner Jacke nach seinem Portemonnaie und öffnete es. »Ich habe nur hundertachtzig in bar bei mir, aber wir könnten auf dem Weg zum Restaurant noch an einem Geldautomaten vorbeigehen.«

Ich schüttelte vehement den Kopf. »Nein, wenn dir diese drei Figuren tatsächlich so gut gefallen, dann schenke ich sie dir.«

»Das kann ich nicht annehmen. Du hast sehr viel Arbeit in sie hineingesteckt, sie sind wunderschön geworden und außerdem bedeuten sie dir offensichtlich eine Menge, sonst hättest du sie nicht signiert. Deswegen möchte ich einen angemessenen Preis dafür bezahlen«, beharrte er.

»Es waren nur Fingerübungen. Die Figuren sind ja nicht einmal ganz fertig, und dass sie signiert sind, hat auch nichts zu bedeuten. Ich bin Lehrerin, und da kritzle ich mein Kürzel ständig überallhin. Bitte, nimm sie. Ich freue mich wirklich sehr, dass sie dir so gut gefallen.« Es stimmte, ich war ziemlich gerührt. Es war lange her, dass ein Erwachsener meine Schnitzereien bewundert hatte. Genau genommen konnte ich mich gar nicht erinnern, ob es schon jemals vorgekommen war. Bei meinen Schülern war das anders. Die fanden meine Sachen toll und ließen sich davon inspirieren. Aber meinen Traum, als Künstlerin ernst genommen zu werden, hatte ich längst begraben. Und deshalb konnte ich auch keinen Preis für die Figuren angeben.

»Du bist ein verdammt harter Knochen«, entgegnete er mit einem leichten Stirnrunzeln. Offensichtlich überdachte er gerade seine Strategie. »Aber da mein Magen knurrt und ich lieber etwas essen möchte, als endlos weiter mit dir zu diskutieren, nehme ich dein großzügiges Geschenk an. Glaub aber bloß nicht, dass ich mit dem Thema fertig bin.« Er versuchte sich an einem finsteren Blick, der aber gründlich schiefging und mich nur zum Lachen brachte.

»Was für eine gruselige Drohung.«

»Noch lachst du, aber das wird dir garantiert vergehen.« Connor steckte die beiden Wale und einen der Kraniche in seine Jackentasche und deutete dann zur Tür. »Wollen wir?«

REED

Verdammt, war dieses Haus still! Ich war nach einem ereignislosen Flug seit einer guten Stunde wieder daheim, doch statt des erhofften Gefühls der Ruhe und der Erleichterung empfand ich plötzlich ungeheure Einsamkeit. Fast bereute ich es schon, nicht in Tofino geblieben zu sein. Bei meiner Tochter, meiner kleinen Schwester, meiner Schwiegermutter und zwei durchgedrehten Riesenhunden. Okay, nein. Ich bereute es nicht! Ich sprang vom Sofa auf und ging in die Küche. Von dort hatte ich den perfekten Blick auf Connors Haus. Vorhin war dort alles dunkel gewesen, aber ich hatte angenommen, dass er vielleicht einen Spaziergang machte oder joggte. Bestimmt war er jetzt wieder zu Hause und hatte Lust auf ein Treffen mit mir. Doch nach wie vor waren alle Fenster unbeleuchtet. Ob er am Ende doch kurzentschlossen zu seinem Vater nach Vancouver gefahren war? Das konnte ich mir nicht vorstellen, denn das Verhältnis der beiden war mit »zerrüttet« noch charmant umschrieben. Seine Mutter war vor ein paar Jahren nach Miami gezogen, und Geschwister hatte er keine. Wo sonst sollte er an Weihnachten also sein als allein zu Hause?

Natürlich gab es Dutzende gute Möglichkeiten. Womöglich hatte er doch eine der vielen Einladungen angenommen? Connor trainierte die Eishockey-Jugendmannschaften von Port McNeill und war bei den Kindern ungeheuer beliebt, doch normalerweise schlug er private Einladungen aus. Ich fing an, mir Sorgen zu machen. Weihnachten wirkte sich auf viele Menschen ja ziemlich seltsam aus – wie man an meiner Familie sehr gut beobachten konnte. War die Selbstmordrate an den Feiertagen nicht besonders hoch? Ich zog mein Telefon aus der Hosentasche und rief ihn an, doch nach dem fünften Klingeln meldete sich nur seine Mailbox. Seltsam.

»Hey, Connor, wo treibst du dich denn rum? Ich bin ungeplant schon heute wieder zurückgekommen, weil morgen eine Sturmfront erwartet wird. Melde dich doch, wenn du meine Nachricht hörst.« Ratlos betrachtete ich mein Telefon. Aber während ich noch überlegte, ob ich anfangen sollte, mir ernsthaft Sorgen zu machen, kam eine Textnachricht von ihm: *Sind im Archipelagos Bistro. Komm vorbei!*

Sind? Das war doch eindeutig ein Plural. Mit wem um alles in der Welt war Connor in diesem Burgerladen? An Weihnachten? Das passte hinten und vorn nicht zusammen. Auch wenn ich keine sonderlich große Lust verspürte, unter Menschen zu gehen, und lieber einen entspannten Abend allein mit Connor verbracht hätte, trieb mich die Neugier aus dem Haus. Mein Geschenk für ihn ließ ich jedoch hier. Connor hatte eine Schwäche für Wein, und unser hiesiger Liquor Store war diesbezüglich eher dürftig sortiert. Also hatte ich bei seinem Lieblingsweinladen in Victoria sechs Flaschen italienischen Rotwein bestellt und sie in mein Elternhaus liefern lassen. Jetzt stand die Kiste neben der Haustür, sie aber in die Kneipe mitzunehmen, kam nicht in Frage.

Keine zehn Minuten später betrat ich das Bistro, in dem ich schon ewig nicht mehr gewesen war. Die Bar war mit blinkender Weihnachtsdekoration geschmückt, und aus den Lautsprechern schmalzte Michael Bublé »I'll Be Home for Christmas«. Viel Betrieb herrschte nicht. Einige Tische waren von Jugendlichen besetzt, aber in einer romantischen Ecknische entdeckte ich Connor – ganz vertieft in ein Gespräch mit einer langhaarigen Schönheit. Das Licht war schummerig, und sie saß so da, dass ich sie nur im Halbprofil betrachten konnte. Sie war mir völlig unbekannt. Connor Davis mit einer Frau!? Das war für sich genommen schon eine mittlere Sensation. Oder ein Weihnachtswunder. Ich zögerte, ob ich mich wirklich zu ihnen gesellen sollte. Fünftes Rad am Wagen zu spielen, war echt nicht mein Ding, und die beiden wirkten ziemlich vertraut miteinander. Doch da erspähte mich Connor und winkte mich mit einem breiten Lächeln zu sich.

»Frohe Weihnachten«, sagte ich, als ich den Tisch erreichte, und sah die Frau nun von vorn. Ganz unbekannt war sie mir doch nicht, aber ich konnte mich nicht erinnern, wo ich ihr schon mal begegnet sein sollte. »Hi, ich bin Reed Archer«, grüßte ich sie freundlich und hielt ihr meine Hand hin.

Ihre klassischen Gesichtszüge verhärteten sich und sie warf mir aus ihren dunklen Augen einen mörderischen Blick zu. Dann stand sie wortlos auf, griff sich ihre Jacke und verließ grußlos den Laden.

»Kiona?«, rief ihr Connor verblüfft hinterher, doch sie reagierte nicht. »Kannst du mir das erklären?«, fragte er mich.

»Ich habe nicht die leiseste Ahnung«, behauptete ich. Doch das stimmte nicht ganz. Bei dem Namen Kiona klingelte etwas in meinem Kopf – nur was?

GUTE VORSÄTZE

PORT MCNEILL, VANCOUVER ISLAND, 1. JANUAR – REED

»HAPPY NEW YEAR!«

Ich stand mit einigen Freunden und Nachbarn in Connors Garten um das große Lagerfeuer herum und begrüßte um Mitternacht das neue Jahr mit ihnen. Was würde es wohl bringen? Hoffentlich ein wenig mehr Familienfrieden. Die Wogen hatten sich noch immer nicht wirklich geglättet. Dad war bockig und uneinsichtig. Er konnte oder wollte nicht verstehen, dass es nicht die schlaueste Masche gewesen war, ausgerechnet an Weihnachten die neue Frau an seiner Seite zu präsentieren. Außerdem hatte er null Verständnis für das Verhalten der Zwillinge. Innerlich beglückwünschte ich mich zu der Entscheidung, Nora zu meiner Schwiegermutter nach Tofino zu bringen, so dass wenigstens sie aus der Schusslinie war.

Jared würde seinen Kampf allein austragen müssen,

aber ich war mir sicher, dass er das hinbekommen würde. Easton dagegen war unmittelbar nach Weihnachten wieder in der Wildnis verschwunden und hielt eisern Funkstille. Aber das war nicht weiter besorgniserregend, sondern bei ihm eher die Norm. Vermutlich saß er gerade eingeschneit in seiner Hütte und heulte mit den Wölfen.

Mein Blick fiel auf Grace, die kichernd mit ein paar Freundinnen zusammenstand. Vielleicht hatten sich die Mädels auch gerade auf die fürs neue Jahr geplanten Abenteuer eingeschworen, so wie ich das früher mit meinen Kumpels gemacht hatte? Es machte mich ein bisschen wehmütig, wie erwachsen und unabhängig sie schon war. Gefühlt war sie doch gestern noch das niedliche Baby gewesen, das am liebsten auf meinem Bauch geschlafen hatte. Gracie war immer ein Papa-Kind gewesen, doch seit ein paar Monaten war es massiv schwierig zwischen uns. Die Pubertät hatte sie voll im Griff – und mich dazu.

»Hey, Sweetheart, gutes neues Jahr«, sagte ich zu ihr, als ich sie erreicht hatte.

»Dir auch, Daddy«, schnurrte sie und umarmte mich enthusiastisch. Offenbar hatte gerade das Schmusekätzchen in ihr Schicht und nicht der zähnefletschende Säbelzahntiger, der heute Mittag für einen sehr unerfreulichen Rückflug von Tofino gesorgt hatte. Selbst Ollie hatte angesichts des geballten Teenager-Terrors bei erster Gelegenheit das Weite gesucht. Dabei waren die Tage bei Kelly wohl schön und harmonisch gewesen.

»Habt ihr Pläne fürs neue Jahr geschmiedet?«, fragte ich Grace und ihre Freundinnen.

»Vielleicht ein paar ...«, gab sie vage zurück und

drückte mir einen Kuss auf die Wange. »Und vielleicht kommen noch ein paar mehr dazu.«

»Na dann, viel Spaß noch«, entgegnete ich grinsend. Ich hatte den wenig subtilen Hinweis begriffen, dass ich wieder abschwirren sollte.

»Und, was sind deine Pläne fürs neue Jahr?«, fragte mich Connor, als ich kurz darauf zu ihm trat.

»Keine Ahnung. Ich hoffe, dass ich endlich meine Promotion abschließen kann und insgesamt mehr Zeit für wissenschaftliche Arbeit habe.« Ich seufzte. »Aber ich glaube, diese Antwort habe ich dir schon letztes und vorletztes Jahr gegeben.«

»Mit exakt dem Wortlaut.« Connor grinste und prostete mir mit seinem Bier zu. Bei seiner traditionellen Silvesterparty gab er sich bewusst volkstümlich und trank Bier wie der Rest von uns, aber ich wusste, dass er das Jahr viel lieber stilvoll mit Champagner oder wenigstens einem guten Wein begrüßt hätte. Doch so viel Extravaganz wollte er uns provinziellen Kleinstädtern nicht zumuten.

»Aller guten Dinge sind drei«, entgegnete ich. »Ich bin ja echt schon ziemlich weit, und mein Prof setzt mir auch die Pistole auf die Brust. Das muss einfach klappen!« Eigentlich war es vollkommen unerheblich, ob ich einen Doktortitel hatte oder nicht, meine berufliche Ausrichtung hatte sich mit dem Tod von Emily und ihrem Vater komplett geändert. Bis dahin war ich nur nebenberuflich bei »Scott's Spout Scouts« tätig gewesen, weil sich Emily und Jeffrey schwerpunktmäßig um den Betrieb gekümmert hatten. Ich hatte nur ab und zu Touren mit den Touristen begleiten müssen und hatte sonst ausgedehnt Zeit für meine Orca-Studien gehabt. Doch seit fünfeinhalb Jahren war das anders. Kelly war für das Tagesgeschäft in Tofino zuständig, aber ich war der Geschäftsführer und dafür verantwortlich, dass der Laden lief. Wir beschäftigten zwar vorwiegend Saisonmitarbeiter und hatten nur drei Leute, die das ganze Jahr über für uns arbeiteten, aber alle wollten regelmäßig ihr Gehalt bekommen. Während der ersten zwei Jahre hatte meine wissenschaftliche Arbeit völlig auf Eis gelegen, doch dann hatte ich langsam und in überschaubarem Rahmen wieder damit anfangen können. Wenn ich ehrlich war, war der Doktortitel nur etwas für meine Eitelkeit, denn realistisch gesehen würde ich wohl nie einer der führenden Walforscher werden, wie ich es mir seit Kindertagen immer vorgestellt hatte, sondern vorrangig ein Unternehmer in der Tourismusbranche.

»Das Leben schlägt manchmal die seltsamsten Kapriolen«, entgegnete Connor weise, als hätte er meine Gedanken erraten. »Aber solltest du dir nicht auch mal etwas anderes vornehmen? Eine neue Liebe vielleicht? So richtig gut bekommt dir dein Eremiten-Dasein ja nicht – und für Grace wäre es auch gut, wenn es wieder eine weibliche Bezugsperson in ihrem Leben gäbe.«

»Dafür hat sie ja dich«, konterte ich frech, denn ich hatte keine Lust auf diese Leier. Connor lag mir damit seit zwei Jahren in den Ohren. Ja, es stimmte, ich wünschte mir tatsächlich eine neue Partnerin, auch wenn es mir immer noch schwerfiel, mir vorzustellen, dass ich eine andere Frau jemals so lieben könnte wie Emily. Aber ich sehnte mich nach einer echten Partnerschaft, nach einem Menschen, mit dem ich meinen Alltag teilen konnte, die schönen Dinge genauso wie die schwierigen. Da war nur ein entscheidendes Problem: Es schien in ganz Port McNeill keine einzige Singlefrau zu geben, die mir gefiel und die sich gleichzeitig vorstellen konnte, sich auf den alleinerziehenden Vater einer manchmal verdammt schwierigen Teenagertochter einzulassen.

»Du weißt genau, dass ich für dich und Gracie alles tun würde, aber das ist doch keine Dauerlösung«, sagte Connor, unbeeindruckt von meinem Kommentar.

»Ich weiß. Und ich bin dir auch ewig dankbar. Ehrlich, Mann, ohne dich würde ich das überhaupt nicht schaffen.« Ich klopfte ihm auf die Schulter. Wie oft war er schon eingesprungen, wenn ich wetterbedingt nicht von Tofino nach Hause fliegen konnte oder doch mal ein paar Tage an die Uni in Vancouver musste? Dann kümmerte sich Connor so zuverlässig um Grace und Ollie, als sei er mindestens ihr echter Onkel. Ich wusste auch, dass Grace ihn in Dinge einweihte, die sie mit mir nicht besprechen wollte. Das tat zwar weh, aber ich war froh, dass sie jemanden hatte, dem sie vertraute. Allerdings hatte Connor natürlich recht damit, dass es für ein Mädchen in Gracies Alter gut wäre, wenn sie gewisse Dinge auch mit einer Frau besprechen könnte. Kelly tat, was sie konnte, aber als Großmutter war auch sie nicht in der richtigen Position. Ich hoffte, dass die Tage mit Nora Grace gutgetan hatten, doch meine kleine Schwester hatte derzeit reichlich eigene Sorgen.

»Ich mach das wirklich gern. Ihr seid meine Familie«, bekräftigte Connor ernsthaft. »Trotzdem bleib ich dabei, dass du eine Frau brauchst. Das sollte ein wichtigeres Ziel für dich sein als dieser Doktortitel.«

Ich schüttelte den Kopf. »Und woher soll ich eine nehmen?« Kurz schoss mir der Abend an Weihnachten wieder durch den Sinn. Die kurze Begegnung mit Kiona, die sich als die Kunstlehrerin von Grace entpuppt hatte. In der Sekunde, ehe sie mich feindselig angestarrt und das Restaurant verlassen hatte, war etwas in mir in Bewegung geraten. Ich konnte es nicht besser erklären, aber irgendwas hatte zu schwingen begonnen. Ein sehr seltsames Gefühl. Doch das hatte sich ja praktisch umgehend wieder verabschiedet, denn ich schien eine ganz andere Wirkung auf sie gehabt zu haben. Warum auch immer.

»Es gibt doch bestimmt eine ambitionierte Meeresbiologin, die nichts lieber täte, als mit dir zusammen das geheimnisvolle Verhalten der Wale zu erforschen«, sagte Connor. »Du bist ein guter Fang. Wenn du schwul wärst, hätte ich längst mein Glück bei dir versucht«, fügte er grinsend hinzu.

Ich verdrehte die Augen, musste dann aber auch lachen. »Ehrlich, manchmal wünschte ich mir, schwul zu sein, dann würde ich dich auf der Stelle heiraten. Aber leider liegen meine Vorlieben anderswo.« Und ehrlich gestanden auch nicht zwangsläufig bei ambitionierten Meeresbiologinnen. Die gab es natürlich. Einige fanden mich auch gut, aber bislang war keine dabei gewesen, die mein Herz zum Schwingen gebracht hätte. »Was ist mit dir? Es ist ja schön, dass dich mein Liebesleben so beschäftigt, aber was ist mit deinem?«

»Kannst du dir einen Typen vorstellen, der Lust hätte, mit mir in Port McNeill zu leben?«, gab er zurück.

»Klar, kann ich. Dürfte auch nicht komplizierter sein, als eine Frau zu finden, die mit mir und Gracie hier leben will. Aber während ich hier nicht wegkann, könntest du doch jederzeit nach Vancouver oder wenigstens nach Victoria ziehen.«

Er winkte ab, auch diese Diskussion hatten wir schon Dutzende Male geführt. Im Grunde waren wir beide wie ein altes Ehepaar – nur ohne Sex. Was womöglich ebenfalls auf viele alte Ehepaare zutraf. Aber andererseits waren wir längst nicht alt genug, um uns von der Hoffnung auf Liebe zu verabschieden. Connor war dreiundvierzig, acht Jahre älter als ich und ebenfalls zu jung, um aufzugeben.

In diesem Moment kreischten die Mädchen verzückt los und deuteten auf den Himmel. Die Wolkendecke war aufgerissen, und stattdessen präsentierten sich Millionen funkelnde Sterne am Himmel. Es sah wirklich sehr hübsch aus.

»Da war eine Sternschnuppe!«, rief Grace zu mir herüber.

»Hast du dir auch was gewünscht?«

Sie nickte. »Da ist noch eine!«

Ich blickte wieder nach oben und entdeckte selbst einige. Sämtliche Partygäste kommentierten das Naturspektakel mit Ahs und Ohs wie bei einem richtigen Feuerwerk, nur dass das hier viel besser war. Mir fiel ein, dass ein Meteoritenschauer angekündigt war. Doch da es die ganze Zeit bedeckt gewesen war, hatte ich nicht damit gerechnet, dass wir etwas sehen könnten, und es ganz vergessen.

Ein weiteres Meteoritenkörnchen verglühte in der Atmosphäre, und ich beschloss, es romantisch und nicht wissenschaftlich zu betrachten – und wünschte mir etwas.

»Was hältst du davon, wenn wir einen Pakt schließen?«, riss mich Connor aus meiner Vorstellung.

»Einen Pakt?«

»Wenn wir bis zum Sommer nicht auf natürlichem Weg neue Partner gefunden haben, fahren wir zwei Wochen nach Vancouver und ...« Er stoppte, weil ihn mein Lachanfall irritierte.

»Was meinst du mit ›auf natürlichem Weg‹?«, lachte

ich. »Und dein Plan enthält eine dicke Fehlkalkulation: Du hast im Sommer Ferien und kannst hinfahren, wo du willst. Ich habe Hauptsaison und ...«

»Und vögelst Touristinnen, ich weiß. Aber ich meine das ernst. Vielleicht ist meine Idee noch nicht ganz ausgereift, aber wir sollten uns für das neue Jahr Liebe vornehmen!«

Ich zögerte einen Moment, dann nickte ich. »Na schön, auf die Liebe!« Ich stieß mit meiner Bierflasche gegen seine und dachte an meinen eben formulierten Wunsch. »Aber meine Promotion will ich trotzdem schaffen.«

KIONA

Silvester war der Tag im Jahr, den ich noch mehr hasste als Weihnachten. Das einzig Gute daran war, dass die gefühlige Weihnachtszeit damit endlich ausgedient hatte. Yeah. Aber dass quasi eine gesellschaftliche Verpflichtung zur Rückbesinnung und zum Fassen guter Vorsätze bestand, deprimierte mich Jahr für Jahr aufs Neue. Wobei ich die Rückschau ja bereits an meinem Geburtstag erledigt hatte.

Ich saß in meiner dunklen Wohnung und tat mir leid. Schon wieder war ich allein. Und schon wieder war es allein meine Schuld, dass es so war. Ich hatte unzählige Einladungen zu Silvesterpartys bekommen, die hier im Ort meist sehr fröhlich und gesellig waren. Wenn das Wetter mitspielte, traf man sich draußen im Garten, versammelte sich um ein großes Lagerfeuer, grillte vielleicht sogar und verbrachte einfach einen netten, unkomplizierten Abend miteinander. Ich ärgerte mich, dass ich sogar die Einladung von ein paar meiner Kolleginnen ausgeschlagen hatte. Lindsay und Naomi waren zwar ein ganzes Stück jünger als ich, aber eigentlich ganz nette Mädels. Es hätte sicher nicht geschadet, mal mitzufeiern und wenigstens so zu tun, als sei ich normal und eine von ihnen. Aber ich hatte ihnen das Gleiche gesagt wie allen anderen: dass ich schon anderweitig eingeladen war. Was zu der absurden Situation geführt hatte, dass ich in meiner Wohnung nun kein Licht anmachen konnte, damit es so aussah, als sei ich nicht daheim. Verdammtes Kleinstadtleben! Warum war ich noch mal hier gelandet? Ach ja, richtig: aus Mangel an anderen Optionen! Nein, das war die bequeme Erklärung, aber leider nicht die Wahrheit. Der Wal war schuld.

Ich hätte ja überallhin gehen können, ich hatte sogar eine Zusage von einer Highschool in Toronto gehabt, aber wenn ich ganz ehrlich war – und wann war dafür eine bessere Gelegenheit als an Silvester? –, dann hatte mich eine unbestimmte Sehnsucht wieder nach Port McNeill getrieben. Eine Art Heimweh vielleicht. Obwohl ich im Ort keine Freunde und Verwandten mehr hatte, war Port McNeill ein Teil von mir. Oder ich ein Teil von ihm? So klein die Welt hier auch manchmal erschien, so frei und groß machte es meine Seele, wenn ich an den Strand ging und aufs Meer schaute. Ich liebte diesen Anblick, der wegen der zahllosen kleinen Inseln immer anders wirkte. Häufig hing dichter Nebel über dem Wasser, und wenn ich dann das charakteristische Schnauben der Wale hörte, wenn sie ihren »Blas« ausstießen, fühlte ich mich, als sei ich angekommen.

Mein Großvater hatte mir immer prophezeit, dass ich eines Tages in einem Tier meinen spirituellen Begleiter finden würde. Er war tief in den jahrhundertealten Traditionen seines Stammes verwurzelt gewesen und hatte tatsächlich daran geglaubt, dass es so etwas gab. Meine Mutter war da ganz anders gewesen. Sie hatte alles aus ihrem Elternhaus abgelehnt, hatte ein modernes, rein westliches Leben führen wollen. Richtig geklappt hatte es jedoch nie. Sie hatte es ja nicht einmal geschafft, aus Port McNeill wegzukommen. Zumindest nicht lebend. Was mich betraf, wusste ich überhaupt nicht, wo und wie ich mich einordnen sollte. Ich hatte keine Ahnung, wer mein Vater war – nur dass er ein Weißer war, stand ziemlich eindeutig fest. Ich war jedoch von klein auf fasziniert gewesen von der tiefen Spiritualität meines Großvaters, für den auch seine Kunst eine Art heiliger Akt gewesen war. Meine Mutter dagegen hatte mir ganz andere Werte vermittelt und ein tiefes Misstrauen gegenüber ihren und damit auch meinen Wurzeln. Trotzdem ließ mich die Idee eines Krafttiers nie los. Als Kind hatte ich mir immer vorgestellt, dass es ein Adler oder ein Bär war, doch Großvater hatte gesagt, dass es in der Regel viel kleinere, unscheinbarere Tiere waren, die uns begleiteten. Also hatte ich auf einen Otter gehofft, wie es sie hier recht zahlreich gab, oder meinetwegen auch ein Eichhörnchen. Doch tief in mir war mir schon immer klar gewesen, dass mein Begleiter ein Orca war.

Ich lachte bitter bei der Erinnerung daran, wie ich diese Erkenntnis kurz vor seinem Tod meinem Großvater gestanden hatte. Es war ihm wichtig gewesen, in der Gewissheit zu sterben, dass seine Enkelin eine Art geistigen Beistand oder Führer hatte, doch er hatte nicht geglaubt, dass es in meinem Fall ein mächtiger Schwertwal sein sollte. Er war regelrecht verärgert gewesen und hatte mich beschimpft, ich sei anmaßend und nichtsnutzig, wenn ich behauptete, dass eines der machtvollsten Tiere an meiner Seite stünde. So war er tief gekränkt gestorben, und ich hatte niemanden mehr gehabt. Keine Mutter, keinen Großvater und – seiner Ansicht nach – auch kein Krafttier.

Viele Jahre waren vergangen, in denen ich nicht mehr darüber nachgedacht hatte. Viel zu sehr war ich mit dem reinen Überleben beschäftigt gewesen. Ich hatte kaum Geld gehabt und hatte nur mit Mühe die Jugendfürsorge davon überzeugen können, dass ich sehr gut allein auf mich aufpassen und mich selbst zum Schulabschluss bringen konnte. Schon erstaunlich, dass sich gewisse Behörden nur dann um einen kümmern, wenn man sie nicht braucht. Doch ich hatte es geschafft, hatte mir mein eigenes Leben aufgebaut und mein altes vergessen. Vermeintlich jedenfalls, denn seiner Vergangenheit entkommt man schließlich nie.

Als sich die Dinge in Vancouver im letzten Frühsommer immer weiter zum Schlechteren entwickelt hatten, war gleichzeitig der Ruf der Heimat immer stärker geworden. Ich hatte am Kitsilano Beach gesessen, mit meinem Handy in der Hand, und gerade die Mail mit der Jobzusage von der Highschool in Toronto gelesen, als die Leute um mich herum plötzlich begeistert kreischten. Ein Orca hatte sich ganz in die Nähe gewagt und war übermütig aus dem Wasser gesprungen. Derart stadtnah waren Walsichtungen relativ selten. Ich war wie gebannt gewesen und hatte das Gefühl gehabt, dass das Tier seine Kunststückchen nur für mich vorführte. Am Abend desselben Tages hatte ich dann die Stellenausschreibung für Port McNeill entdeckt, meine Bewerbung hingeschickt und, ohne auf eine Antwort zu warten, der Schule in Toronto abgesagt.

Wenn ich es so betrachtete, war der verdammte Wal daran schuld, dass ich nun allein in meiner dunklen Wohnung auf dem Bett lag und nicht einmal den Fernseher anschalten konnte, weil niemand merken sollte, dass ich zu feige war, um neue Freunde zu finden. Hatte ich schon erwähnt, dass ich Silvester hasste und zu Selbstmitleid neigte?

Leider hatte sich der Wal – also mein persönlicher, spiritueller Wal – seit meiner Ankunft rargemacht. Ich hatte ja auf irgendein Zeichen gehofft, auf einen Grund, warum ich zurückkehren sollte. Nur dass ich gerne aufs Wasser starrte, schien mir keine besonders starke Motivation zu sein. Doch die ersten Monate hier waren erschütternd ereignisarm verlaufen. Genau genommen hatten sie nur aus Unterricht und endlosen Stunden in der Werkstatt meines Großvaters bestanden. Ab und an mal ein Kneipenabend mit Kollegen – ganz so unsozial war ich dann doch nicht, wenn man von den Feiertagen absah. Aber sonst?

Ich dachte an meinen Geburtstagsabend, an dem ich mich von Connor aus der Reserve hatte locken lassen. Er hatte mir seine Lebensgeschichte erzählt und auch verraten, dass er hier als Eishockey-Coach für die Jugendgruppen arbeitete, also nicht völlig untätig war, wie er mich beim Joggen hatte glauben lassen. Doch dann war sein Freund gekommen, derjenige, für den er meine Wale haben wollte, und der Abend hätte eine wirklich interessante Wendung nehmen können. Als dieser großgewachsene, dunkelblonde Naturbursche vor mir stand und mich anlächelte, war etwas Merkwürdiges passiert: Mein Herz hatte ein paar Schläge ausgesetzt, und in meinem Inneren hatte ich ein merkwürdig flirrendes, flatterndes Gefühl gehabt. Eine Sekunde lang hatte ich mir mit diesem Mann alles vorstellen können. Restlos alles. Doch dann hatte er seinen Namen genannt und ich hatte fliehen müssen.

Meinen peinlichen Abgang konnte ich selbst mit einer Woche Abstand nicht schönreden, aber auch heute fiel mir keine bessere Reaktion ein. Reed Archer war der Vater einer meiner talentierteren Schülerinnen – und er betrieb ein Whale-Watching-Unternehmen. Ersteres wäre schon schwierig gewesen, aber Letzteres war die nackte Katastrophe! Touristische Walbeobachtung war in meinen Augen kaum besser als Walfang! Ja, krasse These, aber ich hatte mehrere Berichte gesehen, in denen deutlich wurde, wie gestresst die Tiere von den Booten waren. Auch wenn ich immer noch nicht sicher wusste, ob ich wirklich einen Orca als spirituellen Begleiter hatte und ob ich überhaupt an diesen ganzen Hokuspokus glauben sollte – Wale waren mir wichtig, und ich hatte mir vorgenommen, an der Schule Aufklärungskampagnen zu starten und die Schüler dafür zu sensibilisieren, was ihre Eltern, Verwandten oder Freunde Schlimmes mit der Natur anrichteten. Mir war klar, dass das ein verdammt heißes Eisen war, auch weil der Waltourismus für Vancouver Island eine enorme wirtschaftliche Bedeutung hatte, doch das konnte und durfte nicht der Maßstab sein. Und so war die Tatsache, dass Reed Archer meinen Körper zum Vibrieren brachte und gleichzeitig mein schlimmster Feind war, eine Komplikation in meinem Leben, auf die ich gut hätte verzichten können. Vielen Dank auch, Schicksal! Oder Wal. Oder wer auch immer das zu verantworten hatte.

In diesem Moment sprang die Anzeige meines Digitalweckers auf null Uhr fünf. Ich hatte den Moment des Jahreswechsels tatsächlich verpasst. Vielleicht war das auch ein Zeichen? Oder vielleicht sollte mein einziger Vorsatz für das neue Jahr der sein, nicht mehr auf irgendwelche Zeichen zu warten, sondern nur noch nach meinen Werten und meinem Gewissen zu handeln. Mit diesen leicht kruden Gedanken schlief ich ein.

ALLTAGSFREUDEN

PORT MCNEILL, VANCOUVER ISLAND, 4. JANUAR – KIONA

»Guten Morgen«, begrüßte ich die Achtklässler, die mich verblüfft anstarrten, als ich den Klassenraum betrat. Kein Wunder, sie hatten ihren bisherigen Englischlehrer erwartet, doch der hatte sich in den Weihnachtsferien so schwer verletzt, dass er bis Ostern ausfiel. Mindestens. Daher hatte ich die achte und neunte Jahrgangsstufe übernommen, die ich ansonsten zum Teil aus dem Kunstunterricht kannte. »Mr Shepherd hat sich beim Skifahren einen komplizierten Beinbruch zugezogen, so dass er leider ein Weilchen im Krankenhaus bleiben muss und ich übergangsweise den Englischunterricht bei euch übernehme«, erklärte ich ihnen, was aufgeregtes Tuscheln zur Folge hatte.

»Ms Brooks«, meldete sich ein rothaariger Junge, der ein anderes Wahlfach haben musste, denn ich kannte ihn nur vom Sehen. »Heißt das, dass Sie die Hausaufgaben, die uns Mr Shepherd vor den Ferien aufgegeben hat, nicht sehen wollen?« Er klang so hoffnungsfroh, dass ich nur mit Mühe ein Lächeln unterdrücken konnte. Ich hatte Daryl Shepherd noch selbst als Schülerin erlebt und wusste um seine verhassten Ferienaufgaben. Doch das konnte ich natürlich nicht zugeben.

»Ich fürchte, das heißt es nicht«, entgegnete ich mit Bedauern in der Stimme. »Was solltet ihr denn machen?«

»Wir sollten uns einen kanadischen Schriftsteller oder Dichter unserer Wahl suchen, ein Werk von ihm lesen und darüber einen Aufsatz schreiben«, sagte der Junge unglücklich.

»Ist doch ein schönes Thema.« Ich lächelte in mich hinein. Früher hätte ich darüber auch gestöhnt, aber eigentlich war es großartig, wenn man die Schüler zu eigenständigem Arbeiten anhielt. Außerdem gab es so viele wunderbare Autorinnen und Autoren in unserem Land, dass man reichlich Material zur Verfügung hatte.

»Das war voll ätzend«, mischte sich nun ausgerechnet Grace Archer ein. »Wissen Sie, wie viele Schriftstellerinnen es gibt?«

»Ich habe eine ungefähre Vorstellung.« Ich hatte nun ernsthaft Mühe, nicht loszulachen. »Aber wisst ihr, was mich wirklich interessieren würde? Was ihr herausgefunden habt. Welche Entdeckungen habt ihr gemacht? Wie seid ihr an die Aufgabe rangegangen? Und hat es nicht vielleicht doch ein kleines bisschen Spaß gemacht?«

Das kollektive Stöhnen sprach Bände. Nur Becky, ein Mädchen mit schmalem Gesicht und strengem dunklen Pagenschnitt, hob eifrig die Hand. Ich kannte sie aus dem Kunstunterricht, und auch da war sie immer eine der Eifrigsten.

Ich nickte ihr zu und sie sprudelte los: »Also ich fand es total toll! Ich habe einfach nach kanadischen Autoren gegoogelt, und es wurden so viele Namen angezeigt. Dann habe ich bei meinen Eltern im Regal nachgesehen und tatsächlich einige Bücher gefunden. Ich hab mir eine Kurzgeschichte von Alice Munro ausgesucht. Wussten Sie, dass sie 2013 den Nobelpreis für Literatur bekommen hat?« Beckys Augen glänzten.

»Ja, das wusste ich. Ich habe sogar meine Abschlussarbeit an der Uni über ihre Geschichten verfasst«, sagte ich lächelnd. »Ich bin schon sehr gespannt auf deinen Aufsatz. Und wie sieht es bei den anderen aus? Habt ihr auch jemanden gefunden?«

Zaghaft meldete sich einer nach dem anderen. Erstaunlicherweise hatten sie alle ihre Hausaufgaben gemacht – wenn auch weitgehend mit Unbehagen. Am Schluss fehlte nur noch Grace.

»Und du, Grace? Über wen hast du geschrieben?«, fragte ich sie, als das Ende der Doppelstunde schon nahte.

»Über eine bisher unbekannte Autorin«, sagte sie und verschränkte die Arme vor der Brust.

»Oh, das klingt aber interessant. Wer ist es denn?«

»Meine Tante Nora.«

»Okay. Und was hat sie schon veröffentlicht?«, hakte ich nach.

»Noch nichts. Aber sie will Schriftstellerin werden und hat ein paar tolle Kurzgeschichten geschrieben. Eigentlich wollte sie mir bei meiner Hausaufgabe helfen, und ich war schon drauf und dran, was über Margaret Atwoods ›Report der Magd‹ zu schreiben. Ich hab mir ein paar Folgen der Fernsehserie ›The Handmaid's Tale‹, die ja auf dem Roman basiert, mit meiner Grandma und mit Nora angesehen, aber irgendwie hat mir das nicht gefallen. Und dann hat Grandma gesagt, dass Nora doch auch Geschichten schreibt. Na ja, so bin ich dann drauf gekommen. Nora hat mir eine ihrer Geschichten gegeben und ich habe einen Aufsatz darüber geschrieben. Aber mein Vater und Becky sagen, dass das nicht zählt, weil Nora keine echte Schriftstellerin ist.« Sie funkelte ihre Freundin mit einem bösen Blick an.

»Jeder hat mal klein angefangen, und wer weiß schon, ob aus deiner Tante Nora nicht die nächste Margaret Atwood oder Alice Munro wird«, sagte ich lächelnd. »Und wenn ich es richtig verstanden habe, dann war ja Mr Shepherds Aufgabe schlicht, eine kanadische Autorin oder einen kanadischen Autor auszusuchen und über eines der Werke zu schreiben. Er hat nichts von veröffentlichten oder preisgekrönten Autoren gesagt, insofern hast du einen sehr kreativen Ansatz gewählt, Grace. Das gibt einen Extrapunkt.«

Ich sah, wie sich ihre Wangen röteten und sich ein triumphierendes Lächeln auf ihrem Gesicht breitmachte, während Becky schmallippig und mit gerunzelter Stirn neben ihr saß. Das schadet gar nichts, dachte ich mir. Becky war die Musterschülerin des Jahrgangs, und ich war überzeugt, dass ihre Arbeit über Alice Munros Kurzgeschichte brillant sein würde, doch manchmal brauchten die Erfolgsverwöhnten einen kleinen Dämpfer, damit sie die Bodenhaftung nicht ganz verloren. Ich sah auf die Uhr, in wenigen Minuten würde der Schulgong ertönen und die Stunde beenden.

»Nachdem wir unsere erste Doppelstunde komplett verplaudert haben, will ich euch noch eine kleine Hausaufgabe mitgeben: Überlegt euch bitte, welches Thema euch zurzeit so sehr beschäftigt, dass wir es im Englischunterricht zusätzlich neben dem normalen Stoff behandeln können.«

»Aber Mr Shepherd hat gesagt, dass wir nach den Ferien Interpretationen von Gedichten und Essays durchnehmen«, rief Becky, ohne sich vorher gemeldet zu haben. Zwei Drittel der Klasse stöhnten bei dieser Ankündigung laut und genervt auf.

»Und das werden wir auch tun. Aber es gibt auch wunderbare Gedichte, die sich beispielsweise mit dem Thema Natur beschäftigen. Das könnte man in einen Kontext mit Umweltschutz setzen.«

»Gibt's auch Gedichte über Eishockey?«, wollte Tom wissen und lächelte mich schelmisch an.

»Das können wir alles herausfinden. Mir ist wichtig, dass ihr erkennt, wie machtvoll Sprache sein kann und dass auch in Poesie viel alltägliche Weisheit versteckt sein kann. Also, jeder schreibt eine Liste mit seinen drei Lieblingsthemen. Die werten wir in der nächsten Stunde aus, und den Themenbereich mit den meisten Stimmen nehmen wir uns dann in den nächsten Wochen vor.« Die Klingel schrillte, und die Schüler sprangen auf, um zu ihrer nächsten Stunde zu laufen. »Halt, nicht abhauen, ehe ihr mir nicht eure Ferienhausaufgabe ausgehändigt habt«, rief ich noch und sammelte rasch alle Hefte ein.

Diese erste Doppelstunde Englisch war also geschafft, dachte ich, als ich die Hefte in meine Tasche packte und ins Lehrerzimmer ging. Ich hatte eine Freistunde und dann noch zwei weitere Doppelstunden Kunstunterricht. Erst mit der achten Klasse, dann mit der elften. Die Freistunde wollte ich nutzen, um einen ersten Blick auf die Ferienhausaufgaben zu werfen. Ich war besonders gespannt auf den Aufsatz von Grace. Ob sie die Geschichte ihrer Tante wohl dazugelegt hatte, so dass ich mir ein wirkliches Bild machen konnte? Kollege Shepherd hätte das zweifellos nicht durchgehen lassen, aber der lag ja im Streckverband in der Klinik und musste sich um seine Genesung kümmern.

Das Lehrerzimmer war fast leer, als ich es betrat. Nur Liam MacAlpine saß an dem großen Tisch und starrte gedankenverloren aus dem Fenster.

»Hi«, grüßte ich ihn, nahm schräg gegenüber von ihm Platz und zog den Stapel Hefte aus meiner Tasche hervor. Mit Liam hatte ich bislang nicht besonders viel Kontakt gehabt. Er war auch erst seit diesem Schuljahr hier, unterrichtete Geschichte und Sozialkunde und wirkte ein wenig scheu und eigenbrötlerisch – was man vermutlich auch über mich sagen konnte.

»Hi.« Er sah mich erstaunt an. Offenbar war er so in Gedanken versunken gewesen, dass er mich gar nicht wahrgenommen hatte.

»Ich störe doch hoffentlich nicht?«, fragte ich, obwohl das natürlich Quatsch war. Wohin sonst hätte ich denn gehen sollen? Aber irgendwas hatte er an sich, weswegen ich mir gerade wie ein Eindringling vorkam.

»Nein, natürlich nicht.« Er lächelte mich warmherzig an, und dieser seltsame Moment war vergangen.

»Hattest du schöne Ferien?«, plapperte ich weiter. Warum hielt ich nicht einfach meine Klappe und korrigierte die Hausaufgaben, statt belanglosen Smalltalk zu machen, an dem Liam mutmaßlich genauso wenig Interesse hatte wie ich?

Sein Lächeln erstarb und machte einem etwas gequälten Gesichtsausdruck Platz. »Sagen wir's so, ich bin echt froh, dass mich der Alltag wiederhat. Und du?«

»Dito«, entgegnete ich, und er sah mich genauso überrascht an wie ich sicherlich ihn. Ich fragte mich, warum er so traurig wirkte und was bei ihm passiert war. Vielleicht fragte er sich dasselbe, was mich betraf – doch beide behielten wir unsere Neugier für uns.

»Ist irgendwie traurig, was? Alle Schüler und Kollegen jammern, weil die Schule wieder losgeht, und wir freuen uns darüber.«

Ich zuckte mit den Schultern. »Ich weiß nicht, ob das wirklich traurig ist. Ich mag meinen Job. Und ich bin es gewohnt, anders zu sein als die anderen.«

»Dito«, erwiderte nun er und sah mir lächelnd in die Augen.

Ich hielt eine Weile schweigend seinen Blick, und wir forschten wohl beide danach, wie sehr wir unserem Gegenüber vertrauen konnten. Ich glaubte nicht, dass es bei ihm eine Masche war oder dass er mich anbaggern wollte. Das fühlte sich in der Regel ganz anders und vor allem ziemlich eindeutig an. Vielmehr hatte ich den Eindruck, auf eine ähnlich verlorene Seele getroffen zu sein, wie ich selbst eine war. Ein warmes Gefühl durchströmte mich. Konnte das der zarte Ansatz einer Freundschaft werden?

»Vielleicht hast du ja mal Lust, mit mir zusammen spazieren zu gehen?«, schlug er schließlich vor. Interessant. Nicht etwa »etwas trinken« oder »essen«, sondern ein Spaziergang.

»Das fände ich sehr schön«, sagte ich und schlug dann das erste Heft auf.

Eine Stunde später betrat ich voller Elan den Kunstraum. Ich hatte bereits einige Aufsätze korrigiert und war mit

Liam für später zu einem Spaziergang am Strand verabredet. Ich freute mich sehr darauf, ihn näher kennenzulernen. Aber jetzt war ich gespannt auf meine Achtklässler, die während der Ferien kleine Kunstprojekte hatten machen wollen. Das war keine verpflichtende Hausaufgabe wie die im Englischunterricht gewesen, sondern freiwillig, aber ich war mir ganz sicher, dass einige schöne Arbeiten dabei sein würden.

Meine zehn Schülerinnen waren schon da, nur Mädchen. Die Jungs aus der Klasse hatten geschlossen Eishockey als Wahlfach genommen. Nichts gegen Eishockey und Sport im Allgemeinen, den unterrichtete ich schließlich auch, aber ich fand es wirklich schade, dass Kunst kein Pflichtfach mehr war. Man konnte doch so viel lernen, wenn man seinen Blick über den Tellerrand hinausbewegte. Immerhin hatte es den Vorteil, dass der Lehrplan sehr frei gestaltbar war und ich mit meinen Schülern Dinge umsetzen konnte, die wir alle aufregend fanden.

»Hallo, meine Lieben«, grüßte ich die Klasse und wuchtete einen Karton auf das Pult. Ich hatte in den Ferien noch weiter an den Origami-Tieren geschnitzt und war inzwischen einigermaßen zufrieden damit. Das war zwar vermutlich nichts, was wir im Unterricht machen konnten, aber ich hatte den Mädchen versprochen, dass ich es ausprobieren und ihnen die Ergebnisse nach den Ferien zeigen würde. Das Origami-Falten war in den Wochen vor den Weihnachtsferien der absolute Hit bei Schülern aller Altersklassen gewesen, und ich war mir ziemlich sicher, dass etliche Papiertiere als Weihnachtsgeschenke neue Besitzer gefunden hatten.

»Sind da die Holz-Origami-Tiere drin?«, fragte Grace

prompt, die im Kunstunterricht zu den Talentiertesten zählte.

»Ja, das war meine Ferienhausaufgabe. Habt ihr auch etwas gemacht?«

Wie nicht anders zu erwarten, waren die Mädchen ohne Ausnahme ziemlich fleißig gewesen und packten nun ihre kleinen und großen Kunstprojekte aus. Es gab zwei Tonplastiken und einige Aquarelle. Becky hatte eine Pinnwand dabei, auf der sie fein säuberlich detailverliebte Papierschmetterlinge angebracht hatte – lateinische Gattungsbezeichnung inklusive. Das war atemberaubend schön und gleichzeitig verdammt morbide. Trotzdem war ich beeindruckt und stimmte in die begeisterten »Ah«- und »Oh«-Rufe ihrer Mitschülerinnen ein.

»Wow, Becky. Alle Achtung. Da hast du bestimmt tagelang dran gearbeitet«, sagte ich, und sie strahlte mich mit glühenden Wangen an.

»Ich hatte ein bisschen Hilfe von meiner Mutter und meinen Geschwistern«, gab sie zu, freute sich aber ganz offensichtlich über das gesammelte Lob.

»Daran ist nichts auszusetzen. Viele große Künstler hatten und haben Werkstätten mit Mitarbeitern«, gab ich zurück und wandte mich dann an Grace, die die Präsentation ihrer Freundinnen untypisch passiv begleitet hatte und nicht besonders scharf darauf zu sein schien, ihre Arbeit zu zeigen. »Hast du uns auch etwas mitgebracht?«

Sie öffnete die Faust, in ihrer Hand lag ein USB-Stick. »Dafür bräuchten wir den Computer und den Beamer«, sagte sie. »Ich habe zu Weihnachten eine Action-Cam geschenkt bekommen, mit der ich auch Zeitraffer-Filme machen kann. Viel Zeit hatte ich nicht, weil ich ja eine Woche bei meiner Großmutter war, aber zwei kleine Filmchen könnte ich euch zeigen.«

Das Filmprojekt, mit dem wir gleich nach den Sommerferien begonnen hatten, war ziemlich gut angekommen, und vor den Ferien hatten wir die Kamera im schuleigenen Hühnerstall installiert. Die musste ich in den nächsten Tagen mal bergen und den Film auswerten. Ich hatte trotz der allgemeinen Begeisterung nicht den Eindruck gehabt, dass die Mädchen ein weiter gehendes Interesse an der Sache haben könnten. Doch offensichtlich hatte ich da falsch gedacht.

»Cool«, entgegnete ich, fuhr gleich den Laptop hoch und schloss ihn an den Beamer an. »Willst du uns schon mal sagen, was du gefilmt hast?«

»Der erste Clip ist sozusagen ein Auftragswerk«, erklärte sie. »Mein Dad hat die Kamera in der Küche installiert und eine Woche lang eine Banane beim Vergammeln gefilmt. Ist leider nicht so spektakulär wie gehofft, denn ich dachte, das geht schneller.« Sie pustete sich eine rotbraune Strähne aus dem Gesicht. »Aber der zweite Film ist ganz witzig. Da habe ich ein Weitwinkelobjektiv montiert und unseren Hund nachts im Wohnzimmer beim Schlafen gefilmt.«

»Ich dachte, Ollie schläft bei dir im Bett«, bemerkte Maggie.

Grace lief dunkelrot an, offenbar war ihr das peinlich. »Schon lange nicht mehr«, knurrte sie. »Ollie schläft im Wohnzimmer, aber Dad und ich wollten mal wissen, wo genau, und deshalb habe ich ihn gefilmt.«

»Aber ist es da nicht viel zu dunkel zum Filmen?«, erkundigte sich Becky stirnrunzelnd.

»Meine Kamera hat ein besonders lichtempfindliches Objektiv«, erklärte Grace stolz. »Wir wollen nämlich auch mal Nachtaufnahmen am Strand machen. Außerdem brennt bei uns nachts immer eine kleine Tischlampe im Wohnzimmer, so dass man alles erkennen kann. Aber schaut es euch am besten selbst an.«

Laptop und Beamer waren inzwischen bereit, und Grace händigte mir den USB-Stick aus. Ich öffnete den Clip, der »Banane« hieß. Es stimmte, besonders spektakulär war der Reifeprozess der Banane nicht, dafür war sie einfach zu frisch gewesen und die Filmdauer zu kurz. Aber man bekam einen netten Einblick in die Küche der Archers. Nicht dass mich das interessieren sollte. Die Frucht lag auf einem roten Teller auf dem Fensterbrett, und auch wenn sich bei ihr nicht viel tat, war der wechselnde Lichteinfall der Tageszeiten sehr schön eingefangen. Ab und zu waren noch ein paar andere Dinge im Bild: Kaffeetassen, eine Spülbürste, und ein Weilchen hatte die Banane sogar Gesellschaft von einem Apfel bekommen. Zwischendurch gab es immer mal wieder einen Schatten, der wohl Gracies Vater Reed war. Aus irgendeinem Grund beschäftigte er mich immer noch.

»Ich weiß ja nicht«, brummte Maggie. »So richtig spektakulär war das nicht.«

»Und Kunst eigentlich auch nicht«, warf Becky ein und bemühte sich nicht einmal, ihre Geringschätzung zu verbergen. »Du hast ja gar nichts gemacht, außer eine Banane zu filmen.«

»Na, na, na«, unterbrach ich sie. »Vielleicht magst du ja mal einen Aufsatz über die Definition von Kunst schreiben, Becky. Kunst bedeutet nicht zwangsläufig Fleiß, manchmal reicht ein kleiner Geistesblitz oder ein gutes Konzept.«

»Genau, Beck! Du brauchst gar nicht so überheblich zu tun«, mischte sich Grace ein. »Außerdem habe ich ja gesagt, dass der Bananen-Clip gar nicht mein richtiges Projekt ist, sondern nur eine Art Testlauf war.« Sie verdrehte so genervt die Augen, wie es nur Teenagermädchen können, und ich musste mir wieder ein Lachen verkneifen. »Warte auf den zweiten Film.«

Ich klickte auf die nächste Datei, die »SDD« hieß, und auf der Leinwand erschien eine Titelanimation. »Sleeping Dog ... and Dad« stand kurz da. »Ein Film von Grace Archer mit Newfypoo Ollie Archer in seiner ersten Hauptrolle und Reed Archer als Sidekick. Ein Drama in drei Akten – oder Nächten. Immer von acht bis acht.« Die Klasse lachte, und dann ging es auch schon los mit »Erste Nacht«. Das musste die Silvesternacht sein, denn während der ersten Sekunden sah man nur das leere Wohnzimmer. Die Kamera war vermutlich erhöht in einem Regal installiert worden, und man hatte einen wunderbaren Blick auf einen sehr gemütlichen Raum, der von einem großen Sofa dominiert wurde. Im Hintergrund sah man einen Tisch, neben dem ein gigantisches Hundebett auf dem Boden lag, das fast so bequem aussah wie das Sofa. Außerdem gab es einen Kamin, auf dessen Sims einige Weihnachtskarten und Origami-Figuren standen. In einem vollgepackten Bücherregal erkannte ich meine beiden Wale, und es durchzuckte mich heiß und kalt. Ich sollte diesen Film nicht sehen. Das war ... zu intim? Aber ich hatte kaum eine andere Wahl.

Irgendwann tat sich was – es musste wohl nach Mitternacht sein. Ein verdammt großer Hund huschte ins Wohnzimmer, rollte sich auf seinem Bett zusammen und blieb dort liegen, bis sich die Lichtstimmung im Raum änderte, offenbar weil der Morgen anbrach. Das war fast so unspektakulär wie die Banane, und ich nahm leises Getuschel aus Beckys Richtung wahr, beschloss aber, es zu ignorieren. Denn in diesem Moment begann die zweite Nacht, mit Ollie und Grace nebeneinander auf dem Sofa. Grace las in einem Buch. Im Hintergrund saß Reed am Tisch und schien an seinem Laptop zu arbeiten. Erst verabschiedete sich Grace, dann verschwanden kurz Reed und Ollie – ich nahm an, dass sie noch eine letzte Runde machten –, dann kehrte der Hund allein zurück. Wieder ging er zunächst in sein Bett, doch dort hielt es ihn nicht lange. Er stand auf, legte sich aufs Sofa und streckte dabei alle viere in die Luft, was wirklich sehr witzig aussah. Kurz darauf war er diese Pose aber auch schon wieder leid und verzog sich vor den Kamin. Dort gefiel ihm offenbar die Lage des Teppichs nicht, er scharrte wild darauf herum, ehe er sich umständlich hinlegte. Insgesamt wechselte er noch mehrere Male die Position und verschwand für einige Zeit sogar ganz aus dem Sichtfeld der Kamera.

Dann brach die dritte Nacht an – zunächst wieder mit einem komplett leeren Wohnzimmer. Vielleicht war die Familie woanders? Dann kam der Hund ins Bild, kurz darauf gefolgt von Reed Archer, der sich jedoch nicht an den Tisch, sondern aufs Sofa setzte und lange in den leeren Kamin starrte. Ob er vergessen hatte, dass die Kamera lief? Ich fühlte mich zunehmend unbehaglich – auch weil ich wieder dieses seltsame Gefühl in mir verspürte, dass ich schon an meinem Geburtstag bei Reeds Anblick gehabt hatte. Nicht gut. Was machte der Mann mitten in der Nacht im Wohnzimmer? Hatte er kein Bett? Irgendwann legte er sich aufs Sofa und schloss die Augen. Augenblicke später – zumindest in diesem Zeitraffer-Film, in Wahrheit waren es vermutlich mehrere Minuten gewesen – kletterte auch der Hund aufs Sofa und quetschte sich zwischen die Polsterlehne und den Mann. Seinen mächtigen, lockigen Kopf ließ er auf die breite Brust seines Herrn sinken. Reed legte einen Arm um ihn, und so schliefen sie, bis der Film endete.

»Dein Hund ist so süüüüüß«, quietschte Maggie begeistert.

»Dein Dad ist soooooo heiß!«, schwärmte dagegen Frances und warf sich ihre dunkelbraune Mähne über die Schulter, eine Geste, die wohl verführerisch wirken sollte.

Alle anderen applaudierten – sogar Becky –, nur ich wusste nicht so recht, wie ich reagieren sollte. Der Film war zweifellos unterhaltsam und mit der Eingangs- und den Zwischensequenzen auch sehr gut gemacht. Da hatte Grace zweifellos einige Arbeit investiert. Aber es war auch verdammt persönlich und ich kam mir vor, als wäre ich in ein Familienleben eingedrungen, das mich nichts anging. Die Mädchen schienen damit kein Problem zu haben, und oberflächlich betrachtet hatten sie auch recht: Der Hund war niedlich, und Reed Archer war ... nun ja ... recht anziehend. Er musste sehr früh Vater geworden sein, wenn er jetzt schon eine dreizehnjährige Tochter hatte.

»Weiß dein Dad von den Aufnahmen?«, fragte ich Grace, als der Jubel etwas abgeebbt war. Sie errötete.

»Hm«, brummte sie vage.

»Hm?«, fragte ich.

»Also, er hat mir an Silvester geholfen, die Kamera im Regal zu installieren und den Aufnahme-Timer zu programmieren. Und er weiß auch, dass das für ein Schulprojekt war.«

»Aber er hat keine Ahnung, dass er unfreiwilliger

Hauptdarsteller deines Kunstprojekts geworden ist?«, vervollständigte ich seufzend ihren Satz.

»Hm.«

»Grace, dein Film ist wirklich gut geworden. Die Idee ist cool, und das Intro ist wahnsinnig witzig. Aber du kannst nicht einfach Filmaufnahmen von Menschen verwenden, die nichts davon wissen, dass sie gefilmt wurden. Das macht man einfach nicht.«

»Aber es war doch nichts Schlimmes zu sehen. Ich meine, ihr Dad hat doch nur auf dem Sofa geschlafen und mit ihrem Hund gekuschelt«, sprang Frances ihr bei. »Wenn mein Dad so aussehen würde, würde ich ihn auch die ganze Zeit heimlich filmen ...«

»Frances, das ist nicht hilfreich«, fiel ich ihr streng ins Wort. »Es geht hier um die Verletzung von Persönlichkeitsrechten, und das ist nicht in Ordnung.«

»Sagen Sie nicht immer, dass Kunst provozieren muss, Ms Brooks?«, warf nun ausgerechnet wieder die neunmalkluge Becky ein.

»Ich sage, dass Kunst provozieren *darf*. Aber ich sage auch, dass Kunst nicht alles zeigen sollte, was sie zeigen könnte. Grace, wenn dein Vater die Aufnahmen gesehen und freigegeben hätte, wäre das in Ordnung, aber ohne sein Einverständnis hättest du den Film nicht präsentieren dürfen.«

»Aber Dad war gestern Nachmittag unterwegs, als ich mit der Bearbeitung fertig war. Und danach habe ich vergessen, ihn zu fragen«, murmelte Grace kläglich.

»Es ist ja nichts Schlimmes passiert. Du hast den Film ja nur uns gezeigt und nicht etwa in den sozialen Medien hochgeladen. Oder?« Ich musterte sie scharf und sie schüttelte entsetzt den Kopf.

»Das würde ich nie tun!«, beteuerte sie. »Ich habe ihn

nur Nora, meinem Onkel Easton und meiner Grandma geschickt.«

»Die drei werden hoffentlich diskret sein. Ich würde vorschlagen, dass du heute Abend gleich mit deinem Vater sprichst und ihm den Film zeigst. Dann sollte alles in Ordnung sein. Aber für die Zukunft habt ihr hoffentlich alle eine wichtige Lektion gelernt.«

Die Mädchen nickten ernsthaft und schienen es wirklich verstanden zu haben.

»Gut. Dann sollten wir uns jetzt überlegen, womit wir uns in den nächsten Wochen beschäftigen wollen.«

»Wollten Sie uns nicht auch Ihre Hausaufgaben zeigen?«, erinnerte mich Frances und deutete auf meinen Karton.

»Stimmt, das hätte ich fast vergessen. Ich habe versucht, unser Origami-Projekt in Holz zu übersetzen, was aber gar nicht so einfach ist«, sagte ich und packte die Figuren aus der Schachtel. »Aber auch das ist vielleicht eine wertvolle Lektion: Nicht jedes Material ist für jede Kunstform geeignet. In Holz übertragen wirken die Tiere längst nicht so filigran und zart wie aus Papier. Aber es hat trotzdem Spaß gemacht, es zu versuchen.«

Die Mädchen bestaunten die Tiere voller Andacht.

»Ich finde sie sehr schön«, sagte Frances.

»Ich auch«, stimmten Becky und die anderen Mädchen mit ein. Nur Grace runzelte die Stirn.

»Ich habe so ein Tier von meinem Patenonkel zu Weihnachten bekommen«, sagte sie und musterte mich skeptisch. »Er sagte, er hätte den Kranich bei einer sehr talentierten Künstlerin gekauft.«

»Ich nehme an, du sprichst von Connor Davis?«, entgegnete ich leichthin und versuchte, es wie eine kleine Nebensächlichkeit klingen zu lassen. »Connor ist ein sehr netter Mann, der aber keine Ahnung von Kunst hat.« Ich zwinkerte ihr verschwörerisch zu, obwohl ich mir in diesem Moment total verlogen vorkam. Anscheinend war es nicht nur ich, die Lektionen erteilte – das Schicksal, oder wer auch immer dafür zuständig war, tat dasselbe gerade mit mir.

WALBEKANNTSCHAFTEN

TELEGRAPH COVE, VANCOUVER ISLAND, 4. JANUAR – REED

»Na, wie war die Lage?«, fragte ich Yaku, der zwischen Weihnachten und heute in Telegraph Cove für mich die Stellung gehalten hatte. Hier war die Niederlassung von »Scott's Spout Scouts«, hier lagen unsere Boote – die meisten winterfest in der Marina vertäut. Dazu kamen das Büro, der derzeit geschlossene Shop und der Arbeitsraum für Studenten und Gastforscher, die in den nächsten Tagen hier eintreffen würden. Telegraph Cove war ein kleines, verschlafenes Nest gut fünfundzwanzig Kilometer südöstlich von Port McNeill, das zwischen Frühling und Herbst von tausenden Touristen geflutet wurde, die Wale sehen wollten. Denn hier war dafür der beste Platz auf der ganzen Insel! Eine Familiengruppe Orcas war sehr standorttreu und wurde zudem regelmäßig von verwandten Tieren aus anderen Gruppen besucht. Jetzt im Winter waren das Dorf und das große Hotelresort beinahe ausgestorben, aber für uns Forscher war es die ideale Zeit, die Tiere etwas ungestörter zu beobachten.

Yaku hatte schon immer hier in der Gegend gelebt und kannte das Meer und die Wale besser als alle anderen Menschen. Früher hatte er für »Moby Tours« gearbeitet, den größten, leider sehr kommerziellen Anbieter für Beobachtungstouren auf der Insel, doch nachdem wir vor gut zehn Jahren die Liegeplätze und das Verwaltungshäuschen eines alteingesessenen Familienbetriebs übernommen hatten, war er zu uns gewechselt. Sehr zum Ärger von Elliot Graham, dem Boss von »Moby Tours«. Dabei hatten wir Yaku gar nicht aktiv abgeworben. Er hatte nur eines Tages beschlossen, dass ihm unsere Philosophie besser gefiel und er lieber für uns arbeiten wollte. Seitdem war er die gute Seele von »Scott's Spout Scouts« und gleichermaßen beliebt bei Wissenschaftlern, Studenten und Touristen. Ohne ihn wäre ich zwar nicht völlig aufgeschmissen gewesen, hätte aber deutlich mehr Probleme gehabt – und noch weniger Zeit für meine Forschungsarbeiten.

»Alles in Ordnung hier«, sagte er mit ernstem Gesichtsausdruck. »Aber die Wale vermissen dich. Sie fragen, ob du sie vergessen hast.«

Ich musste lächeln. Yaku, dessen voller Name Yakuglas lautete, sagte häufig solche Dinge, und wenn ich ehrlich war, wollte ich gerne an ihren Wahrheitsgehalt glauben. Ich vermisste die Orcas nämlich definitiv, wenn ich sie ein paar Tage lang nicht sah. »Haben sie dir das geflüstert?«, fragte ich.

»Nicht geflüstert, sondern klar und deutlich artikuliert«, behauptete er, immer noch mit perfektem Pokerface. »Wahrscheinlich könntest du es auf den Aufnahmen der Unterwassermikrofone hören, wenn du genau zuhören würdest.«

»Ich wünschte, ich hätte deine Gabe«, entgegnete ich und meinte es ganz ernst. Ich war mir zwar nicht sicher, ob Yaku sich nur einbildete, mit den Orcas kommunizieren zu können, oder ob es wirklich so war, aber ich hätte gerne seine Überzeugung gehabt. Ich war nach all den Jahren ganz gut darin, das Verhalten der Tiere zu interpretieren. Konnte es erkennen, wenn sie sich zum Jagen versammelten, wenn sie ruhten oder wenn sie in Spiellaune waren. Ich meinte sogar, Stimmungsnuancen und Verschiebungen in der Gruppendynamik wahrnehmen zu können, aber das war im Vergleich zu Yaku nur ein Kratzen an der Oberfläche.

»Du hast die Gabe auch, du bist nur zu feige, um sie wirklich zu nutzen«, behauptete er schlicht.

Das war auch nicht ganz von der Hand zu weisen. In erster Linie verstand ich mich als Wissenschaftler und war darauf angewiesen, klaren akademischen Richtlinien zu folgen und eindeutige Daten zu produzieren, mit denen auch meine Kollegen etwas anfangen konnten. Da war allein schon die Beobachtung, dass die Leitkuh der Gruppe Streit mit ihrer ältesten Tochter hatte, schwierig, wenn ich diese These nicht mit einem äußerlich erkennbaren Verhalten untermauern konnte, sondern nur mein Gefühl als Referenz nahm. »Wahrscheinlich hast du recht«, gab ich zu und zuckte mit den Schultern. Dieses Dilemma würde ich heute ganz sicher nicht lösen können.

»Während des Sturms waren ein paar Buckelwale hier«, sprach er weiter. »Seit Silvester habe ich sie nicht mehr gesehen, aber ich glaube, sie sind noch in der Gegend.«

»Du warst doch während des Sturms nicht etwa draußen, oder?«, fragte ich stirnrunzelnd. Wir hatten klare Regeln, dass wir ohne Not keine Risiken eingingen. Wir hatten zwar Boote, die auch mit schwierigen Bedingungen klarkamen, aber wir fuhren nur in Ausnahmesituationen bei schwerer See raus – und definitiv nicht allein.

»Natürlich nicht.« Er hob die Hände und lächelte mich nachsichtig an.

»Woher weißt du es dann? Nein, halt, lass mich raten: Die Orcas haben es dir verraten.«

»Ganz genau. Wenn man ihnen gut zuhört, erfährt man eine Menge über die Dinge, die hier passieren. Außerdem war Elliot an Silvester hier und hat mir davon erzählt. Er hat die Buckelwale vom Flugzeug aus gesehen.«

»Was wollte Elliot hier?«

»Mich ausfragen, wie es bei dir so läuft, und mich abwerben«, erwiderte Yaku schlicht und bestätigte damit meine Befürchtung. Elliot Graham war schon seit Jahren hinter »Scott's Spout Scouts« her. Nach Jeffreys und Emilys Tod hatte er Kelly monatelang regelrecht bedrängt, doch glücklicherweise war sie standhaft geblieben, obwohl die Versuchung groß gewesen war. Mir war es genauso gegangen. Der Impuls, das Geschäft loszuwerden, das uns unsere Liebsten genommen hatte, war fast überwältigend gewesen, und wäre ein seriöserer Kollege auf uns zugekommen, hätten wir vielleicht sogar aufgegeben. Ich hatte den Gedanken, die Insel zu verlassen, damals gar nicht so abwegig gefunden. Ich hätte sofort an der Uni in Vancouver arbeiten können, und mein Leben, unser Leben wäre ganz anders verlaufen. Doch die Vorstellung, dass Elliot mit seiner aggressiven Werbestrategie und seinen reißerischen Touren unser gutes und nachhaltiges Konzept zerstörte und mutmaßlich auch noch Wissenschaftlern den Zugang versperrte, war unerträglich für Kelly und mich. Also hatten wir weitergemacht und unser Unternehmen in Jeffreys Sinn weitergeführt.

»Er kann's echt nicht lassen, was?«, entgegnete ich also kopfschüttelnd. Elliot hatte länger nichts mehr von sich hören lassen, von seinem Marketing-Getöse mal abgesehen, das nicht zu überhören war.

»Ich glaube, er hat ein wenig Stress von der Aufsichtsbehörde bekommen«, wusste Yaku zu berichten, und ich war wieder einmal erstaunt, wie gut er informiert war.

»Haben dir das auch die Orcas geklickert?«, fragte ich ihn mit leichter Ironie in der Stimme.

»Nein, die interessieren sich für solche Nebensächlichkeiten nicht«, konterte er staubtrocken. »Ich habe meine Kontakte.«

Die hatte der alte Mann in der Tat, und deswegen war er auch so wertvoll. Ich hoffte wirklich, dass wir für ihn noch sehr lange der akzeptabelste Arbeitgeber sein würden und er nicht erneut die Fronten wechselte.

Ich nickte daher nur und wechselte das Thema. »Sollen wir gleich mal rausfahren?« Es war zwar einiger Papierkram zu erledigen, aber der konnte noch warten. Zuerst musste ich »meine« Wale sehen und mich persönlich davon überzeugen, dass es ihnen gut ging.

»Unbedingt«, stimmte Yaku zu und schloss dann kurz konzentriert die Augen. »Lass uns die Kajaks nehmen.«

Ich war auch am liebsten unmotorisiert auf dem Wasser, weil die Tiere dann noch entspannter waren, aber angesichts seiner Buckelwal-Ahnung hätte ich vielleicht doch eher das Zodiac genommen, ein wendiges

Schlauchboot mit starkem Motor. »Wolltest du nicht nach den Buckelwalen Ausschau halten?«, fragte ich verwundert.

»Doch. Aber vertrau mir, die Kajaks sind die bessere Wahl.«

Natürlich vertraute ich ihm. Blind sogar. Yaku hatte ein untrügliches Gespür für die Meeressäuger – oder tatsächlich eine kaum erklärbare Verbindung zu ihnen. Wir gingen ins Haus, schlüpften in unsere dicken, wasserdichten Trockenanzüge und die Schwimmwesten und machten die Kajaks bereit. Ollie war total aufgeregt, als er sah, was wir vorhatten. Der Hund liebte es, im Kajak mitzufahren, und war inzwischen ein ähnlich unbestechlicher Walkenner wie Yaku. Manchmal witterte er die Tiere schon vor uns – also zumindest vor mir – und gab dann entsprechend Laut. Ich zog ihm seine Schwimmweste an und er sprang bereits ins Boot, während ich noch die Kameras checkte. Ich hatte eine fest installierte Bugkamera, die auf Knopfdruck automatisch filmte, und eine Action-Cam, die ich mit einem Gummiband über meiner Mütze fixierte und die alles aufnahm, was ich sah. Und dann natürlich meine digitale Spiegelreflexkamera, mit der ich hochauflösende Einzelbilder machen konnte, was speziell für die Buckelwale gut wäre. Wir hatten ein riesiges Fotoarchiv. Auf diese Weise konnten wir viele Tiere eindeutig identifizieren und herausfinden, ob sie Neuankömmlinge in der Gegend waren oder regelmäßige Gäste. Speziell die Fluken waren bei jedem Tier so individuell, dass sie fast wie ein Fingerabdruck funktionierten. Bei unserer Orca-Gruppe brauchten wir diese Technik nicht, da erkannten wir jedes einzelne Tier auch so.

Wenige Minuten später waren wir so weit und

paddelten aus dem Hafenareal hinaus. Es war ein windstiller Tag, die See war ruhig. Aktuell gab es auch keinen Nebel, wobei sich das rasend schnell ändern konnte. Die Bewegung tat mir gut. Während der letzten Tage war ich eindeutig zu wenig aktiv gewesen, was meist zu unproduktiven Grübeleien führte. Connor hatte auch nach der Silvesternacht keine Ruhe gegeben mit dem Vorsatz fürs neue Jahr, dass wir uns um die Liebe kümmern sollten, und das hatte mir einiges zu denken gegeben. Ich war mir sicher, dass ich bereit für eine neue Frau in meinem Leben war. Theoretisch jedenfalls. Wie die praktische Umsetzung aussehen könnte, war mir dagegen völlig schleierhaft. Denn das bekannte Problem, dass es hier in der Gegend keine geeigneten Kandidatinnen gab, war ja nicht dadurch aus der Welt geschafft, dass ich neuerdings willig war. Seltsamerweise ging mir auch die merkwürdige Begegnung mit Kiona Brooks nicht aus dem Kopf. Was um alles in der Welt hatte ich ihr angetan, dass sie so harsch auf mich reagierte? Ich wusste, dass sie Grace' Kunstlehrerin war und dass meine Tochter sie »total toll und inspirierend« fand. Vielleicht sollte ich mal zu einem dieser Eltern-Lehrer-Gespräche gehen? Mit diesen Gedanken hatte ich mich in den letzten Tagen – und zum Teil Nächten! – herumgeschlagen, ohne zu einem brauchbaren Ergebnis zu kommen. Das musste mit sofortiger Wirkung aufhören.

Das gleichmäßige Paddeln lockerte meine verspannte Nackenmuskulatur und beruhigte mein sich drehendes Gedankenkarussell auf unnachahmliche Art und Weise. Das war wirklich besser als jede Meditation. Auf dem Wasser war ich ganz im Hier und Jetzt, gleichzeitig völlig fokussiert und offen und durchlässig für alles. Ich liebte dieses Gefühl. Wir kamen gut voran. Die ersten zwanzig

Minuten verliefen völlig ereignislos, doch dann zuckten die Ohren von Ollie, der vor mir im Bug lag. Er hob den Kopf und witterte in alle Richtungen. Ich drückte auf den Knopf, um die Bootskamera zu aktivieren, und schaltete auch die Action-Cam an meinem Kopf ein. Keine Sekunde zu früh, denn unmittelbar vor uns tauchten ein paar Delfine aus dem Wasser und keckerten auf ihre typische Art. Ollie stieß ein halb empörtes, halb vergnügtes Bellen aus. Instinktiv griff ich nach meiner Kamera. Der Hund beugte sich neugierig über den Rand des Kajaks und hatte kurz Nasenkontakt mit einem der Delfine. Ich musste lachen, denn das war wirklich ein zauberhafter Moment.

Ich fand es immer wieder faszinierend, wenn Vertreter von zwei so unterschiedlichen Spezies neugierig Kontakt miteinander aufnahmen. Bei uns gab es die eiserne Regel, dass Menschen die Wale und Delfine nicht berühren durften – auch wenn das besonders den Touristen oft sehr schwerfiel. Die Tiere kamen schließlich oft genug in Reichweite. Ich wusste, dass es andere Unternehmen gab, die es mit diesem respektvollen Umgang nicht ganz so genau nahmen, aber wir legten größten Wert darauf. Ollie dagegen war das buchstäblich schnuppe, und ich hatte schon zahllose Fotos von ihm und einem Wassertier auf Du und Du. Vor Seelöwen hatte er größten Respekt – die waren ihm wohl unheimlich –, aber bei Walen und Delfinen benahm er sich ganz unbefangen. Und diese Neugier schien oft genug auf Gegenseitigkeit zu beruhen. Wenn wir mit mehreren Booten draußen waren, kamen die Wale häufig gezielt zu dem, auf dem sich auch Ollie befand. Jetzt streckten schon drei Delfine ihre Köpfe aus dem Wasser, um meinen Hund zu begrüßen, und ich schoss ein Foto nach dem anderen. Gracie würde entzückt sein, wenn ich ihr die Bilder heute Abend zeigte.

»Schau mal«, rief Yaku, der mit seinem Kajak ein paar Meter rechts von mir war, und deutete ein Stück nach vorn. Ich machte gerade noch zwei typische Buckelwal-Fontänen aus, ehe die Tiere wieder abtauchten. Nicht sehr tief mutmaßlich, denn sonst hätten wir wohl auch ihre Fluken gesehen. Wahrscheinlich schwammen sie dicht unter der Oberfläche.

»Wow, du hattest es echt im Gefühl, was?«, sagte ich mit gedämpfter Stimme, so dass er mich vermutlich gar nicht hören konnte – auch weil Ollie und die Delfine immer noch miteinander schäkerten. Ich sah, wie Yaku sein Paddel fixierte, und tat es ihm gleich. Ich hatte auch das Gefühl, dass gleich noch eine Menge mehr passieren würde. Es fiel mir schwer, meine Aufmerksamkeit von den Delfinen abzuziehen, die es sich offensichtlich zum Ziel gesetzt hatten, eine größere Show zu geben. Ollie war außer sich vor Begeisterung, und ich merkte, dass er am liebsten zu seinen neuen Freunden ins Wasser gesprungen wäre und dort mit ihnen gespielt hätte. Doch er wusste, dass er das eigentlich nicht durfte, und so jammerte er leise vor sich hin und patschte nur gelegentlich mit einer Vorderpfote auf die Wasseroberfläche. »Ruhig, Ollie. Heute darfst du wirklich nicht ins Wasser«, ermahnte ich ihn. Nicht, wenn Buckelwale in unmittelbarer Nähe waren. Die waren zwar keine wirkliche Gefahr für ihn, aber falls es Neuzugänge waren, die ihn noch nicht kannten, würden sie vielleicht wegschwimmen.

Plötzlich tauchten die Delfine ab und waren von einem auf den anderen Moment verschwunden. Ollie japste frustriert auf und setzte sich aufrecht ins Boot, um

Ausschau nach ihnen zu halten. Dann sah ich einen riesigen Schatten direkt unter dem Kajak, und einen Augenblick später schob sich ein mächtiger grauer Schädel rechts von uns aus dem Wasser. Ein kleines, waches Walauge betrachtete uns neugierig, höchstens anderthalb Meter von uns entfernt. Ich hatte in meinem Leben schon viele sehr beeindruckende Begegnungen mit Walen gehabt, aber das hier war wirklich außergewöhnlich. Selbst Ollie gab keinen Mucks von sich, sondern starrte den Riesen gebannt an.

Mein Herz klopfte rasch und ich merkte, wie Adrenalin durch meine Adern pumpte. Langsam hob ich meine Kamera wieder an und schoss ein paar Fotos. Perfekte Porträt-Nahaufnahmen. Dann legte ich den Apparat aber wieder in meinen Schoß und konzentrierte mich allein auf meine Sinneswahrnehmungen, denn nicht nur meine Augen waren gefragt, die sich kaum sattsehen konnten an den typischen pockennarbigen Ausbuchtungen am Walkopf. Ollies Schnauze zuckte wie verrückt, und selbst ich konnte diesen eigenartigen Geruch nach tiefer See wahrnehmen. Anders konnte ich ihn zumindest nicht beschreiben. Dann begann das Kajak leicht zu schwanken und Ollie presste sich instinktiv flach auf den Boden. Ich hatte das eindeutige Gefühl, dass noch weitere Tiere in unserer unmittelbaren Nähe waren. Nicht nur die zwei, von denen ich vorhin die Blasfontänen gesehen hatte. Einen Augenblick später tauchte ein weiterer Walkopf auf – diesmal auf der linken Seite. Das musste ein deutlich jüngeres Tier sein, denn die Haut war noch viel glatter. Womöglich das Kalb der Walkuh zu unserer Rechten. Kälber waren manchmal sehr übermütig und verspielt, und ich hoffte, dass es nicht zu einer unfreiwilligen Badeeinheit kommen würde. Der Hals des Jungtiers war fast weiß, während seine Mutter komplett dunkel war. Ein lautes Platschen vor uns lenkte meine Aufmerksamkeit in Richtung Bug. In gut zwanzig Meter Entfernung waren zwei weitere Buckelwale. Einer von ihnen schlug mit einem mächtigen Flipper, einer der langen, schmalen Brustflossen, aufs Wasser.

Das schien ein Signal für unsere beiden Bodyguards zu sein, denn fast synchron tauchten ihre Köpfe ab, nur um Augenblicke später einige Meter vor unserem Boot wieder zu erscheinen. Dann sprang das Kalb aus dem Wasser und tauchte in einem perfekten »Breach«, einem Bogen, wieder ab. Es spritzte wie verrückt, und die Wellen brachten das Kajak heftig zum Wackeln, aber ich musste ob seines Übermuts unwillkürlich lachen. Junge Tiere waren sich über alle Speziesgrenzen hinweg sehr ähnlich: verspielt und manchmal auch ein bisschen dreist. Die Buckelwalgruppe entfernte sich ein Stück, schenkte uns aber noch minutenlang reichlich Action und Fotomaterial, ehe einer nach dem anderen mit scheinbar winkenden Fluken in den Tiefen verschwand.

Es dauerte ein Weilchen, bis sich mein Herzschlag wieder völlig beruhigt hatte. Yaku kam herbeigepaddelt und wirkte, als würde er von innen heraus strahlen. So beeindruckt hatte ich meinen Walflüsterer auch noch nie gesehen. »Das war ...«, begann ich und verstummte sogleich wieder. Für dieses Erlebnis fehlten mir einfach die Worte. Zumindest die wissenschaftlich angemessenen. »Das war absolut magisch«, sprach ich dann mein tiefes Empfinden aus.

Yaku nickte und schien ebenfalls um Worte zu ringen. »Ich glaube, das war eine ganz neue Gruppe, die noch nie oder zumindest sehr lange nicht mehr in der Gegend war«, sagte er nach einer ganzen Weile.

Ich hatte einen ähnlichen Eindruck gehabt, auch wenn ich keinen richtig guten Erklärungsansatz dafür hätte nennen können. Es war einfach ein Gefühl. Aber ich war froh, so viele Fotos gemacht zu haben. Gerade die Flukenbilder konnte man mit einer internationalen Datenbank abgleichen und würde auf diesem Weg vielleicht einen Treffer bekommen. »Warum denkst du das?«, fragte ich ihn jedoch trotzdem.

»Wie sie uns abgecheckt haben, war schon sehr speziell«, entgegnete er. »Auch neben meinem Kajak ist einer ganz nah aufgetaucht. So habe ich das noch nie erlebt. Ich hatte den Eindruck, dass die genau wissen wollten, mit wem sie es zu tun haben, und dass ihnen Menschen in Kajaks ziemlich fremd sind. Insofern gehe ich davon aus, dass diese Gruppe normalerweise im offenen Meer unterwegs ist und nur ganz selten in Küstennähe auftaucht.«

»Das macht Sinn«, murmelte ich. »Und nachdem ihre Neugier gestillt war, haben sie uns noch eine kleine Show gegeben.«

»Ja, so habe ich es auch empfunden. Ich bin gespannt, wie lange sie in der Gegend bleiben.« Yaku kratzte sich am Kopf. »Aber weißt du, was ich erstaunlich finde?«

»Was?«

»Dass von unseren Orcas keine Spur zu sehen ist. Hier ist doch normalerweise ihr Revier, aber es fühlt sich fast so an, als hätten sie heute den Buckelwalen die Bühne überlassen.«

»Ich bin mir sicher, dass sie in der Nähe sind«, behauptete ich, doch Yaku schüttelte den Kopf.

»Nein, die sehen wir heute nicht mehr. Die haben sich in eine andere Ecke verzogen.«

Keine Ahnung, woher er das jetzt wieder wusste, aber vermutlich stimmte es. »Na dann, auf nach Hause.« Ich löste mein Paddel aus seiner Verankerung und machte mich langsam auf den Rückweg. Nun kam auch wieder Leben in Ollie, der sich hinsetzte und kräftig schüttelte – die Hundeart, mit so aufregenden Ereignissen umzugehen. »Na, mein Großer? Da können wir Grace heute Abend tolle Geschichten erzählen«, sagte ich zu ihm. Er wuffte zustimmend und richtete seine Aufmerksamkeit dann wieder auf die Wasserfläche. Seine Delfinfreunde waren zurückgekehrt. Er warf mir einen kurzen Blick zu, doch ehe ich etwas sagen konnte, sprang er ins Wasser und schwamm kurz darauf zwischen fünf Delfinen herum, die zu seinem Ärger auch unter ihm tauchten. Wegen seiner Schwimmweste war er nicht so beweglich wie sonst und konnte seinerseits nicht tauchen, was er sonst ziemlich geschickt machte. Deswegen warf er mir den ein oder anderen bösen Blick zu. »Sorry, Buddy, aber Sicherheit geht vor, auch für dich.« Ich ließ ihn noch ein paar Minuten mit den Delfinen schwimmen, dann verloren sie das Interesse an ihm, und ich musste zusehen, wie ich den schweren, nassen Hund wieder ins Kajak gewuchtet bekam, ohne dass wir kenterten. »Ich hoffe, du bist zufrieden, mein Freund«, keuchte ich, als er endlich an Ort und Stelle saß und ich den Rückweg wieder aufnehmen konnte.

Den restlichen Tag verbrachte ich in meinem Büro, wo ich das Bild- und Filmmaterial von unserem aufregenden Vormittag sichtete. Ich schnitt ein paar Clips mit den

Highlights zusammen und integrierte die Videos in unsere Website und unsere Social-Media-Kanäle, dann rief ich Kelly über Skype an und erkundigte mich, wie die Lage in Tofino war. Sie war am Morgen ebenfalls draußen gewesen, hatte aber keine außergewöhnlichen Sichtungen gehabt. Ich fragte auch nach Nora – an dieser Front schien alles gut zu laufen – und warnte Kelly dann noch vor einer neuen Kampagne von Elliot Graham, doch sie winkte ab.

»Ich hab schon davon gehört«, sagte sie. »Nicht von ihm persönlich, ich glaube, das wagt er nicht mehr, aber von den Johnsons. Die bedrängt er auch«, sagte sie.

»Ich muss mal nachfragen. Yaku meint, er hätte gehört, dass Elliot Probleme mit den Behörden hat. Ich schätze mal, weil er ständig Auflagen verletzt. Mich würde nur interessieren, was er jetzt vorhat. Entweder will er alle Konkurrenten schlucken, damit er quasi ein Monopol hat, oder er will nur die Unternehmen aufkaufen, die sich immer an die Regeln halten – so wie die Johnsons und wir«, mutmaßte ich, aber irgendwie fühlte sich das alles immer noch falsch an.

»Oder er sucht sich gezielt eine Firma, die mit der Wissenschaft kooperiert, damit er sich die einverleiben kann, um ›Moby Tours‹ den Anschein eines seriösen und wissenschaftlich fundierten Unternehmens zu geben«, warf Kelly noch eine dritte Möglichkeit in den Hut. Diese Option klang schlüssig für mich.

»Ich kann mir kaum vorstellen, dass sich irgendwelche Wissenschaftler mit Elliot Graham zusammentun«, sagte ich trotzdem, obwohl ich wusste, dass das Wunschdenken war. Wir arbeiteten mit der Universität von Vancouver zusammen, die Johnsons gewährten einem sehr renommierten privaten Ozeanografie-Institut

Zugang, und zwei weitere kommerzielle Anbieter von Walbeobachtungstouren kooperierten mit anderen Hochschulen. Es gab jedoch sehr viel mehr Anfragen. Angesichts dessen würden die meisten Meeresbiologen auch Elliots Angebot nutzen, wenn er ihnen nur genügend attraktive Forschungsslots zur Verfügung stellte.

»Wir werden uns wohl überraschen lassen müssen«, entgegnete Kelly schulterzuckend und schien nicht weiter besorgt zu sein. »Ich denke nicht, dass jemand von unseren Kollegen hier in Tofino oder Telegraph Cove sich von Elliot aufkaufen lässt. Dafür sind alle viel zu genervt von seiner aggressiven Werbung.«

»Lass uns aber die Augen offen halten«, bat ich sie. »Es könnte sein, dass seine Werbestrategie insofern Früchte trägt, als er deutlich mehr Business an sich zieht und einer von den Kleinen unter die Räder kommt. Ehe das passiert und Elliot dann zuschlägt, sollten lieber wir ein Angebot machen.« Ich seufzte, denn im Grunde war eine Vergrößerung des Unternehmens das Letzte, was ich wollte. In meinen Augen waren wir derzeit optimal aufgestellt, so dass wir mit einem relativ schlanken Mitarbeiterstamm viel erreichen konnten.

»Wir können zumindest entsprechende Andeutungen fallen lassen, damit die Kollegen wissen, dass Elliot im Notfall nicht ihre einzige Option ist«, entgegnete Kelly. »Aber ich hoffe sehr, dass wir diesen Weg nicht einschlagen müssen.«

»Sehe ich genauso, aber wir sollten vorbereitet sein. Schau mal auf unsere Website, da habe ich vorhin ein neues Video hochgeladen. Unser Vormittag war nämlich absolut spektakulär. Und nachher schicke ich dir noch ein inoffizielles Video von meinem durchgedrehten Hund, wie er mit fünf Delfinen spielt.«

Wir verabschiedeten uns, und ich versprach, Ende der Woche vorbeizukommen, um mit unseren Mitbewerbern vor Ort zu sprechen. Dann sah ich auf die Uhr. Es war halb vier. Grace war bis fünf in der Schule, also konnte ich hier noch ein paar Dinge erledigen, ehe ich mich auf den Heimweg machte. Aber ich konnte es kaum erwarten, ihr von meinen heutigen Abenteuern zu erzählen und ihr die Bilder zu zeigen.

Ich lehnte am Wagen, damit sie mich sofort sah, als die Kinder endlich vom Schulgelände strömten. Es kam nicht allzu oft vor, dass ich Grace von der Schule abholte, denn bis nach Hause waren es zu Fuß nur ein paar Minuten, die sie meist schnatternd mit ihren Freundinnen verbrachte. Doch heute mussten wir noch einkaufen, und da meine kleine Prinzessin in letzter Zeit beinahe im Wochenrhythmus neue Essgewohnheiten ausprobierte, musste sie mitkommen, denn ich war es leid, den Buhmann zu geben, wenn das Abendessen nicht ihren aktuellen Geschmack traf. Ollie saß neben mir und starrte aufmerksam auf die Menge, doch von Grace war noch nichts zu sehen. Stattdessen schnappte ich einzelne Wortfetzen von vorbeihuschenden Teenagern auf. »Ist das nicht der heiße Dad?«, meinte ich einmal zu verstehen. Oder: »Oh, ich weiß gar nicht, wen ich in echt schnuckeliger finde, den Hund oder den Dad.« Das war aus dem Mund eines höchstens fünfzehnjährigen Mädchens gekommen.

Ich war schon fast sicher, dass ich Grace verpasst haben musste, weil die meisten Schüler bereits an mir und Ollie vorbeigelaufen waren. Endlich kam sie doch noch angetrottet, mit hängenden Schultern und düsterer

Miene. Als sie uns sah, erhellte sich für einen kurzen Augenblick ihr Gesicht, nur um dann dunkelrot anzulaufen. Sie blieb wie angewurzelt stehen und schien sogar zu überlegen, ob sie wieder ins Schulgebäude zurücklaufen sollte. Sehr merkwürdig. Ich winkte ihr zu, Ollie bellte laut auf, und schließlich setzte sie sich wieder in Bewegung.

»Alles klar, Sweetheart?«, fragte ich sie, als sie bei uns ankam.

Sie vergrub ihre Hände und ihr Gesicht in den weichen, dichten und nur noch ganz minimal feuchten Locken von Ollie, der sich enthusiastisch freute, sie wiederzusehen. Es war klar zu erkennen, dass sie mir nicht in die Augen schauen konnte. Oder wollte.

Ich öffnete die Tür zur Rückbank und scheuchte den Hund wieder ins Auto, dann hielt ich Grace an beiden Schultern fest. »Was ist los?«

Es war mehr als offensichtlich, dass sie mich am liebsten in ihrer üblichen motzigen Art angefaucht hätte, aber auch, dass sie es nicht konnte. Das kam mir sehr verdächtig vor. »Hast du Mist gebaut?«, bohrte ich weiter nach.

»Ja. Nein. Also, nicht absichtlich«, brach es schließlich aus ihr hervor, und ihre blauen Augen füllten sich mit Tränen.

»Schätzchen, was ist passiert? Ich bin mir sicher, dass es nicht so schlimm sein kann, dass du weinen musst«, versuchte ich sie zu trösten und zog sie fest in meine Arme. Wenn sie weinte, wollte ich immer am liebsten mitmachen. Diesen Anblick ertrug ich kaum, seit sie damals so verzweifelt um ihre tote Mutter geweint hatte.

»Irgendjemand hat mein Video geklaut und es geteilt. Jetzt hat es schon die ganze Schule gesehen und wahrscheinlich auch schon die halbe Insel«, schluchzte sie gegen meine Brust. Ich verstand nicht ganz. Welches Video? Und was daran war problematisch?

»Ich hab auch ein tolles Video für dich, das ich dir unbedingt zeigen muss. Eigentlich sogar mehrere«, sagte ich und fühlte mich hilflos, weil sie von ihren Schluchzern jetzt geradezu geschüttelt wurde. »Aber von welchem Video sprichst du denn?«, hakte ich nach einem Weilchen nach.

»Von dem Video für mein Kunstprojekt«, murmelte sie kaum hörbar in meine Jacke.

»Die Banane? Das ist ja nicht so richtig gut geworden. Ist doch nicht schlimm, wenn das überall verteilt wird. Oder machen die anderen Kinder etwa blöde Witze deswegen?«

»Nein! Und nein. Nicht das Bananenvideo. Das andere.«

»Du meinst das mit dem schlafenden Ollie?« Ich konnte mir nicht vorstellen, was daran so problematisch sein sollte. Ich hatte nur einen kurzen Ausschnitt gesehen, als sie gestern den Rohschnitt gemacht hatte, weil ich dann am Nachmittag mit Connor zum Eishockey-Spielen in die Eishalle gegangen war – was für ihn ein größeres Vergnügen gewesen sein dürfte als für mich. Jedenfalls hatte ich den fertigen Film nicht mehr zu Gesicht bekommen, sondern nur eine kurze Sequenz. Die war harmlos und witzig mit dem schlafenden Hund. Doch jetzt kam mir das Getuschel in den Sinn, das ich eben gehört hatte: Wer war schnuckeliger – Mann oder Hund?

»Hast du mich etwa auch in deinem Film?«, fragte ich sie ungläubig.

»Hm.«

»Hm?«

»Na ja, ich kann doch nichts dafür, dass du vorletzte Nacht ins Wohnzimmer gegangen bist und dich aufs Sofa gelegt hast. Und dass dann Ollie zu dir gekommen ist und ...« Sie sah mich aus tränennassen Augen an.

»Puh«, entfuhr es mir. Ich hatte die Kamera völlig vergessen, als ich nach schlaflosen Stunden im Bett schließlich ins Wohnzimmer gegangen war. Wie dämlich von mir, dabei hatte ich die Kamera sogar selbst installiert. »Darf ich den Film mal sehen?«, fragte ich sie und lotste sie ins Auto. Es gab keinen Grund, diese Unterhaltung im Schneeregen zu führen, der jetzt eingesetzt hatte.

Grace nahm auf dem Beifahrersitz Platz und zog umständlich ihr Handy aus der Tasche. Sie entsperrte das Display, rief den Film auf und reichte mir das Telefon.

Ich war beeindruckt von der gut gemachten Introsequenz, und auch die Zwischenschnitte sahen nicht schlecht aus. Erst kam die unspektakuläre Neujahrsnacht, dann der Ausschnitt mit dem ständig herumwandernden Ollie, den ich schon kannte, und schließlich trat ich selbst ins Bild. Erst starrte ich versonnen zum Kamin, und dann schlief ich mit dem Hund kuschelnd auf dem Sofa. Es war nicht schlimm. Überhaupt nicht. Aber trotzdem schrecklich intim. Und es war nichts, was ich freiwillig einer Horde pubertierender Mädchen gezeigt hätte – oder der ganzen Stadt. Aber es war definitiv keine Katastrophe. »Du hättest mich fragen müssen«, sagte ich jedoch trotzdem zu ihr.

»Ich weiß. Ms Brooks hat mir deswegen auch schon einen Einlauf verpasst«, entgegnete sie geknickt. »Persönlichkeitsrechte und so. Das habe ich jetzt auch kapiert. Und ich schwöre dir, ich habe den Film nur an Grandma,

Easton und Nora geschickt und ihn in meiner Kunstgruppe gezeigt.«

»Aber offensichtlich kursiert er jetzt in der ganzen Schule. Warum?«, wollte ich wissen.

»Jemand hat sich mein Handy geschnappt, den Film auf sein Handy gezogen, und von dort ...«

»Und welcher jemand?«, hakte ich nach.

»Ich weiß es nicht«, behauptete sie.

»Sweetheart, verkauf mich nicht für dumm. Der- oder diejenige hat sich das Video garantiert per WhatsApp oder mit einem anderen Messenger selbst geschickt. Dann weißt du ganz genau, wer es war.« Da ich ihr Handy immer noch in der Hand hatte, war ich drauf und dran, ihre Apps zu öffnen, aber sie riss es mir mit einem entsetzten Aufschrei aus der Hand.

»Na schön, ich weiß, wer es war«, gab sie kleinlaut zu. »Aber ich kann ...«

»Wer?«

»Noah Graham«, murmelte sie leise und kaum verständlich.

Ich kannte den Jungen nicht, aber bei dem Nachnamen schrillten bei mir die Alarmglocken. »Graham? Ist der mit Elliot Graham verwandt?«

»Ich weiß nicht. Wer ist das?«

»Das ist der Betreiber von ›Moby Tours‹, aber Elliot lebt mit seiner Familie in Victoria.« Ich kratzte mich am Kinn und stellte fest, dass mein Zehntagebart mal wieder ein bisschen Pflege vertragen könnte.

»Das ist sein Onkel«, sagte Grace und sah mich mit großen Augen an. »Noah gibt immer total damit an und behauptet, dass er den Laden seines Onkels später mal übernehmen wird und dann das größte Whale-Watching-Unternehmen Kanadas daraus machen will.«

Großartig. Einfach nur großartig, dachte ich, versuchte aber, mir meinen Ärger nicht anmerken zu lassen. An dieser speziellen Komplikation trug Grace nun wirklich keine Schuld. »Das soll er gerne mal versuchen«, brummte ich nur, doch dann fiel mir etwas ein. »Aber du hast doch gesagt, dass du den Film nur in deinem Kunstkurs gezeigt hast, und dort sind doch nur Mädchen, oder?«

»Ja, aber die Mädels haben in der Mittagspause davon erzählt«, sagte sie und wurde rot. »Die meisten sind total in dich verknallt, was echt megapeinlich ist.«

»Was? Es ist dir also peinlich, dass dein Dad so ein heißer Typ ist?«, fragte ich mit einem schwachen Grinsen, um die Stimmung ein bisschen aufzulockern.

»Du bist kein heißer Typ! Du bist alt! Und mein Dad! Und ich hätte diesen Film niemals machen oder zumindest nicht herzeigen dürfen!«, jaulte sie laut auf und erneut tropften Tränen aus ihren Augen. Wie dieses Mädchen immer so schnell weinen konnte, war mir schleierhaft.

»Okay, Süße, jetzt beruhig dich mal wieder. Wir können sowieso nicht mehr ändern, was passiert ist. Die Lektion dürftest du gelernt haben.« Ich nahm ihre Hand und drückte sie fest.

»Bist du nicht sauer?«, fragte sie kläglich.

»Nein, bin ich nicht«, sagte ich großzügig. Und es stimmte fast. Gracie war nicht der erste und nicht der letzte Teenager, der Mist gebaut hatte. Ich konnte mich gut an meine eigene Jugend erinnern, die ja noch nicht so schrecklich lange her war – auch wenn meine Tochter etwas anderes behauptete. »Ich bin nicht sauer, aber dass du mich für alt und un-heiß hältst, tut schon ein bisschen weh.« Ich zwinkerte ihr zu und startete dann das Auto.

»Deswegen musst du jetzt auch mit mir einkaufen gehen, und dann will ich die nächsten Tage keine Klagen übers Essen hören. Einverstanden?«

»Okay«, piepste sie. »Sorry, Dad. Es tut mir wirklich leid.«

»Ich weiß, mein Schatz. Und ich hab dir ja schon verziehen.«

SCHULSTREIK

PORT MCNEILL, VANCOUVER ISLAND, 6. JANUAR – KIONA

»WIR KÖNNEN DOCH NICHT IGNORIEREN, DASS ES DIESE weltweite Bewegung gibt, und es ist doch vollkommen klar, dass sich auch die Kinder in Port McNeill an ›Fridays for Future‹ beteiligen wollen. Ich bin der Meinung, dass wir sie sogar unterstützen sollten«, sagte ich bei der Lehrerkonferenz am Mittwoch. Alle Klassen, mit denen ich seit Montag gesprochen hatte, waren sich einig: Sie wollten bei den Umweltschutz-Protesten mitmachen und das Thema idealerweise auch im Unterricht bearbeiten – fächerübergreifend. Ich fand das gut. Großartig sogar, denn es drängte sich ja geradezu auf. Und wenn man Klima und Umwelt nicht nur in den Biologie- oder Geografie-Stunden bearbeitete, sondern auch in allen anderen Fächern ... Ich hatte so viele Ideen, doch Rhonda Li, die Direktorin, war skeptisch.

»Natürlich können wir das nicht ignorieren«, sagte Rhonda. »Aber ich bin der Meinung, dass die Kinder ihr

Engagement in ihrer Freizeit ausleben sollten. Wir sind hier für die Wissensvermittlung zuständig, und dafür gibt es einen konkreten Lehrplan. Darin steht nichts zu streikunterstützenden Maßnahmen.« Sie sah mit ironisch gehobener Braue in die Runde.

Das Kollegium war ziemlich erstaunt gewesen, als Liam und ich das Thema vorhin auf die Agenda gesetzt hatten. Liam sprach bei den Konferenzen sonst nur, wenn es ihn ganz konkret betraf, ansonsten beteiligte er sich eigentlich nie an irgendwelchen Diskussionen. Ich selbst hatte mich bisher auch zurückgehalten, schließlich hatte ich mir vorgenommen, nicht gleich wieder zu polarisieren und am Ende meine neue Stellung zu gefährden. Doch in diesem Punkt konnte ich einfach nicht schweigen. Das Thema war viel zu wichtig und zu groß.

»Ich muss dir da leider kategorisch widersprechen«, sagte ich zu Rhonda und hörte, wie einer der älteren Kollegen empört nach Luft schnappte. »Die Kinder werden am Freitag streiken – ob wir wollen oder nicht. Dagegen können wir nicht viel tun.«

»Doch, wir können die Eltern informieren und ein offizielles Verbot aussprechen«, behauptete der empörte Mathelehrer, Craig Albright, der schon zu meiner Schulzeit aktiv und auch damals nicht mein größter Fan gewesen war. Was übrigens auf Gegenseitigkeit beruhte. Damals wie heute.

Ich schüttelte den Kopf. »Es ist doch eher ein Wunder, dass sich unsere Schüler bisher nicht an der weltweiten Bewegung beteiligt haben. Aber jetzt sehen sie sich die Bilder davon an, wie es auf der ganzen Welt abläuft. Da werden sie sich weder von Verboten noch von ihren Eltern abhalten lassen. Oder höchstens eine Handvoll. Das bringt nichts außer verhärteten Fronten.

Wenn wir uns aber gemeinsam mit ihnen auseinandersetzen und das Thema Umweltschutz in allen Fächern behandeln, dann bringen wir nicht nur unseren Stoff durch, sondern helfen den Kindern auch dabei, die Dinge wirklich zu verstehen.«

»Wie soll das ablaufen?«, fragte Rhonda mit einem genervten Kopfschütteln. »Wie soll man das Thema sinnvoll im Unterricht behandeln?«

»In Mathe beispielsweise?«, plärrte erneut Craig dazwischen.

»Man könnte doch konkrete Berechnungen dazu anstellen, wie viel CO_2 wir hier alle einsparen müssten, um die Insel klimaneutral zu bekommen. Da fallen mir Dutzende Beispiele ein. Ähnliches gilt für alle anderen Fächer. Wir müssen doch nur mal aus unseren Schubladen herausschauen, dann finden wir sofort praktische Anwendungsmöglichkeiten – ohne unseren Lehrauftrag zu verraten.« Ich merkte, wie ich mich in Rage redete, ich spürte aber auch, wie sich die Lager unter den Kollegen verschoben. Leute, die anfangs noch Mühe gehabt hatten, ihr Augenrollen zu unterdrücken, hörten plötzlich aufmerksam zu. Und einige wenige wurden noch starrer und bockiger in ihrer Ablehnung.

»Sollen wir dann als Nächstes etwa auch noch Sexismus und Rassismus mit auf die Agenda nehmen?«, fragte Craig höhnisch.

»Unbedingt«, sprang mir Naomi bei. »Aber ich finde, das sollte ohnehin selbstverständlich sein.«

»Wir haben an dieser Schule und in unserer Stadt weder ein Problem mit Sexismus noch eins mit Rassismus«, behauptete Craig.

»Sorry, dass ich lache, aber das kannst du doch gar nicht beurteilen«, sagte ich fassungslos zu ihm und hatte ein regelrechtes Déjà-vu. Solche Diskussionen hatte es auch in meiner alten Schule in Vancouver gegeben – und nur selten waren sie gut ausgegangen.

»Ich will hier kein Rumgeheule von frustrierten Indianermädchen hören«, keifte Craig, der einfach nicht den Mund halten konnte.

Erneut hörte ich empörtes Luftschnappen, aber diesmal galt der Ärger nicht mir.

»Das reicht, Craig«, sagte Rhonda mit eiskalter Stimme. »Ich dulde solche Sprüche nicht in meiner Schule. Das habe ich dir schon mehrfach gesagt. Ich muss wohl nicht darauf hinweisen, dass du schon entsprechende Bemerkungen in deiner Mitarbeiterakte stehen hast. Wenn mir noch einmal etwas Derartiges zu Ohren kommt, bist du raus hier.«

Ich war echt beeindruckt, wie furchterregend unsere Direktorin sein konnte. So hatte ich Rhonda noch nie erlebt. Sie schien ihre Drohung absolut ernst zu meinen – und Craig wusste es. Er saß mit hochrotem Kopf an seinem Platz und warf mir einen mörderischen Blick zu, den ich aber ignorierte.

»Okay«, fuhr Rhonda nach einem Moment kollektiven Schweigens fort und klang schon wieder so aufgeräumt wie immer. »Du hast sehr gute Argumente gebracht, Kiona. Ich gebe zu, dass ich es nicht besonders verlockend finde, den Stoff entsprechend anzupassen, aber du hast einen wunden Punkt getroffen. Wir sitzen alle in einem Boot – nicht nur in dieser Schule oder auf dieser Insel, sondern auf der ganzen Welt. Und so wie sich die Welt im Moment entwickelt, habe ich kein gutes Gefühl für meine Kinder und Enkel. Also werden wir alle aus unserer Komfortzone heraustreten und etwas beitragen müssen.«

»Hammer!«, murmelte Lindsay, und ein breites Lächeln erschien auf ihrem Gesicht. »Das hätte ich nie gedacht.«

Die meisten Kolleginnen und Kollegen murmelten zustimmend und übertönten damit einigermaßen das genervte Gegrummel der älteren Lehrkräfte, die zweifellos eine Menge Extra-Arbeit befürchteten. Schon blöd, wenn man den einmal etablierten Stiefel nicht auch noch die nächsten Jahre oder Jahrzehnte gemütlich durchziehen konnte, sondern sich neue Dinge überlegen musste. Mein Mitleid hielt sich jedoch in überschaubaren Grenzen.

»Wir müssen uns ja nicht alles selbst ausdenken«, sagte ich. »Fragen wir die Kinder. Wenn sie Vorschläge bringen, die wir passend zum vorgeschriebenen Stoff adaptieren, dann sind sie noch viel motivierter bei der Arbeit und lernen auch besser. Win-win-Situation.«

»Das kann ich mir lebhaft vorstellen, was da als Vorschlag kommen wird«, motzte Craig.

»Wir sollten ein bisschen Vertrauen haben«, sprang mir nun wieder Rhonda bei. »Die Kinder sind längst nicht so ignorant, wie wir sie manchmal empfinden. Wenn wir ihre Vorschläge und Wünsche ernst nehmen, dann gilt das womöglich auch umgekehrt. Ich finde, das ist eine sehr gute Idee. Ich werde ein kurzes Memo für alle Kollegen verfassen, und dann legen wir los. Und Kiona und Liam übernehmen die Projektkoordination.« Rhonda rieb sich zufrieden die Hände, dann fiel ihr noch etwas ein. »Wenn das gut läuft, können wir uns mit der Initiative ja sogar für den kanadischen Nachhaltigkeitspreis bewerben.«

Ich unterdrückte ein Schmunzeln. Rhonda wirkte nun so verzückt, dass sie sich vor ihrem inneren Auge vermutlich schon bei der Preisverleihung in Ottawa beim Händeschütteln mit Justin Trudeau sah. Sollte mir recht sein. Ich freute mich wahnsinnig, dass unsere Schulleiterin den Vorstoß so gut angenommen hatte. Liam lächelte mir zu und hob den rechten Daumen.

»Dann lasst uns mal ein bisschen brainstormen, vielleicht fällt uns ja ein konkretes Motto oder Ziel ein«, sagte ich und fühlte mich zum ersten Mal seit langer Zeit wirklich glücklich und zufrieden mit meinem Leben und meiner Berufswahl. Craig Albright hatte ich mir wohl endgültig zum Feind gemacht – aber damit kam ich klar, das war im Gegensatz zum heutigen Erfolg vertrautes Terrain für mich.

EINEN TAG SPÄTER – REED

»Dad?«

»Hm?«

»Weißt du, wie die CO_2-Bilanz von deinem Wasserflugzeug ist?«

»Was?« Ich drehte mich zu meiner Tochter um, die am Küchentisch saß und eifrig in eines ihrer Schulhefte schrieb. Ich schnitt gerade Gemüse für das Thai-Curry klein, das es auf ihren Wunsch hin zum Abendessen geben würde.

»Na, dein Flugzeug. Wie viel verbraucht es? Was ist die Bilanz?«

»Ich habe nicht die leiseste Ahnung«, gab ich zu und wappnete mich innerlich gegen eine größere Attacke. Grace war schon seit mehr als einem Jahr ein glühender Fan von Greta Thunberg, doch bis vor kurzem war sie damit im Kreise ihrer Mitschüler ziemlich allein auf weiter Flur gewesen. Aber nun schien sich etwas zusammenzubrauen. Vorhin hatte sie erzählt, dass sich ihre Schule morgen zum ersten Mal an den Freitagsschulstreiks beteiligen wollte. Angeblich mit ausdrücklicher Billigung der Lehrer.

»Aber das musst du doch wissen. Und wie sieht es mit den ganzen Booten aus und dem Auto?« Sie starrte mich mit weit aufgerissenen Augen an. »Kann es sein, dass du so eine richtige Umweltdrecksau bist?«

»Also entschuldige mal, was sind denn das für Anwandlungen?«, fragte ich mit einem Stirnrunzeln.

»Ist doch wahr. Rechne das doch mal aus. Wahrscheinlich bist du im Alleingang für das Aussterben von zehn verschiedenen Tierarten auf dem Planeten verantwortlich, weil du seit Jahren ohne Not Abgase in die Atmosphäre bläst.« Sie funkelte mich angriffslustig an.

Ich holte einmal tief Luft und dann noch einmal. »Also ›ohne Not‹ stimmt schon mal gar nicht. Schließlich ist meine Arbeit unter anderem dafür da, unser Leben zu finanzieren. Du hast sicher recht, dass man ein sehr kritisches Auge auf den Energieverbrauch werfen muss, aber da brauche ich mich im Vergleich zu anderen Anbietern sicher nicht zu schämen.«

Ich hatte nicht die geringste Lust auf eine Diskussion darüber, auch weil Grace in der Regel zwar voller Leidenschaft, aber mit viel zu wenig echtem Wissen argumentierte. Außerdem war die Woche seit dem sensationellen Montag eher bescheiden verlaufen. Am Dienstag war die Studiengruppe aus Vancouver angekommen, und ich hatte gehofft, ihnen die Buckelwalgruppe zeigen zu können, doch das Wetter war viel zu schlecht gewesen, um sicher rauszufahren. Natürlich waren die Studenten enttäuscht – auch weil viele blutjunge Erstsemester dabei waren, die noch nie einen Wal in freier Natur erlebt hatten und entsprechend ungeduldig waren. Die vergleichsweise mühsame Arbeit, die Aufnahmen von den Fluken mit der riesigen Datenbank abzugleichen, sorgte auch nicht gerade für Begeisterung. Und dann hatte ich auch noch eine süffisante Mail von Elliot bekommen, in der er Bezug auf das Video nahm, das mich mit Ollie kuschelnd zeigte. »Deine schlaflosen Nächte gehören der Vergangenheit an, wenn du mir dein Business verkaufst«, hatte der blöde Arsch geschrieben und das Ganze mit fiesen Grinse-Smileys garniert. Nein, ich war wirklich nicht in der Stimmung für weitere Baustellen, aber es half wohl nichts.

»Inwieweit ist das Flugzeug für deine Arbeit relevant?«, bohrte sie prompt nach.

»Es spart mir sehr viel Zeit. Stell dir vor, ich müsste jedes Mal mit dem Auto nach Tofino fahren. Ich wäre mehrere Stunden unterwegs und bei manchen Wetterbedingungen käme ich gar nicht erst durch. Die Energiebilanz des kleinen Fliegers ist auf diese Distanzen sogar besser als die vom Auto.« Das wusste ich zwar nicht ganz sicher, aber Grace hatte bestimmt keinen Gegenbeweis parat. »Außerdem nutze ich es auch für Beobachtungsflüge, damit ich weiß, wo die Wale gerade unterwegs sind. Insofern ist das Flugzeug extrem wichtig für mich. Und übrigens auch für dich, nur mal am Rande bemerkt, denn sonst könntest du die Wochenenden bei Grandma in Tofino oder bei Grandpa in Victoria komplett vergessen.«

»Ich brauche diese Wochenenden nicht und werde in Zukunft auf solche Trips verzichten. Ich möchte auch nicht, dass du mich mit dem Auto zur Schule bringst oder abholst«, sagte sie und verschränkte ihre Arme vor der Brust.

»Okay«, entgegnete ich möglichst lässig, obwohl ich sie am liebsten geschüttelt hätte.

»Und ich werde auch nicht mehr mit dir aufs Meer zu den Walen rausfahren.«

»Auch nicht mit den Kajaks? Hast du Angst, dass du da vor lauter Anstrengung zu viel Kohlendioxid ausatmest und die Atmosphäre bedrohst?« Okay, das war jetzt verdammt unsachlich von mir, aber andererseits ...

»Sehr witzig, Dad, sehr witzig«, kam es prompt mit beißendem Sarkasmus.

»Was denn? Könnte doch sein. Jeder Mensch atmet schließlich CO_2 aus – oder haben sich da die Erkenntnisse der Wissenschaft in letzter Zeit geändert?«

»Ich fahre nicht mehr mit aufs Meer, weil sich die Wale von unserer Anwesenheit belästigt fühlen. Das bedeutet für die Tiere genauso viel Stress wie Walfang«, posaunte sie eine recht kühne These heraus.

»Sagt wer?«, fragte ich mühsam beherrscht. Ich wusste nicht, ob ich wegen dieses Unsinns lachen oder schreien sollte.

»Sagt Ms Brooks.«

»Deine Kunstlehrerin?«

»Ja. Und neuerdings Englischlehrerin.«

»Und Ms Brooks kennt sich besser mit Walen aus als ich oder als deine Grandma oder als Yaku?«

»Was weiß denn ich! Sie hat es jedenfalls gesagt. Und sie hätte es nicht gesagt, wenn es nicht so wäre.« Glasklare Teenagerlogik.

»Und wenn ich sage, dass es nicht so ist? Dass sich Wale von Menschen in Kajaks nicht gestört fühlen?«

»Dann kann ich dir nicht glauben. Du bist nicht

objektiv. Aus dir spricht ein Unternehmer mit kommerziellem Interesse.« Hatte sie das jetzt ernsthaft von sich gegeben? Das klang überhaupt nicht nach Grace, sondern nach einer nachgeplapperten eingetrichterten Floskel.

»Ich nehme an, dieser Satz stammt auch von Ms Brooks?«

»Traust du mir etwa nicht zu, dass ich das selbst formulieren kann?«

Nein. Tat ich nicht. Aber das sprach ich nicht aus. Stattdessen holte ich noch einmal tief Luft und versuchte es mit ernsthafter Überzeugungsarbeit: »Ich traue dir fast alles zu, mein Schatz, aber du solltest mir auch ein wenig mehr Vertrauen schenken. Ja, es ist richtig, dass wir mit unserer Firma ein kommerzielles Interesse haben. Aber wie du weißt, bin ich nicht nur Unternehmer, sondern auch Walforscher, und meine Doktorarbeit, die ich hoffentlich in diesem Jahr fertig bekomme, beschäftigt sich genau mit diesem Themenfeld: wie Wale und Menschen miteinander interagieren und wodurch sich Wale gestört fühlen. Ich gebe dir und deiner Ms Brooks recht, dass laute Schiffsmotoren ein Problem sind, aber dafür haben wir ja konkrete Regeln. Und ich kann dir versichern, dass sich kein Wal der Welt von einem Kajak gestört fühlt. Nicht einmal dann, wenn der Mensch darauf hysterisch kreischt.«

»Aber das weißt du doch gar nicht sicher. Du hast doch nicht mit den Walen gesprochen«, beharrte sie bockig.

»Also, wenn Ms Brooks mit Walen sprechen kann, werde ich ihr auf der Stelle einen Job anbieten.« Ich schüttelte den Kopf. »Ich spreche vielleicht nicht die gleiche Sprache wie die Wale, aber ich bin sehr gut darin, ihr Verhalten zu interpretieren. Warum sollte sich ein Wal einem Schlauchboot oder einem Kajak nähern? Die Tiere sehen uns Menschen doch schon viel früher als wir sie. Wenn sie keine Lust auf uns haben, tauchen sie einfach ab und schwimmen davon. Das erleben wir regelmäßig. Aber genauso oft erleben wir, dass sie neugierig sind und von uns anscheinend genauso fasziniert wie wir von ihnen. Denkst du wirklich, ich hätte die beiden Buckelwale am Montag dazu zwingen können, neben meinem Kajak aufzutauchen und mich anzuschauen? Du hast das Video gesehen. Wenn sie sich von mir provoziert gefühlt hätten, wären sie nicht gekommen – oder hätten mich und Ollie mit einem lässigen Flukenschlag erledigen können.«

»Woher weißt du, dass sie das nicht beim nächsten Mal versuchen? Ich meine, vielleicht haben sie dich nur abgecheckt und warten jetzt auf eine günstige Gelegenheit, dich umzubringen?« Nun wurde sie regelrecht panisch. »Noch ein Grund mehr, nie wieder aufs Meer zu fahren. Daddy, ich flehe dich an, hör auf mit diesem Mist. Ich hab doch nur noch dich!« Und schon flossen die Tränen.

Ich legte das Messer und die Paprika beiseite und nahm mein aufgeregtes Kind in die Arme. »Gracie, beruhig dich bitte«, beschwor ich sie und küsste sie auf den Kopf. »Die Wale werden mir nichts tun. Ganz sicher.«

»Trotzdem«, schluchzte sie.

»Trotzdem was?«

»Ich will nicht die Tochter eines Umweltschweins und Tierquälers sein. Ich mag Ms Brooks. Sie ist die beste Lehrerin, die ich jemals hatte, und ich will, dass sie mich auch mag.«

Umweltschwein und Tierquäler – das musste ich erst mal verdauen. Wann war diese verdammte Pubertät endlich vorbei? »Wenn Ms Brooks so eine tolle Lehrerin ist, wie du sagst, dann wird sie dich sicherlich um deiner selbst willen mögen und dich nicht aufgrund meiner angeblichen Fehler verurteilen. Aber vielleicht sollte ich mich mal mit ihr unterhalten? Hat sie mich wirklich als Umweltschwein und Tierquäler bezeichnet?«

»Nein. Na ja, nicht mit diesen Worten«, gab sie zu.

»Also ist es deine ganz private eigene Meinung, dass ich ein Umweltschwein und ein Tierquäler bin? Ollie, was sagst du dazu?«, wandte ich mich an den Hund, der unseren Streit mit wachsender Ratlosigkeit verfolgt hatte.

Er bellte kurz auf. »Siehst du, er gibt mir recht.« Ich lächelte schief und wischte Grace mit meinen Daumen die Tränen von den Wangen.

»Er hat Hunger, das weißt du ganz genau«, brummte sie ungnädig, schien aber glücklicherweise kein Interesse daran zu haben, mich weiter zu beschimpfen. »Ich übrigens auch.«

»Verstanden, Mylady. Dann werde ich mich jetzt wieder an den Herd stellen und das Mahl zubereiten, dessen Zutaten mein Job finanziert hat.« Diese Spitze konnte ich mir nicht verkneifen. Was für eine Ironie des Schicksals, dass ich gegenüber meiner eigenen dreizehnjährigen Tochter einen Beruf verteidigen musste, den ich nie hatte haben wollen ... Aber eines war sicher, Ms Brooks würde in allernächster Zukunft von mir hören.

AM NÄCHSTEN TAG – KIONA

»Bist du zufrieden mit dem Tag?«, fragte mich Liam.

Gute Frage. Rein oberflächlich war der Tag ein echter Erfolg gewesen. Fast alle Schüler hatten sich an der heutigen Streikaktion beteiligt. Nur eine Handvoll war lieber zum Unterricht gekommen. Ich schätzte mal, das waren die Kinder von den paar Ultrakonservativen, die es auch in unserer Gemeinde gab – vermutlich alles nahe oder ferne Verwandte von Craig Albright. Die anderen Kids hatten sich auf dem Pausenhof versammelt und sich auf die Aktion des Tages eingeschworen. Dann waren sie mit ihren Schildern durch den Ort in Richtung Hafen gezogen. Die kleine Lokalzeitung hatte einen Reporter und einen Fotografen geschickt, und auch zwei Vertreter des »Fridays for Future«-Organisationsteams von British Columbia waren gekommen – zwei Studenten aus Vancouver, die sich praktischerweise ohnehin gerade auf der Insel aufhielten, in Telegraph Cove, wo sie für ein Wal-Studienprojekt arbeiteten. Pikanterweise ausgerechnet beim Whale-Watching-Unternehmen des Vaters einer meiner Schülerinnen. Konkret Reed Archer, der mir seit unserem ersten und bislang einzigen offiziellen Zusammentreffen an Weihnachten nicht mehr aus dem Kopf ging. Ich hatte ihn seitdem nur ein paarmal von Weitem gesehen. Zuletzt am Montag, als er Grace von der Schule abgeholt hatte. Das war der Tag gewesen, an dem das Video von ihm unkontrolliert die Runde gemacht hatte und ich Grace einen Rüffel hatte aussprechen müssen – obwohl es nicht sie war, die den Clip verteilt hatte.

Am Hafen angekommen, hatten die Jugendlichen einen Fischkutter besetzt, um ihn am Auslaufen zu hindern. Das hatte zwar für weitere hübsche Bilder gesorgt, war aber insofern völlig idiotisch gewesen, als der Kutter ohnehin erst nachts aufs Meer fuhr und der Kapitän unbeeindruckt und fröhlich mitposiert hatte. Wir Lehrer hatten das alles nur im Nachhinein mitbekommen – dank der zahlreichen Fotos in den sozialen Medien und den Berichten der Kinder, die pünktlich zum Mittagessen wieder in die Schulkantine zurückgekehrt und auch vollzählig zum Nachmittagsunterricht erschienen waren. Das Kollegium hatte die Zeit für eine Sitzung genutzt und ein paar Ideen diskutiert, die Liam und ich seit Mittwoch zusammengetragen hatten. Ab nächster Woche würden wir in allen Jahrgangsstufen fächerübergreifende Projektarbeiten einführen, die sich mit den unterschiedlichsten Bereichen des Umweltschutzes befassten. Die Schüler waren da sehr kreativ gewesen mit ihren Ideen und Vorschlägen, und ja, ich freute mich auf die nächste Zeit. Insofern war es ein wirklich guter Tag gewesen. Warum nur fühlte ich mich so unausgeglichen?

Lindsay, Naomi und noch ein paar andere Kollegen waren vorhin in Richtung von Gus's Pub aufgebrochen, um ein bisschen zu feiern, aber Liam hatte mir einen hilfesuchenden Blick zugeworfen. Er hatte offensichtlich genauso wenig Lust auf einen Kneipenabend wie ich. Also hatten wir uns eine Pizza geholt und waren in meine Werkstatt gegangen. Nun sah er mich erwartungsvoll an.

»Ich denke, wir haben jeden Grund, zufrieden zu sein«, wich ich einer klaren Antwort aus und nahm ein Stück Holz und mein liebstes Schnitzmesser zur Hand. So brauchte ich ihn nicht anzusehen, ohne dass es unhöflich wirkte. Außerdem beruhigte es mich. Weshalb ich jedoch Beruhigung brauchte, war mir nicht ganz klar. Es lief doch alles nach Plan, oder?

»Das denke ich auch«, entgegnete er. »*Wir* haben wirklich jeden Grund, zufrieden zu sein. Ich frage mich nur, warum *du* trotzdem so unglücklich wirkst. Letztlich war das alles doch deine Idee.«

»Unglücklich?« Ich schnaubte leise und versuchte, das Geräusch als Lachen zu tarnen. Dann blickte ich von meinem noch fast unberührten Holzklotz hoch und sah Liam in die Augen. »Wie kommst du darauf, dass ich unglücklich bin?« Das kam schärfer heraus als beabsichtigt, und er zuckte merklich zusammen, was mir auch schon wieder leidtat. Ich mochte ihn nämlich sehr.

»Keine Ahnung. Tut mir leid. Ich wollte dir nicht zu nahe treten. Ich hatte nur so ein Gefühl.«

»Hm«, brummte ich. Auch weil mir keine schlauere Antwort einfiel. Er hatte nämlich absolut recht. Dieses berauschende Gefühl, das ich erst vor zwei Tagen empfunden hatte, als wir im Kollegium das große Umweltprojekt beschlossen hatten, war fast völlig verpufft. Dabei ging es doch gerade erst los. Ich konnte mir das nicht wirklich erklären.

»Aber vielleicht projiziere ich auch nur meine eigenen Empfindungen auf dich«, sagte er leise.

»Bist du auch unglücklich?«, hörte ich mich atemlos fragen und gab es gleichzeitig zu.

»›Unglücklich‹ ist zu viel gesagt. Aber ich habe festgestellt, dass nicht einmal dieses wirklich coole, gemeinschaftsstiftende Projekt es schafft, die Leere in mir zu füllen. Sieh uns doch an. Warum sind wir nicht mit den Kollegen bei Gus, sondern sitzen in deiner Werkstatt?«

Das war eine verdammt gute Frage, auf die ich nicht im Ansatz eine Antwort hatte. »Was schlägst du vor?«

»Ich habe keine Ahnung. Allerdings bin ich mir ziemlich sicher, dass unser Verhalten auf Dauer nicht gesund ist. Vermutlich müssen wir uns früher oder später unseren Dämonen stellen.«

Auch damit könnte er recht haben. Allerdings war das mit den Dämonen so eine Sache. Lockte man sie erst einmal aus der Dunkelheit, waren sie verdammt schwer wieder einzufangen. Aber vielleicht war das ja gerade der Sinn der Sache? »Sollen wir doch noch in die Kneipe gehen?«

»Vielleicht. Lust habe ich zwar nicht, aber ...« Liam zuckte ratlos mit den Schultern.

»Aber gemeinsames dumpfes Brüten hilft uns auch nicht weiter«, vervollständigte ich seinen Satz. Mir ging es genauso. Ich hatte keine Lust darauf, einen belanglosen Abend mit unseren Kollegen zu verbringen. Aber nur so hatte man die Chance, engere Kontakte und Beziehungen zu knüpfen, und die könnten wichtig werden, wenn die Dämonen erst einmal freigelassen wurden. Ich legte das Holzstück und das Schnitzmesser wieder beiseite und schnappte mir entschlossen meine Jacke. »Komm. Wir schaffen das. Lass uns den gelungenen Schulstreik feiern und dafür sorgen, dass niemand anders unsere Idee annektiert.«

KONFRONTATIONSTHERAPIE

PORT MCNEILL, VANCOUVER ISLAND, 15. JANUAR – REED

Aus meiner Idee, möglichst rasch ein ernstes Wörtchen mit Kiona Brooks zu sprechen, wurde leider nichts. Die Woche war der komplette Irrsinn. Am Montag verletzte sich einer der Studenten beim Einsteigen ins Kajak so unglücklich am Arm, dass er genäht werden musste. Wie genau er das geschafft hatte, war mir schleierhaft, bis er mir im Wartebereich der kleinen Notfall-Klinik in Port McNeill gestand, dass er ein Messer eingesteckt hatte. Zur Selbstverteidigung. Gegen wen oder was er sich denn hatte verteidigen wollen, konnte er mir jedoch nicht schlüssig erklären. Jedenfalls wollte der junge Mann nicht wieder zurück nach Telegraph Cove, sondern auf schnellstem Weg heim nach Vancouver, und so flog ich ihn kurzentschlossen dorthin.

Das war insofern kein völlig abwegiger Stunt, als ich mich ohnehin mit meinem Professor treffen wollte, um ein paar Dinge bezüglich meiner Doktorarbeit und der aktuellen Studiengruppe zu besprechen. Ich blieb also den ganzen Dienstag in der Stadt und konnte abends nicht zurückfliegen, weil mal wieder ein Sturm tobte. Glücklicherweise kümmerte sich Connor um Grace und Ollie. Ehrlich, ohne ihn wäre ich vollkommen aufgeschmissen gewesen.

Am Mittwochmorgen flog ich dann erst nach Victoria, um einige Dinge zu besorgen, die wir in Port McNeill nicht bekamen – unter anderem ein paar Flaschen Wein für Connor. Bei der Gelegenheit war ich auch kurz bei meinem Vater. Die Weihnachtswogen hatten sich ein wenig geglättet und ich musste zugeben, dass es ihm sehr guttat, mit Joanne zusammen zu sein. Allerdings machte es ihm schwer zu schaffen, dass Nora nach wie vor in Tofino war und keine Anstalten machte, nach Hause zurückzukehren oder wenigstens die Identität des Vaters ihres Kindes preiszugeben. Doch da musste er durch, auch wenn ich ziemlich gut nachvollziehen konnte, wie er sich deswegen fühlte. Schon krass, was Töchter mit ihren Vätern anstellten. Ob es mit Söhnen genauso war?

An mir nagten immer noch Gracies irrationale Vorwürfe, ich sei ein Umweltschwein und ein Tierquäler. Das eigentlich Schlimme daran war ja, dass ein Fünkchen Wahrheit in beiden Unterstellungen steckte. Natürlich wäre es besser, wenn unsere Flotte klimaneutral laufen würde, doch diese Technologien gab es schlicht noch nicht, zumindest noch nicht in der Breite. Immerhin waren wir der einzige Anbieter auf der Insel, der mehr als die Hälfte aller angebotenen Touren mit Segelschiffen und Kajaks durchführte. Das kam bei den Gästen gut an, die zunehmend nach umweltverträglichen Alternativen fragten. Allerdings waren diese Touren noch nicht besonders wirtschaftlich, denn erstens konnten wir damit erheblich weniger Menschen bedienen, und zweitens waren wir dabei auf noch bessere Wetterbedingungen angewiesen, als wenn wir die großen Motorboote oder die motorisierten Zodiacs benutzten. Das musste man leider ebenfalls mit einkalkulieren, doch diese Argumente interessierten Grace natürlich nicht die Bohne.

Kelly dagegen umso mehr. Nach meiner Stippvisite in Victoria machte ich mich direkt auf nach Tofino. Wie sich herausstellte, war Elliot Graham bereits ziemlich offensiv an einige unserer Mitbewerber herangetreten. Einer der ältesten Kleinbetriebe am Ort war kurz davor, das Handtuch zu werfen und sich von Elliot aufkaufen zu lassen. Der hatte für die beiden ziemlich alten Boote und die entsprechenden Liegeplätze eine absurd hohe Summe geboten, die wir selbst nie auch nur ansatzweise zahlen, geschweige denn überbieten könnten. Natürlich war Elliot überhaupt nicht an den alten Kähnen interessiert, sondern nur an den Liegeplätzen, an denen er zwei weitere Exemplare seiner knallig gelb gestrichenen, großen Ultraschnellboote vertäuen und dadurch noch mehr Geschäft an sich ziehen konnte. Glücklicherweise war der alte Trevor Bishop kein großer Fan von Elliot und seinem Konzept und somit noch unentschlossen, was einen Verkauf betraf. Sein Sohn Terence dagegen wollte das Geschäft am liebsten sofort loswerden. Kelly und ich hatten stundenlang mit den beiden gesprochen und sie davon überzeugt, für die nächste Saison noch in Eigenregie zu fahren. Wir wollten sie unterstützen, wo es nur ging – die Hauptsache, »Moby Tours« wurde nicht noch dominanter.

Heute Vormittag ging es endlich wieder heim, doch meine Ankunft am Wasserflugplatz von Port McNeill war das absolute Desaster. Kaum war ich gelandet und hatte angefangen, meine Sachen auszupacken, strömte ein wilder Mob protestierender Schüler auf den Anlegesteg, fuchtelte mit selbstgestalteten Protestplakaten vor meiner Nase herum und beschimpfte mich als »Umwelt-Fascho«, dem die Zukunft der Jugend egal war. Grandios. Einfach nur grandios. Immerhin war mein Kind nicht bei dieser Truppe dabei.

Grace belagerte zur gleichen Zeit – aber das erfuhr ich erst später – den kleinen Ausflugsdampfer des ehemaligen Fischers Greg Nolan, der im Sommer auch Walbeobachtungstouren anbot. In Port McNeill war diesbezüglich nicht viel los, und es verirrten sich ohnehin nicht allzu viele Besucher bis zu uns. Trotzdem hatten die demonstrierenden Schüler das Schiff geentert und hielten Plakate mit der Aufschrift »Whale Watching ist genauso schlimm wie Walfang« in die Kameras. Diese Bilder verbreiteten sich rasend schnell über die gut vernetzten Strukturen der »Fridays for Future«-Bewegung und schafften es sogar in die Hauptnachrichten im Fernsehen. Dort hatte ich das Foto auch gesehen und meine Tochter darauf entdeckt. Die hatte sich vorhin wohlweislich zu ihrer besten Freundin Becky verzogen, um dort zu übernachten – so als hätte sie etwas geahnt.

»Ich glaube nicht, dass das Grace ist«, sagte Connor, der gleich zu mir gekommen war, nachdem ich ihn angerufen hatte. Er saß vor meinem Laptop, wo wir die Nachrichten in der Mediathek des Senders aufgerufen hatten, um uns das Elend noch einmal anzuschauen. Er hatte einen Screenshot von dem Bild gemacht und zoomte es nun näher heran. Die Qualität war natürlich verheerend, so dass man in der Vergrößerung tatsächlich kaum etwas erkennen konnte, ich war mir aber absolut sicher, dass es

Grace war. Ich erkannte ihre rote Lieblingsmütze, ihren Anorak, und vor allem war es ihre Schrift auf dem Plakat, das sie hielt.

»Natürlich ist sie es!«, rief ich ungeduldig und raufte mir die Haare. »Was denkt sie sich nur dabei?«

»Ich schätze mal, nicht viel«, mutmaßte Connor mit einem schwachen Grinsen. »Das ist normal in dem Alter.«

»Ich finde das nicht witzig.«

»Ich auch nicht, aber es ist nun mal eine Tatsache. Hast du mit dreizehn nie irgendwelche total idiotischen Dinge getan, nur weil dich deine Freunde dazu angestiftet haben?«

»Ich kann mich nicht mehr erinnern«, log ich. Aber meine Verfehlungen spielten in diesem Moment auch keine Rolle. Jetzt ging es um meine Tochter und ihre Schulkameraden.

»Ich glaube ja nicht, dass sie der FFF-Bewegung mit dieser Aktion einen Gefallen tun«, sagte Connor. »Ihre Behauptungen und Forderungen sind derart abstrus und weltfremd, dass sie ein gefundenes Fressen für sämtliche Gegner und Klimaerwärmungsleugner sind. Die werden das mit Wonne ins Lächerliche ziehen und damit die ganze an sich tolle und wichtige Protestbewegung kleinreden.«

Das klang einleuchtend, doch mein Unbehagen blieb. »Vielleicht hast du recht, aber du weißt doch, wie emotional und hitzig die Menschen auf das Thema Wale reagieren. Damit könnten wir im Handumdrehen einen massiven Shitstorm bekommen, von dem dann letztlich nur die richtig großen Tourenanbieter profitieren würden, weil die Kleinen das Handtuch schmeißen. Oder glaubst du, dass Greg nach so einer Aktion noch große

Lust hat, weiterzumachen? Ich wette, dass er morgen einen Anruf von Elliot Graham bekommt, der ihm sein Boot und seinen Liegeplatz abkaufen will.«

»Ich finde, du wirst langsam paranoid, was diesen Graham betrifft«, behauptete Connor. »Außerdem sagst du doch selbst, dass es sich kaum lohnt, von Port McNeill aus Touren anzubieten. Was soll er also mit diesem wertlosen Slot anfangen?«

»Marktdominanz!«, rief ich. »Das ist es, was er will. Und wenn er die erreicht hat, wird er neue, lockerere Regeln für die Ausflugsfahrten zu den Walen durchsetzen. Dann wird es keine Lärmbegrenzungen für die Motoren seiner Schnellboote mehr geben. Dann wird auch der Mindestabstand zu Walen für Motorboote fallen und, und und. Damit hätten die Kinder dann exakt das Gegenteil erreicht.«

»Scheiße«, sprach Connor trocken aus, was ich fühlte.

»Absolut.«

»Aber wie kam es dazu, dass sich die Kids ausgerechnet auf dieses Thema eingeschossen haben? Ich meine, es gibt doch viel offensichtlichere Gebiete, auf die man sich konzentrieren könnte. Und dass bei den Protesten sogar die Kinder von Veranstaltern mitmachen, finde ich besonders krass. Ich meine, Gracie weiß doch, wie du arbeitest und wie es bei dir abläuft. Oder?«

»Natürlich weiß sie es, aber sie zieht es vor, die Fakten zu ignorieren und stattdessen auf die kruden Behauptungen ihrer heißgeliebten Lehrerin zu hören«, schnaubte ich wütend. »Diese seltsame Kiona Brooks scheint einen übermäßig großen Einfluss zu haben. Woher genau kennst du sie eigentlich noch mal?«, wollte ich wissen. Nach dem merkwürdigen Abend an Weihnachten hatte ich meinen Kumpel nur noch einmal auf sie angesprochen, aber da waren seine Aussagen eher dürftig gewesen.

»Wir sind uns ab und zu beim Joggen begegnet und haben ein paar Worte miteinander gewechselt. Ich fand sie nett und dann habe ich sie an Weihnachten in ihrer Werkstatt besucht – und sie zum Essen ausgeführt. Den Rest kennst du.«

»Mehr nicht?«

»Nein. Natürlich nicht. Ich kenne sie kaum besser als du.«

»Du kennst sie erheblich besser als ich, denn ich habe bislang noch nicht mal ein Wort mit ihr gewechselt.« Ich schüttelte ärgerlich den Kopf. Irgendein Puzzleteil fehlte mir. Es war offensichtlich, dass sie ein Problem mit mir hatte. Oder wenn nicht mit mir, dann mit meinem Job. Aber warum? Und warum schreckte sie nicht davor zurück, meine Tochter gegen mich aufzuhetzen? Mein Blick fiel auf das Regal, in dem die beiden wunderschönen Holzwale standen, die Connor mir zu Weihnachten geschenkt hatte. »Und du sagst, dass sie diese Wale geschnitzt hat?« Ich deutete zu den Tieren, immer noch unfähig, den Zusammenhang zu begreifen. Wenn es denn überhaupt einen gab.

»Ja, sie ist eine wahre Künstlerin. Wobei das nur meine Sportler-Laienmeinung ist. Sie hat mir unmissverständlich mitgeteilt, dass ich keine Ahnung habe. Doch selbst ein Puck-Schieber wie ich kann erkennen, dass diese Figuren etwas ganz Besonderes sind.«

»Sie sind wirklich wunderschön. Als hätte sie die Seele der Tiere in Holz gebannt. Wie kann jemand, der Wale offensichtlich so liebt, derart verbohrte und krude Thesen hinausposaunen?« Ich verstand es einfach nicht.

»Du wirst sie wohl fragen müssen.«

»Das werde ich, glaub mir, das werde ich. Gleich am Montag gehe ich in die Schule und fordere einen Gesprächstermin mit Ms Brooks.«

»Das klingt doch nach einem guten Plan«, freute sich Connor. »Sag mal, was hältst du davon, wenn wir noch ein bisschen um die Häuser ziehen? Gracie ist ja bei ihrer Freundin, und es ist ein Freitagabend.«

Ich musste lachen. »Um die Häuser ziehen? Das klingt, als wäre Port McNeill in meiner Abwesenheit zu einer Partymetropole angewachsen. Wir sprechen von maximal drei akzeptablen Kneipen.«

»Darf ich dich an unseren Neujahrspakt erinnern? Wir werden unsere neuen Herzensmenschen garantiert nicht in deinem Wohnzimmer finden. Dafür müssen wir uns schon in die raue Wirklichkeit bewegen.« Er legte sich seine Rechte mit pathetischer Geste auf die Brust und klimperte mit den Wimpern. Das sah bei diesem Berg von einem Mann derart albern aus, dass ich richtig lachen musste.

»Okay, du hast mich überzeugt. Lass uns Herzensmenschen finden oder uns notfalls betrinken.«

KIONA

Die Konfrontationstherapie letzten Freitag hatte gut funktioniert – die Kollegen waren begeistert gewesen, als Liam und ich in den Pub nachgekommen waren –, so dass wir es heute erneut wagten. Diesmal waren wir aber nur in kleiner Runde da, mit Lindsay und Naomi.

»Ich fass es nicht, dass es bei Gus seit drei Tagen Veggie-Burger gibt«, sagte Lindsay zum gefühlt zehnten

Mal während der letzten halben Stunde und sah fasziniert auf meinen Teller. Ich hatte mir diese kulinarische Innovation direkt bestellt und fand den Bratling erstaunlich lecker. Nicht ganz Großstadt-lecker, aber besser als vieles andere. Ich ernährte mich seit Jahren vorwiegend vegetarisch und vegan – vor allem, weil es mir schmeckte und weil es besser für die Umwelt war. Aber ich war nicht dogmatisch, ab und zu landete auch mal ein Stück Fisch auf dem Teller, und bei Käse konnte ich ohnehin nur schwer widerstehen.

»Marvin, sein Sohn, hat ihm wohl die Pistole auf die Brust gesetzt«, berichtete Naomi. »Die Zehntklässler haben sich ja das Thema Ernährung auf die Fahnen geschrieben, und wenn ich es richtig verstanden habe, hat Marvin seinem Vater angedroht, dass eine der nächsten Streikaktionen seinen Pub trifft. Wahrscheinlich kommen hier demnächst noch weitere vegetarische und vegane Gerichte auf die Karte.«

»Ich hätte nichts dagegen«, sagte ich, als ich den letzten Bissen hinuntergeschluckt hatte. »Und es ist der Beweis, dass es sich lohnt, für seine Überzeugungen einzustehen.«

»Na ja, im Fall von Marvin und Gus war wohl keine höhere Erkenntnis im Spiel, sondern schlichte Erpressung«, entgegnete Liam mit einem milden Lächeln.

»Der Zweck heiligt die Mittel.« Lindsay grinste und schob sich den letzten Bissen ihres klassischen Rindfleisch-Burgers in den Mund.

»Da bin ich mir eben nicht so sicher«, widersprach Liam zu meiner Überraschung. »Ich finde, das ist ein ganz schmaler Grat, von dem man verdammt schnell in die Tiefe stürzen kann.«

»Wie meinst du das?«, wollte ich wissen.

»Ich meine damit, dass Proteste gut dafür sind, auf Missstände aufmerksam zu machen, dass es aber immer schlauer ist, in einen Dialog zu treten und die Dinge auf Augenhöhe zu besprechen. So dass sich jede Seite alle Argumente anhört und man dann zu einem tragfähigen Kompromiss kommt.«

»Mit solchen Sprüchen solltest du dringend in die Politik gehen«, sprach Naomi aus, was ich dachte. »Proteste entstehen doch erst dann, wenn ein Gespräch nicht mehr möglich ist oder wenn zwischen den Fronten ein zu steiles Machtgefälle herrscht. Ich finde schon, dass man in solchen Situationen auch zu härteren Bandagen greifen darf, um seinen Argumenten Gehör zu verschaffen.«

»Keine Frage«, betonte Liam. »Aber es muss trotzdem eine gewisse Verhältnismäßigkeit gewahrt bleiben. Im Fall der vegetarischen Gerichte in dieser Burger-Bar mag die flapsige Drohung des Sohns gegenüber seinem Vater ja in Ordnung sein, und wer weiß, vielleicht wäre Gus irgendwann selbst auf die Idee gekommen. Aber wir müssen schon darauf achten, dass wir nicht nur um des Protestierens willen laut schreien, sondern es um die Sache geht. Und dafür wäre es schlau, wenn wir die Sache auch wirklich gut beurteilen könnten.« Er warf mir einen kurzen Seitenblick zu, und mir wurde reichlich unbehaglich zumute.

Die Aktion heute am Hafen war vielleicht ein klein wenig eskaliert. Wie schon letzte Woche waren wir Lehrer nicht vor Ort gewesen – das hatte Rhonda ausdrücklich so angeordnet. Es war schließlich der Protest der Schüler, und da hatten die Lehrkräfte nichts verloren. Unser Job war es, die Themen in unseren Unterricht zu integrieren. Ich hatte jedoch die Bilder gesehen. Speziell das Bild, auf dem meine Achtklässler das Walbeobachtungsboot geentert und ihre ziemlich drastisch formulierten Plakate präsentiert hatten. Was das betraf, war ich wohl nicht ganz unschuldig, denn ich hatte, als das Thema zum ersten Mal aufgekommen war, vielleicht eine Spur zu leidenschaftlich und unsachlich argumentiert. Ich hatte das nicht wortwörtlich so gemeint, als ich Whale Watching mit Walfang verglichen hatte, sondern hatte nur einen Denkanreiz liefern wollen. Die Übertreibung hatte ich in Kauf genommen, obwohl ich hätte ahnen müssen, dass Zwölf- bis Vierzehnjährige schnell auf derart markige Sprüche anspringen und sie eher nicht skeptisch hinterfragen würden.

»Ach was, Rückschläge gehören dazu«, sagte Lindsay. »Außerdem sind es Kinder. Die müssen nicht immer sachlich und hundert Prozent korrekt argumentieren.«

»Na ja, aber in den sozialen Medien hagelt es schon sehr böse Kommentare zu der Aktion heute«, warf Liam wieder ein und schaute mich diesmal ganz offen an. »Das wird einigen Leuten nicht gefallen.«

»Die Leute finden doch immer einen Aufreger, wenn sie einen suchen. Außerdem ist Aufmerksamkeit gut. Lieber ein schöner Shitstorm für die gute Sache als komplette Funkstille.« Lindsay sah das wirklich locker. Auch wenn ich ihre Meinung grundsätzlich teilte, wuchs mein Unbehagen immer mehr.

Ich fühlte ein Prickeln im Nacken und drehte mich unwillkürlich um. In der Eingangstür zum Pub standen Connor, den ich seit meinem Geburtstag nicht wiedergesehen hatte, und Reed Archer. Und der Blick, den er mir zuwarf, war mit »mörderisch« noch charmant umschrieben.

Mein Fluchtinstinkt trat auf den Plan, und am liebsten wäre ich aufgesprungen und aus der Kneipe gerannt – aber dann wäre ich ihm direkt in die Arme gelaufen. In einem tiefen, dunklen Loch zu versinken, klang ebenfalls ziemlich verführerisch, doch das war leider auch keine Option. Die beiden näherten sich unserem Tisch. Wahrscheinlich brauchten sie nur wenige Sekunden, um uns zu erreichen, aber mir erschien es wie eine Ewigkeit. Schon erstaunlich, was man in derart kurzer Zeit alles denken kann. Und empfinden kann. Das Gefühl, das der Anblick von Reed Archer beim ersten Mal in mir ausgelöst hatte, war wieder da. Dieses seltsame innere Flattern oder Vibrieren, so als sei ein nie genutzter Muskel plötzlich aktiviert worden. Aber zusätzlich fühlte ich eine Art Bedrohung. Dieser Mann war eindeutig scheißwütend auf mich – und ich hatte keine Ahnung, zu welchen Mitteln er greifen würde. Angst hatte ich seltsamerweise nicht, dazu war mir das Video noch zu präsent. Jemand, der so melancholisch in einen Kamin starren und dann mit seinem Hund kuscheln konnte, war nicht wirklich gewalttätig. Jedoch nahm ich alles andere um mich herum wie durch einen Zeitlupenfilter wahr. Das Gespräch meiner Kollegen, die Musik – alles war merkwürdig verzerrt und dumpf, während all meine Sinne nur auf diese Urgewalt von Mann fixiert waren.

»Hallo, Coach«, sagte Naomi fröhlich und riss mich aus meiner momentanen Trance. Sie winkte Connor zu und wandte sich dann an Reed. »Hallo, Mr Archer, wollen Sie zu uns? Wir können uns gern zusammenquetschen.«

»Oder wir machen einfach Platz«, sagte Lindsay zu ihr. »Ich habe gerade Kenny und Mike am Billardtisch entdeckt.« Sie schnappte sich ihre halb ausgetrunkene Flasche Bier und stand auf.

»Echt? Cool, da komm ich mit.« Auch Naomi sprang auf – offensichtlich waren sie völlig ignorant gegenüber der bedrohlichen Front in Form von Reed Archer und Connor Davis. Oder hatten sie es unterbewusst wahrgenommen und nutzten die Chance zur Flucht?

»Schönen Abend noch«, verabschiedeten sich die beiden und verschwanden in Richtung Billardtisch.

Aus den Augenwinkeln nahm ich wahr, wie Liam die beiden Männer interessiert taxierte und dann mich ansah. Ich hätte wetten können, dass er etwas spürte, konnte es aber nicht einordnen.

»Wollen Sie vielleicht Platz nehmen?«, fragte er, als die Gesprächspause zu peinlich wurde. Er deutete auf die beiden frei gewordenen Plätze und lächelte die Männer freundlich an. »Ich bin übrigens Liam MacAlpine. Ich unterrichte Geschichte und Sozialkunde.«

»Connor Davis, Eishockey-Coach«, stellte sich Connor vor und warf Liam einen intensiven Blick zu, ehe er Platz nahm. »Das ist Reed Archer, Walforscher und Chef von ›Scott's Spout Scouts‹.« Dann wandte er sich an mich. »Hi, Kiona. Schön, dich mal wieder zu sehen.«

»Hi«, krächzte ich heiser und ignorierte das leise »Oh«, das Liam bei der Vorstellung von Reed von sich gegeben hatte.

»Ms Brooks, Mr MacAlpine«, grüßte uns Reed ein wenig steif und nahm ebenfalls Platz.

Ehe jemand etwas sagen konnte, kam eine Kellnerin herbeigehuscht, stapelte die leeren Teller aufeinander und drückte den Neuankömmlingen die Speisekarten in die Hand. »Kann ich euch schon was zu trinken bringen?«, wollte sie wissen und verschwand gleich darauf wieder, um sich um die Bierbestellung zu kümmern.

Keiner am Tisch sprach, und die seltsame Anspannung in mir wuchs ins Unermessliche. Ich sehnte mich nach Luft und Weite, nach einem Spaziergang am Meer, aber gleichzeitig war ich wie gelähmt und schien keinen Finger bewegen zu können. Von den Beinen ganz zu schweigen.

»Es ist wirklich ein witziger Zufall, dass wir uns ausgerechnet heute Abend wiedertreffen«, durchbrach Connor schließlich, an mich gewandt, die Stille.

»So?«, würgte ich nervös hervor und hoffte, dass ich lässiger klang, als ich mich fühlte.

»Reed und ich haben vorher von dir gesprochen«, fuhr Connor fort. »Nachdem er ein Foto seiner Tochter in den Hauptnachrichten gesehen hat, auf dem sie mit einem ziemlich aggressiven Plakat in der Hand gegen Walbeobachtungen protestiert.«

In den Hauptnachrichten? Das konnte ja wohl nicht wahr sein, dass es unsere kleine, lokale Protestaktion ins landesweite Fernsehen geschafft hatte. Mir wurde gleichzeitig heiß und kalt – eine wirklich unangenehme Kombination –, und mein Unterbewusstsein sandte alle möglichen Reaktionsmuster an die zentrale Schaltstelle, ohne dass sich eines durchsetzen konnte.

»Wow«, sagte Liam, der wohl nicht von derartigen Problemen heimgesucht wurde. Er hörte sich allerdings ebenfalls halb bewundernd und halb schockiert an. »Wer hätte gedacht, dass die Schüler von Port McNeill so einen Erfolg haben könnten?«

»Erfolg?«, knurrte Reed mit dunkler, gefährlich klingender Stimme. »Als Erfolg würde ich das nicht gerade bezeichnen.« Dann fixierte er mich mit einem stählernen

Blick aus seinen blauen Augen. Es waren Augen, die gerne lachten, das konnte man dank der vielen kleinen Fältchen in den Augenwinkeln gut erkennen, doch nun wirkten sie eiskalt. »Ms Brooks, können Sie mir bitte erklären, warum meine Tochter lieber Ihnen glaubt als mir? Oder nein, lassen Sie es mich anders formulieren: Ich habe kein Problem damit, wenn Grace Ihnen bezüglich Grammatik und Rechtschreibung und meinetwegen auch in Kunstfragen vertraut. Aber mich würde irrsinnig interessieren, warum Sie meinen, über eine größere Expertise in Wal-Angelegenheiten zu verfügen.«

Ob ihm wohl auffiel, wie gestelzt er sprach? Und ich fragte mich, warum ich mir über seine Wortwahl Gedanken machte, wo es doch ziemlich offensichtlich war, dass er sich gerade nur mit allergrößter Mühe zusammenriss und mich viel lieber einfach angebrüllt hätte. Letzteres wäre mir irgendwie auch lieber gewesen. Mit lauten Schreihälsen kam ich besser klar als mit beherrschter Rage, die jederzeit außer Kontrolle geraten konnte. Ich schluckte und wusste nicht so recht, was ich ihm antworten sollte. Die Wahrheit – dass ich eine fragwürdige Dokumentation auf YouTube gesehen hatte – würde ihn wohl wenig beeindrucken. Auch nicht die andere, die eigentliche Wahrheit: dass ich es einfach wusste. »Dafür reicht allein schon der gesunde Menschenverstand«, entgegnete ich daher so kühl wie möglich.

Er lachte humorlos und schüttelte den Kopf. »Der gesunde Menschenverstand? Ernsthaft?«

Ich zuckte mit den Schultern, so als gäbe es nichts weiter dazu zu sagen.

»Ich bin ein großer Freund von gesundem Menschenverstand – auch wenn er heutzutage ein verdammt rares

Gut ist. Aber ich bin ein noch größerer Fan von echtem Wissen. Ich gehe davon aus, dass Sie Ihre Kompetenzen als Lehrerin erlernt haben. An der Universität, nehme ich an. Zumindest würde es mich enorm beruhigen, wenn ich sicher sein könnte, dass mein Kind von kompetenten, gut ausgebildeten Pädagogen unterrichtet wird und nicht von Leuten, deren Wissen ihnen einfach nur von ihrem ›gesunden Menschenverstand‹ eingeflüstert wird. Dann wäre es nämlich kein Wissen, sondern schlicht Ahnungen oder wirre Fantasie. Genauso hoffe ich, dass Ärzte oder Anwälte ihr jeweiliges Handwerk gründlich gelernt haben und bei einer Operation am offenen Herzen oder einer Vertragsverhandlung nicht allein auf ihr Bauchgefühl hoffen.«

Er machte eine kurze Pause und trank einen Schluck von dem frisch gezapften Bier, das ihm die Kellnerin gerade serviert hatte. Ich wusste genau, worauf er hinauswollte. Vollkommen zu Recht hinauswollte, angesichts meines wirklich saublöden Kommentars. Doch er genoss es, die Falle ganz langsam zuschnappen zu lassen.

»Können wir uns also darauf einigen, dass der gesunde Menschenverstand nicht immer die beste Basis für irgendwelche Behauptungen ist?«, stellte er eine rhetorische Frage in den Raum. Die Genugtuung einer Reaktion meinerseits gönnte ich ihm nicht.

»Ausgehend davon können wir also annehmen«, fuhr er fort, »dass mein Wissen über das Verhalten und die Befindlichkeiten von Walen dank meines abgeschlossenen Studiums der Meeresbiologie und meiner jahrelangen Forschungsarbeit etwas umfangreicher ist als Ihres.«

»Formal mag das stimmen«, begann ich und war selbst erstaunt, dass ich immer noch zu Widerworten aufgelegt war. Ich sah, wie seine Kiefer mahlten und dass ein kleiner Muskel an seiner rechten Wange zuckte, kaum wahrnehmbar unter seinem leicht struppigen Mehrtagebart. Er wirkte wie ein Schwarzbär kurz vor dem Angriff. Oder nein, die hatten kein so beeindruckendes Mienenspiel. Eher wie ein Wolf oder ein Puma.

»Haben Sie schon mal eine Whale-Watching-Tour gemacht?«, wollte er wissen und klang immer noch erschreckend beherrscht. »Oder hatten Sie sonst schon mal ein intensives Erlebnis mit Walen?«

»Nein. Weil ich diesen Zirkus aus Überzeugung ablehne. Man darf diese wundervollen Tiere nicht zur Sehenswürdigkeit degradieren und sie mit lautem Motorenlärm belästigen.« Ich konnte immer noch sprechen – unfassbar. Ich wurde jedoch den Verdacht nicht los, dass ich mir gerade mein eigenes Grab schaufelte. Hoffentlich nur im metaphorischen Sinn. Außerdem war es nicht die ganze Wahrheit. Ich war zwar tatsächlich davon überzeugt, dass man die Wale nicht als Attraktion ansehen sollte, sondern eher als Heiligtum, und ich war mir auch sicher, dass der ohrenbetäubende Lärm sehr unangenehm für sie war. Vor allem aber hatte ich Angst vor einer Begegnung. Ich fühlte mich auf Schiffen nicht sonderlich wohl, doch noch mehr fürchtete ich mich davor, einem Wal, speziell einem Orca, zu nahe zu kommen. Das war natürlich vollkommen irrational, das war mir auch klar, aber so war es nun mal.

»Ich gebe Ihnen recht, was den Motorenlärm betrifft«, entgegnete Reed nun zu meiner großen Überraschung. »Das ist in der Tat ein Problem. Aber es gibt schon jetzt ein verbindliches Regelwerk, an das sich alle Anbieter von kommerziellen Touren halten müssen. Meiner Meinung nach sollten diese Regeln auch noch verschärft werden. Ich setze mich übrigens seit Jahren dafür ein. Doch Sie dürfen nicht vergessen, dass wir – große, schnelle Schiffe hin oder her – keine Chance auf Sichtungen oder nähere Begegnungen hätten, wenn die Tiere es nicht zuließen. Ganz im Gegenteil sind viele Wale und Delfine sogar außerordentlich neugierig auf uns Menschen und checken uns anscheinend mit ähnlich großem Vergnügen ab wie wir sie. Sie sollten also etwas vorsichtiger mit Ihren markigen Sprüchen sein, wenn Sie in Wahrheit überhaupt keine Ahnung haben.«

Er hatte nicht ganz unrecht. Eindeutig. Doch es fiel mir schwer, das zuzugeben. Hilfesuchend sah ich mich nach Liam und Connor um, doch zu meiner Überraschung waren die beiden verschwunden. Ich hatte überhaupt nicht mitbekommen, dass sie aufgestanden waren. Oder hatten sie sich, dank der unfassbaren Energie, die Rachegott Reed ausstrahlte, einfach in Luft aufgelöst?

»Die beiden sind vor ein paar Minuten an die Bar gegangen«, erklärte mir der Rachegott, der meinen Blick wohl ganz richtig interpretiert hatte. Besonders rachsüchtig wirkte er übrigens nicht mehr. Fast schien es so, als hätte er sein Pulver verschossen. Zumindest war er seine Argumente losgeworden – und ich wusste gerade überhaupt nicht mehr, was ich sagen, denken oder tun sollte. Ich hasste das.

»Ich mache Ihnen einen Vorschlag«, fuhr er fort. »Wir beide machen bei nächster Gelegenheit eine Kajaktour, damit Sie Ihre Vorurteile abbauen können, und dann schlagen Sie Ihrer Klasse einen gemeinsamen Ausflug aufs Meer vor. Ich schätze zwar, dass die meisten Kinder das schon mal erlebt haben, aber eine kleine Auffrischung kann nicht schaden, stimmt's? Damit sich Wissen nachhaltig verankert, muss es ja oft wiederholt werden –

doch das wissen Sie sicher besser als ich.« Ich war so verblüfft, dass ich nur nicken konnte. Eigentlich galt meine Zustimmung lediglich seiner pädagogischen Theorie der Wissensverankerung, aber er bezog es offenbar auf die Kajaktour. »Gut. Dann hole ich Sie morgen Vormittag um zehn ab, und wir fahren gemeinsam nach Telegraph Cove.«

»Aber Sie wissen doch gar nicht, wo ich wohne.« Ernsthaft? Das war mein Problem? Ich verstand mich gerade selbst nicht.

»Dann verraten Sie es mir doch. Wenn Ihre Adresse aber ein Geheimnis bleiben soll, können wir uns auch gerne vor der Schule treffen.« Wieder nickte ich nur mechanisch, und Reed Archer stand mit einem zufriedenen Lächeln auf den Lippen auf. »Bis morgen dann«, sagte er und verließ die Kneipe.

Worauf hatte ich mich da nur eingelassen?

WALVERWANDTSCHAFTEN

TELEGRAPH COVE, VANCOUVER ISLAND, 16. JANUAR – KIONA

DIESE FRAGE STELLTE ICH MIR AUCH HEUTE NOCH. Reed hatte mich pünktlich um zehn Uhr an der Schule abgeholt und war mit mir nach Telegraph Cove gefahren. Auf dem Weg dorthin hatte er mich unbefangen geduzt und von seiner Arbeit erzählt, von seiner Forschung, der beinahe fertigen Doktorarbeit und der aktuellen Studiengruppe. Er hatte mir auch erklärt, wie unsere Tour ablaufen würde, doch davon hatte ich schon auf der Website von »Scott's Spout Scouts« gelesen. Ich hatte die halbe Nacht wachgelegen – aus Ärger darüber, dass ich mich derart hatte übertölpeln lassen, und aus Nervosität vor dem kommenden Abenteuer. Die Videos auf der Seite waren zum Teil atemberaubend. Besonders das jüngste, das er erst vor knapp zwei Wochen eingestellt hatte. Da war er mit einem Kajak unterwegs gewesen und hatte zwei gigantische Buckelwale gefilmt, die unmittelbar neben ihm aufgetaucht waren. Das war zweifellos extrem beeindruckend, aber vor allem auch wahnsinnig unheimlich. Ich wollte so etwas lieber nicht erleben.

Als wir vom Parkplatz zu dem großen Bootshaus gingen, das Reeds Firma gehörte, begrüßte uns ein Mann, der mir vage bekannt vorkam.

»Guten Morgen, Reed. Ich habe schon alles vorbereitet«, erklärte er und musterte mich mit einem wissenden Blick.

»Danke, Yaku. Darf ich dir Kiona Brooks vorstellen? Sie ist Gracies Lehrerin und will heute mal ein paar Wale treffen«, sagte Reed herzlich. Das überraschte und beschämte mich gleichermaßen. Ich hatte eigentlich damit gerechnet, dass er mit flapsig-ironischen Bemerkungen nicht sparen würde, doch er war die Freundlichkeit in Person. Wahrscheinlich entsprach das auch mehr seinem Naturell als der wütende Rachegott von gestern. Trotzdem verunsicherte mich diese Zugewandtheit enorm. Mit Vorbehalten oder Ablehnung hätte ich viel besser umgehen können – auch weil dann meine eigenen Vorurteile nicht so leicht ins Wanken gekommen wären. Dass es in mir drin schon wieder flatterte und vibrierte, machte die Sache nicht besser. Doch aktuell irritierte mich mehr dieser Yaku, der meine Hand schon viel zu lange in seiner hielt und mir tief in die Augen sah.

»Du bist die Enkelin von Schwarzer Bär, nicht wahr?«, fragte er, und nun war mir auch klar, woher ich ihn kannte. Er war früher manchmal bei meinem Großvater in der Werkstatt gewesen.

»Ja«, antwortete ich schlicht und wusste nicht, ob ich noch etwas hinzufügen sollte. Er hielt meinen Blick immer noch gefangen – ganz ähnlich, wie Reed es gestern getan hatte –, doch bei ihm spürte ich keine Vibration, nein, bei Yaku war es schlimmer. Ich hatte das Gefühl, dass er meine Seele betastete. Auf ganz vorsichtige und fragende Art und Weise zwar, aber trotzdem war es mir viel zu intim. Ich hatte diese besondere Verbindung fast vergessen, doch nun erinnerte ich mich, dass auch mein Großvater Kenai einige Male tief in mich hineingeblickt hatte. Ob ihm gefallen hatte, was er dort sah, wusste ich allerdings nicht. Auf Yakus dunklen, wettergegerbten Zügen erschien jedoch ein beinahe vergnügtes Lächeln.

»Du wirst heute sehr viele Orcas sehen«, kündigte er schließlich an. »Sie freuen sich schon darauf, dich endlich kennenzulernen.«

Ich merkte, wie ihm Reed einen verblüfften Blick zuwarf. »Dann werden wir also eine spannende Tour haben«, sagte er zu mir. »Yaku hat immer recht. Komm, lass uns alles fertig machen.« Er legte mir eine Hand auf die Schulter, und ich fühlte mich mit einem Mal ein bisschen weniger unsicher. »Fährst du mit uns raus?«, fragte er Yaku.

»Das würde ich mir für kein Geld der Welt entgehen lassen, wenn die Walfrau endlich auf ihre Familie trifft«, entgegnete er kryptisch und verschwand hinter einer großen Schiebetür, wo ich die Kajaks vermutete.

»Walfrau? Soso«, murmelte Reed und blickte mich an, als würde er mich soeben zum ersten Mal sehen.

»Ich habe keine Ahnung, wovon er spricht«, krächzte ich. Ich hatte Mühe, überhaupt eine Silbe über die Lippen zu bringen. Wie konnte dieser alte Mann wissen, dass ich schon immer diese besondere Verbindung zu Orcas gespürt hatte? Dass ich mir sicher war, dass mein spiritueller Begleiter ein Orca war? Ich hatte versucht, das alles zu verdrängen, hatte es nicht glauben, nicht wahrhaben wollen – vor allem, nachdem mein Großvater so negativ auf meine Ankündigung reagiert hatte. Doch dann war da im letzten Sommer dieser Schwertwal am Strand von Vancouver gewesen. Und auch auf der Fährfahrt vom Festland zur Insel hatte ich einen gesehen. Vielleicht, ganz vielleicht war doch etwas dran? Womöglich gab es tatsächlich eine mystische Verbindung zwischen mir und diesen prachtvollen Tieren? Und war es sogar denkbar, dass ich es genau wegen dieser Verbindung immer vermieden hatte, ihnen wirklich nahe zu kommen? In meinen Ohren klingelte es und ich wollte einfach nur weg von hier. Ich konnte mich dem jetzt nicht stellen. Doch meine Beine waren bleischwer und bewegten sich keinen Zentimeter weit. Und wohin hätte ich auch laufen sollen?

»Wie gesagt, Yaku hat immer recht. Ich hinterfrage seine Aussagen schon lange nicht mehr. Wenn er sagt, dass du eine Walfrau bist, dann ist das so.« Täuschte ich mich oder klang seine Stimme auch etwas rau?

»Ich ... kann das nicht«, stammelte ich hilflos. »Ich will das nicht.«

Reed sah mich mit liebevoller Ratlosigkeit an, doch in diesem Moment kam Ollie, sein riesengroßer, weißbraun gescheckter Lockenhund, zu mir und leckte mir die Hand. Seltsam, aber das machte mir irgendwie Mut. Ich streichelte seinen wolligen Kopf, und sein seelenvoller Blick aus den braunen Hundeaugen wirkte wie ein Pflaster. Ein echtes Trostpflaster.

Wenn das so weiterging mit dem Seelenstriptease und meinen verstörenden Gedanken, konnte ich mich gleich nach dem Ausflug in eine geschlossene Abteilung einweisen lassen. Die es hier im Norden der Insel nicht gab. Ich müsste dafür nach Victoria. Oder besser gleich nach Vancouver. »Ich glaube, ich verliere gerade den

Verstand«, murmelte ich, doch Reed lachte nur. Ein dunkles, warmes Geräusch, das tief aus seiner breiten Brust drang.

»Nein, du hast nur ein bisschen Schiss. Das ist normal. Wie bei einem Besuch bei unbekannten Verwandten.« Er schien das witzig zu finden, doch ich schluckte schwer. Er hatte nämlich den Nagel auf den Kopf getroffen.

»Ich weiß nicht, ob ich bereit bin, diese Verwandtschaft kennenzulernen.« Nein, falsch: Ich war mir sogar absolut sicher, dass ich definitiv nicht dafür bereit war. Irgendwie war mir klar, dass nach diesem Ausflug alles anders sein würde, und »anders« war gefährlich.

»Nun komm schon, es ist Zeit, mit ein paar Vorurteilen aufzuräumen.« Er schob mich mit einem sanften Druck seiner Hand auf meinem Rücken zum Bootshaus und führte mich dann in einen Raum, in dem Dutzende Trockenanzüge in allen Größen hingen. »Der müsste dir passen«, sagte er und reichte mir einen davon. »Zieh nur deine Jacke und die Schuhe aus. Alles andere kannst du anbehalten und den Anzug drüberziehen, damit du warm und wasserdicht verpackt bist. Anschließend bekommst du noch eine Schwimmweste. Willst du einen Helm haben?«

»Brauche ich einen?« Wofür um alles in der Welt könnte ich auf dem offenen Meer einen Helm benötigen, fragte ich mich. Vorm Ertrinken schützte der mich auch nicht.

»Nein, brauchst du nicht. Aber manche fühlen sich damit sicherer. Du kannst auch einfach deine Mütze aufbehalten. Kann aber sein, dass die ein bisschen nass wird. Ich kann dir eine warme Fleecemütze geben, wenn dir das lieber ist.«

»Nein danke, schon gut. Ich habe selbst eine Fleecemütze dabei.« Ich deutete auf meinen gut gefüllten Rucksack, in den ich sicherheitshalber eine komplette Wechselgarderobe gepackt hatte. Das war einer der hilfreichen Ratschläge, die auf der Website standen.

»Sehr gut.« Er nahm sich einen weiteren Anzug, hängte seine Jacke an einen Haken, schlüpfte aus den Boots und hatte seinen Drysuit bereits angezogen, als ich meinen noch skeptisch beäugte.

»Komm, ich helf dir«, sagte er. Er nahm mir meine Jacke ab und hielt mir den sperrigen Anzug so hin, dass ich einfach nur hineinsteigen musste. »Halt dich an meinen Schultern fest«, bat er und zog die Hose mit sicherem Griff hoch. Dann führte er erst meinen rechten Arm in den passenden Ärmel und machte das Gleiche dann noch mal mit dem linken. Ich kam mir fast wie ein Kind vor, dem man in seinen Schneeanzug half. Unwillkürlich musste ich kichern und stellte fest, dass ich Reeds Nähe und seine sicheren Handgriffe genoss.

Vermutlich hatte er schon Hunderten Menschen in die Anzüge geholfen und zweifellos unendlich oft seiner eigenen Tochter, doch für mich fühlte es sich nicht nach Routine an, sondern ... Ich konnte es nicht recht einordnen – und ehe ich ein passendes Adjektiv gefunden hatte, war ich auch schon angezogen. Reed fixierte noch die Ärmelbündchen und kontrollierte, dass der weiche Neoprenkragen wirklich gut saß. Dabei berührte er zwangsläufig meinen nackten Hals, und über meinen Rücken rieselte ein Schauder, der diesmal gar nichts mit Kälte oder Nervosität zu tun hatte, sondern einer anderen Art von Aufregung geschuldet war, wie sie schon lange kein Mann mehr bei mir ausgelöst hatte.

Leider konnte ich dieses überraschende Gefühl nicht

lange genießen, denn nun ging es wirklich los. Reed führte mich wieder nach draußen, wo Yaku schon mit zwei Kajaks und einem aufgeregt wedelnden Ollie auf uns wartete. Der Hund trug eine Schwimmweste, genau wie auf dem Video mit den Buckelwalen. »Kommt Ollie mit?«

»Na klar«, antwortete Reed lächelnd. »Ich müsste ihn sonst ins Auto sperren. Einmal habe ich ihn in meinem Büro gelassen, doch er hat es geschafft, sich zu befreien, und ist uns hinterhergeschwommen.« Er schüttelte bei der Erinnerung daran amüsiert den Kopf. »Ollie ist verrückt nach Wasser, er liebt Wale und vor allem die Delfine. Außerdem ist er ein fast so guter Späher wie Yaku und entdeckt die Tiere meist vor mir.« Nun schnallte er mir noch die Schwimmweste um und zog sich selbst eine an. Diese fürsorgliche Ader gefiel mir, und auch die Tatsache, dass Sicherheit großgeschrieben wurde. Wobei »Sicherheit« im Kontext einer winzigen Nussschale auf dem offenen Meer und riesiger Raubtiere auch ein eher relativer Begriff war. Schlagartig war die Nervosität wieder zurück.

»Ich habe den Zweisitzer für uns vorgesehen«, erklärte mir Reed und deutete auf das größere der beiden Kajaks. Vorn am Bug gab es eine weitere große Aussparung in der Verkleidung, die wie eine Sonderanfertigung wirkte. »Da sitzt Ollie«, sagte er, da er meinen Blick wohl richtig interpretiert hatte. »Du könntest natürlich auch allein ein Kajak nehmen, aber ich dachte mir, dass ...«

»Allein würde ich keinen Meter rauspaddeln«, unterbrach ich ihn. »So ist es viel besser.« Ich atmete ein paarmal tief durch. Es würde schon alles gut gehen. Hoffentlich.

Dann half mir Reed auch schon beim Einsteigen, und

Ollie hopste zielgenau auf seinen Platz, so dass das schmale Bötchen heftig schwankte. Reed fixierte noch eine Stirnkamera an seinem Kopf und reichte mir seinen wasserdicht eingehüllten Fotoapparat – offensichtlich wollte er alles, was vielleicht passierte, festhalten.

»Erinnerungen macht man zwar mit dem Herzen, aber ein paar Fotos sind ein hübsches Souvenir«, sagte er, und langsam hatte ich das Gefühl, dass er meine Gedanken lesen konnte. »Außerdem dokumentiere ich jede Walsichtung für meine wissenschaftliche Arbeit.« Mit diesen Worten nahm er vor mir Platz, schnappte sich das Doppelpaddel und brachte uns mit einigen ruhigen, aber kräftigen Zügen aus dem Hafen hinaus, zu Yaku, der schon reichlich Vorsprung hatte und auf uns wartete.

Nun gab es kein Zurück mehr.

REED

So viel Herzklopfen wie heute hatte ich bei einer Kajaktour schon lange nicht mehr gehabt – und das lag eindeutig nicht nur an meiner unbändigen Vorfreude darauf, nach fast zwei Wochen endlich mal wieder auf dem Meer zu sein, sondern vor allem an der Frau hinter mir.

Als ich sie gestern Abend zufällig im Pub gesehen hatte, hätte ich sie am liebsten erwürgen wollen. Die Intensität meiner Wut überraschte mich immer noch – und ängstigte mich. Normalerweise war ich eher der ausgleichende und ausgeglichene Typ, der nicht so schnell aus der Ruhe zu bringen war, doch Kiona Brooks drückte mit einem Blick Schalter bei mir, dass ich mich fühlte wie ein brodelnder Vulkan. Es hatte mich eine fast übermenschliche Selbstbeherrschung gekostet, sie nicht einfach nur anzubrüllen, sondern ihr so sachlich wie möglich meine Meinung zu sagen. Und jetzt, nur wenige Stunden später, saß sie hinter mir in meinem Kajak, und ich spürte nichts mehr von meiner Rage, sondern nur noch das seltsame Kribbeln, das ich schon bei unserer ersten Begegnung gefühlt hatte.

Welcher Teufel hatte mich geritten, sie zu diesem Ausflug zu überreden? Gestern war es mir als einzig logische Konsequenz erschienen, als dringend notwendige Lektion, die sie lernen musste. Und heute? Heute war ich mir nicht ganz sicher, ob nur die Frau hinter mir eine Lebenslektion erwartete oder auch mich.

Als »Walfrau« hatte Yaku sie bezeichnet, und das hatte ihn sichtlich überrascht und gleichzeitig wahnsinnig gefreut. Mir hatte es dagegen beinahe den Atem geraubt. Ich verstand höchstens einen Bruchteil der indigenen Kultur und der Mythen, aber ich kannte Yaku seit mehr als zehn Jahren und vertraute ihm und seinem Instinkt blind. Gracie nannte er manchmal »Kleiner Otter«, und das war absolut passend. Sie liebte die putzigen Tiere – wer tat das nicht? – und benahm sich vielfach auch wie eines von ihnen. Sie war wendig, einfallsreich und wahnsinnig verspielt. Was allerdings auf die meisten Kinder zutraf. Für mich hatte Yaku keine Tierbezeichnung, wie für die meisten Weißen, aber immerhin erkannte er meine Passion für und mein Wissen über die Wale an. Das letzte Mal hatte er mir sogar einen ähnlichen Instinkt zugeschrieben wie den seinen. Er neigte nicht zu Schmeicheleien, das wusste ich, aber er war eben ein guter Motivator – oder vielleicht auch Manipulator?

Wale waren für den hier in der Gegend ansässigen Stamm der Kwakwaka'wakw heilige Tiere, das hatte mir Yaku mehrfach erzählt. Überhaupt schienen sich viele in Küstennähe lebende indigene Menschen Walen sehr nahe zu fühlen. Ich hatte keine Ahnung von Kionas Herkunft, aber offenbar stammte sie von hier. Oder zumindest ihr Großvater. »Walfrau« oder »Walmann« waren rare Ehrenbezeichnungen. Orcas galten als machtvolle Schutztiere, und wer eine Verbindung zu ihnen hatte, war etwas Besonderes. So zumindest hatte ich Yaku verstanden – doch ließ sich das spirituelle Konzept dahinter von Außenstehenden wohl nie wirklich und vollumfänglich begreifen. Daher konnte es genauso gut sein, dass es in Wahrheit ganz anders war.

Ich wollte nicht zu viel darüber grübeln, sondern mich lieber auf das Kommende konzentrieren. Yaku hatte vorhin prophezeit, dass sich heute viele Schwertwale blicken lassen würden, weil sie neugierig auf Kiona wären. Neugierig waren sie tatsächlich oft genug, aber wie sie wissen sollten, dass heute ein besonderer Mensch zu ihnen kommen würde, war mir nicht klar. Das war auch wieder eines der Dinge, die ich wissenschaftlich nicht erklären – und über die ich in meiner Studienarbeit nichts schreiben – konnte. Also beschloss ich, mich auf die Beobachtung zu konzentrieren und die Begegnung sachlich zu beschreiben. Wenn es denn wirklich zu einer kommen würde.

Wir waren schon ein ganzes Weilchen schweigsam unterwegs. Es flogen kaum Möwen herum, die sonst gerne mal einen Fischschwarm anzeigten, der wiederum Wale oder Seelöwen anlockte. Ollie lag vergleichsweise reglos und entspannt im Bug, hatte seine Schnauze auf der Bootskante abgelegt und döste mit halb geschlossenen Augen. Wären Wale in der Nähe, würde er sich schon viel aufgeregter verhalten. Wir paddelten an einer kleinen Insel vorbei, vor der einige Seelöwen unterwegs waren. Doch sie ignorierten uns und wir sie. Selbst Ollie tat so, als hätte er sie nicht gesehen.

»Alles klar bei dir?«, fragte ich über meine Schulter nach hinten. Kiona hatte die ganze Zeit keinen Mucks von sich gegeben, doch ihre Präsenz war fühlbar. Ich merkte, wie angespannt sie war – auch weil sie sich unwillkürlich gegen die leichten Schaukelbewegungen des Boots stemmte. »Es ist angenehmer für dich, wenn du mit den Wellen mitgehst und nicht gegen sie ankämpfst.«

»Tut mir leid ... ich weiß nur nicht, wie ...« Okay, sie klang offiziell panisch.

Ich fixierte mein Paddel und drehte mich noch ein Stückchen mehr um, so dass ich sie ansehen konnte. »Du brauchst dich wirklich nicht zu fürchten. Es wird dir nichts passieren. Aber wenn du es gar nicht aushältst, können wir jederzeit wieder umkehren.«

»Ja. Nein. Also ... oh Mann, ich bin einfach total neben der Spur. Ich habe das Gefühl, dass irgendetwas passieren wird, aber ich weiß nicht, ob es schön oder schlimm wird.« Ihre Wangen waren gerötet und ihre dunklen Augen schimmerten auf eine fiebrige Art und Weise, die mir wirklich Sorgen machte. Ich zog einen Handschuh aus und legte meine Hand auf ihre Stirn, so wie ich es auch bei Grace tat. Definitiv kein Fieber. Zumindest kein körperliches. Vielleicht war sie tatsächlich nur sehr aufgeregt. Viele Menschen reagierten extrem heftig auf Wale.

»Möchtest du zurück an Land?«, fragte ich sie erneut und hielt jetzt ihre Hände fest, die sie nervös in ihrem Schoß rang. »Egal, was Yaku sagt, es kann gut sein, dass die Wale gar nicht kommen.« Das stimmte zwar nicht, denn Yaku täuschte sich nie, aber das musste ich ihr nicht auf die Nase binden. Außerdem war es immer auch eine Zeitfrage. Es war genauso gut möglich, dass die Orcas erst in ein paar Stunden auftauchten. Wäre nicht unser erster Endlosausflug.

»Nein, sie kommen«, sagte sie mit einer Bestimmtheit, die uns beide verblüffte. »Ich habe keine Ahnung, warum ich mir so sicher bin, aber ich weiß es.«

»Na schön, dann fahren wir also weiter?«

Sie nickte entschlossen, und ich setzte mich wieder gerade hin. »Leg deine Hände um meinen Bauch«, sagte ich aus einem Impuls heraus. »Also, so gut es mit den Schwimmwesten eben geht. Das hilft dir, besser im Rhythmus der Wellen mitzugehen, und vielleicht entspannt es dich auch ein bisschen.«

Kiona antwortete nicht, legte aber ihre Hände an meine Seiten und lehnte ihren Kopf gegen meine Schwimmweste. Zumindest malte ich mir das so aus, und eins war klar, mich entspannte es überhaupt nicht. Ganz im Gegenteil. Doch ich ließ mir nichts anmerken, sondern atmete ruhig und zumindest äußerlich gelassen weiter. Dann zog ich meinen Handschuh wieder an und nahm das Paddel. Yaku war schon ein ganzes Stück weiter vor uns, doch nun sah ich, wie er relativ abrupt den Kurs wechselte und eine Rechtskurve beschrieb. Er drehte sich zu uns um und deutete mit der Hand auf einen Punkt in der Ferne, den ich von meiner Position aus zwar nicht erkennen konnte, von dem ich aber wusste, dass es nur die Orcas sein konnten. Ollie zuckte mit den Ohren und richtete sich leicht auf. Er hatte also auch etwas gespürt.

Ich paddelte wortlos, aber zügig in die entsprechende Richtung, bis ich merkte, dass Kionas Finger sich in meinen Anzug bohrten.

»Sie kommen!«, rief sie – und da tauchten in einiger Entfernung auch schon die ersten spitzen Rückenflossen aus dem Wasser. Sie waren wahnsinnig schnell unterwegs, passierten Yaku und steuerten direkt auf uns zu. Ich fixierte wieder das Paddel, aktivierte die Boots- und meine Kopfkamera und nahm meinen Fotoapparat zur Hand.

»Sie scheinen wirklich neugierig auf dich zu sein«, sagte ich und hoffte, dass ich eher fröhlich als verblüfft klang. Ein solches Tempo legten die Schwertwale sonst nur vor, wenn sie jagten.

Kiona sagte nichts, stattdessen verließ ein heiserer Laut ihre Kehle, und sie klammerte sich noch fester an mich. Inzwischen konnte ich schon sieben Rückenfinnen in unserer unmittelbaren Umgebung zählen, einige weitere Tiere waren noch ein Stückchen entfernt. Die Wale hatten abrupt abgebremst und umkreisten uns nun – dann schob sich sogleich auch die Leitkuh in typischer Spähhaltung aus dem Wasser. Keine zwei Meter von meinem Kajak entfernt, betrachtete uns die alte, erfahrene Walkuh gründlich. Über Ollie und mich glitt ihr Blick nur ganz oberflächlich, aber Kiona bekam eine ausführliche Musterung ab.

»Hallo, Milly«, sagte ich leise zu dem Tier. Nicht, weil es sich jemals dafür interessiert hätte, sondern hauptsächlich, um Kiona das Gefühl zu geben, dass wir es hier mit alten Bekannten zu tun hatten. Und das stimmte auch. Ich kannte die meisten dieser Wale – einige andere streckten nun auch ihre Köpfe aus dem Wasser – schon seit Jahren. Und sie mich. Um sie besser unterscheiden zu können, gaben wir ihnen Namen – auch weil sich das geschmeidiger las als nur eine dürre Buchstaben-Zahlen-Kombination für Speziesbezeichnung und Individuum.

»Sie heißt nicht Milly«, krächzte es leicht indigniert hinter mir. Immerhin hatte Kiona ihre Stimme wiedergefunden.

»Das weiß ich doch, aber sie hat mir ihren richtigen Namen bislang noch nicht verraten, daher muss ich mich auf diese Art behelfen. Ich habe sie nach meiner Großmutter väterlicherseits benannt.« Ich schluckte, weil sich in diesem Moment Emily mit einem großen Satz ins Wasser platschen ließ und uns vollspritzte. Es war vielleicht keine so gute Idee gewesen, die Wale nach Familienmitgliedern zu benennen, denn jedes Mal, wenn ich die kecke zehnjährige Walkuh Emily sah, zog es mir das Herz zusammen. Meine Frau hatte das Kalb damals nach sich selbst benannt, weil das Jungtier immer besonders neugierig um mein Boot herumgeschwommen war. Nun erinnerte sie mich immer an das, was ich verloren hatte. Die Wal-Emily war zudem immer für Faxen zu haben und schien mich regelrecht aufmuntern zu wollen.

Milly verharrte nach wie vor in ihrer neugierigen Spähposition und starrte Kiona an. »Frag sie doch, wie sie in Wirklichkeit heißt oder ob wir sie nach wie vor Milly nennen können«, sagte ich mit forcierter Fröhlichkeit und versuchte, Emily zu ignorieren, die nun mit einer Brustflosse auf die Wasseroberfläche klatschte.

»Ihren richtigen Namen könntest du nicht aussprechen, aber ›Milly‹ ist wohl okay für sie«, antwortete Kiona nach einer ganzen Weile mit leiser, leicht zittriger Stimme. Ich hatte nicht gedacht, dass sie überhaupt auf meinen flapsigen Kommentar reagieren würde. »Was ... warum sieht sie mich so an? Und was machen die anderen Wale?«

»Ich kann nur mutmaßen, aber ich denke, dass Milly – sie ist die Leitkuh dieses Familienverbandes – dich abcheckt. Warum sie das so gründlich macht, kann ich dir jedoch nicht sagen. Die anderen sind auch neugierig, aber nicht ganz so offensiv. Und Emily zieht wieder eine Show ab.«

»Emily?«

»Ja, dieses hübsche Tier da drüben, das die ganze Zeit herumspringt.« Ich deutete mit meinem Fotoapparat auf Emily und machte bei der Gelegenheit eine ganze Bilderserie.

»Es sind so viele.« Kiona klang vollkommen fassungslos.

»Das stimmt.« Was hätte ich auch sonst sagen sollen? Es waren wirklich verdammt viele Schwertwale hier. Die Familiengruppe, die hier lebte, bestand aus sieben Tieren, doch Yaku signalisierte mir gerade mit beiden Händen, dass er bereits zwanzig Exemplare gezählt hatte. Es kamen zwar regelmäßig andere Müttergruppen aus der gleichen Schule, also dem nächsthöheren Verband, in die Gegend – wie zum Verwandtschaftsbesuch –, aber diese Zusammenkünfte ließen sich für gewöhnlich vorwiegend aus der Luft beobachten. So nah ans Ufer kamen sie normalerweise nie.

Plötzlich löste Kiona den harten Klammergriff an meinen Seiten, und ich empfand schlagartig ein Gefühl der Leere. War sie etwa ohnmächtig geworden? Wohl kaum, denn dann hätte ich bemerkt, wie sie zusammensackte. Ich spähte über meine Schulter. Sie hatte sich ein wenig zur Seite gedreht und streckte einen Arm über den

Bootsrand. Ihre Hand hielt sie etwa zwanzig, dreißig Zentimeter über der Wasseroberfläche.

»Wir fassen die Tiere nicht an«, erinnerte ich sie, doch sie wirkte, als würde sie mich nicht wahrnehmen. Ihr Blick war nach wie vor fest auf die immer noch scheinbar reglos verharrende Milly gerichtet. Dann begann das Kajak heftig zu schwanken, als ob wir von unten einen Schubs bekommen hätten, und eine lackschwarze Nasenspitze durchbrach die Wasseroberfläche und berührte Kiona an der Hand. Instinktiv richtete ich meinen Fotoapparat auf ihr Gesicht und drückte ab. Ich wusste nicht, ob ich den Moment auch wirklich digital eingefangen hatte, das würde sich erst später zeigen, aber ich selbst würde ihren Ausdruck, als der Schwertwal sie berührte, nie mehr vergessen. Einen Augenblick lang blitzte in ihren Augen absolutes Glück auf und machte ihr ebenmäßiges Gesicht ganz weich. Dann war es auch schon wieder vorbei. Der Wal schwamm ein Stückchen davon, nur um sich dann wenige Meter vor uns majestätisch aus dem Wasser zu schrauben und in einem perfekten Bogen wieder einzutauchen. Auch Milly tauchte ab und reckte wie zum Gruß noch einmal ihre Fluke hoch. Als wäre das ein Signal, drehten auch die anderen Wale ab und schwammen zügig in Richtung offene See. So schnell, wie alles begonnen hatte, war der Spuk wieder vorbei.

Yaku signalisierte mir aus der Distanz, dass er sich auf den Rückweg machen wollte, und ich stieß die Luft aus, die ich offenbar unwillkürlich angehalten hatte. Was da eben passiert war, konnte ich noch nicht in Worte fassen – ja noch nicht einmal meine Gedanken reichten dafür aus. Wortlos nahm ich das Paddel wieder zur Hand, drehte das Kajak und trat den Heimweg an. Ich fühlte, wie Kiona zaghaft erneut die Arme um mich legte und sich, von lautlosen, aber heftigen Schluchzern gebeutelt, so eng an mich schmiegte, wie es in dem Kajak und mit unseren Schwimmwesten eben ging.

Walbegegnungen waren für die meisten Menschen etwas ganz Besonderes, und ich hatte bei meinen Touren schon zahlreiche überwältigte, in Tränen aufgelöste Gäste erlebt. Waren sie zurück an Land, waren die Reaktionen dann durchaus unterschiedlich. Einige waren beseelt von dem Erlebnis und konnten gar nicht aufhören, ihr Glück und ihre Eindrücke herauszuplappern. Andere wirkten ruhig und in sich gekehrt. Paare warfen sich oft tiefe Blicke zu und verschwanden rasch und wortlos in Richtung Hotel, und gelegentlich kam es vor, dass sich allein reisende Frauen an mich wandten – mit ihrer überbordenden Libido und dem Gefühl einer Lebendigkeit, wie man sie wohl nicht oft spürte, wenn man sein Leben in der Stadt verbrachte.

Ich kannte diese Reaktionen alle – und war auch nicht immun dagegen. Auch wenn ich seit beinahe zwanzig Jahren praktisch jede Gelegenheit nutzte, aufs Meer zu fahren und Wale zu beobachten, war auch ich jedes Mal aufs Neue fasziniert von ihnen. Von ihrer schieren Größe, ihrer Neugier und der sanften Art, mit der sie uns fragilen Menschen begegneten. Aus irgendwelchen Gründen triggerten Wale tief verborgene Instinkte in uns Menschen, und ich musste zugeben, dass ich ab und zu auf die Avancen der Frauen einging. Einen Moment lang schien es nur konsequent zu sein, ganz natürlich und eine Erlösung – aber danach fühlte ich mich immer leer und einsam, denn was Emily und ich gehabt hatten, konnte mir keine dieser Frauen bieten. Würde mir vielleicht nie wieder eine bieten können.

Warum meine Gedanken diese seltsame Richtung einschlugen, während ich auf den Hafen zupaddelte, war mir nicht ganz klar. Natürlich lag es an Kiona, die sich weinend an mich klammerte, als sei ich ein Rettungsring. Sie war bis ins Mark getroffen, das war offensichtlich, auch wenn ich nicht erklären konnte, warum. Und dieses Erlebnis eben hatte eine Verbindung zwischen uns aufgebaut, wie ich sie zu einem anderen Menschen schon sehr lange nicht mehr gefühlt hatte. Doch ich wusste auch, dass das nur eine Illusion war. Das menschliche Gehirn reagiert manchmal seltsam auf neue Erfahrungen. Vielleicht lag es am Adrenalin oder an sonstigen Botenstoffen, die unser Organismus in Ausnahmesituationen ausstößt, aber in der Regel verflog das Gefühl fast genauso schnell, wie es gekommen war.

Wie auch immer Kiona Brooks mir nach dieser Tour begegnete, ich würde cool und überlegt bleiben. Das nahm ich mir fest vor. Cool und überlegt. Cool und überlegt. Cool und überlegt ...

ERDEN UND FLIEGEN

KIONA

Ich konnte mir nicht erklären, was mit mir passierte. Was in mir vorging. Ich wollte gleichzeitig fliehen und zurück zu den Orcas. Ich wollte sie nie wieder sehen und doch am liebsten mit ihnen durch den Ozean ziehen. Nie zuvor in meinem ganzen Leben war ich gleichzeitig so glücklich und so verletzlich gewesen wie in dem Moment, als mich der Wal berührt hatte. Nein, eigentlich schon vorher, beim Blickkontakt mit der alten Waldame. So nahe hatte ich mich einem anderen Lebewesen noch nie gefühlt. Weder Mensch noch Tier. Aber all das erklärte nicht, warum ich nicht aufhören konnte zu weinen. Warum ich mich wie eine Ertrinkende an Reed Archer klammerte und ... Nein, ich konnte nicht weiterdenken. Das ging einfach nicht. Ich wollte heim. Oder zurück aufs Meer. Oder ...

Wir waren wieder am Hafen angekommen. Yaku fixierte unser Kajak, und Ollie sprang mit einem kräftigen Satz auf den Steg, so dass unser Bötchen wieder heftig wackelte.

»Kann ich helfen?«, hörte ich diffus die freundliche Stimme des alten Mannes, wusste aber nicht, ob er die Frage an mich oder an Reed richtete.

»Wir kommen klar«, antwortete Reed, machte jedoch keine Anstalten, auszusteigen. Dafür hätte ich ihn auch loslassen müssen. Was nicht ging. Keine Chance.

»Alles klar, Boss«, entgegnete Yaku und klang, als würde er lächeln. Sehen konnte ich es nicht, weil ich nach wie vor mit geschlossenen Augen mein Gesicht gegen Reeds Schwimmweste presste. »Alles wird gut«, raunte mir Yaku ins Ohr und legte mir kurz eine Hand auf den Kopf. Eine merkwürdige Geste, fast wie eine Art Segnung, und tatsächlich beruhigte ich mich ein kleines bisschen.

»Komm, Ollie, lass uns ins Bootshaus gehen«, hörte ich ihn noch dem Hund zurufen, und dann entfernten sich auch schon die Schritte von zwei Füßen und vier Pfoten.

Es war ganz ruhig. Ab und zu kreischte eine Möwe, und das Meer plätscherte in sanften Wellen gegen das Kajak und den Anlegesteg. Ich hatte keine Ahnung, wie lang wir dort saßen. Reglos. Schweigsam. Aber ich war Reed unglaublich dankbar, dass er mir die Zeit gab, die ich brauchte. Er hatte seine Handschuhe abgestreift und meine Hände umfasst. Ich fühlte die Wärme seiner Haut auf meiner und fragte mich, wann ich eigentlich meine Handschuhe ausgezogen hatte. Auf jeden Fall, kurz bevor mich der Wal berührt hatte, aber ich hatte keine Erinnerung mehr daran. Langsam, ganz langsam beruhigte ich mich etwas. Meine Tränen versiegten und das Gefühl der Leere ließ langsam nach. Oder nein, das war falsch. Es war gar keine Leere. Ganz im Gegenteil. Die Leere in mir, von der ich nicht einmal geahnt hatte, wie raumgreifend sie wirklich gewesen war, war verschwunden. Die Wale hatten die Hülle eingerissen und schlagartig das Vakuum in mir gefüllt. Mit Gefühlen. Viel zu vielen Empfindungen, die ich überhaupt nicht einordnen und verstehen konnte, die aber plötzlich durch die feinsten Adern pulsten und aus jeder Pore, jeder Zelle strömten. Das war ein absoluter Schock gewesen – so viel zu fühlen. Es war also nicht die Leere, sondern der Schock, der langsam nachließ.

Reed schien das zu spüren, denn er begann nun, sanft mit seinen Daumen über meine Handrücken zu streicheln, und schließlich fragte er leise: »Bist du bereit?«

Es war klar, was er meinte. Ob ich bereit war, aus dem Kajak zu klettern und ihn aus seiner unbequemen Haltung zu befreien. Aber mir kam es vor, als fragte er mich, ob ich bereit sei, mich dem Leben zu stellen. Dem neuen Leben. Dem wahren Leben. Und ganz ehrlich? Darauf hatte ich keine Antwort. Nicht mal im Ansatz. Trotzdem nickte ich. Ja, wir könnten so langsam mal aussteigen. Offensichtlich hatte ich auch irgendeine Lautäußerung von mir gegeben, denn er sagte: »Ich werte das jetzt mal als ein Ja.« Dann löste er vorsichtig meinen Klammergriff um seine Taille und kletterte geschickt auf den Steg. Ich konnte ihn nicht ansehen, konnte nicht riskieren, dass er meine Verwundbarkeit so deutlich erkannte, also hielt ich meinen Kopf tief gesenkt. Aber ich nahm wahr, wie er mir eine Hand entgegenstreckte, um mir beim Aussteigen zu helfen. Ich nahm sie und fühlte sofort wieder seine tröstliche Wärme und seine Energie. Einen Augenblick später stand ich vor ihm auf dem Steg und ließ zu, dass er mir die Schwimmweste abstreifte und mich ohne weiteren Kommentar einfach in seine Arme zog.

Er schien instinktiv zu wissen, was ich brauchte. In diesem Fall war es eine feste, tröstliche Umarmung. Er hielt mich an sich gepresst, als müsse er mir Halt geben, mich erden – was zweifellos auch stimmte. Ich legte meinen Kopf an seine Schulter und spürte seinen warmen Atem an meinem Hals. Auch wenn wir beide keine Schwimmwesten mehr trugen, war immer noch mehr als genug Material zwischen uns. Unter den sperrigen Drysuits waren wir ja vollständig bekleidet, so dass sehr viele Schichten zwischen uns lagen. Und doch fühlte es sich unglaublich intim an. Ich ahnte seine Stärke – die Kraft seines zweifellos muskulösen Körpers genauso wie die Energie seines Geistes, seine Potenz in mehr als nur einem Wortsinn. Und plötzlich erwachte in mir ein weiteres machtvolles Bedürfnis, animalisch und archaisch.

Ich schob meinen Oberkörper ein wenig von ihm weg, so dass ich den Kopf wenden und ihn anschauen konnte. Mit einem Mal war mir egal, was er in meinen Augen sah. Nein, ich wollte sogar, dass er all das in mir erkannte, was ich in ihm wahrnahm. Unsere Blicke verhakten sich so fest ineinander wie unsere Arme. Seine Augen waren so blau, geheimnisvoll und tief wie der Ozean, und ich wäre nicht verwundert gewesen, einen Orca aus ihnen herausspringen zu sehen. Vermutlich verlor ich gerade vollständig den Verstand. Und dann küsste ich ihn.

Falls er überrascht war, als mein Mund auf den seinen traf, ließ er es sich nicht anmerken. Sein Bart kratzte an meiner Haut, aber seine Lippen waren warm und weich, und er öffnete willig den Mund, als meine Zunge um

Einlass bat. Dieser Kuss hatte fast den gleichen Effekt wie die Berührung der Walschnauze an meiner Hand. Alles, was ich an inneren Barrieren noch hatte, wurde einfach weggerissen. Weggespült von einem Tsunami reinster Energie. Von einer Flutwelle der Gefühle – rohe, wilde Emotionen, von denen ich nicht einmal geahnt hatte, dass sie in mir existierten. Ich drohte in diesem Kuss zu ertrinken, und gleichzeitig spendete er mir mehr Leben, als ich mir hatte vorstellen können.

Doch irgendwann musste ich atmen. Musste Luft holen und meine Sinne beruhigen. Ich japste wie ein Fisch an Land, in meinen Ohren klingelte es und ich brauchte mehr. Viel, viel mehr. Gleichzeitig hatte ich Panik, dass Reed nicht mitspielen würde. Was, wenn er Bedenken äußerte, Vorbehalte, Vernunft? Ich würde es nicht ertragen. Wies er mich jetzt zurück, dann könnte ich mich auch gleich ins Meer stürzen und ... Ich verfolgte den Gedanken nicht weiter, denn nun war er es, der den nächsten Kuss initiierte. Ganz sanft und so liebevoll, dass mir sofort wieder die Tränen in die Augen schossen. Was geschah bloß mit mir?

Ich musste ihm irgendwie klarmachen, was ich wollte, was ich brauchte, aber dafür hätte ich es erst selbst wissen oder wenigstens ein deutliches Wort hervorbringen müssen. Alles, was meiner Kehle entfloh, war ein sehnsuchtsvoller Laut, der selbst in meinen Ohren merkwürdig klang. Doch Reed schien mich zu verstehen.

»Nicht hier«, raunte er leise und führte mich dann in Richtung Bootshaus.

Der Steg schwankte, als wir ihn nebeneinander entlangschritten – oder es waren meine Beine. Aber im Grunde war es auch egal. Reed hielt mich fest, ließ nicht zu, dass ich stolperte und fiel. Er war mein Fels in der Brandung und das einzig Stabile, was es in meiner Welt im Augenblick noch zu geben schien. Die wenigen Meter kamen mir endlos vor, doch dann standen wir wieder im Materialraum, in dem die Schutzanzüge aufbewahrt wurden. Wie zuvor half er mir, mich aus der schützenden Hülle zu befreien, und zog auch sich selbst aus. Leider nur den Trockenanzug. Darunter trug er, wie ich auch, Jeans und einen dicken Fleecepulli. Das war mir vorhin gar nicht aufgefallen, und auch nicht, wie unglaublich attraktiv er damit aussah. Seine Haare waren völlig verstrubbelt, als er seine Mütze abnahm – und vermutlich war es bei mir nicht besser. Meine Haare waren auch feucht von den Spritzereien des übermütigen Wals.

Er betrachtete mich mit einem fragenden Blick und überlegte offenbar, was er tun sollte. Das war gefährlich. Ich konnte nicht zulassen, dass er zum Nachdenken kam. Denken bedeutete Klarheit, bedeutete Vernunft, bedeutete das Gegenteil von dem, was ich gerade am dringendsten brauchte: Nähe, Verbindung, Erdung.

Ich überbrückte die kurze Distanz zwischen uns mit einem Schritt, schlang erneut die Arme um ihn. Er zögerte für einen winzigen Moment, der beinahe mein Herz zum Stillstand brachte, doch dann zog er mich fest an sich. Seine Hände blieben in unverfänglichen Regionen, aber ich konnte ganz deutlich die harte Beule seiner Erektion an meinem Unterleib spüren. Er war also genauso erregt wie ich. Wobei – konnte ich meine Empfindungen überhaupt als simple Erregung bezeichnen? Es fühlte sich ganz anders an als simple Lust, das hier war viel mehr und ging viel, viel tiefer. Gefährlich tief.

Wie von selbst fanden meine Hände ihren Weg unter

seinen Pulli. Darunter trug er tatsächlich noch ein Hemd und darunter ein T-Shirt. Es dauerte, bis ich Hautkontakt hatte, und Reed sog scharf die Luft ein, als ich ihn am Rücken berührte.

»Nicht hier«, sagte er erneut und schob mich ein Stückchen von sich weg, beide Hände auf meinen Schultern. Sofort fühlte ich mich zurückgesetzt und wehrlos. Ein Schatten huschte kurz über seine Augen, den ich nicht deuten konnte. Zweifel? Angst? Abscheu? Ich wusste es nicht, doch dann nahm er meine Hand und zog mich durch eine Tür mit der Aufschrift »Privat« auf einen schmalen Flur, führte mich dann eine Treppe hoch und schließlich in ein kleines, spartanisch eingerichtetes, aber durchaus gemütliches Zimmer.

Die Einrichtung war mir jedoch völlig egal, entscheidend war, dass es ein Bett gab. Es war zwar nicht besonders breit, aber das war mir gleichgültig. Ich wollte nur die störenden Textilien loswerden und ihn endlich fühlen. Normalerweise war das erste Mal mit einem Mann immer eine etwas merkwürdige, linkische oder unsichere Sache, gerade das Ausziehen, doch mit Reed erschien es mir wie die natürlichste Sache der Welt. Wie die zwangsläufige, unaufschiebbare, nicht verhandelbare Konsequenz aus den vorherigen Ereignissen.

Kurz flackerten in meinem Kopf Bilder auf. Von seiner Tochter, die meine Schülerin war. Vom gestrigen Abend, an dem wir uns am liebsten an die Gurgel gegangen wären. Doch diese Eindrücke – oder Warnungen? – verdrängte ich sofort wieder. Wir mochten uns noch nicht lange kennen, aber wir hatten bereits einen Moment geteilt, der erheblich intimer gewesen war, als Sex jemals sein konnte. Er hatte in meine offengelegte, verwundbare Seele geblickt und jetzt brauchte ich seinen Körper, um wieder Bodenhaftung zu bekommen.

Pullover, Hemden, Unterziehshirts flogen durch die Gegend, doch als er mit nacktem Oberkörper dastand und ich nur noch mit BH und Jeans bekleidet war, hielt er meine Hände fest, die sich gerade an seinem Gürtel zu schaffen machten. »Bist du dir wirklich sicher?«, fragte er mit rauer Stimme und betrachtete mich forschend.

In seinem Blick lag reichlich Subtext – dass es vielleicht keine gute Idee war, was wir vorhatten. Doch glücklicherweise sprach er es nicht aus, und so war es mir ein Leichtes, die Warnung zu ignorieren. Ich war mir ganz sicher. Daher nickte ich und bejahte seine Frage auch klar und deutlich, denn irgendwie wusste ich, dass er darauf bestehen würde. Allein das machte ihn noch unwiderstehlicher für mich. Ich wollte ihn. Nein, ich brauchte ihn.

REED

Cool und überlegt? Mit diesem Vorsatz hatte es ja wunderbar geklappt. Ich wusste, dass ich drauf und dran war, einen der größten Fehler meines Lebens zu begehen. Kiona war eindeutig nicht Herrin ihrer Sinne. Die Begegnung mit den Orcas hatte sie in ihren Grundfesten erschüttert, das war so offensichtlich wie eine Leuchtreklame am Times Square. Ebenso klar war, dass sie nicht vernünftig denken oder handeln konnte, sondern in einem rauschhaften Strudel gefangen war. Ein Gefühl, das ich in meinem Leben nicht oft gehabt hatte, aber trotzdem gut kannte. Ich hatte jedoch das Glück gehabt, dass dann stets Emily an meiner Seite gewesen war. Gemeinsam hatten wir uns in den Mahlstrom gestürzt, gemeinsam waren wir unversehrt daraus aufgetaucht – und einmal hatten wir dabei unsere Tochter gezeugt.

Kiona war verletzlich wie vielleicht noch nie zuvor in ihrem Leben, und ich sollte sie schützen. Vor mir und vor ihr selbst. Vor allem wohl vor ihr selbst. Doch wie konnte ich das tun? Ich steckte ja gerade selbst bis zum Hals in diesem Sog und hatte das Gefühl, dass ich nur mit ihr, in ihr überleben konnte.

»Bist du dir wirklich sicher?«, brachte ich mit einiger Mühe hervor. Die letzte Notbremse, ehe ein Stoppen nicht mehr möglich war. Ich sah sie an, forschte nach Zeichen der Unsicherheit in ihrem Blick, doch da war nichts als die unmissverständliche Aufforderung, weiterzumachen. Aber das reichte mir nicht. Sie musste sich schon klar äußern.

»Ja«, antwortete sie, und ich versank in den schwarzen Tiefen ihrer Augen.

Kiona schien nicht die geringsten Zweifel zu haben und ein eindeutiges Ziel. Ohne Hast öffnete sie erst meinen Gürtel, dann die Knöpfe meiner Jeans, während ich ihr den BH auszog und mich meinerseits an ihrer Hose zu schaffen machte. Ich würde gerne behaupten können, dass meine Hände genauso ruhig wie die ihren waren, doch das wäre gelogen gewesen. Ich beneidete sie um die Bestimmtheit, mit der sie ihr Ziel verfolgte, und sosehr es mir auch schmeichelte, dass das Ziel ihres Begehrens offensichtlich ich war, war ich mir in genau diesem Punkt nicht sicher. Vielleicht war ich einfach nur zum richtigen Zeitpunkt am richtigen Ort? Oder zum falschen Zeitpunkt am falschen?

Für mich war das jedenfalls keine Routine – auch die

gelegentliche Touristin war keine Routine –, und schon gar nicht in meinem Zimmerchen, das ich nur nutzte, wenn ich hier übernachten musste, weil das Wetter zu schlecht war oder ich extra früh aufs Meer rausfahren wollte. Die letzte erwachsene Frau in diesem Zimmer war Emily gewesen. Welcher Teufel ritt mich gerade? Ich hatte wirklich Sorge, mehr als nur meine Prinzipien zu verlieren, und machte unwillkürlich eine Bewegung nach hinten, doch Kiona ließ sich nicht beeindrucken. Sie streichelte meinen Oberkörper mit ihren schmalen, kühlen Händen und küsste mich mit ihrem sinnlichen Mund, bis sich das letzte bisschen klarer Verstand verabschiedete. Als sie meinen zum Bersten gespannten Penis berührte, schaltete ich komplett auf Autopilot.

Sie war eine so schöne Frau, groß, schlank, mit langen, biegsamen, eleganten Gliedmaßen, einer zarten, weichen Haut, perfekt geformten Brüsten, einer schmalen Taille und sanft gerundeten Hüften. Doch mehr als das betörte mich vielmehr ihre totale Offenheit. Es war, als läge ihre Seele ungeschützt vor mir und als sei es meine Aufgabe, sie zu bewachen und zu bewahren.

Man hatte mir in meinem Leben sicher schon eine Menge unterstellt, aber dass ich mich so ritterlich fühlte, war neu. Jetzt gerade würde ich aber alles tun, um diese Frau, die mich mit sanftem Nachdruck zum Bett schob, zu beschützen. Eine kleine Alarmglocke schrillte in meinem Kopf. »Schützen« war das Stichwort. Ich brauchte ein verdammtes Kondom!

»Warte«, keuchte ich, als sie rittlings auf mich klettern wollte. Ich tastete zum Nachttisch und hoffte, dass darin noch einige Gummis lagen. Erleichtert bekam ich ein knisterndes Päckchen zu fassen und öffnete es – ohne einen Blick auf das Haltbarkeitsdatum zu werfen. Ich war vielleicht ein Ritter, aber sicher kein Heiliger, und jetzt aufzuhören erschien mir einfach unmöglich. Sobald ich das Kondom übergestreift hatte, schubste mich Kiona wieder auf den Rücken. Oh Gott, diese Frau war eine Naturgewalt, die Vorspiel offensichtlich für komplett überbewertet hielt. Nicht, dass mich das akut störte, aber ...

Alles Blut wich aus meinem Kopf und nahm die letzten wirren Gedanken mit sich. Die niederen, uralten Instinkte übernahmen das Regiment, und als Kiona sich auf mich setzte und meinen harten Schwanz Zentimeter für Zentimeter in sich aufnahm, flackerten Lichtblitze vor meinen Augen. Ich hob die Arme und umfasste mit den Händen ihre festen Brüste. Mit beiden Daumen kreiste ich um ihre Brustwarzen, was ihr offensichtlich gefiel, denn sie warf den Kopf in den Nacken und stöhnte leise. Ansonsten saß sie reglos auf mir und genoss das Gefühl, von mir ausgefüllt zu werden, hoffentlich genauso wie ich. Sie spannte den Beckenboden an, nur ganz leicht, aber die Kontraktionen brachten mich fast zum Amoklaufen. Wenn das so weiterging, würde ich einfach so kommen. Ich ließ meine Hände tiefer gleiten, legte eine um ihre Hüfte und knetete leicht ihren Po, mit der anderen strich ich über ihren flachen, weichen Bauch und landete dann auf ihrem Venushügel, der entgegen der gängigen Mode nicht nackt, sondern behaart war. Dichte, schwarze, kurzgeschorene Haare, die viel weicher waren, als ich es jemals erlebt hatte. Ich tastete mit dem Daumen ein Stückchen tiefer, fand ihre Klitoris und begann, sie leicht zu massieren. Wieder entwich ihr ein leises, kehliges Stöhnen, und ihre Scheidenmuskeln zogen sich fest um meinen Penis zusammen – was absolut kontraproduktiv war, sich aber einfach nur grandios anfühlte.

»Du bringst mich um«, hörte ich mich selbst ächzen.

»Und du bringst mich zum Leben«, entgegnete sie und suchte meinen Blick. Ihre dunklen Augen funkelten fiebrig, aber sie schien ganz klar zu sein. Dann begann sie mit den Hüften zu kreisen. Erst langsam, dann immer schneller. Ihre langen, seidigen Haare fielen ihr über die Schultern, bedeckten halb ihr Gesicht. Ihre Brüste wackelten in einem immer rasanteren Rhythmus, und dann stieß sie – für mich völlig unerwartet – einen langgezogenen Klagelaut aus, der wie ein Wolfsheulen geklungen hätte, wäre er nicht derart erotisch eingefärbt gewesen. Gleichzeitig krampfte sich ihre Vagina in einem atemberaubenden Tempo zusammen und trieb mich in einen Orgasmus, wie ich ihn so noch nie erlebt hatte – gleichzeitig geerdet und auf einem rauschhaften Höhenflug.

Ein überraschtes Lächeln huschte über ihr Gesicht – womöglich hatte sie das genauso umgehauen wie mich –, aber sie saß noch immer wie eine stolze Amazone auf mir. Ich zog sie sanft nach unten in meine Arme und hielt sie einfach nur fest. Sie fröstelte, und ich legte die Decke über uns, so dass wir wie in einem schützenden, warmen Kokon eng aneinandergeschmiegt kuschelten. Ich wusste nicht, was ich sagen sollte. Ob es überhaupt angemessene Worte für all das gab, was an diesem Vormittag geschehen war. Ich wusste nur, dass ich mir nichts sehnlicher wünschte, als dass dieses Gefühl des Aufgehobenseins niemals endete. Und vor allem hoffte ich – wider besseres Wissen –, dass keiner von uns beiden diesen Tag je bereuen würde.

SONNTAGSVERGNÜGUNGEN

PORT MCNEILL, VANCOUVER ISLAND, 17. JANUAR – REED

Ich konnte natürlich nur für mich sprechen, aber bislang bereute ich nichts. Vermutlich würde das noch kommen. Spätestens, wenn Kiona und ich uns im Schulkontext wiedersahen. Oder wenn wir uns überhaupt wiedersahen. Aber vorläufig fühlte ich mich so gut wie schon sehr, sehr lange nicht mehr. Regelrecht unbeschwert.

Ich hatte Kiona gestern am frühen Nachmittag nach Hause gefahren, nachdem wir es irgendwann geschafft hatten, das Bett zu verlassen. Wir hatten zwar kein weiteres Mal miteinander geschlafen, aber allein ihre Nähe zu spüren war wundervoll gewesen. Wie sehr hatte ich es vermisst, eine Frau im Arm zu halten, ihren Herzschlag zu hören, ihren Duft einzuatmen. Das alles hatte ich mir viel zu lange versagt. Ich hörte in mich hinein, suchte nach einem Schuldgefühl gegenüber Emily, doch da war nichts. Ganz im Gegenteil. Ich war mir plötzlich absolut sicher, dass sie sich freuen würde, wenn ich eine neue Liebe fand. Umgekehrt wäre es jedenfalls so. Ich hätte nie gewollt, dass sie allein blieb.

Hatte ich gerade »Liebe« gedacht? Vor Schreck fiel mir das Ei, das ich eben in eine Schüssel hatte schlagen wollen, aus der Hand, und Ollie, der nie weit weg war, wenn jemand in der Küche hantierte, kümmerte sich sogleich um das Malheur. Liebe? Wie konnte ich von Liebe sprechen oder auch nur daran denken? Ich kannte Kiona doch gar nicht. Zumindest nicht, wenn man normale Standards als Grundlage nahm. Gestern hatte ich das Gefühl gehabt, dass ich ganz tief in sie eingedrungen war – und nicht nur buchstäblich, sondern mit ... ja, womit eigentlich? Mit meiner Seele? Und umgekehrt hatte ich den Eindruck gehabt, dass sie mich bis in den letzten Winkel durchleuchtet hatte, aber nicht wie aggressive Röntgenstrahlen, sondern wie die warme, heilende Sonne. Ich schüttelte den Kopf. Ich war zweifellos von allen guten Geistern verlassen!

»Hey, Dad«, unterbrach Grace meine Gedanken. Sie kam im Pyjama und noch leicht verschlafen in die Küche geschlurft. »Gibt's bald Frühstück? Ich hab totalen Kohldampf.«

»Wenn du den Tisch deckst, geht es gleich los«, entgegnete ich. »Willst du lieber Rührei oder lieber Omelett? Pur oder mit was drin?«

»Oh Mann, mach doch nicht gleich so einen Stress«, stöhnte sie und rollte mit den Augen.

Wenn ich es nicht besser gewusst hätte, hätte ich geglaubt, sie sei verkatert. Aber vermutlich war sie einfach nur übernächtigt. Denn nach der zweifellos durchgequatschten Nacht bei Becky von Freitag auf Samstag waren die Mädels gestern noch zur Geburtstagsparty einer Mitschülerin gegangen, von der ich Grace um kurz nach elf abgeholt hatte. Ich ignorierte also ihre Morgenmuffeligkeit und kündigte an: »Gut, dann mach ich ein Omelett mit Paprika und Champignons. Wenn du jetzt bitte noch den Tisch decken würdest.«

»Ich mach ja schon, keine Hektik.« Sie holte Teller, Tassen und Besteck aus den Schränken und arrangierte sie hübsch auf dem Tisch. Das musste sie sich in den Weihnachtsferien von Nora und Kelly abgeguckt haben. Ich unterdrückte ein Lächeln. Mein kleines Mädchen entdeckte wohl gerade eine häusliche Ader an sich.

Mein kleines Mädchen würde nach dem Frühstück aber noch etwas anderes entdecken – väterlichen Zorn nämlich. Der war zwar eigentlich schon verraucht, aber völlig unkommentiert konnte ich ihre Protestaktion vom Freitag nicht stehen lassen. Oder vielleicht doch? Sollte ich abwarten, was passierte, wenn sie morgen von der Schule nach Hause kam? Einmal nicht den väterlichen Spielverderber geben? Wahrscheinlich war das pädagogisch eine Bankrotterklärung, aber so richtig war mir heute nicht nach Streit. Ganz im Gegenteil.

Während das Omelett vor sich hin briet, toastete ich ein paar Scheiben Brot, rührte einen Kakao für Grace an und goss mir eine weitere Tasse Kaffee ein.

»Wollen wir heute zusammen in die Eishalle?«, fragte ich sie, als ich die Eierspeise servierte. Sonntags war die Halle für jeden geöffnet, da keine Trainings oder Spiele stattfanden, und gefühlt versammelte sich dort immer der halbe Ort. Häufig gab es improvisierte Eishockeyspiele, an denen sich jeder beteiligen konnte, und ich war fast jedes Mal mit Connor und ein paar anderen Männern dabei. Auf diesem Niveau machte mir das Spielen nach wie vor Spaß, auch wenn es für mehr nie gereicht hatte – zur Enttäuschung meines Vaters.

»Mal schauen«, entgegnete sie vage und schlang hungrig ihr Omelett hinunter.

»Hast du andere Pläne?«

»Noch nicht konkret, aber vielleicht treffe ich mich noch mit dem FFF-Team.« Grace vermied es, mir in die Augen zu sehen, doch ich stellte mich blöd.

»FFF-Team?«

»›Fridays for Future‹«, klärte sie mich augenrollend auf und klang schon wieder leicht genervt. »Wir müssen die nächste Aktion planen.«

»Verstehe.« Ich biss mir auf die Zunge, damit ich nichts zur letzten sagte, und diese Taktik schien sie mehr zu verunsichern als die offenbar erwartete Abreibung. Stattdessen strich ich dick Erdnussbutter auf meinen Toast und kleckste einen großen Löffel Erdbeermarmelade darüber. Die hatte Grace mit Connors Hilfe im letzten Sommer selbst eingekocht.

»Die Eishalle verbraucht ja auch verdammt viel Energie«, sagte sie nach einer Weile, während deren sie mich aus den Augenwinkeln beobachtet hatte.

»Mhmm.« Ich kaute genüsslich mein Brot und stellte mir lebhaft vor, wie unser Städtchen reagieren würde, wenn die Eishalle aus Umweltschutzgründen schließen müsste. Dabei war es ein valider Punkt. Ich schätzte mal, dass der Betrieb der Halle die größte Energieverschwendung in Port McNeill war – aber eben auch der soziale Kitt, wie in fast jeder kanadischen Gemeinde.

»Mehr hast du dazu nicht zu sagen?«, fuhr sie mich an.

»Doch, aber das willst du sicher nicht hören.« Ich grinste sie an und sah, wie sie rot anlief. Vermutlich aus

Wut auf ihren ignoranten Erzeuger, vielleicht aber auch, weil sie sich ertappt fühlte? Ein Vater durfte die Hoffnung nicht aufgeben ...

»Wir müssen das noch recherchieren«, fügte sie dann etwas defensiver hinzu.

»Das ist sicher immer eine sehr gute Idee. Es gibt schließlich bei allen Dingen mehr als eine Sichtweise. Die sollte man berücksichtigen. Allein schon, um wirklich gute Argumente oder vielleicht sogar Verbesserungsvorschläge zu bieten.«

»Verbesserungsvorschläge?« Ungläubiger Blick.

»Ja klar, warum nicht? Man kann doch nicht immer nur motzen und gegen etwas sein. Man sollte auch Anregungen und Ideen für Alternativen bringen. Sonst läuft doch jeder Protest nur ins Leere.«

»Boah, das ist so typisch für euch Erwachsene! Ihr ruiniert unseren Planeten, und wenn wir dann die Finger in die Wunde legen, verlangt ihr von uns auch noch Lösungsvorschläge!«, kreischte sie aufgebracht. Offensichtlich war ihr mein Argument nicht völlig neu, und in ihrer Gruppe hatten sie sich schon Gegenargumente zurechtgelegt. »Und Ms Brooks sagt auch, dass man seinen Unmut sehr laut und deutlich äußern soll.«

»Du hast es vielleicht verdrängt, aber ich setze mich seit Jahren für strenge Standards ein, was Umwelt- und Tierschutz betrifft, und meiner unwesentlichen Erfahrung nach kann man bestehende Verhältnisse am besten dadurch ändern, dass man gute Alternativen aufzeigt und Gesprächsbereitschaft signalisiert. Anderenfalls verpufft so ein Protest ganz schnell und hat am Ende sogar den gegenteiligen Effekt.«

»Oh Mann, du bist doch nur sauer, weil wir gegen

Whale Watching protestiert haben«, brach es nun aus ihr hervor, und sie funkelte mich herausfordernd an.

»Nein, bin ich nicht.«

»Bist du nicht?« Sie riss die blauen Kulleraugen so weit auf, dass ich Angst hatte, sie würden gleich aus ihren Höhlen fallen.

»Nein. Nicht mehr. Ich gebe zu, ich war am Freitag ziemlich sauer – und überrascht, meine Tochter in den Hauptnachrichten zu sehen. Mit einem Plakat in der Hand, auf dem sie mich praktisch als Walfänger bezeichnet.«

»Das habe ich nie getan!«

»Indirekt schon. Auf deinem Protestplakat stand, dass Walbeobachtung genauso schlimm ist wie Walfang. Da ich mit Walbeobachtungstouren mein Geld verdiene – unser Geld verdiene –, war dieses Plakat doch ziemlich deutlich gegen mich gerichtet. Und ja, es hat mich sehr getroffen, dass ich damit indirekt als Mörder verunglimpft wurde.« Grace schnappte bei meinen Worten entsetzt nach Luft, doch ich sprach einfach weiter. »Aber ich habe recht schnell erkannt, dass ihr euch mit dieser Aktion ziemlich sicher selbst mehr geschadet habt als mir und meinen Kollegen. Insofern bin ich nicht sauer. Nur ein bisschen enttäuscht. Denn du weißt ganz genau, wie unsere Touren ablaufen.«

Es war ein erstaunliches Mienenspiel, das sich auf dem Gesicht meiner Tochter abzeichnete. Wut, Entsetzen, Scham und Ratlosigkeit wechselten sich ab, und am liebsten hätte ich sie einfach in den Arm genommen und ihr – wie früher – versichert, dass alles gut werden würde. Doch ich schätzte, dass sie da jetzt durchmusste. Und ich auch.

»Aber nicht alle machen es so wie du«, murmelte sie nach einer ganzen Weile und klang ziemlich zerknirscht.

»Ich weiß. Und ich finde das auch problematisch. Aber es hilft niemandem und auch der Sache nicht, wenn man alles über einen Kamm schert.«

»Das haben die FFF-Orgas aus British Columbia auch gesagt«, gab sie schließlich zu. Interessant, offenbar hatten sie sogar aus den eigenen Reihen Gegenwind erhalten.

»Und deshalb wollt ihr jetzt weg vom Artenschutz, hin zum Klimaschutz und habt euch die Eishalle als nächstes Opfer auserkoren?«, folgerte ich.

»So ungefähr.« Sie wand sich wie ein Aal, und ich merkte, wie sehr sie es hasste, das alles zugeben zu müssen.

»Ich finde das total schade, denn ihr habt ja recht damit, dass man Dinge in unserer Branche anprangern sollte. Es gibt vieles, was nicht ideal läuft – um es milde zu formulieren. Das sollte man laut sagen. Darüber sollte man unbedingt diskutieren, und ich fände es gut, wenn das passiert.«

»Hm«, brummte sie. »Aber dann müsste man sich ja alle Details ganz genau ansehen und so.«

Ich verbiss mir mit einiger Mühe ein Lachen, und irgendwie gelang es mir, ernst zu bleiben. »Das müsste man wohl. Aber das gilt für so ziemlich alles im Leben. Es ist natürlich total einfach, gegen etwas zu sein, und viel schwieriger, richtig gute Argumente zu haben, mit denen man auch etwas erreichen kann. Doch ich bin mir sicher, dass das der beste Weg ist, wenn man eine wirkliche Änderung erreichen will.«

Sie seufzte schwer und ich nahm an, dass sie sich

gerade vorstellte, wie sie diese unpopuläre Erkenntnis ihren Freunden schmackhaft machen sollte.

»Seid ihr nicht ohnehin dabei, ein großes Schulprojekt zum Thema Klimaschutz zu machen?«, fragte ich, um ihr einen Ausweg zu bahnen. Letzte Woche hatte ich, wie alle Eltern in Port McNeill, eine Mail von der Direktorin bekommen, in der sie die Aktion beschrieb. »Sprecht doch mit euren Lehrern darüber, wie man einen wirklich zielgerichteten Protest gestalten könnte oder wie es funktioniert, alle wichtigen Informationen zu bekommen, die man als Grundlage braucht.«

»Okay ...«, sagte sie gedehnt, aber ich hatte den Eindruck, dass ich sie ins Boot geholt hatte.

»Ich war gestern übrigens mit Ms Brooks bei den Walen draußen. Ich könnte mir vorstellen, dass sie ihre Meinung nun auch überdenkt.« Das hoffte ich jedenfalls ganz stark und wunderte mich gleichzeitig darüber, wie hektisch mein Herz allein bei der Nennung ihres Namens zu klopfen anfing.

»Echt? Davon hat sie ja gar nichts gesagt.«

»Wann hätte sie das auch tun sollen, Sweetheart? Ich habe sie zufällig am Freitagabend im Pub getroffen, als du bei Becky warst. Sie hat dann übrigens den ganzen Ärger abbekommen, der eigentlich für dich bestimmt war.«

»Oh Mann ...«, murmelte sie und errötete bis in die Haarwurzeln.

»Jedenfalls habe ich ihr angeboten, sich selbst ein Bild von meiner Arbeit zu machen, ehe sie ihren Schülern unqualifizierten Mist einredet.« Diese Spitze konnte ich mir dann doch nicht verkneifen.

»Sie redet uns keinen unqualifizierten Mist ein!«, verteidigte Grace sie prompt.

»Wie auch immer. Ich war gestern mit ihr draußen, und wir hatten eine tolle Orca-Begegnung. Wir können das mit deiner ganzen Klasse machen, damit jeder sieht, wie es abläuft. Es ist immer besser, wenn man genau weiß, wovon man spricht – und wogegen man sein kann. Meinst du nicht auch?«

»Doch. Wahrscheinlich schon«, gab sie zu.

»Und denkst du, deine Klassenkameraden hätten Lust auf eine Tour?«

»Bestimmt die meisten. Und die, die es nicht wollen, haben in Wirklichkeit Angst«, stellte sie äußerst scharfsinnig fest.

»Auch das ist ein weit verbreitetes Phänomen«, entgegnete ich lächelnd. Ich war mir nämlich ziemlich sicher, dass Angst auch der Grund für Kionas Verhalten gewesen war, doch das behielt ich für mich. »Aber vielleicht können wir ihnen ja die Angst nehmen, denn Angst ist immer der schlechteste Ratgeber.«

»Warst du wirklich mit Ms Brooks unterwegs?« Grace schien das immer noch nicht fassen zu können.

»War ich. Im Doppelkajak mit Ollie. Yaku war auch dabei.«

»Und wie findest du sie?«, wollte sie wissen – und ich verschluckte mich am Kaffee.

Mit dieser Frage hatte ich nicht gerechnet. Wie ich sie fand? Unglaublich! Und zwar in jedem denkbaren Wortsinn. Doch das würde ich meinem Kind ganz sicher nicht auf die Nase binden.

»Ich finde sie nämlich total toll«, fuhr Grace fort und strahlte wie ein Fan, der von seinem Popstar-Idol schwärmt. Langsam dämmerte mir, dass es problematisch werden könnte. »Wir haben sie ja seit den Weihnachtsferien auch in Englisch, und sie ist die beste Lehrerin, die wir jemals hatten.«

»Ich finde sie auch sehr ... nett«, brachte ich hervor, doch es kostete mich einige Mühe, lässig und unbeeindruckt zu klingen. »Nett« war nämlich so ziemlich das letzte Wort, das ich normalerweise in Bezug auf Kiona Brooks wählen würde.

»Nett? Sie ist der Hammer!«

»Wenn du das sagst.« Ich schluckte. War das jetzt gut oder schlecht, dass Grace die Frau so toll fand, die mich an Stellen berührt hatte, wo zuletzt nur ihre Mutter Zugriff gehabt hatte? Vermutlich war es nicht so richtig cool, wenn der eigene Vater etwas mit der Lehrerin anfing, oder? Ich schätzte mal, dass ich daran gestern nicht wirklich gedacht hatte. Wie ich ab einem bestimmten Moment überhaupt recht wenig gedacht hatte ... Etwas, das ich schleunigst nachholen sollte. Aber jetzt musste erst mal ein Themenwechsel her. »Wie sieht's nun aus mit dem Eislaufen? Kommst du mit, oder muss ich mich wieder nur mit Connor und seinen alten Herren herumschlagen?«

»Okay, ich komm mit«, antwortete sie nach kurzem Zögern großzügig. »Aber wenn meine Leute da sind, bist du auf dich allein gestellt.«

»Damit kann ich leben.«

KIONA

»War es das Beste oder das Schlechteste?«, fragte ich mich laut und starrte die kleinen Holz-Orcas an, die aufgereiht vor mir auf der Werkbank lagen. Ich war heute Morgen sehr früh aufgewacht und ausgiebig am Strand gewesen. Eigentlich zum Joggen, doch tatsächlich hatte ich die ganze Zeit nur aufs Wasser gestarrt und auf ein Zeichen gewartet. Irgendein Zeichen. Aber die Schwertwale waren entweder anderweitig unterwegs oder fühlten sich nicht dafür zuständig, meine aufgewühlte Seele zu beruhigen. Dabei waren sie es doch gewesen, die mich in diese Situation gebracht hatten. Ich war am Strand geblieben, bis mir in meinen dünnen Laufklamotten so kalt gewesen war, dass ich mich kaum noch bewegen konnte, doch kein einziger Orca hatte sich blicken lassen. Nach einer heißen Dusche und einem kurzen Müsli-Frühstück war ich in meine Werkstatt gegangen und hatte wie manisch Holzwale geschnitzt. Nur Orcas – was nach dem gestrigen Tag wohl nicht besonders erstaunlich war.

Aber auch diese Biester konnten mir die Frage nicht beantworten, ob es einer der besten oder einer der schlechtesten Tage meines Lebens gewesen war. Ich einigte mich mit mir selbst darauf, dass es mit Sicherheit eines der einschneidendsten Erlebnisse gewesen war.

Es hatte damit angefangen, dass Yaku mich als »Walfrau« bezeichnet hatte. Dieser alte Mann hatte etwas in mir erkannt, was mein Großvater nicht hatte sehen wollen oder können, was ich selbst viele Jahre verdrängt hatte. Es war nicht zu leugnen: Es gab diese seltsame, schwer erklärbare Verbindung zwischen mir und den Schwertwalen, aber der Preis dieser Erkenntnis war hoch gewesen. Nie zuvor hatte ich so große Angst gehabt wie gestern, als ich in das Kajak hatte einsteigen sollen, doch die Begegnung mit den Tieren ... Ich fand immer noch keine geeigneten Worte, die meinen Empfindungen auch nur ansatzweise hätten gerecht werden können. Es war tatsächlich so, als hätte ich Verwandte getroffen, so merkwürdig das auch klingen mochte. Und es klang selbst in meinem eigenen Kopf verdammt merkwürdig. Wenn ich daran dachte, wie mich die alte Walkuh, die Reed Milly nannte, angesehen hatte ... So lange und intensiv, als könnte sie mit einem Blick all meine verborgenen Geheimnisse entschlüsseln, alles über meine Vergangenheit lernen und erfahren, ob ich ihrer Freundschaft würdig war. Und dann war da noch dieser andere, jüngere Wal gewesen, der mich an der Hand berührt hatte. »Wir fassen die Tiere nicht an«, hatte Reed gesagt, doch das hatte ich auch nicht getan. Der Wal hatte mich berührt. Aus irgendeinem Grund hatte ich gewusst, dass es so kommen würde. Warum sonst hätte ich meine Hand ausstrecken sollen? Und mit diesem Stupser war plötzlich alles klar gewesen. Ich war in die Familie aufgenommen worden.

Ich betrachtete einen der Holz-Orcas, der einen Blick wie Milly hatte. Was übrigens keine bewusste Entscheidung gewesen war – ich hätte niemals gewusst, wie ich das hätte anstellen sollen –, irgendwie war es beim Schnitzen einfach passiert. Das Milly-Modell und ich blickten uns an, und ich versuchte zu verstehen, was gestern geschehen war. Also, was *nach* der schon hochgradig verwirrenden Walbegegnung geschehen war. Dass mir als Ausweg aus meinem emotionalen Aufruhr nichts anderes eingefallen war, als Sex mit Reed Archer zu haben. Wie hatte es dazu kommen können? Dafür hatte ich keine Erklärung. Überhaupt keine Erklärung. Ich neigte nämlich wirklich nicht dazu, einfach so mit einer Zufallsbekanntschaft zu schlafen. Doch Reed war vielleicht formal eine Zufallsbekanntschaft – einfach weil wir uns bislang praktisch noch gar nicht kannten –, aber schon bei unserer allerersten Begegnung war in mir etwas passiert. Dieses seltsame Flattern und Vibrieren, dieser Eindruck des Wiedererkennens und der Vertrautheit. Das war gestern auch da gewesen. Außerdem hatte er mir Sicherheit und das Gefühl gegeben, dass mir nichts Schlimmes zustoßen konnte. Sowohl bei den Walen als auch später in seinem Bett. Wobei ich ihm da fast keine Chance gelassen hatte, anders zu reagieren. Eine Zurückweisung hätte mich umgebracht, und das hatte er gespürt.

Ob er gerade genauso verwirrt war wie ich? Ob er es am Ende bereute? Ich hoffte nicht und wusste doch gleichzeitig, dass dieser Wunsch vollkommen irrational war. Konnten wir ernsthaft eine Chance miteinander haben? Konnte ich das überhaupt wollen? Ich wusste nichts von ihm, außer dass er dieses Walbeobachtungs-Unternehmen führte und der Vater einer meiner Schülerinnen war. Letzteres allein war schon eine Komplikation, die alle Alarmglocken laut schrillen lassen sollte. Und doch hatte es sich so gut angefühlt. So richtig und so erfüllend, wie ich Sex noch nie erlebt hatte. Und damit meinte ich nicht einmal den Orgasmus, der schön gewesen war, aber auch nicht überragend spektakulär. Nein, es war vielmehr die innige emotionale Verbindung, die ich gespürt hatte und die mich gleichzeitig geerdet hatte und hatte fliegen lassen.

Aber es blieb dabei, ich wusste nicht wirklich etwas über ihn und seine private Situation. Und er wusste nichts über mich. Beides könnte man ändern, flüsterte mir eine kleine, hoffnungsvolle Stimme ein, und ich merkte, wie sich ein Lächeln auf meinem Gesicht ausbreitete. Ich würde ihn sehr gerne näher kennenlernen, Zeit mit ihm verbringen und sehen, was sich entwickeln konnte. Ich griff zu meinem Telefon und überlegte, ob ich ihn anrufen konnte. Doch es war Sonntag, und er verbrachte den Tag garantiert mit seiner Familie. Ob er wohl eine Frau hatte? Grace sprach nie von ihrer Mutter, aber ich hatte keine Ahnung, was mit ihr war. Womöglich waren sie getrennt und Grace lebte bei ihrem Vater? Oder ... Mein Hals wurde plötzlich ganz trocken. Was, wenn die Mutter tot oder verschwunden war wie meine eigene?

Darauf hatte ich keine Antwort, aber vielleicht war das auch gar nicht nötig, denn jedes Schicksal war ohnehin anders. Aber wollte ich mich auf eine derart komplizierte Gemengelage einlassen?

Mein Smartphone vibrierte, und um ein Haar hätte ich es erschrocken fallen lassen. Eine Textnachricht lag vor:

> Wie geht es dir heute? Ich hoffe, du hast das gestrige Abenteuer gut verkraftet. Mich hat es umgehauen. Alles. Und ich gebe zu, dass ich es noch nicht richtig einordnen kann. Aber ich würde dich gerne wiedersehen. Reed.

Dazu hatte er ein Foto von mir angehängt, das mich in dem Moment zeigte, als der Wal meine Hand berührt hatte. Auf diesem Bild sah ich glücklich aus. Einfach nur glücklich, ohne den Hauch einer anderen Gefühlsregung. Bei diesem Anblick schossen mir die Tränen in die Augen, weil ich es kaum fassen konnte, dass ich überhaupt in der Lage war, pures Glück zu empfinden. Das war ein Geschenk. Ein sehr großes Geschenk, das mir Reed Archer gemacht hatte.

> Danke für das Foto. Mir geht es exakt so wie dir, und ja, ich würde dich sehr gern wiedersehen. K.

Ich überlegte kurz, ob ich einen Terminvorschlag machen sollte, ließ es dann aber sein. Heute würde es garantiert nichts mehr werden. Ich schickte die Nachricht los und beschloss, etwas zu unternehmen. Länger in der Werkstatt zu sitzen und auf Antworten zu warten, schien mir etwas kindisch zu sein.

Aus einem Impuls heraus packte ich den Milly-Wal in meinen Rucksack, räumte das Werkzeug auf und stellte die anderen Modelle ins Regal. Dann zog ich meine Jacke an und ging zu dem Ort, wo sich während meiner Kindheit und Jugend an einem Sonntagnachmittag halb Port McNeill getroffen hatte. Unwahrscheinlich, dass sich an diesem Brauch etwas geändert hatte.

Als ich eine halbe Stunde später die Eishalle betrat, war es für mich wie eine Zeitreise in die Vergangenheit. Es sah noch genauso aus wie damals, roch so wie damals – nach Hot Dogs und Donuts – und hörte sich an wie damals. Es lief Rockmusik aus den achtziger Jahren, die schon in meiner Jugend völlig antiquiert gewesen war, aber offenbar war auch der Hallenwart immer noch derselbe. Ich zog mir meine alten Schlittschuhe an, die ich mir noch rasch von zu Hause geholt hatte, und wagte mich auf die Eisfläche. Es war Jahre her, dass ich das letzte Mal übers Eis geglitten war, aber nach wenigen leicht unsicheren Schritten erinnerten sich meine Muskeln wieder daran, was sie tun sollten, und ich legte an Tempo zu. Die Halle war gut besucht, und während auf einem Drittel der Fläche einige Männer einen Puck umherschubsten – Eishockey konnte man das nicht ernsthaft nennen –, war der Rest voll von Kindern jeden Alters und einigen versprengten Erwachsenen. Ich erspähte einige meiner Schüler, die mir fröhlich zuwinkten – und dann rammte ich nach einer übermütigen Rückwärtskurve etwas Massives, das mich glücklicherweise festhielt und so einen Sturz verhinderte.

»Sorry«, murmelte ich verlegen, als ich mich umdrehte und in Connor Davis' blitzende schwarze Augen blickte.

»Sieh einer an, da schlummern versteckte Talente in dir«, sagte er statt einer Begrüßung. »Wenn ich das geahnt hätte.«

»Sehr versteckte Talente«, entgegnete ich. »Und die sind im Tiefschlaf. Ich hoffe, ich habe dich nicht verletzt?«

»Mich verletzt?« Er lachte dröhnend. »Da muss schon ein anderes Kaliber kommen. Aber was hast du in deinem Rucksack? Eine Thermoskanne?«

Ich stutzte einen Moment, dann fiel mir ein, dass er den Wal meinen musste. Aus irgendeinem Grund hatte ich keine Lust, mit Connor darüber zu reden oder ihm die Figur zu zeigen. »So ähnlich«, gab ich daher nur vage zurück und sah mich in der Halle um. »Ist echt eine Menge los hier. Genau wie früher.«

»Das habe ich gerade auch Liam erzählt. In dieser Eishalle steht die Zeit still.«

»Liam?«, fragte ich, und da entdeckte ich meinen

Kollegen auch schon, der schräg hinter Connor stand und von dessen imposanter Statur fast vollständig verdeckt wurde.

»Hi«, begrüßte er mich und wirkte einerseits irgendwie ertappt und andererseits auch sehr vergnügt und entspannt. So, wie ich ihn noch nie erlebt hatte.

»Ich wusste gar nicht, dass du ein Eisläufer bist«, bemerkte ich lahm und hätte mich für diese dämliche Aussage direkt ohrfeigen können. Gab es überhaupt einen Kanadier, der nicht Schlittschuh laufen konnte? Vermutlich nicht.

»Das Gleiche könnte ich von dir behaupten«, gab er zurück und zwinkerte mir zu.

»Ich bin auch ein bisschen eingerostet, aber irgendwie hatte ich heute Lust ...« Ich brach ab, weil ich Grace Archer sah, die mich offensichtlich auch gerade entdeckt hatte und begeistert winkend auf uns zugebraust kam. Ich hatte schon Angst, sie würde ungebremst in uns hineinfahren, doch sie stoppte – spektakulär knapp – direkt vor uns.

»Hi, Connor, hallo, Ms Brooks und Mr MacAlpine«, begrüßte sie uns mit roten Wangen. »Ich wusste gar nicht, dass Sie eislaufen«, sagte sie zu mir, und ich freute mich insgeheim, dass nicht nur ich für dämliche Aussagen gut war.

»Ich war auch schon sehr lange nicht mehr«, entgegnete ich lächelnd. »Das zählt also nicht.«

»Cool. Dad hat mir erzählt, dass Sie gestern mit ihm bei den Walen waren«, plapperte sie weiter, und ich konnte nur nicken, doch mehr schien sie als Reaktion auch nicht zu erwarten. »Ich hab ein paar Fotos gesehen. Milly hat Sie ja ganz schön abgecheckt.« Sie grinste und wandte sich dann, ohne auf eine Antwort von mir zu warten, an Connor. »Wo warst du heute Vormittag?«, fragte sie den riesenhaften Eishockey-Coach, dem sie offenbar recht nahe stand, anklagend. »Ich hab bei dir geklingelt, weil wir dich zum Mittagessen einladen wollten, aber du warst nicht daheim.«

»Ich hatte ... etwas zu erledigen«, sagte er und wirkte plötzlich eine Spur verlegen.

Täuschte ich mich oder errötete Liam gerade ebenfalls?

»Aha.« Grace runzelte die Stirn. Sie schien mit dieser Erklärung auch nicht besonders viel anfangen zu können, bohrte aber nicht weiter, denn in diesem Moment kam ihr Vater – und mein Herz blieb stehen.

Dann stolperte es in einem hektischen und zweifellos ungesunden Rhythmus weiter. Reed lächelte und fuhr sich mit der Hand erst durch sein dichtes, dunkelblondes Haar und dann über seinen Zehntagebart. Unwillkürlich strich ich mir mit zwei Fingern über die Wange. Ich wusste genau, wie sich die Bartstoppeln auf meiner Haut anfühlten, und sehnte mich danach, es wieder zu spüren. Auf der Stelle. Doch das war natürlich unmöglich. Ich räusperte mich, um Fassung bemüht.

»Hallo allerseits«, grüßte er. »Heute hat sich ja eine illustre Runde hier versammelt.«

»Hey, könnt ihr nicht woanders hingehen, wenn ihr nur rumsteht und quatscht?«, rief ein junger Kerl, der im letzten Moment hatte ausweichen können.

»Klappe, Dustin«, rief ihm Connor hinterher, sagte dann aber in normalem Tonfall zu uns: »Er hat allerdings recht. Reed, wie sieht's aus? Spielst du gleich mit?« Er deutete mit dem Kinn zum abgetrennten Eishockey-Bereich, und ich wusste nicht, was ich mir wünschen sollte.

»Ich komme nach«, kündigte Reed an und setzte sich dann gemächlich in Bewegung. Elegant im Rückwärtsgang, so dass er mich und Grace noch ansehen konnte.

Liam hatte mir wortlos zugewinkt und war hinter Connor hergefahren. Ich sah den beiden wohl so verwundert hinterher, dass Reed sagte: »Dein Kollege und mein Nachbar? Interessant.« Er hatte es also auch bemerkt. Und ja, das war in der Tat interessant, denn ich hatte keine Ahnung gehabt, in welchem Team Liam spielte. Jetzt wurde mir einiges klar. Ich konnte den Gedanken jedoch nicht vertiefen, denn Grace sah stirnrunzelnd zwischen Reed und mir hin und her, sagte aber nichts.

»Alles klar, Süße?«, fragte Reed sie, dem es auch nicht entgangen war.

»Jaja«, erwiderte sie rasch. »Dahinten sind Becky und Maggie. Wir sehen uns nachher.« Damit rauschte sie ab.

»Jetzt hat das Wiedersehen schneller geklappt als gedacht«, sagte ich und klang erschreckend atemlos.

»Ein anderer Ort wäre mir allerdings lieber.« Der Blick, den mir Reed bei diesen Worten zuwarf, ging mir durch Mark und Bein. Er dachte zweifellos dasselbe wie ich.

»Mir auch ...«

Er lächelte wehmütig und sah dann erst zu seiner Tochter, die an der Bande gegenüber mit ihren Freundinnen plauderte, dann zu den Hockeyspielern. »Ich kann hier heute nicht weg, aber ich denke mir was aus. Wir kriegen das hin, ja?«

Der beschwörende Klang seiner Bitte machte mich absurd glücklich. Insgeheim hatte ich mit dämlichen Sprüchen gerechnet, à la »Die Umstände sind gegen uns« oder so, aber offensichtlich wollte er mich wirklich wiedersehen. »Das tun wir«, bestätigte ich lächelnd.

»Dann hab noch einen schönen Restsonntag.« Bei dieser lahmen Verabschiedung strich er sich wieder verlegen über das bärtige Kinn und verdrehte dann lachend die Augen. »Wie das klingt ...«

»Ich versteh's schon richtig. Aber ich hab noch etwas für dich«, sagte ich, nahm meinen Rucksack von den Schultern und zog den geschnitzten Wal hervor.

»Das ist Milly!«, rief er überrascht und nahm mir den kleinen Holz-Orca ab. Dabei berührten sich unsere Finger einen Moment lang und ich fühlte seine Energie wie einen elektrischen Schlag.

»Du hast sie erkannt?«

»Natürlich. Ich verstehe nur nicht, wie du es geschafft hast, sie in Holz umzusetzen.« Er sah das Tier voller Bewunderung an.

»Das kann ich nicht erklären. Ehrlich gesagt war ich selbst erstaunt«, gab ich zu.

Reeds Ausruf hatte reichlich Aufmerksamkeit auf uns gelenkt. Auch die von Grace und ihren Freundinnen, die uns zweifellos die ganze Zeit beobachtet hatten. Nun kamen sie neugierig angefahren.

»Oh, ist der hübsch«, schwärmte Maggie.

»Das ist wirklich Milly«, sagte Grace, ähnlich verblüfft wie ihr Vater.

»Wer ist Milly?«, wollte Becky wissen.

»Das ist die Leitkuh der Orca-Familie, die vor Telegraph Cove lebt«, erklärte ihr Grace, als sei das die selbstverständlichste Sache der Welt. Was es für sie vermutlich auch war.

»Kann man die ernsthaft auseinanderhalten?«, fragte Maggie. »Ich finde, die sehen alle gleich aus.«

Grace verdrehte die Augen. »Oh Mann, die sehen so

unterschiedlich aus wie du und ich. Und das hier ist eindeutig Milly.«

»Und Sie haben sie geschnitzt«, folgerte Becky scharfsinnig und musterte mich prüfend.

»Schuldig im Sinne der Anklage.« Ich musste mir ein Grinsen verkneifen.

»Und jetzt zeigen Sie die Figur Grace' Dad?«, führte das Mädchen die Inquisition fort.

»Ich schenke sie ihm sogar. Er hat mich gestern mit aufs Meer genommen und mir die Wale ... gezeigt.« Ich hätte um ein Haar »vorgestellt« gesagt. Das wäre passender gewesen, aber die kleine Klugscheißerin hätte es sicher wieder falsch interpretiert. »Die Figur ist ein Dankeschön für dieses beeindruckende Erlebnis.«

»Dad hat vorgeschlagen, dass er mit der ganzen Klasse eine Tour macht«, verkündete Grace, an niemand Bestimmten gewandt.

»Du hast doch gesagt, dass du nie wieder aufs Meer fahren willst«, behauptete Becky mit einem missbilligenden Stirnrunzeln.

»Man darf seine Meinung gelegentlich auch ändern«, sagte ich, um Grace eine Antwort zu ersparen. »Ich habe es ja auch getan. Und wenn Reed ... wenn Mr Archer uns großzügig zu einem Ausflug einlädt, dann sollten wir dieses Angebot annehmen. Ich bin mir sicher, dass wir dabei alle sehr viel lernen können.«

»Ich fände das jedenfalls megatoll!«, mischte sich Maggie ein.

»Dann komme ich nächste Woche mal in der Schule vorbei und wir besprechen die Details«, schlug Reed vor und warf mir einen kurzen, vielsagenden Blick zu.

»So machen wir's.« Ich sah auf die Uhr und tat so, als sei ich überrascht, wie spät es schon war. »Ich muss mich leider verabschieden. Ich hab noch einige Aufsätze zu korrigieren.« Die Mädchen stöhnten bei dieser Ankündigung dramatisch auf und versicherten mir, das habe noch Zeit, doch ich wollte schleunigst abhauen. Noch ein paar Minuten mehr, und die neugierige Mädchen-Meute würde zweifellos herausfinden, dass zwischen mir und Reed die Luft vibrierte.

»Danke für den Wal«, sagte er und schob ihn sich unter seinen Pulli, in die Brusttasche seines Hemds. Nun lag Milly direkt über seinem Herzen – und ich beneidete sie grenzenlos.

»Gerne. Bis bald«, krächzte ich und winkte noch einmal in die Runde, ehe ich zielstrebig zum Ausgang glitt. Jetzt bloß nicht stürzen, beschwor ich mich selbst und war dankbar, dass ich die kurze Strecke unfallfrei und ohne weitere Zwischenfälle hinter mich brachte. In meinem Rücken spürte ich Reeds Blicke – wie an dem Abend an Weihnachten, als wir uns zum ersten Mal gesehen hatten. Doch diesmal war es deutlich verheißungsvoller ...

OFFENBARUNGEN

PORT MCNEILL, VANCOUVER ISLAND, 20. JANUAR – KIONA

Es dauerte dann doch noch drei Tage, bis wir uns wiedersahen. In der Schule. Zur Elternsprechstunde. Bis dahin hatten wir einige Textnachrichten ausgetauscht wie verknallte Teenager, aber nicht ein Mal telefoniert. Wir hatten ja auch vorher noch nicht wirklich viel miteinander gesprochen, vermutlich fehlte uns dafür die nötige Basis. Noch. Hoffte ich jedenfalls. Denn ich merkte, wie sehr ich mich danach sehnte, Reed besser kennenzulernen, alles über ihn zu erfahren, Zeit mit ihm zu verbringen. Doch für eine entspannte Anbahnungsphase war Port McNeill sicher der falsche Ort und unsere Situation – er der Vater einer meiner Schülerinnen – eine schwierige Ausgangslage. Wir konnten nicht einfach irgendwo einen Kaffee trinken gehen, ohne dass sofort das halbe Städtchen darüber Bescheid wusste. Aber andererseits hatten wir das Thema »Anbahnung« vielleicht ohnehin schon großzügig übersprungen und mussten jetzt nur noch zusehen, wie ... Tja, wie was eigentlich? Wie ein gemeinsamer Alltag funktionieren könnte? Bei dem Gedanken wurde mir ganz heiß. Das war eindeutig erst der übernächste Schritt. Wenn überhaupt. Doch was könnte dazwischenliegen?

»Kannst du vielleicht mal aufhören mit dem Scheiß?«, blaffte mich Craig Albright an, außer mir der einzige Kollege im Lehrerzimmer, und riss mich aus meinen Gedanken.

»Mit was?«, fragte ich ihn ahnungslos.

»Ständig mit deinem Kugelschreiber rumzuklackern und nervös mit dem Stuhl zu kippeln«, motzte er.

»Oh.« Ich fühlte mich ertappt. Ich hatte tatsächlich die ganze Zeit die Mine meines Kulis rein- und rausgedrückt und außerdem mit dem Stuhl gewackelt. »Sorry.« Ausgerechnet Craig, ärgerte ich mich.

»Weshalb bist du so nervös?«, bohrte er. »Steht ein unangenehmer Elterntermin an?« Er selbst war vor ungefähr einer Viertelstunde schwer genervt ins Lehrerzimmer gestürmt und hatte etwas von »Scheiß-Eltern« gemurmelt.

»Nur mit Reed Archer, aber ich gehe nicht davon aus, dass der Termin unangenehm wird.« Warum erzählte ich ihm das? Ich merkte, wie meine Wangen heiß wurden, und hoffte, dass er es nicht bemerkte.

»Na dann viel Spaß! Mit diesem Herrn hatte ich vorhin auch das Vergnügen. Da kannst du dich auf was gefasst machen. Der ist wirklich auf dem Kriegspfad. Aber andererseits kennst du dich damit ja aus.« Craig lachte dreckig, und ich hätte ihm am liebsten den Marsch geblasen, doch dann klingelte der Schulgong, und ich hastete grußlos nach draußen, um Reed wie verabredet in einem Klassenzimmer zu treffen.

»Hi«, sagte ich leicht atemlos, als wir gleichzeitig vor dem Raum ankamen. Ich schloss die Tür auf und ließ ihn eintreten.

»Hi«, entgegnete er und fuhr sich durch die Haare. Das schien eine Masche bei ihm zu sein, wenn er sich unwohl oder verlegen fühlte. Aber für beides gab es doch gar keinen Grund, oder?

»Alles klar?«, fragte ich dennoch und deutete auf zwei Plätze, auf denen wir uns gegenübersitzen konnten. Ein wenig enttäuscht war ich schon, dass er mich nicht gleich an die Wand gedrückt und geküsst hatte – aber vermutlich lief meine Fantasie komplett aus dem Ruder. Was, wenn jemand ins Klassenzimmer käme?

»Jetzt ja«, antwortete er und schenkte mir ein wirklich warmherziges Lächeln. »Aber ansonsten weiß ich wieder ganz genau, warum ich es vermeide, die Schule zu betreten.« Er seufzte.

Ich wusste, dass er die Gelegenheit nicht nur dafür nutzen wollte, Direktorin Rhonda wegen der Genehmigung für die Waltour zu treffen, und mich, um die Details zu klären, sondern auch noch mit anderen Lehrern von Grace gesprochen hatte. »So schlimm?«

»Schlimmer. Dieser Albright ist ein reaktionärer Arsch. Kein Wunder, dass Grace ihn nicht ausstehen kann und neuerdings nur schlechte Noten in Mathe hat. Und auch ihr Bio-Lehrer, Carmichael, ist ein ziemlicher Depp.« Er seufzte noch einmal. »Aber das darfst du Grace bloß nicht erzählen«, bat er dann.

»Meine Lippen sind versiegelt. Zumindest Craig Albright scheinst du ja angemessen die Meinung gegeigt zu haben«, berichtete ich amüsiert. »Er hat gesagt, du seist ›auf dem Kriegspfad‹«, zitierte ich den verhassten Kollegen. »Aber dass ich mich damit ja wohl auskenne.«

»Ernsthaft? Das hat er zu dir gesagt? Das solltest du unbedingt der Direktorin melden«, regte er sich auf, doch ich winkte nur ab.

»Seine Personalakte ist voll von solchen Schoten, aber Rhonda will ihn vor seiner Pensionierung in zwei Jahren eigentlich nicht rausschmeißen. Und zu meiner Schulzeit war er noch schlimmer. Ich kann dir gar nicht sagen, wie oft ich mir Sprüche wie ›Ein Indianer kennt keinen Schmerz‹ von ihm anhören musste.« Ich zuckte mit den Schultern. Vermutlich sollte ich mich viel mehr über diese Kommentare aufregen, aber dafür fehlte mir inzwischen die Energie. Besonders was Craig betraf. Je weniger ich mich mit ihm auseinandersetzen musste, desto besser für alle Beteiligten.

»Was für ein Arsch«, brummte Reed ärgerlich. »Ich hasse es, dass solche Typen immer davonkommen.«

»Ich auch. Aber ...« Ich schüttelte den Kopf. »Lass uns nicht darüber reden. Wie war es mit Rhonda? Dürfen wir die Waltour machen?«

»Ja, dürfen wir. Aber unter tausend Auflagen.« Reed holte tief Luft und zählte dann auf: »Es darf nicht während der Schulzeit stattfinden, sondern nur am Wochenende. Alle Schüler brauchen eine schriftliche Einverständniserklärung der Eltern, die die Schule von jeder Form der Haftung freistellt. Also kurz gesagt, es klappt nur als privater Ausflug.«

»Schade.« Ich war wirklich enttäuscht, auch wenn Rhonda mir schon etwas Ähnliches mitgeteilt hatte.

»Nein, das ist schon okay. Ich habe es angeboten, und ich will und werde es auch durchziehen. Mir ist wirklich wichtig, dass die Kinder sehen, wie die Wale leben und wie wir mit ihnen interagieren können. Das verstehen sie am besten, wenn sie es hautnah erleben. Oder siehst du das anders?« Er blickte mich prüfend an, doch in seinen Mundwinkeln zuckte ein wissendes Lächeln.

»Wie könnte ich?«, gab ich zurück. »Ich hoffe nur, dass nicht alle so ... intensiv auf eine Walsichtung reagieren ...«

»Ich halte es für recht unwahrscheinlich, dass sich unter deinen Schülern eine weitere ›Walfrau‹ oder ein ›Walmann‹ befindet, insofern dürften wir wohl einigermaßen sicher sein.« Er zwinkerte mir zu. »Aber man kann nie wissen. Du glaubst gar nicht, was ich schon alles erlebt habe ...« Sein Grinsen wurde immer breiter, und ich wusste, dass er mich nur provozieren wollte, doch ich spürte tatsächlich einen kleinen eifersüchtigen Stich in meinem Herzen. Ob er schon mit anderen Frauen ...?

»Ich bin mir nicht sicher, ob ich es so genau wissen will«, sagte ich leichthin und räusperte mich dann. »Aber wie könnte das dann konkret ablaufen?«

»Wir suchen uns ein Wochenende aus und nehmen zur Sicherheit noch ein, zwei Ausweichtermine ins Visier. Ist ja auch immer wetterabhängig. Und dann ziehen wir die Tour durch. Grace hat gesagt, dass dreiundzwanzig Schüler in der Klasse sind. Wenn alle mitmachen, könnten wir mit zwei Schlauchbooten rausfahren. Das würde klappen.«

»Alle kommen bestimmt nicht mit«, mutmaßte ich. »Aber ja, lass uns mal Termine checken.«

Wir wälzten unsere Kalender und einigten uns auf die ersten beiden Februar-Wochenenden – jeweils entweder samstags oder sonntags. Falls es an beiden Wochenenden nicht ging, mussten wir eben umdisponieren, aber Reed klang ziemlich zuversichtlich.

»Willst du mit mir noch über die schulischen Leistungen von Grace reden?«, fragte ich schließlich, obwohl das natürlich ganz und gar nicht das Thema war, das mich interessierte. Aber es war mein Job, und den sollte ich gut machen, egal wie aufgewühlt ich selbst war. »Sie ist wahnsinnig kreativ, aber das brauche ich dir sicher nicht zu sagen. In Englisch habe ich sie ja erst seit Anfang des Monats, aber auch da beteiligt sie sich toll am Unterricht, und ihr Ferienaufsatz war richtig gut.«

»Den sie über eine Geschichte von meiner kleinen Schwester geschrieben hat?« Reed klang überrascht.

»Genau der. Sie hat die Geschichte – die ich übrigens auch sehr gelungen und berührend finde – wunderbar analysiert und sehr interessante Schlüsse daraus gezogen.« Das stimmte wirklich. Ich hatte mir die Geschichte von Grace' Tante Nora letzten Sonntag nach dem Eishallen-Intermezzo noch einmal durchgelesen. Es ging darin um Verlusterfahrungen, um ein Bärenjunges, das seine Mutter verloren hatte. Ich wusste nicht, ob die Autorin das selbst erlebt hatte, auf jeden Fall hatte sie den Schmerz sehr gut eingefangen. Und auch Grace schien das nachempfinden zu können. Womöglich auch aus eigener Erfahrung?

Reed lächelte. »Ich werde meiner Schwester erzählen, dass ihre Geschichte von einem Profi begutachtet und für gut befunden wurde.« Dann nahm er zu meiner Überraschung meine Hand und fuhr eindringlich fort: »Ich bin wirklich froh, dass es für Grace wenigstens in Englisch und Kunst gut läuft, aber deswegen bin ich nicht hier. Hast du am Wochenende etwas vor?«

Wow, das kam unvermittelt. »Nein. Gar nichts.« Doch mein Herz pochte schlagartig schneller.

»Ich muss am Freitag nach Tofino und würde Gracie mitnehmen. Sie wird das Wochenende bei ihrer Großmutter verbringen, bis ich sie am Sonntagnachmittag wieder abhole. Ich hätte also von Freitagabend bis Sonntagmittag Zeit.« Er ließ seinen Daumen auf meiner Handfläche kreisen, und ich war mir sicher, nie etwas Aufregenderes gespürt zu haben.

»Das klingt toll«, sagte ich heiser, denn auch mein Hals fühlte sich plötzlich ganz trocken an.

»Ich hab doch versprochen, dass ich mir etwas überlege.«

»Das hast du.« Ich konnte nicht verhindern, dass ich ihn anstrahlte, als sei er der leibhaftige Sonnengott. »Und was wollen wir machen?«

»Was immer du willst. Wo immer du möchtest. Wir können bei dir sein oder bei mir. Wir können zu den Walen rausfahren oder lange Strandspaziergänge machen. Du könntest mir deine Werkstatt zeigen, und wenn wir ganz verwegen sind, könnten wir sogar zusammen essen gehen.«

Bloß nicht, dachte ich. Aber ich musste zugeben, dass mir allein die Tatsache, dass er sich mit mir in der Öffentlichkeit zeigen würde, ein warmes Gefühl verpasste. Denn egal, wie unschuldig so ein gemeinsames Abendessen auch wäre, jeder in Port McNeill wüsste in Rekordzeit darüber Bescheid und hätte garantiert seine eigene Theorie dazu. »Ich glaube, das mit dem Essengehen ist mir zu tollkühn. Wir wären dann im Handumdrehen Gesprächsthema Nummer eins. Aber der Rest klingt super. Magst du vielleicht am Freitag zu mir kommen? Ich koche dann für uns.«

PORT MCNEILL, VANCOUVER ISLAND, 22. JANUAR – REED

Ob es normal war, derart nervös zu sein? Es hatte mich eine riesige Kraftanstrengung gekostet, normal und entspannt zu wirken, als ich Grace vorhin bei Kelly und Nora abgeliefert hatte. Fast schien es mir, als würde meine Tochter die Lunte riechen, die an mir schmorte. Seit wir Kiona letzten Sonntag in der Eishalle getroffen hatten, beäugte Grace mich misstrauisch und stellte merkwürdige Fragen. Aber vielleicht bildete ich mir das alles auch nur ein? Jedenfalls war ich sehr erleichtert gewesen, als ich nach einer gefühlt endlosen Kaffeestunde bei Kelly wieder in meinem Wasserflugzeug gesessen hatte und nach Hause hatte fliegen können. Auf der positiven Seite war zu vermerken, dass Nora sich in dem kleinen Apartment über Kellys Garage prächtig eingelebt hatte. Sie schien das Stadtleben von Victoria kein bisschen zu vermissen und genoss es stattdessen, einerseits von Kelly ein wenig bemuttert und verwöhnt zu werden, andererseits aber weitgehend ihr eigenes Ding machen zu können. Was auch immer das genau war. Darüber hatte sie sich mir gegenüber nicht konkret geäußert. Aber ich war froh, dass sie viel besser aussah als an Weihnachten und noch bei meinem letzten kurzen Besuch und dass sie auch beinahe wieder so fröhlich war wie früher. Negativ war, dass Grace diesmal beschlossen hatte, dass sie auf Ollies Anwesenheit verzichten konnte, und den Hund mit mir zurückgeschickt hatte. »Damit du am Wochenende nicht so allein bist, Daddy.« Grandios.

Aber immerhin hatte ich jetzt jemanden, mit dem ich reden konnte, so dass es nicht wirkte, als würde ich sinnlose Selbstgespräche vor dem Spiegel führen. Sollte ich mich für Kiona rasieren, oder mochte sie mich struppig am Ende lieber? Was sollte ich anziehen? Lässig oder ein bisschen schicker? Sollte ich ein paar Sachen mehr mitnehmen, so dass ich bei ihr übernachten konnte, oder wirkte das anmaßend? Was, wenn sie nicht wollte, dass auch Ollie bei ihr blieb? Wollte sie überhaupt, dass ich bei ihr schlief? Oder auch nicht schlief, sondern ...? Würden wir wieder miteinander schlafen oder war das ein einmaliges Ereignis gewesen, weil sie von den Walen so aufgewühlt gewesen war? Falls wir Sex hatten, würde es dann blöd aussehen, wenn ich Kondome dabeihatte? Und wie viele sollte ich einstecken?

Ollie lag neben meinem Bett und sah mich mitleidig an. Leider hatte er keinen guten Ratschlag für mich. Ob ich Connor fragen sollte? Der kannte sich in Dating-Fragen viel besser aus als ich, aber er war heute am frühen Nachmittag zu einem Campingtrip ins Hinterland aufgebrochen. Ernsthaft, wen wollte er damit verarschen? Wer campte bitte schön im Januar? Ich wurde den Verdacht nicht los, dass er und Kionas Kollege Liam ein Auge aufeinander geworfen hatten und nun in irgendeiner schicken Hotel-Lodge ein Liebeswochenende genossen. Auf diese Idee hätte ich auch kommen können. Das wäre viel schlauer gewesen als mein halbgarer Vorschlag, »Zeit miteinander zu verbringen«. Hier in Port McNeill! Ich armer Irrer. Wenn ich an Kionas Gesichtsausdruck dachte, als ich einen gemeinsamen Restaurantbesuch vorgeschlagen hatte, hätte ich meinen Schädel gegen die Wand schlagen können. Wie bekloppt konnte ich eigentlich sein? Da könnte ich ja gleich eine Anzeige auf der Pinnwand der Dorf-Website schalten, dass ich in Kiona Brooks verliebt war.

Denn das war definitiv passiert! Ich war verliebt in sie – eine andere Erklärung gab es nicht für all die großen und aufregenden Empfindungen, die in mir abwechselnd Salsa tanzten oder gleich Achterbahn fuhren. Allein dass ich derart absurde Vergleiche zog, sprach schon Bände. Meine Gefühle änderten aber leider nicht das Geringste an mehreren unleugbaren Tatsachen: Erstens wusste ich nicht, was Kiona für mich empfand. Gut, ich hatte eine Ahnung oder mehr eine Hoffnung, aber eine Gewissheit war das nicht. Zweitens hatte ich keinen Schimmer, wie die aktuelle Dating-Etikette aussah. Gott, ich hatte letztlich ja nie gedatet! Jedenfalls nicht als Erwachsener. Ich hatte diesen Zirkus nie mitmachen müssen. Emily und ich waren uns bei meinem ersten Praktikum begegnet. Wir waren beide sechzehn gewesen, hatten uns angesehen und praktisch sofort ineinander verliebt. Das war es gewesen. Ende der Geschichte. Seit ihrem Tod hatte es keine einzige Frau gegeben, die mich romantisch interessiert hätte. Die paar Touristinnen und die gelegentliche Unimitarbeiterin in den letzten drei Jahren waren ... Jedenfalls war das nur rein körperlich gewesen. Sonst nichts. Und während ich mich einigermaßen gewappnet fühlte, mit einer Frau Sex haben zu können, ohne mich zu blamieren, war ich mir bei allem anderen nicht sicher. Gar nicht sicher.

Ollie bellte laut und ich konnte es ihm nicht verdenken. »Ich geh dir auf die Nerven, stimmt's?«, fragte ich ihn und er wuffte zustimmend. »Sorry, Buddy, ich nerve mich ja selbst, aber das ist eine echt große Sache für mich und ich will sie nicht vermasseln.« Ich sah auf die Uhr – in einer Dreiviertelstunde sollte ich bei Kiona auflaufen. Es wurde Zeit, dass ich mich gehörig zusammenriss.

. . .

Als ich mich eine halbe Stunde später zusammen mit Ollie auf den Weg machte, hatte ich mich für einen Kompromiss entschieden: Ich war frisch rasiert und geduscht, trug aber zur Jeans nur ein Langarmshirt mit einem dunkelblauen Pullover darüber. Ich hatte drei Kondome in der Hosentasche, was vielleicht ein klein wenig optimistisch war, aber hoffentlich nicht völlig unrealistisch. Falls ich bei ihr übernachten durfte, würde ich sie morgen zu einem Frühstück bei mir einladen – auch damit Ollie etwas zu fressen bekam. Meine Mitbringsel – ein gerahmter Fotoabzug von dem Moment, als der Orca sie berührt hatte, und ein USB-Stick mit allen anderen Bildern von unserem Ausflug – steckten in meiner Jackentasche. Ich zog mir noch eine Mütze auf, weil es wieder fies nieselte. Sollte uns jemand begegnen, würde ich einfach wie ein Mann wirken, der mit seinem Hund spazieren ging. Ganz normal und unverfänglich. Das redete ich mir jedenfalls ein.

Allerdings trafen wir niemanden, denn die meisten Menschen in Port McNeill saßen am Freitagabend mit ihren Familien zusammen am häuslichen Tisch oder trafen sich in einer unserer Kneipen. Umso besser, dachte ich mir, als ich in die ruhige Seitenstraße einbog, in der Kiona lebte. Vor ihrer Tür zögerte ich einen Moment, um meine erneut hysterisch aufjaulenden Nerven zu beruhigen. So kannte ich mich wirklich nicht. Ollie stupste mich an – so kannte er mich offenbar auch nicht. Dann drückte ich auf die Klingel.

Kiona schien auf der Lauer gelegen zu haben, denn eine Sekunde später öffnete sich die Tür. »Ich hatte schon Angst, dass du es dir anders überlegst und wieder gehst. Kommt rein.« Sie lächelte mich an, wirkte aber auch reichlich nervös und machte dann einen Schritt zur

Seite, um uns eintreten zu lassen. Sie sah zauberhaft aus in ihrem hüftlangen beigen V-Ausschnitt-Pulli, zu dem sie schwarze Leggins anhatte. Ihre Füße steckten in dicken Wollsocken, und ihre langen schwarzen Haare hatte sie zu einem improvisierten Knoten zusammengezwirbelt – vermutlich, damit sie nicht ins Essen fielen. Es roch himmlisch, was nicht nur mir auffiel, sondern auch Ollie, der sich mit zuckender Schnauze schnurstracks in Richtung Küche aufmachte. Womöglich auch, um nicht länger Zeuge der verlegenen, verkrampften Begrüßung sein zu müssen.

»Danke für die Einladung«, sagte ich schließlich, nachdem ich sie mutmaßlich viel zu lang wortlos angestarrt hatte, und kramte in meiner Jackentasche nach ihrem Geschenk. Das gerahmte Foto hatte ich sogar in Geschenkpapier gewickelt. Leider hatte ich nur noch weihnachtliche Motive mit Schneeflocken und dicken Rentieren im Fundus gehabt, aber ich hoffte, der gute Wille würde es rausreißen.

»Ich freu mich, dass du hier bist«, entgegnete sie mit einem leichten Kiekser in der Stimme, und ich merkte, dass sie genauso angespannt war wie ich. Wenn das so weiterging, war es nur eine Frage der Zeit, bis einer von uns beiden einen Nervenzusammenbruch bekam.

Ich legte mein Geschenk auf das Sideboard in ihrem Flur und hängte meine Jacke an einen Garderobenhaken, dann trat ich mit offenen Armen auf sie zu und zog sie an mich. »Ich habe keine Ahnung, wie das mit dem Daten funktioniert, aber bitte sag, dass es okay ist, wenn ich dich jetzt küsse«, murmelte ich in ihr duftendes Haar.

Statt zu antworten, umfing sie mein Gesicht mit beiden Händen, zog es zu sich und küsste mich. Von da an wurde plötzlich alles ganz einfach.

Kiona ging voraus in ihre Küche, an die sich ein Wohnbereich anschloss. Ollie hatte sich aufs Sofa gelegt, von dem aus er einen strategisch günstigen Blick über den Herd, auf dem zwei Töpfe standen, und den Esstisch hatte.

»Ollie!«, schimpfte ich mit meinem Hund, doch er legte nur den Kopf schief und sah mich verwundert an. »Tut mir leid. Ich fürchte, er hat eher rustikale Manieren«, sagte ich entschuldigend zu Kiona, die jedoch nur lachte und mich davon abhielt, das Tier von seinem Platz zu scheuchen.

»Lass es gut sein. Wenigstens einer ist entspannt und fühlt sich wie zu Hause.«

»Ich fühle mich auch schon deutlich besser als noch vor drei Minuten«, erklärte ich und küsste sie auf ihren langen, schlanken Hals. »Ich würde gerne sagen, dass ich aus der Übung bin, aber die Wahrheit ist, dass ich niemals Übung im Daten hatte. Du hast es auf diesem Gebiet also mit einem ungehobelten Waldschrat zu tun.« Offenheit war immer die beste Taktik, das predigte ich Grace seit Jahren, und mir blieb auch gar nichts anderes übrig, denn ich war vermutlich der schlechteste Schauspieler auf dem Erdenrund. »Falls ich also etwas falsch mache, sei bitte gnädig.«

»Ich finde, das läuft schon ganz vielversprechend«, behauptete sie großzügig und schenkte mir erneut ein Lächeln, das den ganzen Raum zum Strahlen brachte. »Aber ich bin wahnsinnig gespannt auf die Geschichte darüber, wie du dein Leben angeblich ohne Dating geführt hast. Das kannst du mir beim Essen erzählen. Ich hoffe, du isst gern asiatisch?«

»Für mich ist jedes Gericht, das ich nicht selbst zubereiten musste, ein Fest, und es riecht absolut himmlisch.«

»Dann nimm doch schon Platz. Magst du ein Bier? Es ist ein indisches Kichererbsen-Curry und ziemlich scharf. Ich habe dazu Mangolassi gemacht – zum Löschen –, aber ich habe auch Bier besorgt.«

»Lassi ist toll.« Ich setzte mich und schaute mich ein wenig um. Der Raum war gemütlich, aber irgendwie unpersönlich – was mich wunderte, denn an Persönlichkeit herrschte bei Kiona kein Mangel. Es fehlten Fotos und der übliche Krimskrams, der sich im Laufe der Zeit doch in jeder Wohnung so ansammelt. Auch die Möbel schienen irgendwie nicht zu ihr zu passen. Merkwürdig.

»Ich habe die Wohnung möbliert gemietet«, sagte sie, als sie mit einer Karaffe und zwei Gläsern zum Tisch kam. Offensichtlich hatte sie meinen Gesichtsausdruck richtig interpretiert. »Ich wohne seit Ende August wieder hier in Port McNeill, aber irgendwie fühlt es sich immer noch improvisiert an.« Sie zuckte mit den Schultern. »Keine Ahnung, warum ich mich nicht dazu durchringen kann, es ein bisschen wohnlicher zu gestalten.« Kiona goss zwei Gläser mit der cremigen, milchigen Flüssigkeit voll und seufzte ein bisschen wehmütig.

»Vielleicht ist es nicht die richtige Wohnung für dich?«, mutmaßte ich und stellte mir unwillkürlich vor, ob sie sich in meinem Haus wohlfühlen könnte.

»Kann sein. Aber solange ich nicht weiß, was genau ich wirklich will, ist das hier schon okay.« Das klang arg resigniert. Sie ging zu ihrer Küchenzeile und kehrte kurz darauf mit zwei dampfenden Schüsseln zurück. In einer befand sich ein Berg Basmatireis, in der anderen ein rotes Curry, in dem ich Kichererbsen und Paprika identifizierte und einige Stückchen entdeckte, die mutmaßlich Tofu waren.

»Ich hoffe, vegetarisches Essen ist okay?« Wieder

hatte sie meinen Blick ganz richtig interpretiert – offensichtlich war ich verdammt durchschaubar.

»Vegetarisches Essen ist ganz wunderbar. Gracies Vorlieben ändern sich derzeit im Wochenrhythmus, und so habe ich gelernt, flexibel zu werden. Ich kann inzwischen sehr gut auf Fleisch verzichten, habe mit Tofu aber ehrlich gesagt noch keine nennenswerte Erfahrung. Ich bin sehr gespannt.«

»Dann probier einfach mal.« Sie häufte mir eine Portion Reis mit Curry auf den Teller, und ich kostete einen Bissen. Es war eine Aromenexplosion. Gewürze, die ich nicht kannte, umschmeichelten meinen Gaumen, die unterschiedlichen Texturen reizten meine Zunge und dann traten mir urplötzlich Schweißperlen auf die Stirn. Es war nämlich tatsächlich höllisch scharf.

»Wow«, keuchte ich, als ich runtergeschluckt hatte.

»Gutes Wow oder schlechtes Wow?«, fragte sie unsicher.

»Sehr gutes Wow! Aber du hast nicht übertrieben, es ist wirklich sehr scharf.« Ich griff zu meinem Glas und trank einen Schluck von dem kalten, fruchtig-süßen Mangolassi, und der Brand in meiner Kehle wurde sofort gelöscht. »Das ist ja die reinste Magie«, stellte ich begeistert fest und nahm einen weiteren Löffel. Emily war absolut verrückt nach Thai-Küche gewesen, und so waren wir während unseres Studiums in Vancouver praktisch Dauergäste in einem winzigen Laden gewesen, der eher an eine Garküche als an ein Restaurant erinnerte. Indische Küche war dagegen nie ihr Ding gewesen, so dass ich mich da ebenfalls nicht besonders gut auskannte. In Port McNeill war es mit kulinarischer Exotik ohnehin nicht weit her. Außer den Pubs gab es nur einen mittelprächtigen Chinesen und einen halbwegs anständigen Pizzaladen. Aber das Curry von Kiona war wirklich sensationell.

»Das freut mich«, entgegnete sie lächelnd und nahm nun selbst den Löffel zur Hand.

»Danke für dieses köstliche Erlebnis«, sagte ich, nachdem wir ein paar Minuten lang schweigend gegessen hatten und ich mir einen üppigen Nachschlag gegönnt hatte. »Wo hast du so fantastisch kochen gelernt?«

»Meine Mutter hat mir die Basics gezeigt«, sagte sie. »Wir hatten nie viel Geld, aber sie hat im Supermarkt gejobbt und konnte dann häufig abgelaufene Ware oder Gemüse und Obst mit Schönheitsfehlern mitnehmen. Damit hat sie improvisiert, und meistens hat es toll geschmeckt. In Vancouver habe ich dann zum ersten Mal in meinem Leben exotische Gerichte probiert, und vor allem die indische Küche hat es mir angetan. Mit ein paar Kochbüchern und einigen Kochshows im Fernsehen habe ich mir das meiste selbst beigebracht.« Sie schien sich über mein Kompliment wirklich zu freuen, aber ihr Lächeln war wieder ein bisschen wehmütig.

»Was ist mit deiner Mom?«, fragte ich sachte. Mir fiel einmal mehr auf, wie wenig wir in Wahrheit voneinander wussten. Ich hatte keine Ahnung von ihrer Vergangenheit, sie keine von meiner. Wir wussten nichts von den emotionalen Tretminen beim anderen. Es war so merkwürdig. Einerseits fühlte es sich für mich an, als sei Kiona der fehlende Teil meiner Seele – und zwar in einer Form, wie es selbst Emily nie gewesen war –, doch andererseits war sie eine völlig Fremde für mich.

»Meine Mom ist tot«, sagte sie, und ihre Miene wurde zum ersten Mal an diesem Abend völlig ausdruckslos, was ich erschreckender fand als Schmerz oder Trauer. »Zumindest gehe ich davon aus«, fügte sie noch hinzu.

»Oh.« Ich wusste nicht, was ich dazu sagen sollte, wusste nicht, ob sie darüber sprechen konnte oder wollte, hatte aber das Gefühl, dass ich zielgerichtet den wundesten Punkt bei ihr getroffen hatte. Volltreffer, Archer! Wirklich großartig.

»Ich ...«, begann sie zögerlich, und es klang, als kostete sie selbst diese eine kleine Silbe schon unfassbar viel Kraft.

»Du musst es mir nicht erzählen«, unterbrach ich sie rasch und griff nach ihrer Hand. »Ehrlich nicht. Ich wollte nur Smalltalk machen, dich ein bisschen besser kennenlernen. Was man halt bei einem Date so tut. Aber ich bin ganz offensichtlich der größte Versager in dieser Disziplin. Also bitte verzeih mir die Frage und lass uns das Thema wechseln.«

Sie schüttelte mit einem traurigen Lächeln den Kopf. »Du hast nichts falsch gemacht. Überhaupt nicht. Es ist nur wirklich ein Thema, das sehr schwierig für mich ist. Aber ich will es mit dir teilen. Muss es mit dir teilen, wenn das hier ...« Sie machte eine vage Handbewegung, die uns beide einschloss. »Wenn das hier eine Chance haben soll.« Sie holte tief Luft und sah mir in die Augen. »Und ich wünsche mir von ganzem Herzen, dass wir eine Chance haben, auch wenn sich das für dich vielleicht albern anhört.«

»Es hört sich wunderbar an. Aber du musst wirklich nicht ...«

»Doch. Ich muss es dir sagen. Und ich muss es dir heute sagen, denn sonst steht es immer im Raum. Irgendwann ist dann der richtige Zeitpunkt verpasst, und das will ich auf gar keinen Fall riskieren.«

Ich fühlte einen seltsamen Druck auf der Brust. Das war ein großer Moment für sie, das spürte ich ganz deutlich. Vielleicht war es auch ein großer Moment für *uns*. Und dass es überhaupt ein »uns« gab, löste ein warmes Gefühl in mir aus. Sie blickte ein Weilchen ins Leere, so als würde sie an einem fernen Ort nach Mut suchen, um sich zu offenbaren. Zu dem warmen Gefühl gesellte sich mit jeder verstreichenden Sekunde auch mehr Angst. Nicht meine Angst, sondern ihre. Ich nahm erneut ihre Hand und hielt sie einfach fest. Vielleicht half ihr das ja.

Schließlich fokussierte sie ihren Blick wieder auf mich. »Ich fange wohl am besten ganz am Anfang an. Ich bin vor neunundzwanzig Jahren hier in Port McNeill geboren. Meine Mutter war eine Angehörige des Kwakwaka'wakw-Stamms, wer mein Vater ist, hat sie mir nie verraten. Und auch sonst niemandem. Ich bin mir aber ziemlich sicher, dass es ein Weißer war, der sie mit knapp siebzehn Jahren geschwängert hat.« Sie klang bitter und schob sich eine Haarsträhne hinters Ohr, die ihr ständig ins Gesicht fiel. Ich wusste nicht, worauf diese Bitterkeit zielte – auf die Tatsache, dass ihre Mutter ihr die Identität des Vaters verschwiegen hatte, oder eher darauf, dass dieser Mann sich der jungen Frau überhaupt genähert hatte. Vermutlich spielte es keine Rolle, aber einen Moment lang war ich unangenehm an meine kleine Schwester erinnert. Nora hatte immer noch nicht verraten, wer der Vater ihres Babys war, und ich sorgte mich, dass es für sie eine ähnlich schmerzhafte Geschichte war wie für Kiona und ihre Mutter.

»Mom war also nicht mal achtzehn, als ich zur Welt kam, und ich war sicher kein ersehntes Wunschkind. Aber sie hat sich Mühe gegeben und alles versucht, um uns ein ordentliches Leben zu ermöglichen. Das Verhältnis zu ihrem Vater, ihrem einzigen lebenden Verwandten, war jedoch ziemlich schwierig, und auch vom Rest des Stammes lehnte sie jede Hilfe und Unterstützung ab. Sie hatte es sich in den Kopf gesetzt, ein ›modernes, westliches Leben‹ zu führen, wie mir mein Großvater später erzählte. Doch natürlich hat hier niemand auf eine Teenager-Mutter ohne richtige Ausbildung gewartet, und so hat sich ihr Traum, mit mir die Insel zu verlassen und nach Vancouver zu ziehen, nie erfüllt.« Kiona schluckte.

Ob es der Traum der Mutter gewesen war, der Kiona selbst nach Vancouver gelockt hatte, fragte ich mich, sprach es jedoch nicht aus, denn nach einem Moment fuhr sie wieder fort.

»Wir haben in einer kleinen Wohnung über dem Supermarkt gelebt, in dem sie gearbeitet hat. Das war alles andere als luxuriös, aber wir kamen zurecht. Sie hat mir tagtäglich eingebläut, wie wichtig es ist, zu lernen, um eine echte Chance im Leben zu haben. Also habe ich gelernt und war gut in der Schule. Aber ich war auch immer eine Außenseiterin und hatte nur wenige Freunde. Ich weiß bis heute nicht so genau, woran das lag, aber ich schätze mal, dass ich mich keiner Gruppe zugehörig gefühlt habe. Nicht den indigenen Kindern, die meine Mutter so ablehnte, nicht den weißen. Ich war wissbegierig und wollte mehr erfahren. Über meine Herkunft, meine Wurzeln, doch das fand sie ganz schrecklich, und es gab ständig Streit, wenn ich sie nach meinem Vater fragte oder warum sie ihr indigenes Erbe so ablehnte. Als ich etwa neun oder zehn war, habe ich aktiv den Kontakt zu meinem Großvater gesucht. Erst war er reserviert, doch nach und nach sind wir uns nähergekommen. Kenai Brooks war ein ziemlich bekannter Bildhauer, der mit seiner traditionellen Kunst gutes Geld verdient und es noch schneller wieder verloren hat. Von ihm habe ich viel über den Stamm gelernt, aber er hat mir – bewusst oder unbewusst – zu verstehen gegeben, dass ich nicht wirklich dazugehörte. Dabei habe ich mir damals nichts sehnlicher gewünscht, als irgendwo dazuzugehören. Ich hatte ein Talent fürs Schnitzen, und er hat mich bis zu einem gewissen Punkt durchaus gefördert und mir Dinge beigebracht. Er hat mir aber auch jedes Mal klargemacht, dass ich als Mädchen oder Frau niemals eine ernstzunehmende Künstlerin werden könnte – schon gar nicht in der Tradition des Stammes.«

An dieser Stelle konnte ich empörtes Schnauben nicht unterdrücken. Mein Herz blutete für das Mädchen, das Kiona einst gewesen war, und ich fühlte ihre Wehmut, als wäre es meine eigene. Wie hatte der Großvater nur so starrsinnig und hartherzig sein können? So etwas verstand ich einfach nicht. Ich, der ich in einer großen, chaotischen Familie aufgewachsen war, in der es mir an nie etwas gefehlt hatte – und schon gar nicht an Liebe und Ermunterung. Ja, mein Dad war schwer enttäuscht, weil ich mich nicht wirklich für Eishockey interessierte, aber trotzdem hatten mich meine Eltern immer bei allem unterstützt, und das versuchte ich heute auch bei meiner eigenen Tochter.

Kiona schenkte mir ein kleines Lächeln, dann sprach sie weiter: »Ich war damals viel zu unsicher, um ihn zu hinterfragen. Heutzutage würde ich dem alten Mann wahrscheinlich ganz anders begegnen.« Sie seufzte. »Doch es war, wie es war. Ich ging also zur Schule, kämpfte mich durch die Pubertät und kämpfte mit meiner Mutter – so weit war es ein ganz normales Teenagerleben. Bis sie eines Abends urplötzlich verschwunden war. Da war ich gerade fünfzehn. Die Leute – auch mein Großvater übrigens – wollten mir einreden, dass sie bestimmt aus der Enge des Ortes geflohen sei, um irgendwo ein besseres, glücklicheres Leben zu führen. Aber ich wusste tief in mir, dass es so nicht gewesen sein konnte. Mom und ich hatten uns am Abend ihres Verschwindens mal wieder gezofft. Ich hatte sie zum x-ten Mal wegen meines Vaters unter Druck gesetzt. Wollte endlich erfahren, wer er war und unter welchen Umständen ich gezeugt wurde. Sie war ziemlich aufgebracht und hat mir zum wiederholten Mal gesagt, dass mich das nichts anginge. Eine Stunde später hat sie angekündigt, sie würde nur kurz eine Freundin besuchen, und hat die Wohnung verlassen. Ich war zu Hause und habe für eine Prüfung am nächsten Tag gelernt und bin irgendwann ins Bett gegangen. Am nächsten Morgen war sie immer noch nicht zurück, was ich echt beängstigend fand. Es war Sommer, und sie war nur mit den Sachen, die sie am Leib getragen hatte, aus dem Haus gegangen. Ihre Handtasche mit Geld und Handy war auch noch daheim. Ich habe also ihre Freundinnen durchtelefoniert, aber keine hatte sie gesehen – und alle haben mich beruhigt. Eine meinte, sie sei bestimmt bei ihrem neuen Freund, von dem sie mir noch nichts gesagt habe.«

»Oh Gott«, entfuhr es mir. »Und dann?«

»Ich bin dann in die Schule gegangen, halb beruhigt von der Theorie mit dem unbekannten neuen Freund. Aber als ich am Abend wieder heimkam und sie immer noch nicht zurück war, habe ich erst meinen Großvater angerufen und dann die Polizei. Die haben sich die Geschichte zwar angehört, aber nichts unternommen. Gar nichts.«

»Ja, aber warum nicht, um alles in der Welt?«, rief ich entsetzt.

»Weil sie ihrer Meinung nach einfach abgehauen war.

Und da erwachsene Menschen über ihren Aufenthaltsort frei verfügen können, hat sich der zuständige Mountie noch nicht einmal zu einer Vermisstenanzeige herabgelassen. ›Das kommt in deinen Kreisen öfter vor, als du denkst, Schätzchen‹, hat er zu mir gesagt, und damit war die Sache für ihn erledigt.«

Ich konnte das kaum glauben. Die Royal Canadian Mounted Police, deren Mitarbeiter liebevoll »Mounties« genannt wurden, hatte einen guten Ruf – zumindest im Vergleich mit der Polizei unseres Nachbarlandes. Aber auch hier in Kanada waren manche Behörden bis in die jüngste Vergangenheit hinein auf einem Auge blind, nämlich dann, wenn es um die »First Nations« ging, die indigenen Ureinwohner. Gewalt gegen indigene Frauen war viele Jahre lang verharmlost oder schlicht nicht zur Kenntnis genommen worden, und erst in den letzten Jahren setzten sich Opferverbände dafür ein, dass die zahllosen Fälle von plötzlich verschwundenen, entführten, oft vergewaltigten und ermordeten Frauen als Verbrechen anerkannt wurden. Mich hatte allein schon die Tatsache schockiert, dass wir in Kanada ein derartiges Problem hatten, aber konkret mit so einem Fall konfrontiert zu werden, war noch mal härter. Ich mochte mir kaum ausmalen, wie ohnmächtig sich Kiona immer noch fühlen musste und wie verzweifelt sie als Jugendliche zweifellos gewesen war. »Ich fass es nicht«, murmelte ich und umklammerte ihre Hand so fest, dass sie einen kleinen Schmerzenslaut von sich gab. »Sorry.« Sofort lockerte ich meinen Griff, ließ sie aber nicht los.

»Ich hatte wirklich oft Streit mit meiner Mom, aber ich wusste immer, dass sie mich liebte und dass sie mich nie einfach so verlassen hätte. Niemals. Daher war ich und bin ich bis heute überzeugt davon, dass ihr etwas

Schreckliches zugestoßen ist. Um also deine Ursprungsfrage zu beantworten: Ich bin mir sehr sicher, dass meine Mutter tot ist.«

»Das tut mir so leid«, sagte ich, wohl wissend, wie hohl und hilflos diese Worte klingen mussten.

»Danke. Das bedeutet mir viel.« Kiona lächelte zaghaft. »Und mir tut's leid, dass ich mit so einer Horrorstory unseren Abend ruiniert habe.«

»Du hast überhaupt nichts ruiniert«, beteuerte ich. »Es gibt nicht den geringsten Grund, dich für deine Lebensgeschichte zu entschuldigen. Mir bricht es nur das Herz, dass du damals so allein warst und dir niemand geholfen hat. Wie ist es dann weitergegangen? Bist du zu deinem Großvater gezogen? Oder musstest du in ein Heim?«

Kiona schüttelte den Kopf. »Mein Großvater war damals schon ziemlich alt – ehrlich gesagt glaube ich, dass er in Wirklichkeit mein Urgroßvater war, aber über Familienverhältnisse wurde ja immer geschwiegen. Er hat mich, so gut es ging, finanziell unterstützt, und dank der Fürsprache einiger Lehrer und des Supermarktbesitzers durfte ich allein in der Wohnung bleiben. Offiziell ging man ja auch davon aus, dass meine Mutter sicher bald zurückkäme. Gut ein Jahr nach ihrem Verschwinden starb aber auch mein Großvater, und da wurde es echt eng. Ich hatte noch ein Jahr bis zu meinem Schulabschluss und praktisch kein Geld. Ich habe dann zwei seiner letzten größeren Arbeiten verkauft – vermutlich habe ich mich dramatisch über den Tisch ziehen lassen – und an den Wochenenden im Supermarkt gejobbt. Das hat gerade so gereicht.«

»Krass. Einfach nur krass.« Ich kam aus dem Kopfschütteln gar nicht mehr raus. »Und dann bist du auf eigene Faust nach Vancouver gegangen und hast dein Studium finanziert?«

»Ja und nein. Das war immer mein erklärter Traum, aber ich hatte zunächst nicht den geringsten Schimmer, wie ich es anstellen sollte. Doch ich hatte Glück. Eine Touristin hatte sich in diesem Sommer nach Port McNeill verirrt und suchte im Supermarkt nach etwas Bestimmtem. Ich kann mich nicht mehr genau daran erinnern, aber ich glaube, es war eine spezielle Sorte Thunfisch. Die es natürlich nicht gab. Wir sind dann aber sehr nett ins Gespräch gekommen, und es stellte sich heraus, dass sie Fotografin war und gerade in der Gegend ein Shooting für ein Billigmode-Label hatte. Und sie fragte mich, ob ich nicht Zeit und Lust hätte, als Model einzuspringen, weil eines der Mädchen ausgefallen war. Long story short – die Klamotten waren zwar scheußlich, aber es war meine Exitstrategie. Wusstest du, dass es in Vancouver riesengroße Studios gibt, in denen nichts anderes gemacht wird als Produktfotografie für die unterschiedlichsten Branchen? Und auch für Klamotten. Meistens sind es Aufnahmen für Kataloge oder Online-Shops, manchmal haben wir auch ein paar schöne Außenaufnahmen für Werbeanzeigen gemacht. Das ist ein knallharter Job und schrecklich unglamourös, aber es hat mir mein Studium finanziert.«

»Wow!« Ich war ernsthaft beeindruckt und fragte mich, ob ich es geschafft hätte, solche Hürden zu überwinden, um meinen Traum zu verwirklichen. »Hat es dich denn nicht gereizt, in die Modebranche zu gehen? Da stehen doch alle Mädchen drauf.« Grace war versessen auf die unsäglichen Model-Shows im Fernsehen, und ich hoffte inständig, dass sie nicht noch mehr wuchs und am Ende Modelmaße bekam. Die Kiona eindeutig besaß. Also nicht, dass ich davon wirklich Ahnung hatte, aber sie war sehr groß und schlank und einfach wunderschön.

»Himmel, nein.« Sie schüttelte lachend den Kopf. »Das hat mich überhaupt nicht interessiert. Ich bin auch nie zu irgendwelchen Castings für größere, besser bezahlte Jobs gegangen. Die wären nur mit meinem Studium kollidiert und das wäre es mir nicht wert gewesen.«

»Du fandest es also schon immer besser, Lehrerin zu werden, als ein berühmtes Model?«

»Lehrerin wollte ich nicht zwangsläufig werden. Ich habe Englisch und Kunst studiert, weil es mein Traum war, als Künstlerin zu arbeiten. Aber ich war immerhin schon damals realistisch genug, um einen Plan B in der Tasche zu haben. Ich hab dann auch noch Sport dazugenommen, und es stellte sich heraus, dass die Kombi aus Englisch, Sport und Kunst an vielen Schulen ziemlich gefragt ist. Warum auch immer.« Sie grinste und ich war froh, dass sie offensichtlich wieder fröhlicher wurde. »Modeln war nie mein Traum. Ganz im Gegenteil. Ich finde es ziemlich abstoßend, wie sich Frauen freiwillig zum Kleiderständer degradieren lassen.«

»Könntest du das mal nebenbei im Unterricht fallen lassen? Grace und ihre Freundinnen sind da auf einem ganz merkwürdigen Trip zurzeit – und auf dich hört sie. Während ich nur der große Spielverderber bin.«

»Ach, das wächst sich aus«, sagte sie leichthin und stand auf. Aber nur, um den Tisch zu umrunden und sich rittlings auf meinen Schoß zu setzen. »Wenn's dir recht ist, würde ich jetzt gerne das Thema wechseln.«

BANANEN-PANCAKES

PORT MCNEILL, VANCOUVER ISLAND, 23. JANUAR – KIONA

Es musste noch sehr früh sein, als ich erwachte. Draußen war es noch dunkel. Ich wollte aber nicht auf den Wecker sehen, denn dann hätte ich mich bewegen müssen und hätte zweifellos Reed geweckt, der mich im Arm hielt und mir warm in den Nacken atmete. Hatten wir wirklich die ganze Nacht so geschlafen?

Ich musste unwillkürlich lächeln, als ich an den gestrigen Abend dachte, der ja eine regelrechte Achterbahn der Gefühle gewesen war. Erst waren wir beide so nervös gewesen, dann hatte Reed das viel zu scharf geratene Curry verspeist, als sei es die grandioseste Delikatesse der Welt, und dann war der große Stimmungsdowner mit meiner Geschichte gekommen. Es war schrecklich gewesen, ihm alles zu erzählen. Und trotzdem gut. Befreiend. Natürlich gab es Menschen, die davon wussten. Allein schon alle aus der Betroffenengruppe, die ich in Vancouver gefunden hatte.

Diese Frauen und Männer hatten damals vielleicht nicht mein Leben, aber ganz bestimmt meine Seele gerettet. Es hatte so gutgetan, mein Schicksal mit anderen zu teilen, die genau wussten, wie ohnmächtig ich mich fühlte. Diese Gruppe hatte mich aus meiner duldsamen Passivität gerissen und mich politisiert: Frauenrechte, Rassismus, Umweltschutz – plötzlich waren diese Themen so wichtig für mich geworden. Weil ich endlich das Gefühl gehabt hatte, selbst etwas bewegen zu können. Ich konnte aktiv werden und meinem Anliegen eine Stimme geben, hatte ein Ventil für diese große, dunkle wütende Masse in mir gefunden, die mich regelrecht auffraß. Das war im Grunde die Geburtsstunde von Kiona Brooks gewesen, wie sie heute existierte. So mochte ich mich eindeutig lieber, auch wenn mir mein Engagement durchaus schon Probleme bereitet hatte.

Reed war der erste Mensch außerhalb der Gruppe, dem ich die ganze Geschichte erzählt hatte, und es rührte mich immer noch, wenn ich an seine Reaktion dachte. Vor allem dass er es ausgehalten hatte, sich alles anzuhören, ohne Erklärungsansätze zu finden, die es ohnehin nicht gab. Ohne mich mit Floskeln trösten zu wollen, wie es bei den allermeisten Leuten fast reflexhaft geschah, wenn ich das Thema auch nur zart anschnitt. Nein, er hatte es einfach ertragen, gute, ernsthaft interessierte Fragen gestellt und mir nichts als aufrichtiges Mitgefühl gezeigt. Vielleicht war das der Unterschied: dass er mit mir gefühlt und nicht mit mir gelitten hatte? Keine Ahnung, jedenfalls hatte er großartig reagiert, und das hatte mich noch mehr für ihn eingenommen. Falls das überhaupt möglich war.

Es war beängstigend und berauschend zugleich, derart viel für einen anderen Menschen zu empfinden.

Im Vergleich dazu kamen mir meine bisherigen Beziehungen geradezu flach und eindimensional vor. Was vermutlich auch daran lag, dass ich zu den anderen Männern nie vollständig ehrlich gewesen war. Mich nie richtig hatte öffnen können oder öffnen wollen. Und wie sollte eine vertrauensvolle Beziehung wachsen können, wenn ich nicht in der Lage war, zu vertrauen – und selbst auch nicht vertrauenswürdig war?

Seltsamerweise hatte ich nicht das geringste Problem damit, mich Reed zu öffnen. Genauer gesagt gab es seit dem Ausflug zu den Walen gar keine Barrieren mehr, die zwischen uns standen. Zumindest nicht auf meiner Seite. Ziemlich sicher hatte er auch seine Geschichten, die hatte jeder, der älter als drei Jahre war, und ich war gespannt, ob und wann er sie mit mir teilen würde. Gestern Abend war es nicht mehr dazu gekommen, denn mein »Themenwechsel« war verdammt gründlich gewesen. Vermutlich hielt er mich für eine übergriffige Nymphomanin, weil ich schon zum zweiten Mal die Initiative ergriffen und ihn ohne Vorwarnung verführt hatte. Wobei »verführt« es nicht ganz traf. Zumindest nicht beim ersten Mal. Da war unsere körperliche Vereinigung eine schiere, wenn auch unerklärliche Notwendigkeit gewesen. Letzte Nacht dagegen ... Ich fühlte schon wieder ein verheißungsvolles Pochen in meinem Schoß, wenn ich daran dachte, was für ein großzügiger, liebevoller und ausdauernder Liebhaber Reed Archer doch war. Er mochte Defizite beim Flirten oder Daten haben, wie er selbst erklärt hatte, aber Sex beherrschte er ganz großartig.

Vermutlich hatte ich mich leicht bewegt, oder Reed konnte auch im Schlaf meine Gedanken und Gefühle lesen, jedenfalls merkte ich, wie sich an meinem Po etwas regte und dieses Etwas immer größer und härter wurde. Ich drückte mich unwillkürlich enger an ihn, und einen Moment später glitt die Hand, die bislang besitzergreifend auf meiner linken Brust gelegen hatte, tiefer. Mit schlafwandlerischer Sicherheit fanden Reeds Finger meine schon wieder ziemlich feuchte Spalte und massierten meine Perle. Ich stöhnte leise und erschauderte, als seine warmen Lippen ein »Guten Morgen« gegen meinen Hals hauchten. Und dann sprachen wir ein ganzes Weilchen nichts mehr, weil sein Mund mit anderen Dingen beschäftigt war ...

»Lass uns zu mir gehen« war das Erste, was ich hörte, als sich mein Atem wieder einigermaßen beruhigt hatte. Eine etwas überraschende Aussage nach einem der intensivsten Höhepunkte meines Lebens.

»Hm?«, fragte ich wenig geistreich und noch reichlich benebelt von der Endorphinwelle, die meinen Körper geflutet hatte.

»Lass uns zu mir gehen«, sagte er noch einmal. »Erstens habe ich kein Kondom mehr, zweitens bin ich hungrig, und drittens müsste Ollie langsam mal raus«, erklärte er mir geduldig und klang eine Spur bedauernd.

Ich musste lachen, weil er einfach so unglaublich süß war. »Bei ›erstens‹ und ›zweitens‹ könnte ich Abhilfe schaffen, ›drittens‹ ist ein Problem. Und Hundefutter habe ich auch keines.«

»Ich habe gestern kurz überlegt, ob ich welches mitbringen soll. Und auch mehr Kondome. Aber dann war ich mir nicht sicher, ob das nicht seltsam aussehen würde.«

»Ich glaube, du machst dir viel zu viele Gedanken.«

Ich rappelte mich hoch und küsste ihn. »Lass uns aufstehen und zu dir gehen. Ich bin wahnsinnig gespannt auf euer Haus und will auf keinen Fall riskieren, dass Ollie verhungert. Oder du.«

Als wir kurz darauf das Wohnzimmer betraten, lag Ollie noch schlummernd auf dem Sofa und schien es nicht besonders eilig zu haben, die Location zu wechseln oder sich zu erleichtern. Er öffnete ein Auge und klopfte träge mit dem Schwanz.

»So wie das hier aussieht, hätten wir uns wenigstens noch um ›erstens‹ kümmern können«, befand ich und musste lachen, als ich Reeds zerknirschten Gesichtsausdruck sah.

»Dieser Hund ist ein nichtsnutziger Verräter«, brummte er und küsste mich. »Sollen wir zurück in dein Schlafzimmer?«

»Nein, jetzt sind wir schon angezogen, und ich bin wirklich neugierig.« Ich ging in den Flur, um mir Stiefel und Jacke anzuziehen, als mein Blick auf das kleine Päckchen fiel, das auf dem Sideboard lag. Reeds Mitbringsel hatten wir gestern völlig vergessen.

Ich nahm das weihnachtlich verpackte Geschenk und betrachtete es. Es hatte ungefähr das Format eines Taschenbuchs, war aber schwerer und fühlte sich scharfkantiger an. »Was mag da wohl drin sein?«, fragte ich.

»Schau rein, dann erfährst du es – und sorry wegen des Papiers. Ich hatte nichts anderes zu Hause.« Reed fuhr sich durch die Haare, ein sicheres Zeichen dafür, dass er verlegen war.

»Ich finde es süß, dass du dir überhaupt die Mühe gemacht hast, es einzupacken. Und noch süßer, dass du mir etwas mitgebracht hast.« Ich drückte das Päckchen an meine Brust, als könnte es mir auf diesem Weg sein

Geheimnis verraten. Warum ich noch zögerte, es auszupacken, konnte ich mir gerade selbst nicht erklären. Ollie kam nun ebenfalls in den Flur getapst und setzte sich mit erwartungsvollem Blick vor mich.

»Unausgepackte Geschenke kennt dieses Tier nicht. Das verstört ihn«, behauptete Reed mit einem leichten Grinsen.

»Dann wollen wir seine Seelenpein mal lindern.« Ich fuhr mit dem Finger unter dem Klebstreifen entlang und wickelte gleich darauf einen Bilderrahmen aus. Reed hatte das Foto von mir, das er im Kajak geschossen hatte, ausgedruckt und eingerahmt.

»Eine kleine Erinnerung an einen besonderen Moment«, sagte er leise. »Ich hoffe, du freust dich.«

»Ich glaube, ich habe nie ein schöneres Geschenk bekommen«, erwiderte ich nach einem Moment.

»Na ja, so etwas Besonderes ist das doch auch nicht, ist doch nur ein Foto in einem Rahmen«, relativierte er.

»Ich meine auch gar nicht das Bild. Das ist natürlich wunderschön, und ich freue mich sehr darüber. Ich meine das Erlebnis, das du mir ermöglicht hast. Das du mit mir geteilt hast. Ich weiß gar nicht, ob ich mich dafür überhaupt schon richtig bedankt habe?«

Ich sah, wie sein Adamsapfel zuckte, dann hob er eine Hand und strich mir die Träne von der Wange, die, von mir völlig unbemerkt, aus meinem Auge getropft war. »Das war auch für mich ein sehr besonderes Erlebnis.« Dann küsste er eine weitere Träne weg und nahm mich in den Arm.

Keine Ahnung, wann ich zur rührseligen Heulsuse mutiert war, aber ich genoss den Trost, den mir sein Geruch, die leicht kratzige Wolle seines Pullis und vor allem die starken Arme um meinen Körper boten. Ich hätte ewig so dastehen können, doch Ollie hatte andere Pläne. Energisch drängte er sich zwischen uns und wir ließen lachend voneinander ab. »Okay, ich hab schon verstanden«, sagte ich und schniefte noch einmal. »Lasst uns gehen.« Ich stellte das Bild auf das Sideboard, so dass ich es bei meiner Rückkehr sofort wieder sehen würde, und schlüpfte in meine Jacke.

»Auf diesem USB-Stick sind all die anderen Fotos von unserem Ausflug drauf«, erklärte Reed und deutete auf das kleine schwarze Plastikteil, das ich komplett übersehen hatte.

»Danke schön, ich kann's kaum erwarten, mir die Bilder anzuschauen.«

»Das können wir nachher gemeinsam machen. Ich wollte nur, dass du auch eine Kopie davon hast.« Er bückte sich, um seine schweren Boots zuzuschnüren, und zog sich dann auch seine Jacke an. »Wollen wir?«

Draußen auf der Straße nahm er wie selbstverständlich meine Hand. Ich blickte ihn verwundert an. »Und wenn uns jemand sieht?«

»Dann sieht uns eben jemand. Oder ist das ein Problem für dich?« Er blieb abrupt stehen und musterte mich prüfend.

»Nein. Natürlich nicht«, beeilte ich mich zu antworten und merkte, dass mein Herz schon wieder geradezu losgaloppierte. »Aber für dich vielleicht?«

»Von mir aus kann es die ganze Welt wissen.« Er nahm meine Hand und drückte einen Kuss auf die Fingerspitzen. Dann ging er weiter. Regelrecht beschwingt.

Ich ahnte, dass das ein großer Moment für ihn sein musste – für mich war es das zweifellos –, aber eine Sorge wollte ich doch noch ansprechen. »Und was ist mit Grace?«

»Ich werde es ihr morgen sagen, wenn ich sie in Tofino abhole«, antwortete er schlicht. »Ich kann es ohnehin nicht vor ihr geheim halten. Und schon gar nicht vor meiner Schwiegermutter. Die wird mir mein glückliches Lächeln sofort ansehen und Fragen stellen.«

In meinem Kopf ratterte es und ich blieb wieder stehen, um ihn anzuschauen. »Reed, ich glaube, mir fehlen noch ein paar entscheidende Informationen. Was ist mit Grace' Mutter?«

»Oh.« Er blickte betreten zu Boden. »Du weißt nichts davon?«

»Nein. Woher auch? Ich habe keine Erkundigungen eingezogen, und etwaiger Dorftratsch ist nicht zu mir durchgedrungen. Und du hast mir auch noch nichts erzählt.«

»Emily ist tot«, sagte er. »Sie ist vor fünfeinhalb Jahren gestorben.«

»Das tut mir sehr leid«, murmelte ich reflexhaft die übliche leere Worthülse. Dabei war sie nicht wirklich leer. Ich hatte so etwas insgeheim schon geahnt. Die Art und Weise, wie Grace die Geschichte ihrer Tante in der Weihnachtshausaufgabe interpretiert hatte, war schon ziemlich eindeutig gewesen. Ich konnte ihren Schmerz und ihre Trauer in jedem Satz erahnen. Und doch war es ein Schock, es zu erfahren. Mein Herz brach für das Mädchen. Auch weil ich wusste, wie sie sich fühlen musste.

»Danke. Ich werde dir alles erzählen, was du wissen willst. Es soll keine Geheimnisse zwischen uns geben. Aber lass uns jetzt nach Hause gehen, so einladend ist das Wetter nicht.« Er lächelte schief und zog mich sanft weiter.

Es stimmte. Der eisige Nieselregen war wirklich alles andere als einladend, trotzdem ließ mir ein Punkt keine Ruhe. »Denkst du nicht, dass das für Grace ein Problem sein wird? Ich bin schließlich ihre Lehrerin ...«

»Sie betet dich an. Weißt du, wie oft ich in den letzten Wochen Sätze gehört habe, die mit ›Ms Brooks sagt‹ oder ›Ms Brooks findet auch‹ anfingen? Du bist ein Vorbild für sie. Sie hört auf dich.«

»Mag sein, aber als Lehrerin habe ich auch eine ganz andere Rolle. Ich finde es toll, wenn es mir gelingt, Kinder zu inspirieren. Aber ich könnte mir vorstellen, dass Grace mich schlagartig nicht mehr ganz so cool findet, wenn sie weiß, dass ihr Dad und ich ...« Ich verstummte, weil ich nicht wusste, wie ich den Satz beenden sollte. Dass wir zusammen waren? Dass wir miteinander schliefen? Dass ... was?

»Kiona«, sagte er eindringlich. »Seit fünfeinhalb Jahren gibt es eine Leerstelle in meinem Herzen. Aber jetzt habe ich zum ersten Mal das Gefühl, dass es möglich ist, wieder zu lieben. Ich weiß, es ist sehr früh, und ich weiß auch, dass wir uns kaum kennen. Aber ich kann das, was zwischen uns gerade beginnt, was ich für dich empfinde, nicht geheim halten. Und ich will es auch nicht. Ja, gut möglich, dass Grace ein Problem damit hat. Aber Grace hat zurzeit mit fast allem, was ich mache, ein Problem, das kann und wird nicht der Maßstab für meine Entscheidung sein.«

Ich nickte. Nicht ganz überzeugt, aber ohne vernünftiges Gegenargument. Reed hatte sich ganz offensichtlich schon eine Meinung gebildet und eine Entscheidung getroffen. Ich hoffte, es war die richtige. Aber da ich es aktuell ohnehin nicht beeinflussen konnte, beschloss ich, einfach das warme Gefühl in meinem Herzen und die Schmetterlinge in meinem Bauch zu genießen, die seine Worte zum Flattern gebracht hatten. Er wollte, dass ich Teil seines Lebens war. Dass wir ein gemeinsames Leben hatten, und das war mehr, als ich mir jemals erträumt hatte. Ich hoffte nur, dass ich dieser Herausforderung auch gerecht werden konnte.

Den restlichen Weg legten wir zügig und schweigend zurück. Jeder war in seine eigenen Gedanken versunken, aber trotzdem waren wir enger verbunden als nur durch unsere Hände. Ollie schnüffelte munter herum, erledigte alles, was ein Hund am Morgen so zu erledigen hatte, und strebte dann rasch dem hübschen, großzügigen Einfamilienhaus am Beach Drive entgegen, in dem Familie Archer lebte.

Auch wenn der Garten jetzt im Winter ein wenig trist wirkte, strahlte das Haus schon von außen eine schwer zu beschreibende Heimeligkeit aus. Es kam mir vor wie eine Glucke, die nur darauf wartete, all ihre Küken unter ihrem wärmenden Gefieder zu versammeln und zu bemuttern. Kein Wunder, dass Reed lieber hier sein wollte und nicht in meiner seelenlosen Wohnung. Selbst ich wollte lieber hier sein – und zwar schon, ehe ich überhaupt die Schwelle überschritten hatte.

»Sorry für das Chaos«, entschuldigte sich Reed, als er die Tür öffnete und mich eintreten ließ. Der Boden war mit Holzdielen belegt, was man hier selten sah. Die meisten entschieden sich für praktische, leicht zu reinigende Fliesen. Aber der etwas abgenutzte Holzboden wirkte viel gemütlicher. Auch die leicht chaotische Garderobe und die wild durcheinanderpurzelnden Schuhe und Stiefel waren geradezu malerisch. »Grace hatte gestern kurz vorm Abflug noch eine ›Ich hab nichts anzuziehen‹-Krise, und ich habe es nicht geschafft, danach aufzuräumen.« Er nahm mir galant meine Jacke ab und suchte eine freie Stelle, um sie aufzuhängen. Sie ging in der Masse der Klamotten völlig unter.

Ich schlüpfte aus meinen Stiefeln, die auch nicht weiter auffielen, als ich sie zu den anderen Schuhen stellte. Es schien fast so, als hätte mich die Unordnung gleich assimiliert und als Teil der Familie akzeptiert. Ollie, der sich von Reed nur notdürftig die Pfoten hatte abwischen lassen, war an uns vorbei in die Küche geflitzt und schepperte jetzt mit seinem Napf herum.

»Ich komm ja schon«, rief Reed und zuckte entschuldigend mit den Schultern. »Fühl dich ganz wie zu Hause.« Er eilte seinem Hund hinterher, ehe der noch mehr randalieren konnte, aber ich ließ mir mehr Zeit.

Die Wände im Eingangsbereich waren in einem kräftigen Mittelblau gestrichen, das mich sofort ans Meer erinnerte – was sicher auch an den weißen Akzenten lag und an den zahllosen gerahmten Walfotos an der einen Wand. Außerdem gab es einige Bilder, die zweifellos Grace gemalt hatte. Sie waren ebenfalls gerahmt und hingen zwischen den Fotos.

Hinter der Garderobe führte eine weiß lackierte Treppe nach oben in den ersten Stock, vier ebenfalls weiße Holztüren in verschiedene Räume. Zwei Türen waren geschlossen, durch eine dritte konnte ich in das Wohnzimmer sehen, das ich schon aus dem Video kannte, und durch die vierte gelangte ich in die Küche, wo Ollie bereits sein Frühstück verschlang und Reed mit hochgeschobenen Pulloverärmeln vor dem geöffneten Kühlschrank stand. Die Küchenmöbel waren weiß, aber die Wände leuchteten in einem knalligen Orange. Scheu vor Farbe hatten die Archers jedenfalls nicht. Auch hier hingen zahllose Fotos und Bilder an den Wänden und eine riesige Magnetpinnwand mit Postkarten, Zeitungsausschnitten, Tidentabellen und Grace' Stundenplan. Dazwischen gab es eine freie Fläche, die wohl als Einkaufsliste oder zur Kommunikation zwischen Vater und Tochter diente. »Dad, kauf das nächste Mal das RICHTIGE Shampoo!!!«, hatte Grace daraufgeschrieben und nicht mit Ausrufezeichen gegeizt. Ich musste lächeln.

»Shampoo-Drama?«, fragte ich amüsiert, als Reed mit Milch und Eiern bewaffnet die Kühlschranktür schloss und mich vor der Pinnwand entdeckte.

»Du hast ja keine Ahnung«, stöhnte er. »Dabei kann ich mich beim besten Willen nicht mehr an die richtige Marke erinnern, und mein vorsichtiges Nachfragen hat sie prompt wieder mit dramatischen Tränen quittiert und der Unterstellung, ich hätte sie nicht richtig lieb, denn sonst könnte ich mir ja wohl die Dinge merken, die ihr wichtig sind.«

»Auweia.« Ich musste unwillkürlich grinsen. »Und was nun?«

»Weiß ich noch nicht. Wahrscheinlich kaufe ich am Montag einfach alle Sorten und hoffe das Beste. Ganz ehrlich, ich verstehe das Gewese nicht. Theoretisch könnte man sich doch schlicht mit einem Stück Kernseife waschen, und gut ist.« Er schüttelte den Kopf. »Ich hoffe, du magst Pancakes?«

»Kernseife? Da spricht der Naturbursche aus dir. Dabei bin ich mir sicher, dass du längst nicht so uneitel bist, wie du tust. Und Pancakes sind toll. Ich liebe Pancakes.«

»Wie kommst du darauf, dass ich eitel bin?«, fragte er mit gespielter Empörung.

»Weil du viel zu lecker duftest und dieses verführerische Aroma nicht ausschließlich naturgegeben sein kann.« Ich trat zu ihm, umarmte ihn von hinten und sog seinen Geruch ein, der mich jedes Mal regelrecht berauschte.

»Hm«, brummte er, klang aber ganz zufrieden. »Trotzdem verstehe ich nicht, was Shampoo eins so grundlegend von Shampoo zwei unterscheidet, dass es Tränen rechtfertigt.« Er küsste mich kurz auf die Wange und begann dann, Rührschüssel, Pfannen und die restlichen Zutaten zusammenzusuchen. Es war klar, dass er sich in seiner Küche auskannte und sich auch wohlfühlte. Aber was blieb ihm auch anderes übrig, wenn er seit mehr als fünf Jahren allein für sein Kind zuständig war?

»Hast du eine Haushaltshilfe?«, rutschte es mir heraus und er schaute mich überrascht an.

»Wie kommst du auf die Idee? Glaubst du, dann würde es hier so wüst aussehen?«

Es sah überhaupt nicht wüst aus. Klar lagen viele Sachen herum, aber alles war sauber und es wirkte eher wohnlich als unordentlich. »Keine Ahnung. Es muss doch ziemlich stressig sein, so allein mit Job und Kind ...« Gott, hatte ich das jetzt wirklich gesagt? Offenbar, denn er betrachtete mich stirnrunzelnd.

»Und Männer kriegen das ja bekanntlich nicht so gut gebacken wie Frauen?«, fragte er mit einem leicht ätzenden Unterton, der durch ein verwegenes Glitzern in seinen Augen aber etwas abgemildert wurde.

»Tut mir leid, das war jetzt richtig dämlich von mir.« Ich schämte mich dafür, dass ich, die ich ansonsten gegen Vorurteile und Ungerechtigkeiten aller Art kämpfte, auf eines der dämlichsten Klischees überhaupt reingefallen war.

»Schon gut. Du bist nicht die Erste und wirst vermutlich auch nicht die Letzte sein, die das glaubt.« Er gab Eier, Milch, Mehl und etwas Zucker in eine Rührschüssel – lässig aus dem Handgelenk und ohne vorher etwas abzuwiegen, wie ich voller Bewunderung feststellte – und schaltete den Handmixer ein. »Um deine Frage zu beantworten: Nein, ich habe keine Haushaltshilfe. Ich kriege den Haushalt mit Grace allein hin – manchmal hilft sie sogar.« Er grinste und schwenkte die Schüssel, um die Konsistenz des Teigs zu testen. »Du machst einen wirklich guten Fang mit mir. Ich kann kochen, putzen, waschen und bügeln. Letzteres praktiziere ich aber nur in Ausnahmefällen. Nur beim Einkaufen bin ich schlecht, wie man an Shampoogate sehen kann.« Nun zwinkerte er mir verschwörerisch zu. »Willst du dir das entgehen lassen?«

»Auf keinen Fall«, sagte ich im Brustton der Überzeugung. Meine Entgegnung war zwar die Replik auf seine selbstironische Anpreisung, aber ich merkte, wie ernst ich es meinte. Ich wollte das alles haben. So sehr, dass es fast wehtat. Ich hatte meine Sehnsucht nach Familie, nach Normalität, nach Zugehörigkeit so lange verdrängt, dass sie mich jetzt fast überwältigte. Andere Menschen hatten viel größere, wichtigere Träume, und bis vor wenigen Tagen hätte ich erklärt, dass ich meinen Lebenssinn darin sah, die Welt zu verbessern, für Gerechtigkeit und Umweltschutz zu kämpfen. Aber jetzt merkte ich, wie viel irdischer und kleiner mein Herzensbedürfnis in Wirklichkeit war. Ich hätte mich nie getraut, mir eine Familie zu wünschen – aus reinem Selbstschutz, weil ich so etwas als Kind nie wirklich erlebt hatte und sicher war, dass diese Form der Normalität weit außerhalb meiner Reichweite lag. Jetzt wurde mir das alles wie auf einem Präsentierteller angeboten und ich musste nur noch zugreifen.

Reed hatte von meinen aufwühlenden Gedanken nichts mitbekommen, weil er Bananen kleingeschnitten hatte, mit zwei Pfannen hantierte, in denen er reichlich Butter erhitzt hatte, und nun die fluffigen kleinen Pancakes buk. Bananen-Pancakes – mit weitem Abstand meine Lieblingssorte. Das konnte er doch alles nicht wissen – und schon wieder stiegen mir die Tränen in die Augen.

»Ich weiß ja nicht, welcher Film bei dir gerade läuft«, sagte er plötzlich mit ruhiger, sanfter Stimme. »Aber ich hoffe, es liegt nicht daran, dass ich Bananen in den Pfannkuchenteig gegeben habe. Grace und ich lieben das, aber ich hätte dich vorher fragen müssen.« Er wirkte etwas zerknirscht und ich hätte ihn am liebsten auf der Stelle geküsst. Aber er stand auf der anderen Seite der Kücheninsel und war damit beschäftigt, die kleinen Küchlein zu wenden. So blieben mir nur noch mehr Tränen.

»Bananen-Pancakes sind die allerbesten«, schluchzte ich und hatte keine Ahnung, was mit mir los war.

»Puh, da bin ich echt erleichtert. Emily hat sie gehasst. Sie konnte schon den Geruch nicht leiden und ich musste sie dann immer mit Bergen von gebratenem Speck besänftigen«, plapperte er munter weiter. Ich war mir ziemlich sicher, dass ihn meine Tränen irritierten, aber er ließ sich nichts anmerken. »Magst du Speck? Ich hab vielleicht noch welchen im Kühlschrank, wobei der bei uns gerade nicht sonderlich hoch im Kurs steht. Grace ist ja eine leidenschaftliche Teilzeitvegetarierin ...

und das hatten wir alles gestern schon. Natürlich magst du keinen Speck!« Er verzog kurz das Gesicht, als sei er ärgerlich auf sich selbst. »Aber hoffentlich Ahornsirup? Und ich habe dich auch noch nicht gefragt, ob du Kaffee, Tee oder Kakao trinken möchtest.«

Ich konnte nichts sagen, sondern sah zu, wie er die erste Ladung Pfannkuchen aus den Pfannen hob, sie auf einen Teller stapelte und diesen zum Warmhalten in den Backofen schob. Dann stellte er die Pfannen beiseite und kam zu mir.

»Was ist los?«, fragte er und strich mir wie vorhin mit dem Daumen die Tränen von der Wange. »Habe ich irgendwas Falsches gesagt oder getan?«

»Nein. Du bist perfekt. Du bist absolut perfekt, und ich bin so ein Wrack, das das alles gar nicht verdient hat.« Ich klammerte mich wie eine Ertrinkende an ihn und ließ mich trösten wie ein kleines Mädchen. Und auch dabei war er perfekt. Als ich mich einigermaßen beruhigt hatte, küsste er mich auf die Stirn und schob mich ein Stück zurück.

»Glaub mir, ich bin alles andere als perfekt, und du bist mit Sicherheit kein Wrack. Du bist einfach nur komplett unterzuckert nach der Anstrengung der letzten Nacht. Setzt dich an den Tisch, lass uns frühstücken, und dann sprechen wir über alles, ja?« Mit diesem Tonfall könnte er vermutlich verfeindete Kriegsparteien versöhnen und renitente Teenager besänftigen, auf mich hatten seine Worte jedenfalls eine sehr entspannende Wirkung. Ich nickte also gehorsam, wischte mir die restlichen Tränen aus dem Gesicht und entschuldigte mich in Richtung Badezimmer.

»Kaffee wäre toll«, rief ich noch, als ich die Küche verließ und auf gut Glück die nächste Tür zu meiner

Rechten ausprobierte. Dahinter verbarg sich tatsächlich ein kleines Bad, und ich sah mich im Spiegel an. Obwohl ich leicht rötliche Flecken auf den Wangen und eine Tränenrotznase hatte, wirkten meine Augen erstaunlich klar und strahlten derart hoffnungsfroh, dass die Erkenntnis langsam bei mir einsickerte: Das hier geschah gerade wirklich!

TRAUERARBEIT

REED

Zu sagen, dass mich Kionas Verhalten verunsicherte, wäre die Untertreibung des Jahrhunderts gewesen. Sie war derart aufgewühlt, dass ich keine Erklärung dafür fand. Wobei das nichts Neues in meinem Leben war: Frauen, die sich scheinbar irrational verhielten, war ich ja gewohnt. Nur war mein übliches Studienobjekt dreizehn Jahre alt und ein hormongebeutelter Teenager.

Was Kiona umtrieb, würde ich herausbekommen. Vielleicht ging es ihr ja nur genau wie mir und sie konnte es einfach nicht fassen, dass wir uns gefunden hatten. Ich fühlte mich so glücklich, dass ich am liebsten auf die Straße gerannt wäre und in die ganze Welt hinausgebrüllt hätte, dass ich endlich wieder liebte. Also, jemanden außer meiner Tochter und meiner restlichen Familie liebte. Dass es einen Menschen gab, mit dem es sich genauso mühelos und perfekt anfühlte wie damals mit Emily. Nur in erwachsen.

Ich hatte den Tisch gedeckt, den Kaffee aufgesetzt und die nächste Ladung Pancakes gebacken, als Kiona mit blanken Augen zurück in die Küche kam. Dass ihre Wangen leicht gerötet waren, konnte man dank ihres wunderbaren Teints nur erahnen. Sie lächelte verlegen. »Du musst mich für komplett durchgeknallt und hysterisch halten, dabei kann ich einfach nur mein Glück nicht fassen«, sagte sie leise und nahm Platz.

»Du bist wunderbar, und ich halte dich für eines der größten Geschenke, die ich jemals bekommen habe«, versicherte ich und goss ihr Kaffee ein. Sie trank ihn schwarz, wie ich. Dann holte ich den Teller mit den warm gehaltenen Pancakes aus dem Ofen und stellte ihn auf den Tisch. »Guten Appetit.«

»Ich kann das alles wirklich nicht fassen«, murmelte sie so leise, dass ich es fast nicht hörte. Vielleicht sprach sie aber auch nur zu sich selbst.

»Warte ab, was du sagst, wenn du erst meine Pfannkuchen probiert hast. Bessere Bananen-Pancakes hast du noch nie gegessen«, witzelte ich, legte ihr drei davon auf den Teller und reichte ihr die Flasche mit dem Ahornsirup.

Sie kostete ein Stückchen und schloss genießerisch die Augen. Es bereitete mir eine unglaubliche Freude, sie dabei zu beobachten. Zufrieden begann ich ebenfalls zu essen. Dabei merkte ich erst, wie hungrig ich eigentlich war.

Nach dem Frühstück wollte ich Kiona das Haus zeigen, allerdings kamen wir nicht besonders weit. Im Wohnzimmer blieb sie vor der Wand mit den unzähligen Familienfotos stehen, die Jahr für Jahr voller wurde.

»Erzähl mir deine Geschichte«, bat sie und schien den Blick gerade von den Bildern, die mich mit Emily und Grace zeigten, nicht losreißen zu können.

Auch wenn ich in diesem Moment tausend andere Dinge lieber getan hätte, zog ich ein dickes Buch aus dem Regal und bat sie, sich neben mich aufs Sofa zu setzen. Der schon etwas abgegriffene Band war ein Fotobuch, das ich ein paar Monate nach Emilys Tod für Grace zusammengestellt hatte, damit sie sich immer an ihre Mutter würde erinnern können. Darin waren zunächst viele Schnappschüsse aus Emilys und meinen Kindertagen, dann folgten die Fotos aus unserem ersten gemeinsamen Sommer, als ich mit sechzehn bei ihrem Vater als Schülerpraktikant angeheuert hatte – um ein bisschen Geld zu verdienen, aber vor allem, um Wale beobachten zu können. Es folgten einige weitere gemeinsam verbrachte Sommer und Weihnachtsfeste, dann kamen Fotos aus unserer Zeit in Vancouver, als wir beide Meeresbiologie studiert hatten. Ich musste immer lächeln, wenn ich die Bilder ansah. Emily war so voller Leben gewesen, temperamentvoll und wild, Charakterzüge, die sie eindeutig Grace vererbt hatte. Ich dagegen war schon immer eher der ruhige Beobachter gewesen, der Vermittler und der Verantwortungsbewusste. Wir hatten uns prima ergänzt. Ich hatte sie geerdet, sie mich zu Unfug angestiftet. Natürlich hatte es auch oft geknallt zwischen uns, aber trotzdem hatten wir nie daran gezweifelt, dass wir füreinander bestimmt waren. Es war schlicht selbstverständlich gewesen. So selbstverständlich, dass uns das große Glück, dass wir so früh gefunden hatten, oft gar nicht bewusst gewesen war.

Dann war der Tag gekommen, an dem wir rausgefunden hatten, dass Emily schwanger war. Auch dieses

Ereignis war in dem Buch dokumentiert. Mit einem Foto von fünf positiven Schwangerschaftstests und dem Porträt einer leicht fassungslosen, aber auch glücklich strahlenden Emily. Grace war nicht geplant gewesen, überhaupt nicht, aber wir hatten keine Sekunde in Frage gestellt, dass wir das Projekt Familie durchziehen wollten. Unsere Eltern hatten uns nach Kräften unterstützt, so dass wir trotz allem auch unser Studium fortsetzen konnten, und geheiratet hatten wir auch noch. Es war eine kleine, aber fröhliche Feier gewesen, Anfang August, zwei Monate vor Grace' Geburt.

»Wie ihr strahlt«, sagte Kiona andächtig, als sie die Aufnahmen betrachtete und dann weiterblätterte. Bald kamen die ersten Babybilder von Grace. Gleich nach der Geburt in Emilys Arm, dann mit mir. Es folgte eine ganze Reihe Fotos, auf denen man sie schlafend auf meinem Bauch liegen sah. Sie war in ihren ersten drei Lebensjahren oft wahnsinnig rastlos und entsprechend anstrengend gewesen und hatte Schwierigkeiten gehabt, zur Ruhe zu kommen. Emily, die genauso quecksilbrig gewesen war, hatte das nur noch verstärkt, und es hatte endlose Schrei-Arien gegeben. An die Heulduette meiner völlig überdrehten kleinen Tochter und meiner verzweifelten und übernächtigten Frau dachte ich nicht ganz so gerne zurück. Aber wenn ich mich mit Grace aufs Sofa oder ins Bett gelegt hatte und sie meinem Herzschlag hatte lauschen können, war sie jedes Mal nach wenigen Minuten eingeschlafen. Leider konnte ich mich dann einige Stunden ebenfalls nicht mehr bewegen, denn sobald ich sie in ihr Bettchen oder in den Kinderwagen legen wollte, fing das Gebrüll wieder von vorn an.

»Klingt anstrengend«, kommentierte Kiona meinen Bericht.

»War es auch, aber in der Rückschau will ich keine Sekunde davon missen. Wir hatten von Anfang an ein sehr inniges Verhältnis und ich hoffe, dass wir auch wieder zueinanderfinden.« Ich seufzte unwillkürlich, die Pubertät setzte mir wirklich sehr zu.

»Wolltet ihr keine weiteren Kinder?«, wollte Kiona wissen.

»Ich schon. Ich bin ja mit drei Geschwistern aufgewachsen und fand das toll, auch wenn wir einen ziemlich großen Altersunterschied haben. Grace hätte sich sicher auch über einen kleinen Bruder oder eine kleine Schwester gefreut, aber Emily wollte nicht. Sie fand ihre Mutterrolle in den ersten Jahren so anstrengend und hat erst ein richtig enges Verhältnis zu Grace aufgebaut, als sie ungefähr zwei oder drei war und schon besser interagieren konnte. Das Thema zweites Kind kam immer wieder zur Sprache, aber nie schien es der richtige Zeitpunkt zu sein. Außerdem waren wir ja immer noch verdammt jung und glaubten alle Zeit der Welt zu haben.«

»Aber die hattet ihr nicht.« Es war keine Frage, sondern eine Aussage. Kiona hatte weitergeblättert und ihren Blick über die vielen Fotos gleiten lassen, die Emily und Grace zusammen in den unterschiedlichsten Booten zeigten, mal mit Walen und Delfinen im Hintergrund, mal ohne. Einmal hatten wir ein paar Tage lang ein verwaistes Seeotterbaby zu Hause gehabt und es mit der Flasche gefüttert, ehe wir es an eine Aufzuchtstation abgeben konnten. Diese Fotos waren besonders niedlich, denn die fünfjährige Grace war voll in ihrem Element gewesen. Nein, damals hatten wir nicht ahnen können, dass wir nicht mehr viel Zeit hatten.

»Nein, die hatten wir nicht«, bestätigte ich und spürte

einen Moment lang meinen Worten nach. Der alles verzehrende Schmerz der ersten Monate hatte sich nach fünfeinhalb Jahren zu einer Art liebevoller Wehmut gewandelt.

»Was ist passiert?« Kiona klang, als müsste sie diese so offensichtliche Frage mit aller Gewalt aus sich herauspressen. Ich sah sie an. Ihre dunklen Augen schimmerten voller Schmerz – ob wegen des zu erwartenden Berichts von schrecklichen Ereignissen oder wegen ihrer eigenen Erfahrungen, konnte ich nicht sagen. Aber das war vermutlich einerlei. Schmerz und Trauer, so individuell sie sich auch anfühlen mochten, waren universale Gefühle. Mir war es gestern bei ihrer Geschichte nicht anders gegangen. Ich holte tief Luft und wollte gerade anfangen, ihr von dem Tag zu erzählen, der mein Leben komplett aus den Angeln gehoben hatte, als mein Telefon klingelte.

Es war Grace. Unwillkürlich lächelte ich und zeigte Kiona kurz das Display, ehe ich den Anruf entgegennahm. »Hallo, Sweetheart, wie ist dein Wochenende?«, begann ich das Gespräch und wurde dann minutenlang ohne Punkt und Komma zugetextet. »Okay, mein Schatz, das klingt nach einem aufregenden Tag. Habt viel Spaß dabei, und grüß Grandma und Nora von mir. Wir sehen uns morgen Mittag – da habe ich auch eine große Neuigkeit für dich.« Ich schickte noch ein paar schmatzende Küsschen hinterher und wurde dann von ihr aus der Leitung gekegelt, weil sie vor ihrem geplanten Ausflug noch ihre drei besten Freundinnen informieren musste. Immerhin stand ich auf dieser Rangliste noch auf Platz eins. Vermutlich nicht mehr lange.

»Grace macht heute mit meiner Schwester Nora eine Tour zu den Drehorten von ›Twilight‹«, erklärte ich

Kiona, die amüsiert die Augen verdrehte. Offenbar war sie kein Fan dieser Saga. »Und wenn ich sie richtig verstanden habe, werden sie von Edward persönlich herumgeführt. Ich habe zwar keine Ahnung, wer Edward ist, aber es scheint eine große Sache zu sein«, fügte ich noch hinzu.

»Edward ist dieser Ober-Glitzervampir«, erklärte mir Kiona lächelnd. »Der offenbar auf fast alle Mädchen einer bestimmten Altersklasse eine magische Anziehungskraft ausübt. Sag bloß, du kennst die Filme nicht?«

»Glaub mir, ich kann jeden verdammten Disney-Song auswendig, und ich habe auch schon mehrmals die komplette Harry-Potter-Saga durch, aber bei ›Twilight‹ muss ich passen. Sie ist da selbst erst an Weihnachten draufgekommen und hat meine Schwester bequatscht, sich die Reihe mit ihr anzusehen. Seitdem schwärmt sie davon. Also, wenn sie nicht gerade mit Streiks meine Lebensgrundlage ruiniert oder mir vorwirft, ein katastrophaler Vater zu sein, weil ich ihre bevorzugte Shampoo-Marke vergessen habe. Zu meiner Entschuldigung muss ich an diesem Punkt übrigens noch erwähnen, dass sie sich bis vor ungefähr einem Jahr die Haare immer noch mit dem Babyshampoo gewaschen hat, das sie als kleines Mädchen so geliebt hat. Seitdem ändert sich ihr Geschmack wöchentlich. Wenn nicht noch häufiger.« Ich seufzte melodramatisch und musste dann über mich selbst lachen. »Ich liebe sie trotzdem über alles.«

»Daran besteht nicht der geringste Zweifel«, sagte Kiona leise und klappte das Fotobuch zu. »Hättest du Lust auf einen Spaziergang?«, fragte sie dann und deutete in Richtung Fenster. »Der Regen hat aufgehört, und mit etwas Fantasie kann man blauen Himmel erahnen.«

Dafür bräuchte man ziemlich viel Fantasie, dachte ich

mir, denn es sah eher so aus, als stünde der nächste Wolkenbruch unmittelbar bevor. Mir selbst stand der Sinn eher nach einer anderen Beschäftigung als Spazierengehen, aber irgendwas an Kionas Stimme ließ mich aufhorchen. »Klar, wir können an den Strand gehen. Ollie wird begeistert sein.« Ich zog sie kurz an mich und küsste sie, um ihr unausgesprochen einen Plan B zu präsentieren, doch sie sprang betont munter auf.

»Toll, das wird großartig.«

KIONA

Mir war plötzlich alles zu viel, und ich brauchte frische Luft. Dabei war alles perfekt. Das wundervolle Haus, das mich willkommen geheißen hatte, als würde ich hier leben, die Bananen-Pancakes und Reed. Er war großzügig, liebevoll, herrlich selbstironisch und hatte keine Angst davor, Gefühle zu zeigen. War das normal? Er war ein Geschenk für mich, das ich nicht annehmen konnte, egal, wie sehr ich mich danach sehnte. Er hatte eine Partnerin verdient, die ihm genauso viel geben konnte und die nicht so zerrissen und verloren war wie ich.

Wir zogen uns wieder an und gingen an den Strand, der unmittelbar hinter dem Garten seines Hauses begann. Wie oft war ich in den letzten Monaten daran vorbeigelaufen, ohne zu ahnen, dass Reed hier wohnte? Ollie tobte begeistert herum und provozierte Reed und mich, damit wir ihm Stöckchen und anderes Strandgut möglichst weit ins Meer hinausschleuderten, so dass er die Sachen »retten« konnte, wie Reed es nannte. Der Regen hatte tatsächlich aufgehört, aber von Sonne war nach wie vor keine Spur. Doch der düstergraue Himmel passte ganz hervorragend zu meiner Gemütslage. Ich wunderte mich ein bisschen, dass Reed mich nicht darauf ansprach. Er hatte es zweifellos bemerkt, aber er ließ mir instinktiv den Raum, den ich brauchte – und ich verliebte mich gleich noch mehr in ihn. Nachdem wir eine halbe Stunde lang stramm marschiert waren, führte er mich zu meiner Lieblingsstelle. Einige riesige angeschwemmte Baumstämme hatten sich zu einem großen, kunstvollen Gebilde verwoben, das jedes Mal, wenn ich an den Strand kam, ein bisschen anders aussah. Ich setzte mich dann immer gerne auf einen davon und blickte aufs Meer hinaus.

»Das ist mein Lieblingsplatz in Port McNeill«, sagte er und zog mich neben sich auf einen grau verwitterten Stamm. Er war zwar feucht vom Regen, aber das machte mir nichts aus.

»Meiner auch«, gab ich zu. »Ich bin oft hier und schaue aufs Meer. Komisch, dass wir uns nie getroffen haben.«

»Ich bin leider nicht so oft da, wie ich gerne wäre, und wenn ich jemanden an ›meinem‹ Platz entdecke, dann drehe ich um oder ziehe weiter.«

Ich musste unwillkürlich lächeln, denn genauso ging es mir auch. Hier konnte man wunderbar allein sein, ohne sich einsam zu fühlen.

»Ich schulde dir noch den Rest meiner Geschichte«, sprach er weiter, während wie beide aufs Meer sahen. »Es war am 13. Juli, einem ganz normalen Montag im Sommer. Grace war gerade zur Schule gegangen und ich wollte nach Telegraph Cove fahren, um meine Touren durchzuführen, als das Telefon klingelte. Es war mein Vater, der mich aus dem Krankenhaus in Victoria anrief.

Meine Mutter war in der Woche davor mit unklaren Beschwerden eingeliefert worden und sie hatten etliche Tests gemacht, deren Ergebnisse nun feststanden.«

Er machte eine kleine Pause, wie um sich zu sammeln, und ich versuchte, meinen rasenden Herzschlag zu beruhigen. Ich hatte schon gedacht, dass der Anruf aus dem Krankenhaus etwas mit Emily zu tun gehabt hatte, aber offenbar gab es noch ein weiteres Drama.

»Man hatte Bauchspeicheldrüsenkrebs bei ihr festgestellt. Endstadium. Inoperabel.« Reed schluckte, fuhr aber fort. »Mein Vater war verständlicherweise vollkommen durch den Wind. Also habe ich meine Mitarbeiter angerufen, damit sie die Touren ohne mich durchführten, habe Connor gebeten, sich um Gracie zu kümmern, wenn sie aus der Schule käme, und Emily mitgeteilt, dass ich sie erst am nächsten Tag würde abholen können. Wir waren am Freitagabend nach Tofino geflogen, weil mein Schwiegervater Jeff am Samstag Geburtstag hatte und eine große Feier geplant war. Ich bin mit Grace am Sonntag wieder nach Hause geflogen, aber Emily wollte noch eine Nacht bleiben, weil sich irgendwelche Promis für eine Kajaktour am Montag angemeldet hatten und sie das persönlich übernehmen wollte. Grace war total außer sich und sauer auf ihre Mutter, weil sie nicht mit nach Hause kam. Sie war superbockig und hat Emily zum Abschied ein paar unschöne Dinge an den Kopf geworfen. Was wütende Achtjährige eben manchmal so sagen. Jedenfalls wollte ich Emily an diesem Nachmittag wieder abholen, aber nun musste ich erst mal schnellstmöglich nach Victoria. Als ich ankam, hatte man meine Mutter bereits nach Hause entlassen, und mein Bruder Easton versuchte, eine häusliche Palliativpflege zu organisieren. Die Prognose war erschreckend. Drei, vier Monate, vielleicht ein halbes Jahr.«

Reed schluckte, und ich merkte, wie schwer es ihm fiel, davon zu erzählen. Ich drückte seine Hand, die er um meine Schulter gelegt hatte, und kuschelte mich enger an ihn – auch wenn ich nicht genau wusste, ob ich ihn oder mich selbst damit trösten wollte.

»Dad war komplett aufgelöst, aber Mom wirkte erstaunlich gefasst. Inzwischen glaube ich, dass sie längst etwas geahnt hat. Ich frage mich allerdings immer noch, warum sie nicht früher zum Arzt gegangen ist. Jedenfalls hat sie den festen Vorsatz gefasst, noch einmal mit uns allen Weihnachten zu feiern. Ich habe dann Nora und Jared von der Schule abgeholt. Die Zwillinge waren damals gerade fünfzehn, und ich habe versucht, ihnen die Diagnose schonend beizubringen. Aber wie macht man das? Wie sagt man seinen kleinen Geschwistern, dass ihre Mom bald sterben wird? Die zwei sind am Morgen in der Gewissheit zur Schule gegangen, dass alles in Ordnung war, denn noch am Sonntag hatte der diensthabende Arzt im Krankenhaus gesagt, dass alles gut aussähe und Mom nur noch dableiben sollte, bis die Testergebnisse endgültig feststanden.«

Er schüttelte den Kopf, und ein Muskel an seinem Kiefer zuckte bei der Erinnerung. »Lass es mich abkürzen: Es war höllisch! Ich bin über Nacht geblieben und habe zusammen mit Easton organisiert, was zu organisieren ging, habe versucht, die Zwillinge zu trösten, Dad zu beruhigen und für Mom Zuversicht auszustrahlen. Ich wäre gern länger geblieben, doch im Juli ist hier absolute Hochsaison, und ich musste mich ums Geschäft und um meine eigene kleine Familie kümmern. Also bin ich am

Dienstagvormittag wieder in mein Wasserflugzeug gestiegen und nach Tofino geflogen. Kurz vor der Landung habe ich über Funk einen Notruf aufgeschnappt, mit dem alle verfügbaren Rettungskräfte aus der Region nach Tofino gerufen wurden. Ich hatte sofort ein mulmiges Gefühl und habe versucht, unsere Firmenzentrale anzufunken, doch keiner hat sich gemeldet. Im Landeanflug habe ich dann schon einige treibende Wrackteile entdeckt, die verdammt nach unseren Kajaks aussahen. Einen entsetzlichen Moment lang war ich sicher, dass es ein Walunfall war, und dieser Gedanke hat mich völlig fertiggemacht. Das hätte alles in Frage gestellt, was ich zu wissen glaubte.«

Reed drückte meine Schulter und wandte sich mir dann zu. Zu meinem Erstaunen waren seine Augen trocken. Ich hatte keine Ahnung, wie er das fertigbrachte, denn bei mir flossen schon wieder die Tränen.

»Es muss sich total irrational anhören, schließlich hätte es an dem schrecklichen Ergebnis auch nichts geändert, aber ich war schließlich fast erleichtert, als ich erfahren habe, dass ein außer Kontrolle geratenes Speedboat in die Gruppe der Kajaks gerast war. Wie die Obduktion ergab, hatte der Skipper einen Herzinfarkt erlitten und war wohl bereits tot, als er Jeff und Emily erwischte. Wie durch ein Wunder war den anderen aus der Gruppe nichts passiert.«

»Oh Gott, wie entsetzlich«, schluchzte ich, und wieder war es Reed, der mich tröstete, statt umgekehrt. Er hielt mich fest im Arm, bis ich mich wieder einigermaßen beruhigt hatte, und ich verstand langsam, warum die kleine Baby-Grace sich nur an seiner Brust hatte entspannen können. Leider war seine Geschichte noch nicht zu Ende.

»Emily und Jeff wurden bei dem Aufprall aus ihren Kajaks geschleudert und waren sofort tot – vermutlich hatten sie kaum Zeit, Angst zu bekommen, weil alles so rasend schnell ging. Sie waren gerade abgelenkt von einer Orca-Familie mit zwei Jungtieren, wie mir eine Teilnehmerin der Tour später berichtete. Das tröstet mich bis heute, dass sie keine Todesangst hatten und wohl auch nicht leiden mussten. Nach dem Unglück sind die Wale sofort verschwunden und lange Zeit nicht wieder zurückgekehrt, aber eine kleine Gruppe Delfine hat die Leichen umkreist und dafür gesorgt, dass die Strömung sie nicht wegtreiben konnte, bis das erste Rettungsboot bei ihnen war.«

»Wie kannst du so ruhig darüber reden?«, rief ich und kämpfte mit dem nächsten Schwall Tränen. Mich brachte allein schon die Vorstellung fast um den Verstand.

»Ich habe das gelernt«, entgegnete er schlicht. »Ich habe lange gebraucht, um darüber sprechen zu können, aber es tat und tut mir tatsächlich gut. Außerdem ist schon viel Zeit vergangen und ich habe dadurch etwas Abstand gewonnen. Es war mit Sicherheit der bislang schrecklichste Tag meines Lebens, aber ich habe es geschafft, meinen Frieden damit zu machen. Ich habe Emily und Jeff gleich nach meiner Landung gesehen. Erstaunlicherweise waren ihre Gesichter fast unverletzt. Sie sahen entspannt aus. Weißt du, es tröstet mich ungemein, dass sie bei einer Tätigkeit gestorben sind, die sie liebten.«

»Und dass sie bei den Walen waren«, fügte ich leise hinzu. Ich spürte seinen Schmerz wie ein Echo in mir selbst, aber erstaunlicherweise konnte ich plötzlich auch das tröstliche Gefühl nachvollziehen. »Die Orcas hätten sie niemals verletzt«, sagte ich aus tiefster Überzeugung und hatte doch keine Ahnung, woher ich sie nahm.

»Ich weiß, und darüber bin ich auch sehr froh.« Er lächelte leicht. Unfassbar, dieser Mann hatte mir vom denkbar schrecklichsten Tag überhaupt erzählt und lächelte!

»Wie ist es mit deiner Mutter weitergegangen? Hat sie es bis Weihnachten geschafft?«, fragte ich, und seine Miene wurde schlagartig trauriger.

»Nein. Sie ist am 17. September gestorben. Nur gut zwei Monate nach ihrer Diagnose. Ich weiß nicht, ob ihr das Unglück von Emily und Jeff so zugesetzt hat oder ob es ein besonders aggressiver Verlauf war. Diese Zeit habe ich ohnehin nur wie durch einen Schleier wahrgenommen. Das letzte Bild, das ich klar vor Augen habe, ist der Anblick meiner toten Frau am Hafen. Alles, was danach kam, verschwimmt. Monatelang habe ich einfach nur irgendwie funktioniert.« Er stieß ein leises, bitteres Schnauben aus. »Eigentlich war diese Zeit viel schlimmer als dieser eine schreckliche Tag. Aber das Schöne an der Natur ist, dass das Leben immer über den Tod siegt. Es geht immer weiter, und irgendwann lässt der Schmerz nach. Man hat kein schlechtes Gewissen mehr, wenn man sich beim Lachen ertappt, sondern freut sich an den schönen Erinnerungen.«

»Ich hab das nie geschafft«, sagte ich, eher zu mir selbst als zu Reed, aber natürlich hörte er es.

»Wahrscheinlich weil du nie einen echten Abschluss hattest. Du weißt bis heute nicht, was aus deiner Mutter geworden ist, weißt bis heute nicht, wer dein Vater ist. Das ist wie eine riesige Wunde, die nie vernarben kann, weil sie immer noch eitert.« In seinen blauen Augen spiegelte sich wieder so viel Mitgefühl, als erspürte er mein

Leid. Vermutlich war es so. Umgekehrt funktionierte es ja auch. Und vor allem hatte er mit seiner Diagnose den Nagel voll auf den Kopf getroffen.

»Dann wird sie wahrscheinlich für immer eitern, denn wie soll ich heute noch etwas herausfinden?«

»Warum bist du zurück nach Port McNeill gekommen?«, überraschte er mich mit einer völlig unerwarteten Frage. »Ich meine, du hättest doch fast überall einen Job bekommen, oder? Warum also an den Ort zurückkehren, der dir nichts als Unglück gebracht hat?«

Ich wand mich ein wenig. Die Wahrheit klang viel zu seltsam. Aber andererseits, wer außer Reed würde sie verstehen? »Wegen der Wale«, sagte ich also, als würde das alles erklären.

Reed dachte ein Weilchen nach. »Dann haben dir die Wale also geflüstert, dass du zurückkommen sollst?«, fragte er vollkommen ironiefrei und aufrichtig.

»Ich weiß, es hört sich total dämlich an und ...«

»Ich finde das absolut nachvollziehbar«, unterbrach er mich ernst. »Yaku hat dich nicht ohne Grund als Walfrau bezeichnet. Er weiß Dinge, von denen ich keine Ahnung habe. Und ich bin überzeugt davon, dass auch du eine besondere Beziehung zu den Orcas hast. Und ich bin auch überzeugt davon, dass Wale viel mehr wissen, als wir denken. Vielleicht haben sie an eine versteckte Stelle in deinem Unterbewusstsein appelliert, weil du zurückkehren musstest, um Frieden mit deiner Vergangenheit zu machen? Oder um mich zu treffen? Vielleicht ist es Karma, Schicksal, göttliche Fügung oder die Weisheit der Wale, aber ich bin sicher, es ist kein Zufall, dass wir uns begegnet sind, Kiona«, sagte er eindringlich.

»Du meinst das wirklich ernst«, stellte ich voller Verblüffung fest.

»Natürlich meine ich das ernst! Es gibt vieles, was ich nicht verstehe, aber ich habe gelernt, gewissen Zeichen zu vertrauen.«

»Und den Walen«, fügte ich hinzu.

»Und den Walen«, bestätigte er.

»Oh Mann, wenn uns jetzt jemand hören könnte ...«

»Schau mal«, er deutete aufs Wasser, und tatsächlich konnte ich zwei der typischen sichelförmigen schwarzen Finnen entdecken. Einen Moment später sprang einer der Schwertwale hoch und ich hätte schwören können, dass er dabei zu uns sah.

»Verrückt«, murmelte ich und hatte wirklich große Mühe, die Ereignisse und Erkenntnisse der letzten Stunden zu verarbeiten.

»Gar nicht. Höhere Weisheit«, behauptete er wieder mit einem spitzbübischen Lächeln. Dann drehte er sich zu mir und küsste mich, als wollte er jeden Zweifel in mir auflösen – was auch fast gelang.

»Du denkst also, ich sollte noch einmal nachforschen, was damals passiert ist?«, fragte ich zaghaft.

»Ich würde auf jeden Fall noch einmal zur Polizei gehen. Wenn deine Mutter Opfer eines Gewaltverbrechens wurde, dann ist das immer noch eine Straftat, die geahndet werden sollte. Und falls sie tatsächlich einfach abgehauen ist, wird sie auch Spuren hinterlassen haben. Kein Mensch verschwindet einfach so. Seit drei Jahren gibt's hier einen neuen Polizeichef. Er ist der Vater von Grace' bester Freundin Becky. Josh Parker ist zwar ein genauso penetranter Klugscheißer wie seine Tochter, aber auch genauso pedantisch. Und es wird ihm eine Freude sein, etwaige Schlampereien oder bewusste Verschleierungen seines Vorgängers aufzudecken. Und was die Identität deines Vaters angeht, solltest du vielleicht noch mal mit Freundinnen deiner Mutter sprechen. Da wird es doch wohl noch ein paar geben. Vielleicht wissen die doch mehr als gedacht? Oder du setzt einen Privatdetektiv auf die Sache an. Egal was, es gibt in meinen Augen auf jeden Fall Ansatzmöglichkeiten.«

Ich nickte. Das klang absolut logisch, und einen süßen Moment lang erlaubte ich mir neue Zuversicht. Vielleicht würde ich etwas herausfinden, und ganz vielleicht konnte ich dann sogar meinen Frieden mit der Sache machen. Irgendwann.

Ollies freudiges Bellen schreckte mich aus meinen Gedanken. Der Hund hatte die ganze Zeit neben uns im Sand gelegen und an einem Ast herumgekaut. Nun stand er wedelnd da und sah zu einer Gestalt, die ungefähr zwanzig Meter hinter uns war und nun eilig in Richtung Straße lief. Ich war mir fast sicher, dass es sich dabei um Becky Parker handelte. Grace' Busenfreundin hatte Reed und mich ziemlich sicher beim Knutschen ertappt.

Ich sprang auf und wollte ihr schon hinterherrennen, doch Reed hielt mich auf. »Lass es gut sein.«

»Aber sie wird es brühwarm Grace erzählen!«, rief ich. »So sollte sie es nicht erfahren. Schon gar nicht, wo noch nicht mal sicher ist, ob ...«

»Ich bin mir absolut sicher«, entgegnete er und legte mir beide Hände auf die Schultern. »Ich bin mir nie im Leben bei einer Sache sicherer gewesen als mit dir.« Sein eindringlicher Blick bohrte sich tief in meine Seele, als wollte er um jeden Preis sichergehen, dass ich ihn verstand.

Ich schluckte. Wollte etwas sagen, doch ich fand kein passendes Wort. Stattdessen nickte ich nur und rettete mich wieder in die Sicherheit seiner Arme.

ANPASSUNGSSCHWIERIGKEITEN

»DAS HAUS SIEHT ANDERS AUS ALS AUF DEN BILDERN IM Fotobuch«, stellte ich fest, als wir von unserem Strandspaziergang zurückgekehrt waren. Es war mein erster Satz seit Reeds verstörend-berauschendem Statement, dass er sich absolut sicher sei mit uns beiden. Auf dem ganzen Rückweg war ich in meinen Gedanken gefangen gewesen, in einer Mischung aus Hoffnung, Zweifel und Angst. In Kombination mit den Ereignissen aus Reeds Vergangenheit und meiner eigenen war das verdammt anstrengend, und ich fühlte mich vollkommen erschöpft.

Das Haus erschien mir auch diesmal wieder wie ein sicherer Hafen, der mich in Empfang nahm und schützte. So ein Gefühl hatte ich noch nie bei einem Gebäude gehabt, und doch war es nicht zu leugnen. Ich fühlte mich hier spontan mehr zu Hause als in meiner eigenen Wohnung.

»Grace und ich haben es vor zwei Jahren komplett umgestaltet«, erklärte mir Reed, während er mir aus der Jacke half und sich selbst aus seinen Boots und der feuchten Jacke schälte. »Es fing damit an, dass Gracie keine Lust mehr auf ihr Prinzessinnen-Kinderzimmer hatte. Das haben wir uns auch zuerst vorgeknöpft und dann nach und nach das ganze Haus renoviert. Wir haben erst aufgehört, als alles so war, wie es uns gefiel. Ich muss wohl nicht erwähnen, dass die Farbgestaltung in ihre Zuständigkeit fiel.« Er zwinkerte mir zu. »Darf ich dir jetzt die ganze Tour verpassen oder sollen wir uns erst ein bisschen vorm Kamin aufwärmen?«

»Kamin klingt toll«, murmelte ich und merkte erst jetzt, wie durchgefroren ich wirklich war.

Ich kuschelte mich in eine Sofaecke und beobachtete Reed, während er im Kamin ein Feuer entzündete. Dann verschwand er in die Küche und kam wenige Minuten später mit dampfenden Tassen voll heißer Schokolade zurück.

»Danke.« Ich probierte einen Schluck der cremigen Köstlichkeit, die absolut himmlisch schmeckte. Was auch sonst? »War es nicht schwer, dass ihr mit der Renovierung auch Emilys Spuren getilgt habt?«

»Emily wohnt schon lang nicht mehr in diesem Haus, sondern nur noch in unseren Herzen. Und da wird sie auch für immer bleiben. Ich brauche keine Einrichtungsgegenstände, um mich an sie zu erinnern. Außerdem hängen genügend Fotos von ihr herum, so dass wir sie gar nicht vergessen können. Aber für uns war es ein wichtiger Schritt hin zu einem Neuanfang, denn jetzt ist es einfach unser Haus ...« Er trank nun selbst einen Schluck von der heißen Schokolade und ließ seinen Blick durch den Raum schweifen. Dann grinste er. »Sie hätte die kräftigen Farben gehasst. Emily war total auf Beige, Weiß und Hellblau abonniert. Sie hat das ›Hamptons Chic‹ genannt. Als Kelly, also Emilys Mom, zum ersten Mal nach der Renovierung bei uns zu Besuch war, hat sie so gelacht und sich mit über unsere Villa Kunterbunt gefreut.«

»Ich finde es absolut großartig. Es wirkt so lebendig und passt perfekt zu euch.« Und es passt perfekt zu mir, dachte ich, traute mich aber nicht, es laut auszusprechen. Es war mir unheimlich, dass ich mich hier dermaßen wohlfühlte.

»Schön, dass es dir gefällt. Ich hatte gehofft, dass du dich bei uns wohlfühlst.« Reed stellte seine Tasse auf dem flachen Couchtisch ab, der aussah, als sei er aus Treibgut vom Strand gebaut worden. Dann nahm er mir auch meine Tasse ab und zog mich so an sich, dass wir nebeneinander, oder besser gesagt, halb übereinander auf dem breiten, weichen Sofa lagen. Er zupfte eine kuschelige Decke von der Rückenlehne und warf sie mit einer lässigen Handbewegung über uns, so dass ich mich wieder einmal wie in einem sicheren Kokon fühlte, in dem mir rein gar nichts Schlimmes zustoßen konnte.

Ich legte meinen Kopf auf seine Brust, atmete die betörende Duftmischung aus Schafwolle, Meer und Reed ein und lauschte seinem gleichmäßigen Herzschlag, während er mich einfach nur festhielt und mir leicht über den Rücken streichelte. Wie machte er das bloß? Zu wissen, was ich in diesem Moment am dringendsten brauchte?

Langsam beruhigten sich meine aufgeregten Gedanken, und ich merkte, wie ich schläfrig wurde. Während der letzten Nacht hatte ich nicht viel Schlaf bekommen, und unsere gegenseitigen Lebensbeichten hatten mich massiv aufgewühlt und angestrengt. Das musste ich alles erst einmal verarbeiten. Er hatte zweifellos recht mit seiner Annahme, dass ich hierher zurückgekehrt war, um mehr über meine Mutter und vielleicht sogar über meinen Vater herauszufinden. Mir war es bis eben nicht wirklich bewusst gewesen, aber ganz sicher war das der wahre Grund. Doch das hatte Zeit. Mir fielen die Augen zu, und ich schlief ein.

Wach wurde ich von leisem Schnarchen, das jedoch nicht von Reed stammte. Der war wach und lächelte mich an, als ich verschlafen zu ihm hochsah.

»Hat Ollie, die alte Schnarchnase, dich geweckt?«, wollte er wissen und küsste mich auf die Stirn.

»Hm«, brummte ich. Zu mehr war ich noch nicht in der Lage. Ich fühlte mich ziemlich groggy. »Wie lange habe ich geschlafen?«

»Zwei Stunden«, antwortete er amüsiert. »Ich ein paar Minuten weniger. Ollies Turbosäge hat mich geweckt. Ist dir noch kalt?«

Ich schüttelte den Kopf, so gut es in der Position eben ging. Kalt war mir wirklich nicht mehr. Ganz im Gegenteil. Ich fühlte mich wie eine weiche, knochenlose, hingegossene Hülle. Ein seltsames Gefühl, aber nicht unangenehm. Ganz und gar nicht unangenehm. Je länger ich über meine ungewohnte Anschmiegsamkeit nachdachte, desto mehr fielen mir Reeds ausgeprägte Konturen auf. Sein breiter, massiver Oberkörper, der bis auf die etwas weichere Bauchregion vor allem aus Muskeln bestand. Kein Wunder, wo er doch ständig mit reiner Armkraft übers Meer paddelte. Auch seine langen Beine waren muskulös und wirkten so stabil wie Bäume, die auch den stärksten Stürmen trotzen konnten. Und als er nun ein wenig seine Position veränderte, so dass wir mehr oder weniger Bauch an Bauch dalagen, bemerkte ich noch etwas anderes. Etwas ziemlich Hartes, das mich noch weiter verflüssigte. Meine Schläfrigkeit war mit einem Mal wie weggeblasen und ich dachte an den Morgen bei mir zu Hause, als wir wegen vermeintlichen Kondommangels nicht hatten weitermachen können.

»Ich glaube, ich würde mir jetzt gerne den ersten Stock ansehen«, raunte ich ihm ins Ohr und hoffte einfach, dass sich sein Schlafzimmer dort befand und nicht etwa in dem einzigen Raum im Erdgeschoss, den ich noch nicht kannte.

»Ich dachte schon, du fragst nie.« Er grinste frech, schleuderte die Decke weg und riss mich so ungestüm vom Sofa hoch, dass mir ein bisschen schwindlig wurde.

»Hui, du hast's aber eilig«, kicherte ich und klammerte mich haltsuchend an ihn.

»Du ahnst ja gar nicht, wie sehr.« Allein seine raue, tiefe Stimme an meinem Hals jagte Vibrationen durch meinen Körper, wie es keines meiner elektrischen Spielzeuge vermochte, und mein Schwindelgefühl verstärkte sich noch mehr.

Reed merkte es, hob mich hoch, als sei ich ein Federgewicht, und trug mich die Treppe hinauf und direkt in sein Schlafzimmer. Das war nicht so schrill bunt wie das restliche Haus, sondern wirkte urig wie eine Holzhütte in den Bergen. Die Wand hinter dem Bett war mit Holz verkleidet, die restlichen Wände in einem dezenten Grauton gestrichen. Auch das riesige Boxspringbett war grau und hatte ein gepolstertes Kopfteil aus grau kariertem Flanellstoff mit wenigen roten und gelben Elementen. Ich bewunderte innerlich erneut seinen guten Geschmack, doch dann kam ich nicht mehr dazu, über das anspruchsvolle Interior Design nachzudenken, denn Reed legte mich aufs Bett, das – natürlich! – auch himmlisch bequem war, und küsste mich um den Verstand.

Kleidungsstücke flogen durchs Zimmer, Hände eroberten weiche Haut und harte Muskeln, Lippen folgten ihnen und bedeckten langsam jeden Quadratzentimeter des anderen. Ich hätte nie gedacht, dass nach der letzten Nacht noch Steigerungen möglich waren, doch ich wurde eines Besseren belehrt. Rauschhafte Gier und unbändige Lust wurden nun von einem derart überwältigenden Gefühl der Liebe begleitet, dass ich mir wünschte, die Zeit könnte in exakt diesem Moment stillstehen.

Ich war kurz vor dem Orgasmus, als er plötzlich in seinen Bewegungen innehielt und mich ansah. Seine klaren blauen Augen schwappten fast über vor Gefühl, und sein Blick glitt so voller Liebe über mein Gesicht, dass mir schon wieder die Tränen kamen. Ich fühlte ihn so tief in mir. Nicht nur körperlich, sondern auch seelisch. Er hatte jede Faser von mir in Besitz genommen – und umgekehrt. »Ich liebe dich«, wisperte ich leise. Diesen Satz hatte ich zuletzt als kleines Mädchen zu meiner Mom gesagt, aber noch nie zu einem Mann. Einfach weil es immer eine Lüge gewesen wäre.

»Und ich liebe dich«, sagte er ebenso leise, aber er hätte es auch nur denken müssen, ich hätte ihn trotzdem gehört. Dann bewegte er sich wieder und trieb mich mit langsamen Stößen der Klippe entgegen, über die ich mich voll Ekstase stürzte – weil ich wusste, er würde mich unten wieder auffangen.

REED

Gab es vollkommenes Glück? Falls ja, dann war das mit Kiona verdammt nah dran – und ich hoffte, nein, ich wusste, dass es mehr war als nur ein irrer Hormonrausch durch den wirklich phänomenalen Sex. Ich hatte so etwas noch nie erlebt. Mit Emily war es ganz anders gewesen. Kein Wunder. Wir waren Teenager gewesen, rasend ineinander verliebt, verspielt und unternehmungslustig wie zwei wilde Welpen. Wir hatten alles miteinander geteilt. Den ersten Kuss, das erste Mal, genau genommen viele erste Male, denn wir hatten fast alles ausprobiert, was uns in den Sinn gekommen war. Wir waren gemeinsam erwachsen geworden, hatten eine Familie gegründet und zusammen gearbeitet. Wir waren eine innige Symbiose eingegangen – waren aber zwei völlig unterschiedliche Charaktere gewesen, in so vielen Dingen unterschiedlicher Meinung und Auffassung, dass es uns fast unheimlich vorkam, wenn wir mal im Gleichklang schwangen. Das war irre aufregend gewesen, keine Sekunde langweilig, unfassbar beglückend – aber auch unglaublich anstrengend.

Mit Kiona dagegen? Der Begriff der Seelenverwandtschaft war so fürchterlich abgedroschen, und doch war es der beste Erklärungsansatz, den ich hatte. Sie war wie ein Teil von mir und ich wie einer von ihr. Ich wusste instinktiv, was sie fühlte und was sie brauchte – und ich war mir sicher, dass es ihr genauso ging. Es war gleichzeitig vollkommen mühelos und spektakulär intensiv – und absolut einzigartig. Ich hatte nicht viel Erfahrung mit Beziehungen, aber mir war klar, dass ich Kiona nie wieder gehen lassen würde. Sie nicht gehen lassen konnte.

Mein Telefon klingelte, doch es lag unten im Wohnzimmer, und ich fühlte mich nicht in der Lage, jetzt aufzustehen und den Anruf entgegenzunehmen. Was immer es war, es konnte warten.

Die fahle Wintersonne schien durch das Fenster und zauberte Lichtreflexe auf Kionas makellose Haut und ihre schimmernden, glatten schwarzen Haare. Sie hatte die Augen geschlossen, aber ein leichtes Lächeln umspielte ihre weichen Lippen, die mich von einer Sekunde zur anderen in den Wahnsinn treiben konnten. Ich fasste es nicht, wie schön sie auch an der Oberfläche war, doch das war im Grunde vollkommen egal. Es war ihre innere Schönheit, ihre unglaubliche Stärke und ihre große Verletzlichkeit, die mich vom ersten Moment an angezogen hatte. Aber da war auch noch diese dunkle Masse in ihr, Trauer, Wut und Schmerz, die ihr zusetzten und einen harten Kampf mit dem inneren Leuchten ausfochten. Das waren keine düsteren Dämonen, wie sie viele Menschen heimsuchten, das war eine real existierende Bedrohung. Ich hoffte von Herzen, dass sie sich dieser dunklen Seite stellen und sie bekämpfen konnte. Und auch, dass ich ihr dabei helfen durfte.

Mit Zeige- und Mittelfinger strich ich ihr ganz leicht über den Hals, die Schulter, das Schlüsselbein und umkreiste schließlich eine wohlgeformte Brust, die genauso perfekt war wie der Rest von ihr. Sie öffnete die Augen, und aus dem sanften Lächeln wurde ein breites, leicht ungläubiges Grinsen.

»Das ist jetzt nicht dein Ernst, oder?«

»Was?«, fragte ich unschuldig und streichelte auch die zweite Brust, der die Behandlung zu gefallen schien.

»Du willst doch nicht etwa behaupten, dass du schon wieder kannst?« Sie rollte sich auf die Seite, so dass sie mich ansehen konnte. Das Licht umrahmte jetzt ihr Gesicht und wirkte fast wie ein Heiligenschein.

»Ich behaupte gar nichts, und ich fürchte, ich brauche wirklich eine kleine Pause«, sagte ich. Oder auch eine größere, fügte ich in Gedanken hinzu, denn ich war derart tiefenentspannt, dass ich auf absehbare Zeit zu keiner nennenswerten Aktion in der Lage sein würde. »Aber ich bekomme nicht genug von dir. Ich würde dich am liebsten den ganzen Tag berühren, streicheln, küssen, liebkosen oder einfach nur im Arm halten.«

»Geht mir ähnlich«, schnurrte sie und kuschelte sich näher. Ich liebte es, wie sie ihren Kopf auf meine Brust legte und mit der Hand meinen Oberkörper streichelte. Nicht aufreizend, sondern einfach nur liebevoll. »Wenn man ein Kissen kreieren könnte, das deinen Herzschlag, deinen Geruch und die Textur deiner Haut simuliert, könnte man ein Vermögen verdienen«, murmelte sie.

»Für ein Sextoy wären andere Körperteile vielleicht besser geeignet«, entgegnete ich amüsiert.

»Ich spreche nicht von Sextoys, sondern vom ultimativen Beruhigungsmittel. Du hast doch selbst gesagt, wie gut sich deine Tochter entspannen konnte, wenn sie auf deinem Bauch lag. Mir geht es ganz genauso. Wahrscheinlich bin ich schon nach wenigen Stunden absolut süchtig danach.«

Ich war mir nicht sicher, wie ich die Bezeichnung »Beruhigungsmittel« finden sollte, aber ich wertete es als Kompliment. Und tatsächlich machte es mich ähnlich glücklich, Kiona an mir zu spüren, wie damals die kleine Baby-Grace. Wobei sich dieser Satz schon in meinem Kopf seltsam anhörte, also behielt ich ihn lieber für mich und kommentierte lieber einen anderen Aspekt ihrer Aussage: »Ich hoffe, dass diese Sucht nie aufhören wird, denn nur mit dir an meiner Seite fühle ich mich vollständig.«

Sie richtete sich auf und sah mir in die Augen. »Du weißt schon, wie unfassbar cheesy das eben war?« Sie schüttelte leicht den Kopf. »Ernsthaft, bei jedem anderen würde ich jetzt schreiend aus dem Bett springen und das Weite suchen.«

»Warum nicht auch bei mir?«

Sie zuckte mit den Schultern und ließ sich dann wieder auf mich sinken. »Wahrscheinlich, weil es mir genauso geht«, nuschelte sie mir ins Brusthaar. Zumindest meinte ich, es so verstanden zu haben.

»Findest du das schlimm?«

»Erstaunlicherweise nicht. Im Moment finde ich es einfach nur wunderschön.« Sie seufzte. »Aber es kann natürlich sein, dass ich es nur so empfinde, weil ich derart mit Endorphinen geflutet bin, dass ich nicht klar denken kann.«

»Dann werde ich dafür sorgen, dass es dir ab sofort immer so geht«, kündigte ich an und schlug die Decke über uns. Glück und Liebe waren irgendwie verdammt anstrengend.

Als wir erwachten, war es vollkommen dunkel. Diesmal war es Kiona, die mich weckte. »Dein Telefon klingelt«, murmelte sie mir verschlafen ins Ohr.

Ich rappelte mich mühsam hoch und sah auf den Wecker. Kurz nach sieben Uhr abends. »Das hat vorhin auch schon mal geklingelt. Ich werde wohl nachschauen müssen.« Ich gähnte herzhaft und streckte mich. Dann hörte ich ein anderes Geräusch. »War das eben dein Magen, der geknurrt hat?«

»Ich fürchte ja«, gab sie leicht verlegen zu und legte eine Hand auf ihren flachen Bauch.

»Was hältst du davon, wenn ich aufstehe, eine kurze Runde mit Ollie drehe und uns dann eine Pizza besorge? Die wir im Bett essen?«

»Das klingt nach einem ziemlich tollen Plan!« Sie strahlte mich an und räkelte sich genüsslich unter der Decke.

»Gut, dann machen wir es so.« Ich küsste sie, stand auf und angelte mir meine Klamotten zusammen, die verstreut ums Bett herumlagen. Genau wie die ihren, die ich ebenfalls aufsammelte und ordentlich über einen Stuhl legte.

»Du bist wirklich sehr häuslich«, kommentierte sie lächelnd.

»Ertappt.« Ich grinste. »Wenn du dir was überziehen möchtest, bedien dich in meinem Schrank. Da findest du Shirts, Hemden und Hoodies. Ich will nicht, dass du frierst, wenn ich weg bin. Und im Bad ist alles, was du sonst noch brauchen könntest. Ich behaupte mal, dass Grace mit allem ausgestattet ist, was ein Frauenherz höherschlagen lässt. Zumindest ein dreizehnjähriges ...«

»Daran habe ich keinen Zweifel«, entgegnete sie und kuschelte sich tiefer unter die Decke.

»Bist du sicher, dass du allein klarkommst?« Ich wunderte mich über mich selbst, weil ich so besorgt klang. Warum sollte Kiona nicht eine halbe Stunde lang ohne mich zurechtkommen?

»Ganz sicher. Aber falls *du* nicht ohne *mich* klarkommst, würde ich dich auch begleiten«, kam prompt die verdiente Replik, garniert mit einem zuckersüßen, aber frechen Lächeln und einem Zwinkern, das haarscharf am Augenrollen vorbeischrammte.

»Mach dich nur lustig über einen verliebten Idioten wie mich«, sagte ich kopfschüttelnd, beugte mich zu ihr hinunter und küsste sie ein letztes Mal, ehe ich endgültig das Schlafzimmer verließ. Im Erdgeschoss wurde ich von einem vergnügten Ollie begrüßt, der es aber offensichtlich eilig hatte, rauszukommen. Schnell schlüpfte ich in Boots, Jacke und Mütze, schnappte mir mein Geld und mein Handy und ging mit dem Hund nach draußen. Meine Idee war, direkt in Richtung Pizzeria am Hafen zu laufen, dort eine bunt, aber vegetarisch belegte Familienpizza zu ordern, dann wieder heimzugehen und rasch mit dem Auto zurück zum Restaurant zu fahren, um die heiße Pizza abzuholen und auch heiß nach Hause zu bringen. Eine Routine, die ich häufiger so abspulte, denn Grace war ebenfalls ein großer Pizzafan.

Auf dem Weg nahm ich mir mein Handy vor. Zwei Anrufe sowie diverse Sprach- und Textnachrichten von Grace, Kelly und Nora lagen vor. Offensichtlich hatte Becky Kiona und mich heute Vormittag am Strand tatsächlich in flagranti beim Knutschen erwischt, ein Foto davon geschossen und nichts Besseres zu tun gehabt, als es Grace zu schicken. Ich verfluchte die selbstgerechte kleine Göre, die als Tochter unseres örtlichen Ober-Mounties einen unangemessenen Drang hatte, »Dinge aufzudecken«. Gracies erste Nachricht vom frühen Nachmittag war noch ganz euphorisch gewesen. Offensichtlich war die Vampir-Tour der absolute Hammer gewesen und sie hatte irgendwas Tolles am Strand gefunden. Bei ihrem zweiten Anruf, vor einer guten Stunde, hatte sie mir jedoch schluchzend und fassungslos unzusammenhängende Dinge auf die Mailbox gestammelt, denen ich aber klar entnehmen konnte, dass sie mein Verhalten unmöglich fand. Die Sprachnachrichten stammten von Nora, die mir – etwas verständlicher, aber auch drastischer formuliert – Ähnliches vorwarf. Zuletzt gab es noch zwei Textnachrichten von Kelly, die eher amüsiert klangen, in denen sie aber um klärende Worte für die jungen Damen bat.

Fuck! Fuck! Fuck!! Ich fluchte leise vor mich hin, aber dann versuchte ich es bei Grace. Sie drückte mich weg, so dass ich auf ihrer Mailbox landete. »Sweetheart, ich verstehe, dass du sauer und verletzt bist, aber ich erkläre dir alles morgen, wenn ich dich abhole. Ich hab dich lieb, mein Schatz. Mach dir nicht zu viele Gedanken, sondern freu dich lieber an deinem tollen Abenteuer.« Wahrscheinlich würde ich für diesen Kommentar den nächsten Einlauf bekommen, doch das war irgendwie auch schon egal.

Meiner kleinen Schwester schickte ich eine Sprachnachricht: »Deinen göttlichen Zorn in allen Ehren, Sis, genau wie deine Sorge um deine Nichte, aber schalt jetzt bitte mal zwei Gänge zurück. Ich habe Grace gerade eine Nachricht hinterlassen und erkläre ihr alles morgen.«

Schließlich tippte ich auch noch eine Textnachricht an Kelly:

> Sorry für das Chaos, das ich dir ans Bein gehängt habe. Ich hoffe, die Mädels kriegen sich wieder ein. Morgen erkläre ich alles. Hab einen schönen Abend, und alles Liebe, Reed.

Ollie trottete unbeeindruckt neben mir her, schnüffelte hier und da und machte sich beneidenswerterweise keine Sorgen um irgendwas. Ich beschloss, ihn mir zum Vorbild zu nehmen und die Tochter- und Schwesterdramen wenigstens bis morgen Mittag zu ignorieren. Ich hatte schließlich ein Recht auf ein bisschen Glück, und damit würden meine Tochter und meine kleine Schwester klarkommen müssen.

Als ich eine halbe Stunde später mit der Pizza nach Hause kam, wollte ich keine Silbe über die Aufregung in Tofino verlieren. Kiona erwartete mich lesend auf dem Sofa. Sie hatte sich ein weiches Flanellhemd von mir und dicke, von Kelly gestrickte Socken übergezogen und sah wahnsinnig sexy aus. So sexy, dass ich für einen Moment meine Hungergefühle vergaß. Bei meinem Anblick runzelte sie jedoch die Stirn und fragte mich ohne Umschweife: »Gibt's Probleme?«

»Keine nennenswerten«, winkte ich ab. »Was machst du hier unten? Ich dachte, wir essen im Bett?«

»Ich weiß ja nicht, wie du das siehst, aber Brösel zwischen den Laken sind nicht so meins.« Sie zog eine kleine Grimasse und grinste dann. »Ich war so frei und habe mich an deinem Getränkevorrat bedient. Der Rotwein ist wirklich sehr lecker.« Sie deutete auf das Glas, das vor ihr auf dem Couchtisch stand. »Ich hoffe, das war okay?«

»Mehr als okay!« Ich freute mich, dass sie sich schon so heimisch fühlte. »Rotwein trinkt hier in der Regel nur Connor, wenn er zu Besuch ist, aber heute gönn ich mir auch ein Glas.«

»Kein Weintrinker?«, fragte sie, während sie mir das zweite Glas einschenkte.

»Normalerweise ist mir Bier lieber, aber heute mach ich eine Ausnahme.« Ich versorgte noch schnell Ollie mit seinem Abendessen, ehe ich mit der Pizzaschachtel auf die Couch zurückkehrte. Dann nahm ich mein Glas und prostete ihr zu. »Auf uns!«

»Auf uns«, entgegnete sie und wirkte einen Moment lang, als wollte sie noch etwas hinzufügen. Doch sie verkniff sich glücklicherweise jede Relativierung und trank einen Schluck Wein.

TOFINO, VANCOUVER ISLAND, 24. JANUAR – REED

Ollie wuffte und riss mich aus meinen Gedanken. Ich war vor knapp zehn Minuten im Hafen von Tofino gelandet und konnte mich nicht zum Aussteigen aufraffen. Die letzten beiden Tage waren derart emotional und intensiv gewesen, dass ich mich dem Alltag nicht wirklich gewachsen fühlte. Ein Alltag, der mich gleich mit zwei hormongesteuerten kleinen Furien konfrontieren würde: meiner pubertierenden Tochter und meiner schwangeren Schwester. Während Erstere mich seit meinem Anruf gestern geflissentlich ignorierte und mich heute schon zweimal weggedrückt hatte, war Letztere im vollen Axtmördermodus.

Ich verstand, dass die beiden sauer auf mich waren, denn es war wirklich saublöd gelaufen – dass uns ausgerechnet Becky gestern am Strand erwischt und nichts Besseres zu tun gehabt hatte, als es brühwarm und zweifellos dramatisch aufgebauscht an Grace weiterzutratschen. Aber trotzdem wusste ich, dass ich keinen Fehler gemacht hatte. Ich hatte mich verliebt. Das war einfach passiert, und ich hatte nicht vor, mich dafür bei irgendjemandem zu entschuldigen. Nicht bei meiner Tochter und schon gar nicht bei meiner kleinen Schwester. Wenn überhaupt, dann am ehesten noch bei Kelly, doch ich war mir sicher, dass sich meine Schwiegermutter von Herzen für mich freuen würde.

Ich hatte Kiona gestern Abend natürlich doch noch von der Aufregung meiner Mädels erzählt, und sie war ziemlich betreten gewesen. Für sie war die Situation vermutlich noch viel schwieriger als für mich, weil sie Grace ja auch noch unterrichten musste. Trotzdem war ich mir sicher, dass sich dafür eine Lösung finden würde. In Port McNeill gab es nur diese eine Schule, und viele Kinder wurden von nahen Verwandten oder Bekannten unterrichtet. Das würde sich alles einpendeln. Grace musste sich einfach erst einmal an den Gedanken gewöhnen.

Kiona teilte meinen Optimismus nicht so ganz, aber sie sah auch ein, dass es keine Alternative gab. Zumindest keine gute. Sollten wir warten, bis Grace in vier Jahren ihren Abschluss machte und vielleicht zum Studieren wegging? Für mich war das keine Option. Es war Kiona sichtlich schwergefallen, heute Vormittag das Haus zu verlassen – mir auch –, aber ich hoffte, dass sie sehr bald wiederkam. Idealerweise für immer. In dem Moment, als wir aus dem Haus getreten waren, war Connor mit seinem riesigen Geländewagen vorgefahren. Der Blick, den er mir aus dem Auto zugeworfen hatte, war einmalig gewesen – unverhohlene Verblüffung, gefolgt von einem breiten Grinsen. Ich schätzte mal, dass ich Sekunden später ebenso aus der Wäsche geguckt hatte, als nämlich Liam MacAlpine an der Beifahrerseite ausgestiegen war – mit charmant geröteten Wangen. Hatte ich also recht gehabt mit meiner These, dass die beiden zusammen waren. Ich hätte das gerne vertieft, doch ich war spät dran gewesen und hatte rasch zum

Hafen gemusst, um nach Tofino zu fliegen. Aber ich hatte mich mit einem demonstrativen Kuss von Kiona verabschiedet, die in ihre Werkstatt hatte gehen wollen, um sich ein wenig mit ihrer Kunst abzulenken.

Ollie sah mich nun an wie die fleischgewordene Anklage. Er hatte resigniert seinen Kopf auf mein Bein gelegt und seufzte schlimmer als ich. »Du hast ja recht. Ich sollte nicht so feige sein und mich dem Zorn der Damen stellen.« Ich befreite den Hund von seinem Brustgeschirr und löste endlich auch meinen Sicherheitsgurt, dann öffnete ich die Tür. Ollie drängelte sich gleichzeitig mit mir raus, und ich stolperte prompt über ihn und machte mich auf dem Steg des Anlegers lang. Super. Was für ein Auftritt!

»Probleme mit dem Gleichgewichtssinn, Reed? Wenn das so weitergeht, kannst du bald keine Touren mehr zu den Walen machen.« Elliot Graham stand breitbeinig am Anleger gegenüber und lachte sich halb tot über seinen Scherz. Was machte der Idiot eigentlich schon wieder hier? Schließlich war sein Hauptsitz in Victoria, und außerdem war es Sonntag und überhaupt. Vermutlich bedrängte er schon wieder unsere Kollegen, doch an ihn zu verkaufen.

»Mach dir mal keine Sorgen um mich«, entgegnete ich mit forcierter Lässigkeit und ließ mir nichts anmerken. Weder dass ich mich über ihn ärgerte noch dass mir mein Knie von dem Sturz wehtat.

»Ich sorge mich immer um geschätzte Kollegen, weißt du?«, kam es heuchlerisch zurück. »Und ich helfe, wo ich kann. Wenn ich also was für dich tun kann, sag Bescheid.«

Du könntest aufhören, dich wie eine Heuschrecke zu benehmen, dachte ich, sprach es jedoch nicht aus.

Dadurch würde er nur merken, wie erfolgreich seine Zermürbungstaktik war. »Nicht nötig, Elliot, aber danke«, sagte ich stattdessen, so höflich es mir eben möglich war. »Wenn du mich jetzt entschuldigst, ich habe zu tun.«

»Deine kleine Schwester ist ein ganz schönes Früchtchen«, rief er mir noch hinterher, doch ich ignorierte die Provokation und tat so, als hätte ich es nicht gehört. Allerdings konnte ich mir lebhaft vorstellen, wie Nora ihm in wenig charmanten Worten die Meinung geigte. Bei der Vorstellung musste ich grinsen und machte mich mit etwas besserer Laune auf den Weg zum Haus. Ich hatte darauf verzichtet, mich von Kelly abholen zu lassen, und ging zu Fuß. So hatte ich noch ein paar Minuten Aufschub und Ollie wenigstens etwas Bewegung, denn der war heute bisher ziemlich zu kurz gekommen.

Als ich das Haus erreichte, war es seltsam ruhig. Nur Kelly war da, von den anderen keine Spur. Wir begrüßten uns mit einer herzlichen Umarmung und Wangenküssen, dann bat sie mich hinein.

»Wo sind die Mädels?«, fragte ich.

»Die sind mit Cooper an den Strand gegangen und planen wohl ihre nächste Eskalationsstufe«, entgegnete sie mit einem leichten Lächeln, doch ich verzog bei der Vorstellung schmerzlich das Gesicht.

»Wirklich so schlimm?«

»Hm.« Kelly zuckte die Achseln.

»Oh Mann«, brummte ich und zog mir die Boots aus.

»Komm rein. Ich hab Brownies gebacken, und den Kaffee lass ich schnell durchlaufen. Ist vielleicht ganz gut, dass die beiden gerade unterwegs sind, dann können wir in Ruhe miteinander sprechen. Ich will nämlich alles über ›die Neue‹ wissen.« Sie zwinkerte mir zu und ich fragte mich, wem genau ich die Luft-Gänsefüßchen zu verdanken hatte.

Ich folgte ihr in die Küche und setzte mich auf meinen Lieblingsplatz am Tisch – direkt am Fenster, mit bestem Blick auf den Strand. Dort saß ich seit meinem ersten Tag bei den Scotts, seit ich vor fast zwanzig Jahren im Sommer als Praktikant bei ihnen angeheuert hatte. »Ich werde dir alles über Kiona erzählen, was du wissen willst«, beeilte ich mich zu sagen. »Aber vorher will ich eines klarstellen: Niemand wird Emily ersetzen können. Niemand wird ihren Platz in meinem Herzen einnehmen können. Und nichts und niemand wird etwas an unserer Beziehung ändern, Kelly. Du, ich und Grace, wir sind eine Familie, und das wird sich niemals ändern.« Ich hatte hastig, aber eindringlich gesprochen, denn mir war wichtig, dass es bei Kelly nicht den Hauch eines Zweifels gab, dass sie immer eine entscheidende Rolle in meinem Leben spielen würde. Ihre Tochter und ihr Mann mochten tot sein, aber sie hatte immer noch mich und ihre Enkelin.

»Das weiß ich doch, mein Schatz«, sagte sie und kam mit einem mütterlichen Lächeln und einer großen Platte voller Brownies zum Tisch. Sie streichelte mir mit einer Hand über die Wange und sah mich ganz offen und liebevoll an. »Ich weiß, dass wir eine Familie sind. Daran habe ich nicht den allergeringsten Zweifel. Aber ich hab dir schon vor Jahren gesagt, dass ich mir für dich eine neue Partnerin wünsche. Natürlich wird diese Frau Emily nicht ersetzen, aber ich hoffe, dass sie dich glücklich machen kann. Emily hätte nichts anderes gewollt.«

»Ich weiß.« Ich lächelte ebenfalls und nahm ihre Hand. »Weißt du, was seltsam ist? Ich habe nicht im

Geringsten ein schlechtes Gewissen Emily gegenüber, sondern weiß einfach, dass sie sich mit mir freuen würde. Ich hatte eine minimale Sorge, was dich angeht, und bin wirklich nervös, was Gracies Reaktion betrifft. Aber mit Emily haben meine Gefühle für Kiona ehrlich nichts zu tun. Das ist unglaublich erleichternd. Ich hatte wirklich Angst davor, dass es anders sein könnte.«

»Deine Kiona muss eine ganz besondere Frau sein«, sagte Kelly und entzog mir ihre Hand, aber nur, um den Kaffee zu holen. »Ich hoffe, ich lerne sie bald mal kennen.«

»Sobald sich die Wogen mit Grace geglättet haben«, versprach ich und schwärmte dann zwanzig Minuten und drei Brownies lang wie ein verliebter Jüngling von der Frau, die mein Herz so überraschend im Sturm erobert hatte. Ich berichtete Kelly auch von Kionas trauriger Vergangenheit und war dankbar für ihr Mitgefühl.

»Das klingt, als wäre sie eine wirklich bemerkenswerte Frau«, sagte sie und nahm nun meine Hand. »Ich freue mich von ganzem Herzen für dich.«

»Danke.« Ich fühlte mich mit einem Mal ganz leicht. Ich hätte nicht gedacht, dass mir gerade Kellys Segen so wichtig war. »Denkst du, ich bekomme Gracie auf Spur?«

»Sie war und ist wirklich sehr aufgebracht und gekränkt«, erwiderte Kelly seufzend. »Nora ist im totalen Löwenmutter-Modus, was einerseits absolut zauberhaft ist, andererseits für eine verdammt explosive Mischung sorgt. Am liebsten würde sie Grace beglucken und vor allem irdischen Elend schützen.«

»Also konkret vor mir und meinen Gefühlen für Kiona«, folgerte ich seufzend.

»Ja. Allerdings hat sie das erheblich drastischer formuliert. Ich weiß, dass dich deine Schwester liebt und sie dir sicherlich dein Glück gönnt, aber ihr hat es wirklich das Herz gebrochen, als sie Grace in ihrer Verzweiflung erlebt hat. Sie ist zu hundert Prozent im Team Grace, und so rührend das auch ist, sie hat Gracies Empfindungen von Verrat und ihre Verlustängste wohl eher noch bestätigt als gelindert.«

»Juhu«, murmelte ich freudlos. »Nora ist eine wundervolle junge Frau, aber mit viel zu viel Fantasie, deutlich zu viel Temperament und vor allem einem viel zu losen Mundwerk ausgestattet.« Natürlich betete Grace ihre Tante wegen genau dieser Eigenschaften an. Wobei es meiner Tochter auch nicht gerade an Fantasie oder Temperament mangelte – den Genen ihrer Mutter sei Dank. Verbal hatte sie sich bislang aber ganz gut im Griff gehabt.

»Das wird schon wieder«, behauptete Kelly optimistisch. »Vergiss nicht, dass sie vor allem deshalb so heftig reagieren, weil du bislang so was wie ein Superheld für sie warst. Es ist gar nicht so leicht zu verkraften, wenn ein Idol plötzlich fehlbar und menschlich wirkt.«

»Ich hoffe, du hast recht.« In diesem Moment sprintete Ollie, der bisher ruhig neben dem Tisch gelegen hatte, zur Tür und stürzte sich gleich darauf begeistert auf seinen Bruder. Grace, Nora und Cooper waren also vom Strand zurück. Als ich jedoch in den Flur kam, war da nur Grace, die mich finster anstarrte.

»Hallo, Sweetheart«, begann ich sachte.

»Was tust du hier?«, fauchte sie mich statt einer Begrüßung an.

»Gracie, ich bin hier, um dich abzuholen, und ich würde dir gern alles in Ruhe erklären«, sagte ich ruhig.

»Dieser Zug ist längst abgefahren, nachdem du mich gestern zum Gespött der ganzen Klasse gemacht hast.«

»Dass ich, ohne dich vorher um Erlaubnis zu bitten, an einem einsamen Strandabschnitt deine Lehrerin geküsst habe, macht dich zum Gespött der ganzen Klasse?« Ich schüttelte den Kopf, aber wahrscheinlich ergab es aus ihrer Perspektive total Sinn. »Lass uns drüber reden«, bat ich und trat einen Schritt auf sie zu.

»Ich hab dir nichts zu sagen«, entgegnete sie kalt und verschränkte abwehrend die Arme vor der Brust. Sie wirkte so anrührend in ihrer trotzigen Wut und gleichzeitig so verwirrt und verletzt, dass ich sie am liebsten einfach in den Arm genommen und ihr so lange »Alles wird gut« ins Ohr geraunt hätte, bis sie sich wieder beruhigte. Doch zum einen kannte ich ihre bemerkenswerte Sturheit und ihren Stolz, und zum anderen wollte auch ich nicht klein beigeben. Grace musste akzeptieren, dass ich wie sie ein Mensch mit Gefühlen war und ebenfalls ein Recht auf Liebe und Respekt hatte.

»Gut, du musst auch nichts sagen. Es reicht, wenn du mir zuhörst. Auf dem Flug nach Hause haben wir Zeit dafür.« Das war gemein von mir, denn sie musste im Flugzeug Kopfhörer tragen, um sich mit mir unterhalten zu können. Wenn sie nicht reden wollte, würde sie einfach zuhören müssen, denn ihre Musik-Playlists hatten zumindest in der Luft Sendepause.

»Wollen wir nicht noch bleiben?«, fragte sie verblüfft, offenbar hatte sie mit einem ausgedehnten Kuchenessen und ausführlichen Entschuldigungen meinerseits gerechnet.

»Nein. Ich habe bereits mit Grandma Kaffee getrunken und ein paar Brownies verputzt. Und da du nicht mit mir reden willst, gibt es keinen Grund, unseren Besuch unnötig auszudehnen. Also hol bitte deine Sachen, dann brechen wir gleich auf.« Ich warf Kelly einen Blick zu, den sie glücklicherweise richtig verstand. Sie nickte aufmunternd.

»Ich pack euch die Brownies für zu Hause ein«, sagte sie und zwinkerte mir zu. Kurz kam mir die Begegnung mit Elliot Graham in den Sinn, aber dieses Fass wollte ich jetzt nicht aufmachen. Darüber würde ich in den nächsten Tagen am Telefon mit ihr sprechen.

Grace schaute fassungslos zwischen mir und ihrer Großmutter hin und her.

»Wo ist eigentlich Nora?«, wollte ich wissen, denn eigentlich hätte ich auch mit ihr gerne einige Worte gewechselt.

»Die will dich nicht sehen und nicht mit dir reden. Und im Gegensatz zu mir darf sie das ja auch.« Damit stapfte Grace wütend die Treppe hoch, um ihren Kram zu holen.

Ich wechselte einen weiteren bedeutungsschwangeren Blick mit Kelly. Mit Nora würde sich alles wieder einrenken, da war ich mir sicher, aber erst musste ich mich um meine Tochter kümmern.

Auf dem Weg zum Hafen hatte Grace erwartungsgemäß ihre Ohrstöpsel eingesteckt und hörte so laut Musik, dass selbst ich noch etwas davon mitbekam, obwohl ich ein paar Meter vorweglief. Pure Provokation, das war sonnenklar, doch ich hoffte, dass ihr Hörvermögen auf dem kurzen Marsch keinen Schaden nehmen würde, und so hielt ich meine Klappe. Glücklicherweise war Elliot inzwischen weg. Auf eine weitere Diskussion mit ihm hatte ich überhaupt keine Lust. Mein kleines Wasserflugzeug hatte sechs Sitzplätze, und Grace verzog sich kommentarlos in den hintersten Winkel. Normalerweise liebte sie es, neben mir zu sitzen und den Ausblick zu genießen, aber wenn sie sauer auf mich war, setzte sie sich nach hinten. Keine Überraschung also. Ich unterdrückte ein Lächeln und deutete mit einer übertriebenen Pantomime erst auf den Gurt, dann auf das Headset mit Kopfhörern und Mikrofon. Sie stöhnte genervt auf, aber weil sie die Regeln kannte, gehorchte sie schließlich.

»Willst du Ollie bei dir haben, oder soll er vorn sitzen?«, fragte ich sie. Ich zog Ollie gerade sein gepolstertes Brustgeschirr an, das er bei Flügen tragen musste. Stellte sich nur noch die Frage, wo der Kerl angegurtet wurde: vorn bei mir oder hinten bei Grace. Doch meine Tochter antwortete nicht, sondern starrte demonstrativ auf ihr Handy. Ich klickte Ollies Gurt bei ihr hinten ein, damit sie moralische Unterstützung hatte – auch wenn ich die selbst sehr gut hätte vertragen können –, und kletterte auf den Pilotensitz. Wenige Minuten später waren wir in der Luft und ich begann mit meiner kleinen Ansprache.

»Mir ist etwas passiert, mit dem ich nicht gerechnet hatte. Etwas, das so außerhalb jeder Reichweite schien, dass ich nicht mal einen Gedanken daran verschwendet habe: Ich habe mich verliebt! Ich hätte nicht gedacht, dass ich das noch einmal erleben darf, dass es nach deiner Mom überhaupt noch einmal eine Frau in meinem Leben geben könnte. Was Mom und ich hatten, war einzigartig, wundervoll und sensationell – und du bist das Ergebnis dieser großen Liebe. Das größte Geschenk für mich. Ich hab dich so lieb, dass es manchmal wehtut, und du warst der wichtigste, wenn nicht der einzige Grund, warum ich nach Moms und Grandpas Tod überhaupt die Kraft gefunden habe, weiterzumachen.«

»Hmpf«, hörte ich durch meine Kopfhörer und sah in den Rückspiegel. Grace starrte scheinbar unbeteiligt nach draußen.

»Wir hatten keine leichte Zeit«, fuhr ich fort. »Aber gemeinsam haben wir uns durch die schlimmen ersten Monate gekämpft, sind zu einem verschworenen Team geworden. Ich weiß, dass dir deine Mom immer noch fehlt, dass ich sie nie ersetzen kann, sosehr ich mich auch darum bemühe. Mir geht es genauso. Ich vermisse Emily auch noch jeden Tag.« Ich seufzte, denn das war die Wahrheit, auch wenn es längst nicht mehr so wehtat. »Aber unsere Sehnsucht macht sie auch nicht mehr lebendig. Wir werden sie in diesem Leben nie wiedersehen – ganz egal, wie sehr wir uns das wünschen. Sie hätte auch nicht gewollt, dass wir auf ewige Zeiten in unserer Trauer gefangen sind, sondern sich für uns ein fröhliches, buntes Leben voller Wunder und Liebe gewünscht. Und mir ist so ein Wunder widerfahren. Ich habe mich in Kiona verliebt – und sie sich in mich, was vielleicht sogar die größere Sensation ist. Das war nicht geplant, aber – und das wirst du irgendwann selbst erleben – das ist Liebe nie.«

Ein kleiner Grunzer in meinen Kopfhörern ließ mich wieder zurückblicken. Grace hatte den Blick nach wie vor starr aufs Fenster gerichtet, aber ihre zusammengepressten Lippen bewiesen mir, dass sie sehr wohl zuhörte.

»Es tut mir wahnsinnig leid, dass du es auf diesem Weg erfahren hast. Ich habe keine Ahnung, was Becky dir geschrieben hat – und ich glaube, ich will es auch gar nicht so genau wissen. Du hättest es von mir erfahren sollen. Es tut mir leid, wenn dich das erschreckt hat, dich wütend oder traurig gemacht hat. Wenn du dich von mir verraten gefühlt hast – oder auch von deiner Lehrerin. Ich kann dir aber versichern, dass das nicht meine Absicht war. Um ganz ehrlich zu sein, habe ich zum ersten Mal seit vielen Jahren nicht als Erstes an dich gedacht, sondern an mich. Das hört sich in deinen Ohren vielleicht ganz schrecklich an – und womöglich ist es das auch –, aber für mich ist es ein verdammt gutes Gefühl, dass ich doch noch mehr bin als nur ein Dad, ein Nachbar, ein Wissenschaftler und ein Unternehmer.«

Grace riss die Augen auf. Ob vor Verblüffung oder Empörung, konnte ich nicht sagen. Ich wusste auch nicht, ob meine Ansprache pädagogisch wertvoll war oder ob ich einer Dreizehnjährigen zu viel zumutete. Aber wir hatten schon immer sehr offen über alles gesprochen, und ich traute ihr zu, dass sie es verstand. Irgendwann, wenn das Gefühl der Kränkung abgeklungen war.

»Ich bin also verliebt. Über beide Ohren und Hals über Kopf verliebt«, fuhr ich fort. »Und ich wette, das wird in der nächsten Zeit zu reichlich Turbulenzen in unserem Leben führen. Ich habe keine Ahnung, wie die Zukunft aussehen wird, und ich schätze, dass es manchmal ziemlich abenteuerlich wird. Aber wir werden das hinkriegen. Zu dritt. Und ja, es ist mir bewusst, dass es für dich richtig blöd sein muss, dass ich mich ausgerechnet in deine Lehrerin verliebt habe, doch das war wirklich keine Absicht.« Immerhin hatte ich mir ihre Lieblingslehrerin ausgesucht und nicht eine, die sie nicht leiden konnte. Doch das behielt ich wohlweislich für mich.

»All das hat aber nichts mit dir zu tun. Nichts mit meinen Gefühlen für dich. Du wirst immer der wichtigste Mensch in meinem Leben bleiben, mein Schatz, aber ich würde mir wünschen, dass du mit einem offenen Herzen an die Sache herangehst. Ich weiß, dass du es kannst. Du hast ja auch Grandpas neue Freundin Joanne sofort ins Herz geschlossen – vor dem Rest von uns. Das ist alles, worum ich dich bitte.«

»Ich brauche keine Ersatzmutter!«, rief Grace, und ich sah, dass sie mit den Tränen kämpfte.

»Ich weiß. Und ich brauche keine Ersatzfrau. Niemand wird deine Mom je ersetzen können. Du allein bestimmst, welche Rolle Kiona in deinem Leben einnehmen wird.« Ich fand, damit war zunächst alles gesagt. Ich hatte keine Ahnung, wie mein kleiner Trotzkopf reagieren würde, aber ich hoffte einfach das Beste. Für den Moment war das ohnehin das Einzige, was ich tun konnte. Den restlichen Flug über herrschte Schweigen. Grace wirkte immer noch verschlossen, aber nachdenklicher und nicht mehr ganz so abweisend.

Den Abend verbrachten wir ziemlich wortkarg. Ich versuchte zwar, Grace aus der Reserve zu locken und sie in ein Gespräch zu verwickeln, aber sie blieb einsilbig. Na schön, da mussten wir jetzt wohl beide durch. Als ich zum Gutenachtsagen in ihr Zimmer kam, entdeckte ich einen neuen Schatz auf ihrem Fensterbrett.

»Wow«, sagte ich und nahm die türkisblaue japanische Fischerkugel in die Hand. Sie war über und über mit Muscheln besetzt und wirkte, als hätte sie schon viele, viele Jahre im Meer verbracht. Ich kannte mich nicht wirklich gut damit aus, aber ich wusste, dass diese Kugeln bei Strandgutsammlern heiß begehrt waren, weil es sie so selten gab. Ich drehte die Kugel in meiner Hand und entdeckte ein Zeichen, das wie ein Manufakturstempel aussah. Womöglich war dieses Ding richtig wertvoll. »Ist das das Fundstück, von dem du mir gestern was auf die Mailbox gesprochen hast? Die Kugel ist wunderschön.« Ich legte sie vorsichtig wieder zu den anderen Stücken, die sie gefunden oder selbst gemacht hatte oder die ihr aus anderen Gründen wichtig waren. Ich entdeckte auch den hölzernen Origami-Kranich, den Connor ihr zu Weihnachten geschenkt und den Kiona geschnitzt hatte. Insgeheim wertete ich das als gutes Zeichen.

»Hm«, brummte sie nur ungnädig und zog sich die Bettdecke bis unters Kinn. »Ich dachte, die Kugel könnte ein Glücksbringer sein«, fügte sie hinzu.

Ich setzte mich auf ihre Bettkante. »Das kann sie doch immer noch.« Ich strich ihr eine rotbraune Strähne aus dem Gesicht und legte dann meine Hand an ihre Wange.

»Es fühlt sich aber ganz anders an. So, als würde sie nur Unglück bringen.« Ihre Stimme zitterte und ihre Augen füllten sich mit Tränen.

»Das ist kein Unglück, das sind nur Veränderungen. Veränderungen fühlen sich manchmal verdammt beängstigend an, wenn man noch nicht weiß, wohin sie führen«, sagte ich leise und wischte ihr eine Träne von der Wange. Darin hatte ich es in den letzten Tagen zu erschreckender Perfektion gebracht, schoss es mir kurz durch den Kopf. So viele weinende Frauen ...

»Dad?«

»Hm?«

»Du bleibst aber heute Nacht zu Hause, oder?«

»Natürlich, mein Schatz. Ich würde dich nie unangekündigt allein lassen, das weißt du doch.«

»Kommt sie hierher?«

»Nein.« Ich sehnte mich zwar nach Kiona, aber wir hatten vereinbart, dass wir alles Weitere ganz langsam angehen würden. »Nur du, ich und Ollie schlafen heute Nacht in unserem Haus.«

»Gut«, sagte sie und seufzte leicht. »Wird sie bei uns einziehen?«

»Darüber haben wir noch nicht gesprochen. Ich würde es mir wünschen, doch das ist eine Entscheidung, die wir zu dritt treffen werden. Aber nicht heute oder morgen oder nächste Woche. Das wird alles dauern.«

»Okay. Gute Nacht, Dad.«

»Gute Nacht, mein Engel.« Ich beugte mich zu ihr und gab ihr einen Gutenachtkuss auf die Wange. Dann knipste ich das Licht aus und ging zurück ins Wohnzimmer. Ich fühlte mich, als hätte ich eine Schlacht geschlagen, und war mir nicht sicher, ob ich gewonnen oder verloren hatte.

DROHGEBÄRDEN

PORT MCNEILL, VANCOUVER ISLAND, 27. JANUAR – KIONA

Es kam selten vor, dass ich mich nach Vancouver sehnte. Ich hatte meine Jahre in der Großstadt genossen, mich dort aber nie wirklich heimisch gefühlt. Trotzdem hatte ich im letzten Sommer – schicksalhafte Orcas hin oder her – Bammel gehabt, dass mich der Kleinstadtmief von Port McNeill erdrücken würde. Erstaunlicherweise war das nicht passiert. Bis vor drei Tagen.

Denn natürlich hatte bereits am Montagmorgen die ganze Schule – und mutmaßlich der gesamte Ort – gewusst, dass Reed und ich uns am Strand geküsst hatten. Das allein war eine nicht zu leugnende Tatsache, aber Schüler, Kollegen und Eltern »wussten« noch so viel mehr. Unter anderem, dass wir schon seit Monaten eine geheime Affäre hatten. Oder eine gemeinsame dunkle Vergangenheit. Oder dass ich nur mit ihm zusammen war, weil ich damit seinem Ansehen in der Gemeinschaft schaden wollte – warum auch immer. Oder dass Reed nur mit mir zusammen war, weil er jemanden brauchte, der sich um Grace kümmerte und ihm den Haushalt machte. Und das waren nur die Gerüchte, mit denen ich persönlich konfrontiert worden war. An die Theorien, die man nicht direkt an mich herantrug, wollte ich lieber gar nicht denken.

Für Grace musste das die absolute Hölle sein, und sie tat mir von ganzem Herzen leid. Genaues wusste ich aber nicht, denn sie wich mir aus und war im Unterricht passiv wie selten. Zumindest in meinen Stunden. Fürs Erste ließ ich sie gewähren, denn wir mussten uns wohl beide erst an die neue Situation gewöhnen. Wie einfach wäre es, wenn wir in Vancouver lebten! Da hätte es keiner mitbekommen, und falls doch, wäre es den Leuten egal. Manchmal hatte Anonymität schon Vorteile.

Reed hatte ich seit Sonntagvormittag nicht mehr gesehen, aber wir telefonierten jeden Tag, und ich hoffte, dass es bald mit einem Treffen klappte, denn ich vermisste ihn so, dass es fast körperlich wehtat. Ich hatte nur gut vierundzwanzig Stunden in seinem Haus verbracht und fühlte mich dort schon heimischer als in meiner Wohnung, die mir seit Sonntag regelrecht fremd und unwirtlich vorkam. Total albern, das war mir auch klar, aber die Wahrheit.

Reed fand das großartig und hoffte wohl, dass ich bald bei ihnen einziehen würde, aber das war im Moment wirklich kein Thema. Nicht nur wegen Grace, die ja ebenfalls ein Wörtchen mitzureden hatte, sondern auch wegen mir selbst. Reed hatte am Wochenende einen Denkprozess bei mir ausgelöst, den ich bislang erfolgreich verdrängt oder zumindest ignoriert hatte. Der

Grund, aus dem ich nach Port McNeill zurückgekehrt war, waren nicht irgendwelche Walflüstereien gewesen, sondern meine Mutter. Ich wollte unbedingt einen Abschluss finden, nein, ich *musste* einen finden, ehe ich frei und bereit für einen Neuanfang war.

Aus diesem Grund wollte ich nachher auch zur Polizei gehen, auf einer Vermisstenmeldung bestehen und Anzeige gegen unbekannt stellen – egal, wie mühsam das werden würde. Ich war keine panische Fünfzehnjährige mehr, sondern eine erwachsene Frau, und diesmal würde ich mich nicht einschüchtern lassen.

Ich stand auf, um die Klassenliste des Abschlussjahrgangs, für den ich gerade Aufsätze korrigierte, aus meinem Fach im Lehrerzimmer zu holen. Ich griff nach der entsprechenden Mappe, zog sie hervor und sah, wie ein gefaltetes Stück Papier zu Boden segelte. Neugierig hob ich es auf und schaute es mir an. Dann wurde mir schwindlig, und ich schaffte es gerade noch zurück auf meinen Platz.

»Alles klar?«, wollte Naomi wissen, die mir schräg gegenübersaß und mich besorgt musterte. »Du bist ganz blass geworden.«

Ich schüttelte den Kopf, starrte noch einmal auf den Zettel und schob ihn dann über den Tisch zu Naomi.

»Was?«, rief sie schockiert. »Wer tut so etwas?«

»Keine Ahnung«, entgegnete ich matt. »Der Absender hat vergessen, seinen Namen zu erwähnen.«

»Was für ein unverschämter Wichser!«, fluchte meine Kollegin. »Und was machst du jetzt?«

»Als Allererstes gehe ich zu Rhonda, und dann ...« Ich hatte keine Ahnung, was dann. Diesen Zettel konnte jeder in mein Fach gelegt haben. Schüler, Kollegen, der

Hausmeister oder sogar Eltern. Das Lehrerzimmer war eigentlich nie abgeschlossen.

»Mach das«, sagte sie und runzelte die Stirn, als ich mich mühsam hochrappelte. Ich hatte wirklich weiche Knie. »Soll ich dich begleiten?«

»Nein danke, es geht schon.« Ich straffte die Schultern und machte mich auf den Weg zum Büro unserer Schulleiterin.

Rhonda hatte glücklicherweise gleich Zeit für mich und bat mich hinein. »Es ist passiert«, begann ich ohne Umschweife. »Ich hätte nur nicht gedacht, dass es auf diesem Weg geschieht.« Ich schob ihr den Zettel über den Schreibtisch. Darauf war das Foto von mir zu sehen, das mich den Job an meiner letzten Schule in Vancouver gekostet hatte. Ich oben ohne bei der Frauenrechts-Demo. Allerdings war dieses hier bearbeitet worden, so dass es nur noch zwei ebenfalls halbnackte Mitdemonstrantinnen zeigte, aber keine Protestplakate mehr. Ich hatte Rhonda bei meinem Bewerbungsgespräch von diesem Foto erzählt und sie gewarnt, dass es früher oder später auch hier in unserem kleinen Inselkaff auftauchen würde. Doch sie hatte sehr lässig reagiert. Wir waren also grundsätzlich vorbereitet, aber nicht darauf: MORGEN ERFÄHRT GANZ PORT MCNEILL, WAS FÜR EINE UNMORALISCHE INDIANER-SCHLAMPE IHRE KINDER UNTERRICHTET!

So lautete die charmante Botschaft unter dem Bild.

»Scheiße«, murmelte meine Chefin. Dann zog sie aus der Mappe, die zuoberst auf ihrem Schreibtisch lag, ein Blatt Papier hervor und reichte es mir. »Ich bin mir sicher, dass er nichts dagegen hat.«

Es war ein Foto von Liam MacAlpine. Nicht so

kompromittierend wie meines, es zeigte ihn mit glückseliger Miene und weit ausgestreckten Armen auf einem Berggipfel. Darunter stand, ebenfalls in Großbuchstaben: ER HÄLT SICH FÜR GOTT, DABEI IST ER EIN SCHWANZLUTSCHER. SOLL DIESE TUNTE UNSERE SÖHNE ERZIEHEN?

»Liam kam damit vor einer Stunde zu mir«, sagte Rhonda. »Da habe ich das noch für einen schlechten Scherz gehalten, aber in Kombination mit deinem ...« Sie deutete auf meinen Drohbrief. »Hast du eine Ahnung, von wem das stammen könnte?«

»Theoretisch könnte es jeder gewesen sein«, begann ich. »Das Lehrerzimmer ist ja nicht abgeschlossen.«

»Theoretisch ja, praktisch hast du einen Verdacht, oder?« Rhonda sah mich durch ihre Brille scharf an.

Ich zuckte mit den Schultern. »›Verdacht‹ ist zu viel gesagt. Aber wenn ich mich ausschließlich auf den Kollegenkreis konzentriere, fällt mir nur einer ein, dem ich so etwas zutraue.«

»Craig?«, fragte Rhonda rundheraus.

»Craig«, bestätigte ich. »Er hat mich schon gepiesackt, als ich hier noch Schülerin war, und meine Mutter zu ihrer Zeit ebenfalls. Er ist der Einzige in Port McNeill, der mir ständig rassistische Sprüche um die Ohren haut, und er ist der Einzige im Kollegium, der offen homophobe Kommentare absondert. Ich wusste bis Sonntag nicht sicher, dass Liam schwul ist, aber solche saftigen Informationen verbreiten sich ja in Windeseile«, sagte ich bitter.

»Das war ein wirklich großartiges Wochenende für die lokalen Klatschtanten und -onkel«, entgegnete Rhonda mit einem kleinen Lächeln. »Versteh mich nicht falsch, damit will ich weder etwas beschönigen noch

Schuldzuweisungen treffen. Das Privatleben meiner Mitarbeiter geht mich nichts an. Mal abgesehen davon, dass ich mich für euch freue. Ihr habt euch tolle Männer ausgesucht.« Nun strahlte sie mich so herzlich an, dass ich auch ein bisschen lächeln musste.

»Ja, das haben wir. Aber was sollen wir jetzt machen? Wenn diese Fotos samt den geschmacklosen Kommentaren tatsächlich verbreitet werden, dann wird das eine Schlammschlacht.« Ich dachte mit Grauen an die Reaktionen einiger Kollegen und Eltern in Vancouver, nachdem mein Foto verbreitet worden war.

»So reaktionär sind die Leute hier nicht. Klar, es wird gerne mal ein bisschen getratscht, aber richtig bösartig ist in Port McNeill fast keiner. Trotzdem solltest du dir überlegen, zur Polizei zu gehen und Anzeige zu erstatten.«

»Gegen Craig?« Ich lachte freudlos. »Das würde mir doch keiner glauben. Er ist doch ein geschätztes Mitglied des Gemeinderates, sitzt in praktisch jedem Verein und ist mit allen eng befreundet.«

»Zumindest will er, dass wir das denken«, sagte Rhonda nachdenklich. »Und vermutlich setzt er genau darauf. Dass ihr euch eben nicht wehrt. Aber das wird er nur als Ansporn nehmen und das Mobbing verstärken.«

»Ich dachte immer, dass du auf seiner Seite stehst und ihn möglichst geräuschlos bis zu seiner Pensionierung durchschleppen willst.« Ich sah die Schulleiterin verblüfft an. Offenbar hatte ich sie falsch eingeschätzt.

»Ich war nie auf seiner Seite, aber ...« Sie schüttelte den Kopf. »Egal, ich hätte viel früher eingreifen müssen. Ich werde ihn zur Rede stellen, und ich rate dir dringend, zur Polizei zu gehen. Du kannst ihn wegen Rufmord,

Beleidigung oder Rassismus anzeigen. Da findet sich auf jeden Fall ein Ansatz.«

»Es sei denn, er war es nicht«, gab ich zu bedenken. »Dann wird's richtig ungemütlich für mich.«

»Dann erstatte Anzeige gegen unbekannt. Josh Parker wird die richtigen Fragen stellen und die richtigen Schlüsse ziehen.« Rhonda klang, als sei sie sich ihrer Sache ganz sicher.

»Vielleicht mach ich das. Ich wollte ohnehin nachher zu ihm. Wegen meiner Mutter. Die ist ja vor fast fünfzehn Jahren spurlos verschwunden, und der damalige Polizeichef hat sich geweigert, eine Vermisstenanzeige aufzugeben.«

»Und das lässt dir keine Ruhe, was?« Rhonda lächelte verständnisvoll. »Hast du heute noch Unterricht?«, fragte sie mich.

»Nein, nur gleich zwei Stunden Aufsicht.«

»Die übernehme ich. Geh zur Polizei. Jetzt gleich. Und wenn ich Liam sehe, schicke ich ihn hinterher.«

»Okay.« Ich war leicht überrumpelt, beschloss aber, es nicht weiter zu hinterfragen. »Danke.«

Zurück im Lehrerzimmer, packte ich meine Sachen in die Tasche. Naomi sah mich fragend an, aber ich hatte Craig entdeckt, der inzwischen ebenfalls am Tisch saß und scheinbar konzentriert Mathe-Tests korrigierte. »Rhonda hat mich heimgeschickt«, sagte ich bewusst vage zu Naomi, die nur eine Braue hob.

»Tja, Indianermädchen, deine Tage hier waren von Anfang an gezählt«, mischte sich Craig ein. Naomi sog scharf und empört Luft ein, aber für mich war diese Aussage die letzte Bestätigung, die ich noch gebraucht hatte.

»Wir werden sehen, Craig, wir werden sehen ...«,

entgegnete ich kryptisch und verließ erhobenen Hauptes den Raum. Dann eilte ich, ohne nach rechts oder links zu schauen, nach draußen zum Parkplatz und sank erschöpft auf dem Fahrersitz meines Autos zusammen. Ich fühlte mich entsetzlich, das Herz schlug mir bis zum Hals. Am liebsten hätte ich mich zu Hause im Bett verkrochen und die ganze Welt um mich herum vergessen. Noch lieber hätte ich das in Reeds Armen getan, aber das war leider keine Option. Und außerdem hatte ich jetzt eine Mission, so unangenehm sie auch war. Mit zitternden Fingern steckte ich den Schlüssel ins Zündschloss und fuhr die kurze Strecke zur Polizeiwache.

»Hallo, Ms Brooks«, begrüßte mich Polizeichef Josh Parker wenige Minuten später in seinem Büro. Ich hatte seine Mitarbeiterin nach ihm gefragt und war glücklicherweise sofort von ihm empfangen worden. Er wirkte leicht zerknirscht, als er mir etwas zu trinken anbot. »Ich ahne, warum Sie hier sind«, begann er, als ich sämtliche Getränke ablehnte.

Ach ja? Das war ja interessant. Hatte Rhonda am Ende schon bei ihm angerufen und mein Kommen angekündigt?

»Es ist wegen Becky, stimmt's?«, sprach er weiter, als ich nichts sagte.

»Wegen Becky?« Ich kam gerade nicht ganz mit. Was hatte Becky mit dem Drohbrief und meiner Mutter zu tun?

»Ich schätze mal, dass sie Ihnen ziemlich viele Schwierigkeiten gemacht hat«, half er mir auf die Sprünge. »Mit dem Foto von Ihnen und Reed, das sie am Samstag aufgenommen hat. Leider hat sie es gleich flächendeckend weiterverteilt. Sie ist ja neuerdings im Redaktionsteam der Schülerzeitung und hat das wohl als ihre Reporterpflicht angesehen ...« Er stoppte, als ich lachte.

Es war kein fröhliches Lachen, aber die Situation war so abstrus. Als würde ich zur Polizei gehen, um mich über den dummen Fehler einer Schülerin zu beklagen. Selbst wenn diese Schülerin die Tochter des Polizisten war. »Keine Sorge, Mr Parker, ich bin nicht wegen Becky hier. Machen Sie ihr deswegen bitte keinen Ärger. Sie ist die beste Schülerin des Jahrgangs und ist einfach ein wenig übers Ziel hinausgeschossen mit ihrer Aktion, aber das ist kein Drama.« Das war eine glatte Lüge, denn für einige war es schon ein Drama. Für Grace beispielsweise. Aber im Vergleich zu dem, was ich jetzt auf dem Herzen hatte, war es gar nichts.

»Okay, das beruhigt mich«, entgegnete er erleichtert. »Trotzdem war es falsch von ihr, und das habe ich ihr auch schon in aller Deutlichkeit gesagt. Sie sollte sich dringend bei Ihnen und Reed entschuldigen.«

Ich schüttelte den Kopf. »Das ist nicht nötig. Wirklich nicht. Aber ich brauche tatsächlich Ihre Hilfe.«

»Natürlich«, sagte er diensteifrig. »Was haben Sie auf dem Herzen?«

»Zwei Dinge. Eine Sache, die schon fast fünfzehn Jahre her ist, und eine von heute.« Ich holte tief Luft und erzählte ihm in den nächsten zwei Stunden erst von dem heutigen Schmähbrief und dem zu erwartenden Shitstorm und dann alles über meine Mutter. Er hörte mir aufmerksam zu, machte zahlreiche Notizen und versprach mir, allem auf den Grund zu gehen.

»Mein Vorgänger hatte leider eine etwas, nun, sagen wir: eigentümliche Art, die Dinge zu beurteilen«, meinte er vorsichtig. »Ich will nicht schlecht über Kollegen reden, aber ich versichere Ihnen, dass ich eine ganz andere Einstellung habe. Ich habe es mir bei meinem Amtsantritt zum Ziel gemacht, sämtliche Altfälle aufzuklären. Ihrer ist da beileibe nicht der einzige, Ms Brooks. Offensichtlich gab es auch hier in Port McNeill jahrelang systemischen Rassismus – auch und gerade bei den Mounties.«

Ich schnaubte. »Gab?«

»Vermutlich haben Sie recht. Es gibt ihn immer noch, auch wenn ich hoffe, dass das in unserer Dienststelle kein Thema mehr ist. Doch man kann den Menschen natürlich nicht in die Köpfe sehen.« Er wirkte so aufrichtig beschämt, dass ich vorsichtig Vertrauen schöpfte. »Ich habe mir alles aufgeschrieben, was Sie mir erzählt haben. Im nächsten Schritt werde ich ein Protokoll verfassen und es Ihnen zur Überprüfung schicken. Dann werde ich sämtliche Mitschriften von damals suchen und auswerten. Wenn Ihnen noch irgendetwas einfällt, Dinge, die Ihre Mutter erwähnt hat, oder Bekannte von ihr, die wir jetzt noch nicht auf der Liste haben, die wir aber befragen könnten, dann lassen Sie es mich bitte wissen.«

»Danke.« Ich war unfassbar erschöpft, aber zum ersten Mal fühlte ich mich mit der Sache nicht mehr ganz so allein. Es gab Menschen, die anscheinend wirklich bereit waren, an meiner Seite zu kämpfen.

Ich verabschiedete mich und ging wieder zu meinem Auto. Dort holte ich mein Telefon aus der Handtasche, das ich stumm geschaltet hatte, und fand prompt eine Nachricht von Reed, die er mir vor einer Viertelstunde geschickt hatte:

> Alles klar bei dir? Grace hat heute Abend Theaterprobe bis um neun. Soll ich bei dir vorbeikommen, ehe ich sie abhole?

Er hatte ein Kuss-Smiley dazugepackt. Ich musste lächeln und schrieb zurück:

War gerade bei der Polizei – wegen meiner Mom und noch einer anderen Sache. Ja, komm gern vorbei. Ich geh noch schnell einkaufen und erwarte dich um sechs.

Herz-Smiley.

Als Reed eine Stunde später vor meiner Tür stand, hielt er einen kleinen Blumenstrauß in der Hand, den er mir mit einem strahlenden Lächeln reichte.

»Vielen Dank«, sagte ich gerührt. In Port McNeill gab es nur an zwei Stellen Schnittblumen: im Supermarkt und an einer Tankstelle. Und an beiden Örtlichkeiten war Klatsch garantiert. »Jetzt wissen auch die Allerletzten im Ort, dass du eine Freundin hast.« Ich steckte meine Nase in eine leicht geöffnete rosa Rose, die aber leider nicht duftete.

»Ich habe ihnen gleich noch mehr zum Tratschen gegeben«, entgegnete er grinsend und zog eine Schachtel mit Kondomen hervor. Eine Großpackung!

»Oh.«

»Alles klar?«, fragte er stirnrunzelnd. Offenbar war meine Lautäußerung nicht enthusiastisch genug gewesen, oder mein Gesichtsausdruck hatte mich verraten. »Ich wollte damit nichts implizieren oder so ...« Er fuhr sich durch die Haare und sah einigermaßen bedröppelt aus.

»Komm erst mal richtig rein«, bat ich, denn wir standen immer noch im Flur. Ich trug die Blumen in die Küche, und er folgte mir. Ich stellte den Strauß in eine

Vase und rettete mich dann in seine Arme. Gott, hatte mir das gefehlt! Er war wie ein sicherer Hafen – und ich hatte mich viel zu schnell daran gewöhnt. Was echt seltsam war, denn bisher war ich immer sehr gut allein klargekommen.

»Es riecht übrigens super«, sagte er, nachdem er mich eine Weile einfach nur festgehalten und mir über den Rücken gestreichelt hatte.

»Ich schätze, du hast dir den Abend anders vorgestellt«, murmelte ich gegen seine Brust und sah ihn dann leicht verlegen an. »Dass wir bereits im Flur wild übereinander herfallen und so.«

»Ich habe mir gar nichts vorgestellt. Ich hatte einfach nur Sehnsucht nach dir. Natürlich würde ich auch gerne über dich herfallen, aber vor allem will ich Zeit mit dir verbringen. Egal wie. Sollen wir einfach essen, und du erzählst mir davon, wie es bei der Polizei war?«

Ich nickte und warf Nudeln in kochendes Wasser. Im Topf daneben blubberte eine Tomaten-Auberginen-Soße, Käse hatte ich auch schon gerieben. »Ich fühle mich heute einfach nicht wie ich selbst«, startete ich dann einen Erklärungsversuch. »Mir ist den ganzen Tag leicht schwummrig, eigentlich schon seit gestern, und außerdem habe ich leichte Unterleibsschmerzen und schätze, dass ich heute oder morgen noch meine Tage bekomme.«

»Ist doch nicht schlimm. Wie gesagt, ich will einfach nur bei dir sein. Das ist mir am wichtigsten. Außerdem ist es kein Wunder, dass du dich seltsam fühlst – die Woche hat es ja ganz schön in sich.«

Das stimmte wohl, und dabei kannte er bisher nur die halbe Wahrheit: dass die beiden ersten Schultage ein echter Spießrutenlauf für mich gewesen waren – vor allem in Bezug auf die achte Klasse. Als wir ein paar Minuten später mit dampfenden Tellern voll Pasta am Tisch saßen und die ersten Bissen gegessen hatten, fühlte ich mich gestärkt genug, um ihm von meinem Besuch bei den Mounties zu berichten. Zunächst erzählte ich ihm nur den Teil, der das Verschwinden meiner Mutter betraf.

»Ich bin froh, dass Josh so reagiert hat. Er ist manchmal etwas anstrengend, aber im Grunde ein wirklich guter Typ mit klaren Wertvorstellungen. Und er ist ein sehr guter Polizist. Ich bin mir sicher, dass er alles dafür tun wird, den Fall zu klären«, sagte Reed. »Aber ich finde es echt krass, dass es hier in Port McNeill mehrere Fälle von verschwundenen Frauen gab, die nie aufgeklärt wurden.« Er schüttelte traurig den Kopf. »Ist aber wohl naiv von mir, zu denken, dass wir hier auf einer Insel der Glückseligen leben.«

»Ist es«, bestätigte ich und drückte seine Hand. Wie den meisten Weißen war ihm das gar nicht klar gewesen.

»Ich werde zukünftig nicht mehr so blauäugig durch die Welt laufen«, versprach er, und ich musste lächeln.

»Was echt schade ist, denn deine blauen Augen liebe ich ganz besonders an dir.«

»Mach dich nur lustig über mich«, brummte er und aß dann voller Appetit seinen Teller leer. »Du hast aber in deiner Textnachricht von zwei Dingen geschrieben, die du mit der Polizei besprochen hast«, sagte er, als er sich den Mund an der Serviette abgewischt hatte.

Seltsamerweise hatte ich vor diesem Punkt mehr Bammel. Ich schubste mit der Gabel Nudeln und Auberginenstücke über meinen Teller. So richtig Appetit hatte ich irgendwie nicht mehr. »Hast du noch Hunger?«, fragte ich und schob ihm meinen Teller über den Tisch zu.

»Gerne, aber nicht ablenken. Was ist die andere Sache?«

Seufzend stand ich auf und holte eine Kopie des Schmähbriefes aus meiner Tasche im Flur. Das Original hatte ich Josh Parker überlassen. »Ich habe etwa vor einem Jahr an einer großen Frauenrechts-Demonstration in Vancouver teilgenommen. Ich war damals ziemlich aktiv in einer Selbsthilfegruppe indigener Frauen«, erklärte ich. »Um mehr Aufmerksamkeit zu bekommen, sind einige von uns oben ohne mitgelaufen.« Ich scrollte auf meinem Handy durch die Fotos, bis ich die ursprüngliche Aufnahme fand, die sich mein Ex-Freund Matt von irgendeinem Newskanal gezogen und anschließend verteilt hatte. Ich reichte Reed das Handy, und er betrachtete das Bild.

»Okay? Und was genau ist daran schlimm? Ich sehe da im Vordergrund drei schöne Frauen, die sich klar positionieren.«

»Grundsätzlich ist daran nichts schlimm«, gab ich zu. »Aber glaub mir, dieses und ähnliche Fotos aus der Reihe haben mir verdammt viel Ärger eingebracht. Mein Ex hatte nämlich nichts Besseres zu tun, als die Bilder an seinen besten Buddy zu schicken – ein gemeinsamer Kollege und ein echter Arsch! Der wiederum hat die Fotos von ›Sexy Kiona‹ weitergeleitet, so dass sie im Handumdrehen auf den Handys etlicher Schüler waren. Das war der Grund, warum ich damals von der Schule geflogen bin. Politisches Engagement unter den Lehrkräften war verpönt, wir hatten schließlich neutral zu sein, und unmoralisches Verhalten ging sowieso gar nicht.« Ich seufzte.

»Was für heuchlerische Idioten«, schimpfte Reed.

»Allerdings«, bestätigte ich. »Aber wie das eben so ist mit Fotos im Netz. Sie verschwinden nicht einfach, sondern tauchen immer wieder auf. Ich hatte Rhonda bei meinem Bewerbungsgespräch davon erzählt und sie auch gewarnt, dass es früher oder später ziemlich sicher auch hier passieren würde, doch sie war absolut cool.«

»Und jetzt kursiert das Foto wieder?«, fragte Reed mit großen Augen.

»Noch nicht, aber wenn ich diesem charmanten Brief Glauben schenken kann, dann ab morgen.« Ich schob ihm den Zettel rüber, auf den er fassungslos starrte.

»Wer tut so was?«, wiederholte er mühsam krächzend die Frage aller Fragen, mit der ich heute schon mehrfach konfrontiert worden war. Von Naomi, von Rhonda, von der Polizei und vor allem von mir selbst.

»Liam hat einen ähnlichen Brief in seinem Fach gehabt«, berichtete ich, ehe ich auf seine Frage einging. »Widerlichster homophober Dreck. Auch das wird morgen angeblich die Runde machen. Und auch wenn theoretisch jeder Zutritt zum Lehrerzimmer hat, war die Kombination aus Rassismus und Schwulenhass ziemlich verräterisch. Rhonda und ich kamen zu dem Schluss, dass diese beiden Briefe wahrscheinlich von Craig Albright stammen.«

»Von Gracies Mathelehrer?« Reed starrte mich entsetzt an. Ich nickte nur. »Ich kann diesen Idioten nicht ausstehen«, rief er wütend. »Am liebsten würde ich sofort zu ihm gehen und ihm eine reinhauen.«

»Schöne Idee.« Ich lächelte schwach. »Es würde nur nichts bringen, außer dass du dir Ärger einhandelst. Aber ich habe auf Rhondas Rat hin auch diese Sache der

Polizei übergeben, und ich schätze mal, Liam hat es auch schon getan oder wird es noch tun.«

»Gut, da bin ich sehr froh.« Er nahm meine Hand und drückte sie aufmunternd. »Dann läuft das ja. Ich hoffe, dieser Dreckskerl kommt nicht ungeschoren davon!«

»Ja, es läuft. Aber es kann natürlich trotzdem sein, dass diese beiden Bilder morgen überall kursieren. Also meines und das von Liam. Bei Schülern, Eltern und allen anderen Stadtbewohnern.«

»Das wird sicher verdammt unangenehm für dich und Liam«, sagte Reed mitfühlend. »Aber die Leute in Port McNeill sind insgesamt ziemlich cool. Da wird dir keiner einen Strick draus drehen.«

»Das behauptet Rhonda auch, und ich hoffe, ihr habt recht. Aber meine Sorge gilt weniger mir selbst. Glaub mir, ich habe da inzwischen ein ziemlich dickes Fell. Ich denke eher an Grace. Für sie ist die Situation doch sowieso schon verdammt schwierig, da gibt ihr so ein Skandal bestimmt den Rest.«

Es war sonnenklar, dass Reed an diese Komplikation überhaupt noch nicht gedacht hatte, denn er verzog schmerzhaft das Gesicht. »Da könntest du recht haben«, murmelte er. »Vor allem, wenn sie dieses Foto wieder ohne Vorwarnung und mutmaßlich mit einem fiesen Text garniert geschickt bekommt.«

»Ich habe mir schon überlegt, dass ich das Thema ab morgen in allen Klassen offensiv ansprechen werde. Ich würde den Kindern dann das Originalfoto zeigen, so dass klar wird, dass es von einer Demo stammt. Und ich werde es als perfides Beispiel für Mobbing darstellen – was es ja ist. Vielleicht gibt's für die Kids dann wenigstens einen kleinen Lerneffekt aus diesem Desaster. Aber das hilft uns mit Grace nicht weiter. Ich habe die achte

Klasse erst am Freitag wieder im Unterricht – jedenfalls dann, wenn sie nicht streikt. Bis dahin hat es schon die Runde gemacht.«

»Ich könnte ihr nachher die Fotos zeigen und ihr die Umstände erklären«, schlug Reed vor und sah mich fragend an. »Natürlich nur, wenn dir das recht ist.«

»Das ist eine tolle Idee, aber willst du dir das wirklich zumuten? Damit bringst du dich selbst ja wieder in eine blöde Position«, gab ich zu bedenken.

Er zuckte nur mit den Schultern. »Sehe ich nicht so. Immerhin bin es diesmal ich, der mit der schlechten Nachricht um die Ecke kommt, und nicht wieder ihre Busenfreundin Becky oder sonst jemand. Natürlich wird sie nicht vor Begeisterung jubeln, aber vielleicht kapiert sie dann auch, dass die Situation für dich noch viel blöder ist, und ist zukünftig wieder netter zu dir.«

»Sie ist ja nicht un-nett«, beeilte ich mich zu betonen. »Sie ist nur sehr verschlossen, und ganz ehrlich, ich verstehe sie auch. Das ist ein verdammt krasser Einschnitt in ihr Leben, mit dem sie überhaupt nicht gerechnet hat. Sie ist doch sowieso in einer schwierigen Altersphase, da ist das nur noch das Sahnehäubchen, das sie erst einmal verkraften muss. Mich nerven ein paar andere Schüler viel mehr. Vor allem Jungs, die ihre zotigen Sprüche nicht für sich behalten können. Bitte sag nicht zu ihr, dass sie netter zu mir sein soll. Das würde sie nur noch mehr gegen mich aufbringen«, beschwor ich ihn.

»Vielleicht hast du recht«, lenkte er ein. »Aber ich möchte nicht auf Dauer auf so konspirative Treffen wie dieses hier angewiesen sein.« Er seufzte und schaute mich treuherzig an. »Ich hätte dich am liebsten die ganze Zeit um mich. Vierundzwanzig Stunden am Tag.«

Ich lachte. »Das wäre vielleicht ein klitzekleines bisschen übertrieben, oder?«

»Aber nur minimal. Und du weißt, was ich meine. Ich will mich nicht verstecken. Ich will dich nicht verstecken. Ich will einfach ein normales Leben führen. Mit meiner Tochter *und* mit dir.«

»Ich wünsche mir das auch, aber wir sollten wirklich nichts erzwingen oder überstürzen.« Ich sah auf die Uhr. Es war halb acht. Noch anderthalb Stunden, bis Reed gehen musste. Eigentlich Zeit genug, um genussvoll zwischen den Laken abzutauchen – etwas, wonach ich mich seit Sonntagmittag sehnte. Doch jetzt gerade war mir einfach nicht danach. Die Bauchschmerzen nervten, und der Berg von Problemen schien so überwältigend, dass mein Kopf nicht zur Ruhe kam, obwohl mein Körper total erschöpft und müde war. Aber wer wusste schon, wann Reed und ich uns das nächste Mal sehen konnten?

»Sollen wir aufs Sofa?«, unterbrach er meine wirren Gedanken, die doch zu keiner Entscheidung kamen.

Leider war meine Couch längst nicht so breit und gemütlich wie seine, aber ich kuschelte mich, so gut es ging, an ihn und genoss es, seine Nähe und seine Wärme zu spüren. Richtig entspannen konnte ich mich allerdings nicht. Allein die Tatsache, dass unsere gemeinsame Zeit begrenzt war und bald vorüber sein würde, verhinderte, dass ich mich vollständig fallen lassen konnte.

»Ich mag das so nicht«, sprach er aus, was ich fühlte. »Das ist mir zu wenig. Ich hasse es, dich gleich allein lassen zu müssen und so zu tun, als sei das normal. Ich mag nicht alles auf morgen verschieben, denn kein Mensch weiß, ob es überhaupt ein Morgen gibt!«

Mich überfiel eine Woge der Zärtlichkeit für ihn –

dicht gefolgt von einer aus Wehmut. »Aber wir können nicht einfach so leben, als gäbe es kein Morgen«, sagte ich leise und sah ihn eindringlich an. »Wir haben Verantwortung. Nicht nur für uns, sondern auch für andere Menschen. Speziell für deine Tochter.«

»Ich habe immer für alles und jeden Verantwortung übernommen«, rief er frustriert. »Mein ganzes Leben lang. Erst für meinen Bruder Easton, als der noch ganz klein war, dann auch für die Zwillinge und praktisch unmittelbar danach für Emily. Dann kam Grace, und ich musste noch mehr Verantwortung übernehmen – und erst recht nach dem Tod von Emily und Jeff. Plötzlich war ich auch noch allein für das Unternehmen verantwortlich. Keiner hat mich je gefragt, ob ich das will!« Er rieb sich mit beiden Händen übers Gesicht und wirkte gleichzeitig hilflos und ärgerlich.

»Sei nicht ungerecht, Reed«, bat ich ihn. »Du übernimmst Verantwortung, weil du es gerne tust. Weil es in deiner Natur liegt. Niemand hat dich dazu gezwungen. Für mich brauchst du übrigens keine Verantwortung zu übernehmen. Ich schaff das ganz gut allein. Zwangsläufig …«

Er stieß lautstark und schnaubend Luft aus und schloss dann die Augen, als würde er die Wahrheit in sich suchen. »Du hast natürlich recht«, befand er schließlich und klang fast wieder normal. »Aber vielleicht ist jetzt endlich der Zeitpunkt gekommen, zu dem ich mal zuerst an mich denke und mich um mich und meine Bedürfnisse kümmere!« Er funkelte mich an. »Ich finde eine Lösung. Versprochen.« Dann küsste er mich kurz, aber heftig und stand auf. »Darf ich den Drohbrief fotografieren? Und schickst du mir bitte das Originalbild, damit ich gleich mit Grace reden kann?«

Ich erhob mich ebenfalls, leitete ihm das Foto weiter und wünschte ihm viel Glück bei seiner Mission. Doch als er wenige Minuten später meine Wohnung verließ, fühlte ich mich so leer und einsam wie schon lange nicht mehr.

GEDULDSPROBE

TELEGRAPH COVE, VANCOUVER ISLAND, 28. JANUAR – REED

Ein sicheres Zeichen dafür, dass bei mir massiv etwas im Argen lag, war die Tatsache, dass mich nicht einmal der Anblick von spielenden Seeottern aufmuntern konnte. Ich liebte die Tiere und konnte ihnen normalerweise stundenlang zusehen. Doch heute vermochten sie mich nicht aufzuheitern. Ich saß in meinem kleinen Büro im Bootshaus und konnte mich auf nichts konzentrieren. Weder auf die Anmerkungen meines Doktorvaters zur Struktur und zu den ersten Kapiteln meiner Doktorarbeit noch auf die Anfragen von Kollegen und Studenten, und schon gar nicht auf die dringend nötige Ausarbeitung der neuen Sommertouren für »Scott's Spout Scouts«. Stattdessen kreisten meine Gedanken um die vertrackte Situation mit Kiona und Grace.

Ich war wahnsinnig froh, dass ich gestern Abend noch die Gelegenheit gehabt hatte, Grace die Fotos zu zeigen und ihr deutlich zu machen, was für ein unfaires

Spiel jemand da mit Kiona und Liam spielte. Sie war auch schockiert gewesen – allerdings anders, als ich es erwartet hatte. Vor allem war sie nämlich entsetzt gewesen, dass auch ihr heißgeliebter Connor es wagte, ein Privatleben zu haben. Ebenfalls mit einem ihrer Lehrer. Für sie wirkte das wie der ultimative Verrat, und ihre Welt schien endgültig aus den Angeln gehoben zu sein. Bis zu einem gewissen Grad konnte ich es nachvollziehen, aber andererseits auch wieder nicht. Konnte man nicht auch schon von einer Dreizehnjährigen etwas mehr Reife und Mitgefühl verlangen?

Hatte ich sie zu lange emotional in Watte gepackt? Die Tatsache, dass Grace ein Einzelkind war, auf dessen Wohl und Wehe sich seit Jahren die Aufmerksamkeit von vielen Erwachsenen konzentrierte, kam dabei wieder zum Tragen. Grace hatte nie etwas teilen müssen. Schon gar nicht die Zugewandtheit ihrer Familie – zu der ich Connor einfach mal dazurechnete. Unser Nachbar war wie ein Onkel für sie und nach mir sicher die wichtigste erwachsene Bezugsperson in ihrem Alltag. Natürlich trafen sie diese Veränderungen jetzt hart, dabei wurde ihr nicht mal was weggenommen, stattdessen bekam sie etwas dazu: zwei weitere Erwachsene, die sich sicher den Hintern für sie aufreißen würden.

Ich rieb mir ärgerlich übers Gesicht. Ärgerlich auf mich, nicht auf Grace! Es war schließlich meine Schuld, dass sie nicht besser auf Veränderungen vorbereitet war. Oder Emilys, die die Entscheidung für ein weiteres Kind so weit hinausgezögert hatte, bis es keine Chance mehr dafür gegeben hatte. Das flüsterte mir das kleine wütende Teufelchen in mir zu, das ich normalerweise immer gut weggeschlossen hatte. Dieses aufreibende »Was wäre wenn?« brachte schließlich überhaupt nichts.

Ich konnte die Vergangenheit nicht ändern und es war fraglich, ob ich mit zwei oder drei Kindern heute besser dastünde.

Meine Gedanken drifteten zu Kiona und dem etwas seltsamen Abend gestern. Sie war vollkommen durch den Wind gewesen – absolut verständlich nach den letzten Tagen und dem widerwärtigen Schmierbrief. Auch die Anzeige bei der Polizei musste fürchterlich aufwühlend und anstrengend für sie gewesen sein, aber da war auch noch etwas anderes gewesen. Ich hatte fast den Eindruck, dass sie mich auf Distanz halten wollte. Und damit meinte ich nicht die Tatsache, dass sie keine Lust auf Sex gehabt hatte. Das konnte ich gut nachvollziehen. Nein, da war etwas anderes, das ich nicht greifen konnte.

Sie hatte mir vorhin geschrieben, dass ihr und Liams Foto inzwischen die Runde machten. Der Täter hatte also Wort gehalten. Mir hatten auch schon mehrere Leute die Bilder weitergeleitet, allerdings wusste niemand, von wem die ursprüngliche Nachricht stammte. Meine Wut auf diesen Dreckskerl – inzwischen war ich mir auch ohne Beweise sicher, dass es Craig war – wuchs ins Unermessliche. Ich hatte wahnsinnig große Lust, zur Schule zu fahren und ihm seine selbstgefällige Fresse zu polieren.

»Fährst du nachher mit raus?« Yaku streckte den Kopf hinter meiner Bürotür hervor, die nur angelehnt gewesen war, und unterbrach damit meine untypisch destruktiven und aggressiven Gedanken.

»Nein. Ich muss so viel erledigen und kann mich auf nichts konzentrieren«, seufzte ich frustriert.

»Dabei könnte eine Tour helfen«, entgegnete er lächelnd. »Also, nicht bei deinen Erledigungen, aber mit der Konzentration.«

»Ich weiß. Aber … ach. Nein, es hat keinen Sinn. Fahr bitte allein mit den Studenten raus. Ich wäre nur eine Last.« Das war kompletter Unsinn, und ich wusste das genauso gut wie Yaku, aber aus irgendeinem Grund wollte ich mich selbst bestrafen, indem ich mir eine Walbegegnung versagte. Ich hatte das Gefühl, dass ich das heute nicht verdient hatte.

»Da werden Milly und ihre Familie aber traurig sein«, behauptete Yaku mit dem verschmitzten Grinsen, das ich normalerweise so an ihm liebte. Heute trieb es mich nur weiter in den Wahnsinn. Ich wusste nie, ob er wirklich so ein weiser alter Mann war, der mit Walen sprechen konnte, oder ob er mich einfach nur nach Strich und Faden verarschte. Vermutlich lag die Wahrheit irgendwo in der Mitte.

»Sag ihr schöne Grüße«, brummte ich gereizt und hoffte, dass er endlich abzog.

»Kommt die Walfrau mal wieder mit?«, bohrte er jedoch nach. Seine Weisheit – so denn vorhanden – erstreckte sich offenbar nur auf die Feinheiten der Wal-Kommunikation. Menschliche Zwischentöne interpretierte Yaku jedenfalls grundfalsch.

»Ich schätze mal, wenn wir die Tour mit ihrer Klasse machen«, sagte ich unbestimmt und rechnete bereits mit einer weiteren merkwürdigen Erwiderung. Doch Yaku nickte nur und hob die Hand zum Abschied.

Mein Handy summte wieder. Zum x-ten Mal schickte mir jemand Kionas Bild mit der heuchlerisch besorgten Frage, ob ich denn schon Bescheid wüsste. Ich reagierte nicht mehr drauf. Aber da ich das Telefon schon in der Hand hielt, versuchte ich, meinen Vater zu erreichen. Wahrscheinlich leitete er gerade ein Training, doch ich wollte es einfach versuchen. Erstaunlicherweise meldete er sich bereits nach dem dritten Klingeln.

»Hallo, Sohn! Was verschafft mir die Ehre?«, fragte er in aufgeräumtem Tonfall. Wir hatten erst am Sonntagabend miteinander gesprochen, als ich meine komplette Familie – also konkret Dad, Jared und Easton – durchtelefoniert hatte, um sie von den neuesten Entwicklungen in Kenntnis zu setzen. Ich wollte nicht, dass sie von mir und Kiona durch seltsame Gerüchte erfuhren. Oder von Nora, deren Ärger auf mich nur sehr langsam verrauchte.

»War ich mit dreizehn ein Monster, das maximal bis zum eigenen Spiegelbild sehen konnte?«, fragte ich ohne Umschweife. Nach einer kurzen, verblüfften Pause begann er zu lachen. Laut. Haltlos.

»Nicht witzig, Dad«, knurrte ich ins Telefon.

»Doch. Ziemlich witzig, mein Sohn.« Er schnappte hörbar nach Luft und es dauerte ein bisschen, ehe er sich beruhigte. »Den einzigen Trost, den ich dir spenden kann, ist der, dass Grace irgendwann vielleicht auch mal Kinder haben wird, die sie in den Wahnsinn treiben.«

»Das hilft mir in meiner aktuellen Situation aber auch nicht weiter.« Ich schüttelte den Kopf, was mein Vater natürlich nicht sehen konnte, und blickte wieder aus meinem Bürofenster. Ungefähr zwanzig Meter neben unserem Anlegesteg paddelte wieder die Otterfamilie durchs Wasser. Eine Mutter mit zwei Jungtieren vom letzten Jahr. Ob die mit ihrer halbstarken Brut auch solche Probleme hatte?

»Ich weiß zwar nicht genau, was Grace angestellt hat, aber ich kann dir aus Erfahrung versichern, dass bei Teenie-Krisen nur Durchhalten hilft. Sonst gar nichts.«

»Aber es kann doch nicht sein, dass sie sich so radikal gegen alle guten und nachvollziehbaren Argumente sperrt. Habe ich was falsch gemacht? Habe ich sie zu sehr verwöhnt?«

»Grace ist ein tolles Mädchen«, versuchte mein Vater mich aufzumuntern. »Und sie ist längst nicht so egozentrisch und selbstgerecht, wie eines meiner Kinder in diesem Alter war.«

»Sprichst du von Easton?«, fragte ich stirnrunzelnd. »Der ist heutzutage vielleicht etwas eigenbrötlerisch, aber ich kann mich nicht daran erinnern, dass er als Teenager egozentrisch und selbstgerecht war«, verteidigte ich meinen Bruder.

»Nein, mein Junge, ich spreche nicht von Easton«, sagte mein Vater und machte eine kleine Kunstpause. »Ich rede von dir.«

»Von mir?«, rief ich empört. »Man kann mir ja eine Menge vorwerfen, aber sicher nicht, dass ich egozentrisch und selbstgerecht wäre!« Was für eine Scheißidee, Dad anzurufen, schimpfte ich in Gedanken mit mir selbst. »Ich habe mich immer um die Kleinen gekümmert, wenn Mom und du nicht zur Stelle wart, und jeden Mist erledigt. Also erzähl mir nichts von wegen egozentrisch!«

Wieder lachte mein Vater, doch diesmal schwang ein bisschen Wehmut mit. »Ich erinnere mich an wüste Einläufe von dir, wenn du uns vorgehalten hast, dass wir katastrophale Eltern wären, weil einer der Zwillinge einen wunden Po hatte oder Easton ein Pausenbrot, das er nicht leiden konnte.«

»Aber das zeigt doch nur, dass ich mich um andere gekümmert habe«, beharrte ich.

»Wenn deine Motivation rein altruistischer Natur gewesen wäre, dann ja. Aber vor allem ging es dir in diesen Situationen darum, mir oder deiner Mom klarzumachen, was für schrecklich inkompetente Eltern wir waren und dass du selbst alles viel besser im Griff hattest.«

Puh. Das musste ich erst einmal sacken lassen. So hatte ich das wirklich noch nicht gesehen, aber ich konnte nicht umhin, ein winziges bisschen Wahrheit darin zu erkennen.

»Tut mir leid, Reed, wenn es nicht das ist, was du hören wolltest«, sagte Dad, und ich hörte an seiner Stimme, dass er liebevoll lächelte.

»Nein, das war es nicht. Aber vielleicht war es das, was ich hören musste«, entgegnete ich und fühlte mich plötzlich ganz leer ohne die irrationale Wut in mir, die wie von Zauberhand verpufft war. Ich seufzte. »Aber was bringt mir das in Bezug auf Grace?«

»Vielleicht, dass sie dich trotzdem liebt, auch wenn sie dich für einen absoluten Versager in Eltern-Fragen hält?«, schlug er vor, fuhr dann aber ernster fort: »Es ist für sie einfach schwer zu verkraften, dass du plötzlich und in ihren Augen wie aus heiterem Himmel eine neue Frau hast. Aber sie wird sich dran gewöhnen.«

»Bist du sicher?« Ich dachte an Nora und Easton, die nach wie vor unversöhnlich wirkten, was Dad und Joanne betraf.

»Ganz sicher. Grace hat wahrscheinlich kein ernsthaftes Problem mit deiner Kiona, sondern nur damit, wie sie davon erfahren hat. Und das war, mit Verlaub, fast so dämlich wie meine Aktion mit Joanne an Weihnachten.«

»Nur mit dem Unterschied, dass es bei dir eine bewusste Entscheidung war und ich es nicht verhindern konnte.«

»Du hättest nicht in der Öffentlichkeit mit ihr knutschen müssen«, beharrte er. »Ich behaupte jetzt einfach mal, dass dein Unterbewusstsein es darauf angelegt hat, dass ihr ertappt werdet.«

Das hielt ich zwar für eine verdammt steile These, aber ein kleiner Kern Wahrheit war möglicherweise schon enthalten. »Und was mache ich jetzt? Ich habe mich bei Grace entschuldigt und ihr alles erklärt. Was soll ich sonst noch tun?«

»Nichts. Sie wird sich beruhigen. Vertrau mir.«

»Aber es gibt noch ein weiteres Problem«, fing ich an und erzählte meinem Vater von Kionas trauriger Vergangenheit und den widerwärtigen Schmähungen. »Das ist schrecklich für Kiona. Ich will nicht, dass sie das allein durchstehen muss, sondern will an ihrer Seite sein. Aber wie kann ich das, wenn meine Tochter dann Amok läuft?«

»Hab Geduld und Vertrauen, Reed. Es ist doch noch nicht einmal eine Woche. Du musst den Damen wenigstens die Chance geben, sich an die neue Situation zu gewöhnen. Und du musst aufhören zu glauben, du könntest alle Probleme lösen. Grace wird das allein schaffen und deine Kiona zweifellos auch. Nach allem, was sie mitgemacht hat, scheint sie mir sehr gut in der Lage zu sein, ihr Leben selbst in den Griff zu kriegen. Überfordere sie nicht. Sei da, wenn sie dich braucht, aber warte, bis sie dich um Hilfe bittet.«

Nun war ich endgültig sprachlos. Abwarten war so gar nicht meine Kernkompetenz. Zumindest dann nicht, wenn Menschen litten, die ich liebte. Aber wahrscheinlich hatte mein Vater recht. Ich konnte Grace nicht dazu zwingen, mich und meine Lebensentscheidungen gutzuheißen, sie musste von selbst darauf kommen. Und was Kiona betraf, war es ähnlich. Sie war schon ihr halbes Leben lang auf sich allein gestellt und hatte alles souverän im Griff. Was bildete ich mir eigentlich ein? Dass ich ihr Retter sein könnte? Sie brauchte keinen Retter, sondern einen Partner, der ihr zur Seite stand – wenn sie es wollte. Und Grace brauchte einen Vater, der sie liebte, auch wenn sie sich ätzend benahm. Ich durfte keine Entscheidungen für die beiden treffen, sondern nur für mich selbst. Wenn ich so darüber nachdachte, war das ein verdammt befreiendes Gefühl.

»Danke, Dad«, sagte ich schließlich. »Ich glaube, das war der beste Rat, den du mir jemals gegeben hast.«

»Dann bin ich also kein völliger Elternversager?« Das Lächeln in seiner Stimme war zurück.

»Nein. Bist du nicht. Ich glaube, du hast deinen Job ziemlich gut gemacht. Grüß Joanne von mir, und besucht uns doch mal zusammen. Das würde mich wirklich sehr freuen.«

MACHT DER WORTE

PORT MCNEILL, VANCOUVER ISLAND, 29. JANUAR – KIONA

Mir war schlecht. So richtig schlecht. Was echt verdammt ungünstig war, denn gleich musste ich auf die Bühne in der Schulaula, um einen Vortrag zum Thema Mobbing und Rassismus zu halten. Nein, keinen Vortrag, sondern einen Erfahrungsbericht.

Die Sache mit den Fotos von mir und Liam war gestern derart krass eskaliert, dass Rhonda beschlossen hatte, heute Vormittag eine für alle Schüler verpflichtende Veranstaltung zu organisieren, bei der es um genau diese Themen ging: Rassismus, Sexismus, Homophobie, Mobbing und Zivilcourage. Sie hatte dazu auch alle Eltern und im Grunde sämtliche Bewohner von Port McNeill eingeladen, doch von denen waren nur relativ wenige erschienen, ein paar Dutzend vielleicht. Kein Wunder, die meisten mussten arbeiten. Aber es waren mit wenigen Ausnahmen, die sich spontan krank gemeldet hatten, alle Schüler anwesend, sämtliche

Lehrerkollegen, etliche Sport-Coaches – darunter Connor –, Polizeichef Josh Parker, einige der »Fridays for Future«-Aktivisten, die heute eigentlich wieder eine Aktion mit unseren Schülern hatten starten wollen, und Reed, der mit einigen seiner Gaststudenten aus Telegraph Cove gekommen war.

Rhonda hielt gerade eine feurige, mitreißende Rede über die destruktive Macht der Worte und darüber, wie man ihr begegnen konnte. Sie hatte ebenfalls Erfahrung darin, mit Vorurteilen konfrontiert zu werden, denn sie war seit fast dreißig Jahren mit einem chinesischstämmigen Mann verheiratet. Mit John Li hatte sie drei Kinder und inzwischen auch schon zwei Enkel. Das Auditorium hing derart gebannt an ihren Lippen, dass ich mich fragte, warum ich überhaupt noch sprechen sollte. Liam hatte abgewinkt. Er hasste es, im Mittelpunkt zu stehen, und hatte kaum Erfahrung mit öffentlichen Auftritten. Ich dagegen hatte schon bei Demonstrationen auf der Bühne gestanden und diesbezüglich einige Routine gesammelt. Ich hatte auch schon vor deutlich mehr Menschen gesprochen, allerdings war es nie so persönlich gewesen. Nicht nur, weil es heute um meine eigene Geschichte gehen sollte, sondern vor allem, weil das hier meine Heimat war. Wenn ich es vermasselte, hatte ich überhaupt keinen Rückzugsort mehr. Zumindest behauptete das gerade mein Bauchgefühl – oder wie sollte ich die grässliche Übelkeit sonst interpretieren?

Ich versuchte, tief zu atmen und damit meinen nervösen Magen zu beruhigen. Schwallartiges Erbrechen auf der Bühne wäre ein Spezialeffekt, der meinen Worten zwar womöglich mehr Nachdruck verleihen würde, auf den ich aber sehr gut verzichten konnte. Nur undeutlich nahm ich Rhondas Schlussworte wahr. Der Applaus war freundlich, aber längst nicht so enthusiastisch, wie ich erwartet hätte. Offenbar waren die Schüler doch angepisster als erwartet, weil die heutigen Streikaktionen verboten worden waren. Topvoraussetzungen für ein aufmerksames Publikum. Wunderbar.

Ich schob diese destruktiven Gedanken beiseite, als mich Rhonda auf die Bühne bat, schließlich hatte ich mich entschieden, Stellung zu beziehen, und würde mich jetzt durch nichts davon abhalten lassen. Weder durch die vereinzelten Buhrufe noch durch meinen rebellierenden Magen. Ich war stärker als das – und das wollte ich jetzt auch beweisen.

Die Stichworte, die ich mir für meine kleine Rede notiert hatte, ließ ich in der Hosentasche. Ich wollte in die Gesichter meiner Schüler, Kollegen und Miteinwohner sehen können und mich nicht hinter einem Zettel verstecken. Außerdem wusste ich sowieso genau, was ich zu sagen hatte. Am Rednerpult angekommen, wartete ich, bis es still wurde. Einige Schüler quatschten miteinander, andere fielen durch mehr oder weniger originelle Zwischenrufe auf, und mindestens ein Vater telefonierte. Doch als mein Schweigen immer länger wurde, verstummten die Störer nach und nach.

»Vielen Dank für eure Aufmerksamkeit«, begann ich und schritt langsam über das Podium. »Ich weiß, dass viele von euch diese Veranstaltung als Zeitverschwendung betrachten. Dass ihr lieber eure geplanten Streikaktionen durchgezogen oder Mathe gelernt hättet.« Vereinzelte Lacher. Mein Blick glitt zu Craig, der mich mit verächtlichem Blick anstarrte, doch das brachte mich nicht aus dem Konzept.

»Ich bin mir jedoch ganz sicher, dass – wenn schon

nicht die Mathe-Geeks – wenigstens Greta Thunberg auf meiner Seite wäre, denn das Thema Ausgrenzung dürfte ihr wohlbekannt sein. Versteht mich nicht falsch, ich bin sehr dafür, dass wir gemeinsam alles tun, um unseren Planeten zu retten. Aber wofür eigentlich? Für uns Menschen?« Ich machte eine Pause und sah, wie einige mit den Augen rollten, andere entsetzt oder verblüfft nach Luft schnappten.

»Ernsthaft. Ich denke, die Erde wäre ohne uns Menschen besser dran. Vielleicht sollten wir also einfach weitermachen mit dem zerstörerischen Verhalten und weiterhin das Klima ruinieren und unsere Mitmenschen terrorisieren? Vielleicht sollten wir einfach noch ein, zwei Schippen drauflegen, damit das Elend schneller vorbei ist?«

»Spinnt die Alte jetzt völlig?«, rief eine Stimme, wurde aber gleich wieder zum Schweigen gebracht.

»Ja, vielleicht spinne ich wirklich«, nahm ich den Faden auf. »Vielleicht habe ich es aber einfach nur satt, attackiert zu werden. Von meinen Mitmenschen. Von meiner eigenen Spezies. Und warum? Weil ich anders bin? Es soll heute um jede Form der Ausgrenzung, der Marginalisierung und des Mobbings gehen, um Rassismus, Sexismus, Frauenhass, Homophobie und Vorurteile im Allgemeinen. Aber weil das viel zu große Worte sind und viel zu abstrakt, will ich es persönlicher halten und meine Geschichte erzählen.« Ich schluckte und gönnte mir weitere tiefe Atemzüge. Meine Achtklässler, die zusammengerottet in der ersten Reihe saßen, sahen mich erwartungsvoll an. Zumindest die meisten. Becky machte eifrig Notizen – zweifellos für einen Artikel in der Schülerzeitung –, und Grace starrte interessiert auf ihre Schuhspitzen. Ganz hinten dagegen, wo Reed,

Connor und Liam standen, hatte ich die volle Aufmerksamkeit.

»Ich bin vor neunundzwanzig Jahren hier in Port McNeill geboren. Meine Mutter Kajika war eine Kwakwaka'wakw. Sie war siebzehn, als ich zur Welt kam, Schülerin an dieser Schule und hat wegen mir ihren Abschluss nicht gemacht. Wer mein Vater ist, hat sie mir nie verraten. Als ich klein war, habe ich mir immer vorgestellt, dass es ein wunderbarer Mann sein musste, der irgendwann zurückkehren und für mich und meine Mom da sein würde. Doch irgendwann wurde mir klar, dass es wohl eher kein Fremder gewesen war, kein Urlauber, der ahnungslos nach einem folgenreichen Urlaubsflirt nach Hause gefahren war. Das hätte mir meine Mutter sagen können. Doch sie hat geschwiegen. Warum? Ich schätze mal, aus Angst. Ich schätze, weil mein Vater ein Einwohner von Port McNeill war. Oder ist. Vielleicht ist er sogar hier. Jetzt, in diesem Moment.« Ich hörte ein paar Mädchen aufgeregt nach Luft schnappen. Einige Leute blickten sich verstohlen um, so als könnte mein Vater plötzlich aufspringen. Was ich nicht hoffte. Reeds Miene war gequält, aber er ließ mich nicht aus den Augen und schien mir telepathisch etwas von seiner Stärke abgeben zu wollen.

»Ich weiß nicht, ob es einvernehmlicher Sex war, bei dem ich gezeugt wurde, aber mein Gefühl sagt mir, dass das wohl unwahrscheinlich ist. Doch sei's drum. Tatsache ist, dass ich nicht weiß, wer mein Vater ist. Ein wichtiger Teil meiner Identität wird womöglich für immer im Dunkeln liegen.«

»Vielleicht weiß Ihre Mutter es gar nicht? Vielleicht hatte sie so viele Kerle am Start, dass sie einfach nicht weiß, wer Ihr Vater ist?«, rief ein grobschlächtiger Kerl aus dem Abschlussjahrgang und erntete dafür einiges an Zustimmung, aber vor allem eine Menge Gegenwind.

Das war einer der Kommentare, auf die ich vorbereitet war – einfach weil ich sie schon so oft gehört hatte. Trotzdem konnte ich mir eine bissige Replik nicht verkneifen: »Das kann natürlich sein, es ist ja schließlich wohlbekannt, dass es ›Indianerinnen‹ mit jedem treiben.« Ich pausierte kurz und fixierte ihn so lange, bis er wegsah. »Ich kann sie leider nicht mehr dazu befragen, denn meine Mutter ist seit vierzehn Jahren verschwunden. Spurlos verschwunden. Doch das wurde von den entscheidenden Menschen hier im Ort nur mit einem Schulterzucken abgetan. Wahrscheinlich sei sie einfach abgehauen, hat man mir gesagt. Mit einem Kerl durchgebrannt. Klar, oder? Der damalige Polizeichef von Port McNeill hat sich jedenfalls geweigert, Ermittlungen aufzunehmen. Ich war damals fünfzehn und ganz auf mich allein gestellt. Oder fast, denn mein Großvater hat mich noch einige Monate unterstützen können, ehe er selbst starb. Trotzdem habe ich es irgendwie geschafft, meinen Schulabschluss hinzubekommen und mir mein Studium zu finanzieren. Übrigens nicht mit Prostitution, wie mir einige Zeitgenossen auch schon unterstellt haben, sondern mit der langweiligsten, stumpfsinnigsten Arbeit, die man sich nur vorstellen kann, und gleichzeitig einer irre anstrengenden: als Katalog-Model. Ich weiß, dass viele von euch Mädchen den Traum haben, Model zu werden. Idealerweise Supermodel. Falls ihr meinen Rat hören wollt: Lasst die Finger davon! Es ist ätzende, harte Arbeit und macht eure Seelen kaputt.«

Erwartungsgemäß ging wieder ein Raunen durch die Reihen, doch ich fuhr unbeeindruckt fort. »Man könnte also sagen, dass ich nicht den allergünstigsten Start ins

Leben hatte, aber mir ist klar, dass das ein Schicksal ist, das ich mit vielen anderen Menschen teile – und ich will mich auch nicht beklagen, denn ich habe es ja nicht schlecht getroffen. Ich habe eine gute Berufsausbildung und einen Job, der mir auch noch Spaß macht. Meistens jedenfalls. Was mich aber unglaublich wütend macht, ist, dass ich zeit meines Lebens wegen meiner Herkunft stigmatisiert wurde. Perfiderweise von allen Seiten. Die weiße Mehrheitsgesellschaft unterstellt mir – bewusst oder unbewusst – eine ganze Reihe von rassistischen Stereotypen, von denen die Neigung zu Alkohol und Drogen, geistiges Minderbemitteltsein oder große Spiritualität nur die griffigsten sind. Aber auch von der Gruppe der ›First Nations‹, der Ureinwohner, werde ich nicht ernst genommen. Weil mein Blut nicht rein genug ist, sondern von Weißen ›besudelt‹ und weil sich meine Mutter von der traditionellen Lebensweise abgewandt und mich eher westlich erzogen hat. Nur wenige machen sich die Mühe, mich wirklich kennenzulernen. Mich, Kiona Brooks. In der Regel werde ich einfach in Schubladen verfrachtet. Immer noch. Ich weiß, dass es hier in Port McNeill Eltern gibt, Weiße und Kwakwaka'wakw gleichermaßen, die nicht wollen, dass ich ihre Kinder unterrichte. Einfach nur, weil ich in ihren Augen jemand bin, der irgendwie falsch ist. Nicht, weil ich inkompetent wäre, das scheint gar kein Kriterium zu sein, sondern einfach nur ›kein gutes Vorbild‹. Was auch immer das heißen mag.«

Ich hatte einige dieser Eltern entdeckt. Ein Paar wirkte erstaunlicherweise leicht beschämt, ein anderes starrte mich feindselig an. »Das sind Vorurteile, mit denen ich mich schon mein ganzes Leben lang auseinandersetzen muss. Ich habe mir nicht ausgesucht, zu sein, wer ich bin, aber ich muss damit leben. Und nicht nur ich. Es gibt auch Eltern, die nicht wollen, dass ihre Kinder von Naomi Floyd unterrichtet werden – weil sie schwarz ist –, andere halten es für grundfalsch, dass Rhonda Li vor Jahren die Schulleitung übertragen bekommen hat – weil sie mit einem Kanadier verheiratet ist, der chinesische Wurzeln hat, man stelle sich das nur mal vor! Und ich wette, dass sich jetzt auch die Homophoben positionieren und zukünftig gegen Liam MacAlpine stänkern werden.«

»Hören Sie doch auf, unsere Stadt als rassistisch und diskriminierend hinzustellen«, rief ein Mann mit wütendem Gesichtsausdruck. »Das sind wir nicht! Wenn Sie unbedingt das Opfer spielen wollen, dann gehen Sie wohin, wo man Ihnen zuhören möchte.«

Was für eine Steilvorlage! Wenn es nicht so traurig gewesen wäre, hätte ich über diese Form der Selbstentlarvung laut lachen müssen. »Ich muss Sie enttäuschen, ich werde nirgendwohin gehen, denn hier ist meine Heimat«, entgegnete ich. »Ich habe auch nicht behauptet, dass Port McNeill rassistisch und diskriminierend ist. Wir Menschen sind es. Wir alle. Ich habe auch meine Vorurteile, und es fällt mir nicht immer leicht, gegen sie anzukämpfen. Es scheint in der Natur des menschlichen Gehirns zu liegen, Strukturen zu vereinfachen und in Schubladen zu denken. Aber das ist gefährlich. Das hat uns in die Position gebracht, in der wir uns derzeit befinden.«

Ungläubiges Gemurmel aus dem Publikum, aber auch das überraschte mich nicht. Die Wahrheit war nicht immer leicht zu verkraften.

»Was meine angebliche Opferrolle betrifft«, nahm ich den Faden wieder auf. »Ich schätze mal, dass die überwiegende Mehrheit hier in diesem Raum schon mehr oder weniger einschneidende Erfahrung mit Stigmatisierungen aller Art hatte – oder aus Angst davor ein sehr unfreies Leben führt. Die meisten erwachsenen Frauen und vermutlich auch sehr viele Mädchen haben schon sexistische Erlebnisse gehabt. Ein Klaps auf den Po, ein zweideutiges Kompliment – so fängt es an. Es sind homosexuelle Menschen hier im Raum – und zwar mehr als die beiden neuerdings stadtbekannten –, andere werden wegen ihres Aussehens ausgegrenzt. Weil sie übergewichtig sind oder Pickel haben oder sonst einen vermeintlichen Makel. Es gibt Menschen, die an Depressionen oder anderen psychischen Krankheiten leiden, und andere, die sich vielleicht schämen, weil ein Familienmitglied ein Verbrecher ist. Diskriminierung und Ausgrenzung haben viele Facetten, und so gesehen dürften die ›Opfer‹, also Menschen, die sich bei einem oder mehreren Aspekten jenseits der Norm befinden, hier sogar deutlich in der Überzahl sein.«

»Mit ›Norm‹ meinen Sie heterosexuelle, weiße Männer?«, fragte eine Schülerin aus der zehnten Klasse, von der ich wusste, dass sie die Schülerzeitung leitete und federführend im Orga-Team der FFF-Gruppe war.

»Richtig. Und wenn ich mich hier so umsehe, gibt es von diesen Exemplaren gar nicht so viele. Zumindest nicht in diesem Raum. Ist es also nicht unfassbar erstaunlich, dass wir anderen uns nach den Vorstellungen einer Minderheit richten sollen?«

Das Murren im Publikum wurde lauter, und ich machte eine beschwichtigende Geste, ehe ich fortfuhr. »Ich habe nichts gegen heterosexuelle, weiße Männer. Ganz im Gegenteil. Ich habe mich in ein Exemplar von ihnen verliebt und finde ihn einfach nur großartig.« Mein

Blick fand Reed, der mich mit so viel Liebe ansah, dass ich merkte, wie mir das Blut in die Wangen schoss.

»Wogegen ich etwas habe, ist der weit verbreitete Unwille, Missstände zu hinterfragen und aufzulösen. Fragwürdige Sichtweisen werden auch dadurch nicht richtiger, dass man sie mit angeblichen Traditionen untermauert. ›Das haben wir schon immer so gemacht!‹ ist kein gutes Argument, sondern nur Zeichen einer hilflosen Besitzstandswahrung. Die Menschheit entwickelt sich nur weiter, wenn verkrustete Strukturen mutig aufgebrochen werden.«

Langsam kam ich zum Höhepunkt meines Vortrags, der schon jetzt viel länger ausgefallen war, als ich ursprünglich beabsichtigt hatte, aber es war mir einfach wichtig. So unendlich wichtig. Und wenn nur eine Handvoll Schüler den Kern meiner Botschaft begriff, war das schon ein Sieg. Ich nahm die Fernbedienung des Beamers vom Rednerpult und zeigte das erste Bild. Es war das Foto von der Demonstration im letzten Jahr – und natürlich hörte ich wieder Raunen und vereinzeltes Kichern aus den Reihen der Schüler sowie Unmutsäußerungen von einigen Eltern.

»Ich habe vorhin von meiner Geschichte erzählt. Von meiner verschwundenen Mutter. Und so schlimm das Ereignis für mich war und ist, es ist beileibe kein Einzelfall. In Vancouver bin ich auf eine Gruppe von Betroffenen gestoßen, denen Ähnliches passiert ist. Auch diese Menschen haben ihre Mütter, Schwestern, Töchter, Freundinnen verloren und fanden sich kollektiver Blindheit und Ignoranz der Behörden gegenüber. Ihr werdet vielleicht verstehen, dass einen das als Hinterbliebenen verzweifeln lässt. Und wütend macht. Mich hat es unendlich wütend gemacht. Daher habe ich angefangen, mich zu engagieren. Seit ein paar Jahren werden diese Fälle aufgearbeitet, auch weil unser Premierminister sich das für seine Regierungszeit auf die politische Agenda geschrieben hat. Doch es geht viel zu langsam. Deshalb war ich letztes Frühjahr mit zwei weiteren Aktivistinnen meiner Gruppe bei dieser Demonstration – und dabei ist dieses Bild entstanden.«

Ich ignorierte die Zwischenrufe einiger Eltern, die verlangten, ich möge das Foto entfernen. »Schon erstaunlich, dass nackte Frauenbrüste ein viel größerer Aufreger sind als Bilder von Kriegen oder Polizeigewalt. Wegen dieses Fotos habe ich übrigens meinen letzten Job verloren. Weil ich es gewagt hatte, meine Meinung zu äußern und sie ein wenig drastisch zu untermalen. Wie gesagt, nicht mit Waffen oder Gewalt, nur mit meinen Brüsten, die offenbar dazu geeignet sind, die moralische Gesundheit von Schülern und Schülerinnen zu ruinieren.« Ich lachte bitter auf.

»Womit ich in diesem Zusammenhang aber ebenfalls konfrontiert wurde, waren Beschimpfungen aus einer Ecke, aus der ich sie so nicht erwartet hatte. Kolleginnen haben mich angegriffen: Ich könne gar nicht wirklich mitreden, weil ich ja hübsch sei. Und schlank. Ich hätte keine Ahnung, welchem Schmerz und welcher Ausgrenzung übergewichtige Frauen ausgesetzt seien, dass es aber viel schlimmer sei als alles, was ich durchgemacht hätte. Puh. Zugegeben, ich weiß nicht, wie es sich anfühlt, übergewichtig zu sein, aber ich weiß ganz sicher, dass eine Hierarchisierung unterschiedlicher Diskriminierungserfahrungen alles nur schlimmer macht. Denn ich bin bei dieser Demo ja nicht nur für mich oder meine Mutter auf die Straße gegangen, sondern für alle Frauen, die ausgegrenzt werden oder Opfer von Mobbing oder sexualisierter Gewalt sind. Und statt Solidarität zu erfahren, bekam ich Gegenwind von einer Gruppe, die doch eigentlich auf meiner Seite sein sollte.«

»Und was könnte man dagegen tun?«, rief wieder die engagierte Zehntklässlerin.

»Hinschauen, hinterfragen, miteinander sprechen«, antwortete ich. »Und vor allem: den Mund aufmachen, wenn man sich diskriminiert fühlt. Ich weiß, wie viel Mut und Kraft das kostet, aber ich bin überzeugt davon, dass es sich langfristig auszahlt und für ein besseres, friedlicheres Miteinander sorgt. Ich habe kein Problem damit, wenn man mich nicht mag. Aber diese Ablehnung sollte allein in meinem Verhalten begründet sein. Einige von Ihnen und euch werden mich jetzt dafür verachten oder gar hassen, dass ich meine Finger heute nicht nur in eine offene Wunde gelegt, sondern auch noch genüsslich darin herumgebohrt habe. Manche meiner Schüler und Schülerinnen mögen mich nicht, weil ich sie in ihren Augen ungerecht benotet habe. Das ist alles in Ordnung, und damit kann ich leben. Ich kann es auch verstehen, wenn jemand auf mich sauer ist, weil ich ihm oder ihr vermeintlich etwas wegnehme – auch wenn das definitiv nicht der Fall ist.« Ich sah kurz zu Grace, die meinem Blick jedoch auswich. Allerdings merkte ich deutlich, dass meine Rede sie nicht kaltgelassen hatte.

»Was ich jedoch nicht mehr akzeptieren werde, sind bösartige Reaktionen aufgrund meiner ethnischen Zugehörigkeit, meines Aussehens und meines Geschlechts. Und ich rate allen hier in diesem Raum, sich ebenfalls zur Wehr zu setzen.« Ich klickte auf die Beamer-Fernbedienung und bannte nun das zweite, bearbeitete Bild samt der Schmähschrift an die Wand. »Die meisten von Ihnen und euch werden dieses Foto und die unverhohlene Drohung schon zu Gesicht bekommen haben. Womöglich befindet sich der Urheber dieses Schreibens mitten unter uns. Nur damit das klar ist, ich werde das nicht auf sich beruhen lassen und habe bereits Maßnahmen ergriffen. Genau wie ich den Fall des Verschwindens meiner Mutter noch einmal untersuchen lasse. Und wenn irgendjemand hier im Raum Diskriminierungserfahrungen gemacht hat und sich nicht traut, sich zu wehren, dann helfe ich sehr gerne.« Nun lächelte ich einmal in die Runde.

»Vielen Dank fürs Zuhören und für eure Geduld. Ich hatte ja eingangs kühn behauptet, dass Greta diese Veranstaltung hier gut finden würde, und ich bin immer noch überzeugt davon. Schließlich weiß sie selbst sehr gut, wie es sich anfühlt, aufgrund ihres Alters, ihres Geschlechts und ihrer Autismus-Erkrankung lächerlich gemacht und diskriminiert zu werden. Allerdings empfindet sie ihr Asperger-Syndrom als Superkraft im Kampf gegen den Klimawandel. Vielleicht sollten wir unsere vermeintlichen Achillesfersen genauso betrachten? Vor allem aber sollten wir es gemeinsam anpacken. Für eine Welt, in der möglichst alle Menschen friedlich und gesund im Einklang mit der Natur leben können. Vielen Dank.«

Ich schaltete den Beamer ab und überlegte einen Moment lang, was ich jetzt tun sollte. Mich verneigen? Rhonda noch einmal das Wort erteilen? Endlich zur Toilette rennen, um mich zu übergeben? Womit ich jedoch nicht gerechnet hatte, war der Applaus, der zunächst zaghaft begann, dann immer lauter anschwoll und schließlich so ohrenbetäubend war, dass die ebenfalls vorhandenen Buhrufer keine Chance mehr hatten.

Becky war regelrecht enthusiastisch, und auch Grace

klatschte schüchtern mit. Ich lächelte sie an und sah dann nach hinten, wo bis eben Reed gestanden hatte. Dort gab es einen kleinen Tumult. Connor hielt Reed mit aller Kraft zurück, und Polizeichef Parker knöpfte sich gerade Craig Albright vor. Dann schlossen sich die Reihen wieder und versperrten mir den Blick. Stattdessen kam Rhonda auf die Bühne und umarmte mich herzlich. Meine Flucht auf die Toilette musste wohl noch etwas warten.

PIZZAPARTY

TOFINO, VANCOUVER ISLAND, 4. FEBRUAR – REED

»Elliot, sieh es ein. Du bist überstimmt. Auf absehbare Zeit wirst du hier in Tofino kein weiteres Schnellboot betreiben dürfen.« Ich konnte nicht glauben, dass Elliot Graham weiterhin auf Konfrontationskurs war und mich bis zum Anleger der Wasserflugzeuge verfolgte.

Wir hatten gerade eine vierstündige Sitzung mit dem Bürgermeister und der Tourismus-Chefin von Tofino hinter uns, bei der sich die Walbeobachter und die Betreiber der Surfschulen – gegen das PS-starke neue »Fun-Konzept« von »Moby Tours« ausgesprochen hatten. Elliot hatte allen Ernstes vorgeschlagen, nicht nur zwei weitere große Schnellboote für die Waltouren herzubringen, sondern auch noch eine Flotte von Jetskis, um gezielt Action suchende Gäste anzulocken. Alle anderen hatten sich dagegen ausgesprochen. Tofino wollte auch weiterhin mit Naturbelassenheit, Nachhaltigkeit und

Individualtourismus punkten und dieses Image zukünftig sogar noch weiter ausbauen. Dazu passten keine hochmotorisierten Krachmacher.

Das Meeting war nötig geworden, weil Elliot Terence Bishop, den Sohn des alten Trevor Bishop, inzwischen so weichgekocht hatte, dass er das kleine Unternehmen seines Vaters endgültig an »Moby Tours« hatte verkaufen wollen. Glücklicherweise hatte Kelly rechtzeitig Wind davon bekommen und wir hatten den Bishops zusammen mit den Johnsons, dem größten Mitbewerber vor Ort, ein Gegenangebot gemacht. Allerdings mussten wir vor der Übernahme ein Konzept dafür vorlegen, was wir zukünftig mit der Firma anstellen wollten – und dieses Konzept musste von offizieller Stelle abgesegnet werden. Wir hatten uns für einen Ansatz entschieden, der kleinere Forschungsexpeditionen für Touristen beinhaltete – dass die Gäste die Wale also nicht nur passiv bei unseren üblichen Touren erlebten, sondern zusammen mit Wissenschaftlern auf zum Teil mehrtägige Fahrten gingen. Dank Nora, die glücklicherweise wieder mit mir sprach, hatten Esther Johnson und ich eine unfassbar coole Präsentation vorzuweisen. Meine kleine Schwester war wirklich gut in diesen Dingen. Sie hatte tolle Texte geschrieben, die perfekten Bilder und Videos ausgesucht und das fünfminütige Video mit stimmungsvoller Musik unterlegt. Dagegen wirkte der Clip von Elliot, den er von seiner Werbeagentur in Victoria hatte erstellen lassen, einfach nur trashig. Das Ergebnis war eindeutig. Wir bekamen für unser Konzept den Zuschlag, und Elliot musste einen Rückzieher machen. Doch offensichtlich sah er das anders.

»Das ist ein Riesenfehler, Reed«, beharrte er. »Für Tofino, die Region und auch für dich persönlich. Für

Esther und dich ist die Übernahme von Bishops Geschäft eine krasse finanzielle Belastung, die ihr doch kaum stemmen könnt.« Da hatte er leider recht, aber andererseits gab es keine Alternative.

»Das ist nur so, weil du den Preis hochgetrieben hast«, erwiderte ich gereizt. »Aber das spielt keine Rolle mehr, denn der Deal ist abgeschlossen und wir werden das jetzt durchziehen. Ich sehe es übrigens anders: Es ist ein Gewinn für Tofino und die Region – und mittel- bis langfristig auch für die Johnsons und uns. Vor allem ist es aber ein Gewinn für die Wale, denn die werden nicht noch mehr von deinen abartig lauten und aggressiven Schnellbooten gestört.« Schlimm genug, dass er damit die Gewässer rund um Victoria dominierte, doch diese Bemerkung verkniff ich mir. Ich hoffte immer noch, dass an den Gerüchten, er habe massiv gegen Auflagen verstoßen, etwas dran war und dass er seine Lizenz verlieren würde. Aber bis dahin mussten wir kleinen Anbieter eben selbst aktiv werden und gegen seine Übermacht vorgehen – auch wenn es wehtat.

»Himmel, du musst endlich aufhören, die Biester derart zu romantisieren, dann könntest du auch ernsthaft Geld verdienen und müsstest es nicht nur ausgeben.« Elliot verdrehte in gespielter Verzweiflung die Augen.

»Und wenn du die Wale und ihre Bedürfnisse ein bisschen ernster nehmen würdest, wäre die Welt ein besserer Ort. Wenn du mich jetzt entschuldigen würdest, ich muss nach Hause.« Ohne auf eine weitere Antwort von ihm zu warten, kletterte ich in mein Flugzeug, begann mit den Startvorbereitungen und war wenige Minuten später in der Luft.

Die Bombe, dass die Bishops doch verkaufen wollten, war letzten Freitag geplatzt – während ich an Gracies

Schule Kionas fulminanter Rede gelauscht hatte, nach der ich um ein Haar handgreiflich geworden wäre. Dieser widerwärtige Craig Albright hatte nicht mit unverschämten Kommentaren gespart. »Irgendjemand muss dieser Indianer-Schlampe dringend mal das Schandmaul stopfen« war die Bemerkung gewesen, die mich zum Ausflippen gebracht hatte. Meine Faust war nur noch einen Zentimeter vor seiner Hackfresse entfernt gewesen, als Connor mich gepackt und weggezogen hatte. Immerhin hatte auch Josh Parker die rassistischen Sprüche gehört und sich den alten Mathelehrer zur Brust genommen. Leider war er ab Montag wieder ganz normal im Unterricht gewesen, doch was hatte ich erwartet? Dass Josh ihn verhaften und einkerkern würde?

Das alles hatte Kionas triumphalen Auftritt für mich etwas getrübt. Dabei war sie absolut sensationell gewesen. Ihre unglaubliche Bühnenpräsenz und ihr Gespür für Timing und Dramaturgie waren beeindruckend. Nicht nur für mich, der ich vielleicht nicht ganz objektiv war, sondern für den Großteil der Zuhörer. Natürlich gab es auch die Stänkerer und Ewiggestrigen in unserer Gemeinde, aber ich hatte schon den Eindruck, dass die meisten von ihren Worten sehr berührt gewesen waren. Das galt auch für Grace – obwohl es ihr verdammt schwergefallen war, das zuzugeben. Noch war meine Tochter offiziell beleidigt und sauer auf mich, aber ich merkte, wie ihr Widerstand schmolz. Heute Abend wollte sie Kiona mit einigen Mitschülerinnen aus der Kunstklasse in ihrer Werkstatt besuchen, um eine Einführung ins Holzschnitzen zu bekommen. Ich hatte versprochen, ebenfalls dazuzustoßen und Pizza für alle zu bringen. Deshalb hatte ich es jetzt auch so eilig mit dem Heimweg.

Kiona und ich hatten uns während der letzten Tage nicht gesehen, weil ich wegen der Bishop-Übernahme derart eingespannt gewesen war, dass ich nicht einmal zu meiner normalen Arbeit gekommen war. Stattdessen hatte ich ständig mit Esther Johnson konferiert, war am Montag mit ihr in Victoria beim Anwalt und wegen eines Kredits bei der Bank gewesen. Doch jetzt war in dieser Hinsicht das Schlimmste erledigt und ich hoffte auf ein wenig Entspannung – und auf Zeit allein mit Kiona. Wir hatten während der letzten Tage fast nur telefoniert, und das auch immer nur recht kurz.

Falls das Wetter hielt, stand am Samstag oder Sonntag auch unsere Waltour mit Gracies Klasse auf dem Programm, aber die Aussichten waren noch ein wenig unklar. Alternativ wäre mir auch nach einem entspannten Kuschelwochenende zu zweit – falls Grace Beckys Einladung zur Pyjamaparty annahm und sie nicht spontan zu uns nach Hause verlegen wollte.

»Home sweet home«, murmelte ich erleichtert, als ich die Haustür aufschloss und mein Haus betrat. Mir fiel Kionas Gesichtsausdruck ein, als sie zum ersten Mal hier im Flur gestanden hatte. Sie hatte sich spontan wohlgefühlt und alles mit leuchtenden Augen aufgenommen. Das wollte ich unbedingt wiederholen. Ich wusste noch nicht genau, wie, aber ich würde Grace dazu bringen, mindestens eine Nacht bei Becky zu schlafen. Aber zuerst musste ich Ollie abholen, der bei Connor war. Als ich gestern Mittag nach Tofino aufgebrochen war, hatte ich ihn bei meinem Nachbarn abgeliefert, der sich wieder einmal um Hund und Kind gekümmert hatte.

Ich stellte meine Reisetasche neben das Schuhregal und ging nach gegenüber.

Ollie begrüßte mich begeistert, als Connor nach

meinem Klingeln die Tür öffnete und mich hereinbat. »Na, wie lief's?«, wollte mein Kumpel wissen.

»Gut. Wirklich gut. Wir haben alle mit unserem Konzept überzeugt. Jetzt werde ich eine Menge Schulden machen müssen, um Bishop auszuzahlen, aber ich hoffe, dass es die richtige Entscheidung war«, berichtete ich knapp. »Wie war's bei euch? Waren Grace und Ollie friedlich?«

»Wie die Lämmer«, beteuerte Connor grinsend. »Obwohl Liam letzte Nacht ebenfalls bei mir war.«

»Oh«, stieß ich überrascht hervor.

»Du brauchst gar nicht so entsetzt zu tun. Ich weiß, dass Grace auf mich fast so sauer war wie auf dich, weil auch ich sie mit einem ihrer Lehrer ›betrüge‹.« Er setzte das Wort in Luft-Gänsefüßchen. »Aber ich dachte mir, ich bereite mal den Acker für dich und Kiona und konfrontiere unsere Prinzessin mit der Tatsache, dass sich die Dinge im Leben manchmal ändern.«

»Wow.« Ich war ernsthaft beeindruckt. »Und wie ist es ausgegangen?«

»Gut, würde ich sagen. Sehr gut sogar. Erst war sie natürlich schockiert und beleidigt, aber Liam hat sie mit seinen Kochkünsten bezirzt und schließlich einen Deal mit ihr vereinbart: Außerhalb der Schule ist er einfach Liam und wird sie nicht mit drögem Unterrichtsstoff belästigen. Das hat geklappt. Wäre vielleicht auch eine Methode für dich und Kiona. Jedenfalls haben wir gestern Abend sogar noch zwei Stunden Monopoly gespielt, und heute früh sind sie gemeinsam zur Schule marschiert. Nachdem er ihr Pausenbrote geschmiert hat – was er offenbar auch besser draufhat als ich.«

»Zeichen und Wunder«, murmelte ich kopfschüttelnd

vor mich hin, aber ich konnte nicht verhindern, dass mich das optimistisch stimmte.

»Kionas Rede letzte Woche hat die Kinder wahnsinnig beeindruckt. Auch beim Eishockey-Training haben sie von wenig anderem gesprochen. Selbst die Jungs, die gern einen auf besonders dicke Hose machen, waren plötzlich ganz zahm. Einer hat sich sogar bei mir für seine Schwulenwitze entschuldigt, die er zwar nie in meiner Gegenwart erzählt hat, die ja nun aber trotzdem in der Welt sind, wie er meinte.« Connor grinste. »Es kann natürlich auch sein, dass die Jungs vor allem von ihren Brüsten geflasht waren. Für einige von den jüngeren ist da bestimmt ein langgehegter Traum in Erfüllung gegangen, weil sie bisher noch nie nackte Frauenbrüste gesehen haben – außer vielleicht die ihrer Mütter.«

»Das halte ich für extrem unwahrscheinlich«, brummte ich. »Die Kids schicken sich doch schon in der fünften Klasse Pornovideos auf ihre Handys.« Ich erinnerte mich an ein sehr unangenehmes Gespräch mit Grace vor anderthalb Jahren. Sie war beim Anblick eines Clips so schockiert gewesen, dass sie mir geschworen hatte, niemals in ihrem ganzen Leben Sex zu haben.

»Auch wieder wahr«, gab Connor zu, grinste aber immer noch breit. »Trotzdem war es eine Mega-Aktion, und ich fand's gut von Rhonda Li, dass sie Kiona erlaubt hat, diese Bilder zu zeigen. Minutenlang. Das hat wirklich Eindruck gemacht. Nicht nur wegen der Brüste.«

»Seit wann bist du plötzlich so auf Brüste fixiert? Hast du das Lager gewechselt oder was?« Im Gegensatz zu Connor war ich nicht ganz so begeistert von der endlosen Präsentation der Fotos. Klar waren sie effektvoll gewesen, aber ich war mir auch ganz sicher, dass es bei diesem Anblick bei etlichen der anwesenden Jungs und Männer eng in den Hosen geworden war, und es ging mir tierisch gegen den Strich, dass sich diese Typen womöglich auch in Zukunft an den Bildern aufgeilen würden.

»Du bist eifersüchtig!«, traf Connor den Nagel auf den Kopf und lachte. Er lachte mich ernsthaft aus! »Keine Sorge, ich habe nur soziologisches Interesse an der ganzen Aktion.«

»Soziologisches Interesse kann man bei den meisten der kleinen Wichser jedenfalls ausschließen.«

»Ich steh drauf, wenn du so zum Alphamännchen wirst«, zog mich Connor weiter auf. »Aber jetzt mal im Ernst. Das war unfassbar mutig von Kiona, und es hat die Leute extrem beeindruckt. Du hast während der letzten Tage nicht so mitbekommen, was hier im Ort los war, weil du die ganze Zeit unterwegs warst. Ich könnte mir vorstellen, dass sich wirklich ein bisschen was ändert. Dass die Leute miteinander sprechen und versuchen, toleranter zu sein. Mir hat die ganze Woche jedenfalls kein Einziger einen blöden Spruch reingedrückt.«

»Wenn dir jemand einen Spruch reindrückt, muss er ja damit rechnen, dass er den nächsten Sonnenaufgang nicht erlebt«, entgegnete ich und musterte meinen besten Freund, gegen den selbst ich wie ein schmales Bürschlein wirkte. Dabei war Connor einer der sanftmütigsten Menschen, die ich kannte – außer beim Eishockey, da verstand er keinen Spaß.

»Du übertreibst schamlos«, behauptete er. »Aber selbst Liam musste sich keine dummen Kommentare anhören – und das grenzt nun wirklich an ein mittleres Wunder.«

Da war wohl was dran, gab ich in Gedanken zu.

Kiona hatte sich bei unseren Telefonaten immer nur ganz vage zu dem Thema geäußert, so als sei es nicht wichtig oder vielleicht sogar peinlich. Dabei hatte Connor absolut recht: Es war mutig und sehr beeindruckend von ihr gewesen. Und ich wollte ihr jetzt endlich mal sagen und zeigen, *wie* mutig und beeindruckend ich sie fand. Und dass mit sofortiger Wirkung bitte nur noch ich in den Genuss ihrer Brüste kommen möge!

»Das freut mich sehr für Liam«, nahm ich den Gesprächsfaden wieder auf. »Und zwischen euch läuft es auch gut?«

»Es könnte nicht besser sein.« Connor strahlte übers ganze Gesicht. »Erinnerst du dich noch an die Silvesternacht und unsere guten Vorsätze für das neue Jahr? Wer hätte gedacht, dass es so schnell geht? Und auch noch für uns beide?«

»Ja, da war das Schicksal wirklich fix. Ich hoffe jetzt nur, dass Grace sich langsam an den Gedanken gewöhnt und Kiona und ich ...«

»Das wird!«, unterbrach er mich. »Ich bin mir absolut sicher. Allein dass Grace heute Abend mit ihren Freundinnen diesen Schnitzkurs bei Kiona macht, würde ich als gutes Zeichen werten. Du wirst schon sehen, in ein paar Wochen wohnen Liam und Kiona bei uns, und es wird auch für Grace so sein, als wäre es nie anders gewesen.«

»Das hoffe ich jedenfalls sehr. Aber apropos Schnitzkurs. Ich hatte versprochen, dass ich den Damen Pizza vorbeibringe, und deshalb muss ich jetzt los. Danke für alles.«

»Jederzeit, das weißt du doch.«

Ja, das wusste ich, und es fühlte sich verdammt gut an, einen Freund zu haben, auf den ich mich hundertprozentig verlassen konnte. Trotzdem würde ich wohl auf ewige Zeiten in seiner Schuld stehen, denn seine Großzügigkeit konnte ich niemals ausgleichen. Aber ich wusste auch, dass das nicht nötig war, denn er liebte Grace fast so sehr wie ich selbst. »Ich weiß«, sagte ich daher. »Aber ein Dankeschön muss trotzdem erlaubt sein.« Ich legte ihm kurz eine Hand auf die Schulter und pfiff dann nach Ollie, der es sich schon wieder in Connors Wohnzimmer gemütlich gemacht hatte. »Komm, wir holen jetzt Pizza und besuchen die Mädels!«

Eine halbe Stunde später parkte ich meinen Wagen vor dem flachen, bungalowartigen Gebäude, in dem sich die Holzwerkstatt befand, die einst Kionas Großvater Kenai gehört hatte. Es war mein erster Besuch hier, bisher hatte es sich nicht ergeben, und ich war sehr gespannt. Ollie, das Pizzamonster, sprang aufgeregt um mich herum, als ich die drei riesigen Familienpizza-Schachteln aus dem Auto holte und auf die Eingangstür zusteuerte. Durch die Fenster sah ich die Mädchen nebeneinander an einem langen Tisch sitzen und mit Holzstücken hantieren. Kiona stand hinter zweien von ihnen und gab offensichtlich irgendwelche guten Ratschläge. Doch als hätte sie meinen Blick gespürt, hob sie den Kopf und schaute zum Fenster. Vermutlich konnte sie nicht viel erkennen, denn hier draußen war es dunkel, aber trotzdem breitete sich ein hinreißendes Lächeln auf ihrem Gesicht aus.

Ich sparte mir das Anklopfen und betrat die Werkstatt durch die doppelflügelige Eingangstür. »Der Pizzabote ist da!«, rief ich. Ollie lief neugierig durch den

Raum, begrüßte kurz Grace und die anderen Mädchen, stupste freundlich Kionas Hand an und schnupperte dann interessiert am Tisch herum. Für einen Moment waren in seiner Hundewelt sogar die duftenden Pizzas uninteressant. Ich konnte es ihm nicht verübeln, denn auch mich verzauberte die Werkstatt auf Anhieb. Während Kionas Wohnung eigentümlich seelenlos wirkte, atmete hier alles ihren Geist und ihre Persönlichkeit. Kein Wunder, dass sie hier so viel Zeit verbrachte. Die Wände waren komplett mit Regalen verkleidet, in denen sie fertige Figuren lagerte, aber vor allem Material stapelte. Vorwiegend Holz in allen Varianten: Stücke von Treibholz, abgebrochene Äste, verwittertes Altholz und frisch gesägte Bretter und Blöcke. Daneben gab es Werkzeuge, die ich nicht einmal im Ansatz korrekt hätte benennen können, Farben und Papier. Und es roch ganz wunderbar.

»Ich bin am Verhungern!«, rief eines der Mädchen begeistert.

»Das wollen wir doch nicht hoffen«, entgegnete ich und wandte mich dann an Kiona, die mich immer noch anlächelte. »Wo darf ich servieren?«

Sie deutete auf eine Werkbank vor einem der großen Fenster. »Am besten hier. Dann kann sich jeder bedienen.«

Ich ging die paar Schritte durch den Raum, deponierte meine köstliche Fracht auf dem Tisch und legte noch den Stapel Servietten dazu, den ich mir in die Jackentasche gestopft hatte. »Hallo, Sweetheart«, begrüßte ich dann Grace, drückte sie kurz an mich und gab ihr einen Kuss auf ihren rotbraunen Schopf. Es war mir egal, ob ihr das peinlich war, ich hatte sie vermisst. »Ich bin froh, dass ich dich wiederhabe«, raunte ich leise in ihr Ohr und wuschelte ihr durchs Haar. »Geht's dir gut?«

»Alles super«, sagte sie und schob mich dann mit einem leicht verlegenen Lächeln weg. »Hör auf, mich wie ein Baby zu behandeln.« Es klang anklagend, aber das war nur Show für ihre Freundinnen. Ich merkte, dass sie sich genauso freute, mich zu sehen, wie umgekehrt.

»Schon gut, schon gut!« Ich hob in einer gespielt dramatischen Geste die Hände und trat einen Schritt zur Seite. »Im Auto habe ich auch Getränke. Die hol ich noch schnell.« Ich warf Kiona einen vielsagenden Seitenblick zu.

»Oh Mann, Dad, jetzt küss sie halt schon!«, rief Grace und lief dabei knallrot an. Es war bezaubernd, und da ich ahnte, wie viel Überwindung sie dieser Satz gekostet hatte, schwankte ich einen Moment lang, ob ich nicht erst mein Kind in den Arm nehmen sollte. Doch damit wäre ich bei ihr vermutlich endgültig in Ungnade gefallen. Außerdem war meine Sehnsucht nach Kiona kaum noch zu ertragen.

Ich ging auf sie zu, wobei ich mir der zehn Paar Mädchenaugen wohl bewusst war, und hauchte Kiona einen kleinen Begrüßungskuss auf den Mundwinkel. »Hi.«

»Auch hi«, entgegnete sie leise, doch ihr Blick sagte so viel mehr – und ich verfluchte voller Inbrunst Ort, Zeit und aktuelle Gesellschaft. »Soll ich dir mit den Getränken helfen?«

»Das wäre nett«, krächzte ich. Auch wenn es erstens unnötig und zweitens komplett sinnlos war, denn die Mädels würden uns zweifellos mit Argusaugen durch die Fenster beobachten. Immerhin stahl ich mir einen etwas intensiveren, wenn auch schrecklich kurzen Kuss, unmittelbar nachdem wir die Werkstatt verlassen hatten. »Ich hab dich so sehr vermisst«, teilte ich ihr mit. »Und wenn wir uns dieses Wochenende nicht sehen, werde ich das nicht überleben.«

»Ich habe gehört, dass ein paar Mädchen um Becky und Grace eine Pyjamaparty planen«, sagte sie mit einem hoffnungsvollen Lächeln.

»Ja, aber es ist wohl noch nicht ganz klar, wo die Party stattfinden soll – bei den Parkers oder bei uns.« Ich seufzte. Dieses Problem würde ich auch noch lösen.

Kiona hob die Brauen, als sie die Auswahl an Softdrinks sah, die ich in einem Karton gestapelt aus dem Fußraum des Beifahrersitzes zog.

»Ich weiß, ich weiß – ungesundes Zuckerzeugs. Aber das ist eine Ausnahme«, verteidigte ich meinen Einkauf.

»Gib's zu, du willst dich bei den Mädels einschmeicheln«, erwiderte sie grinsend.

»Ertappt.« Ich küsste sie erneut ganz kurz. »Aber vor allem will ich natürlich dich beeindrucken.«

»Mit Zuckerwasser wird das schwierig. Noch dazu mit Zuckerwasser in Dosen.«

»Ich mach's wieder gut. Versprochen.«

»Ich kann es kaum erwarten.« Kiona zwinkerte mir zu, nahm mir ein Sixpack Limonade ab und ging voran zur Werkstatt.

Dort hatten sich die Mädchen schon hungrig auf die Pizzas gestürzt und wurden von Ollie angeschmachtet, der sich die ein oder andere milde Gabe erhoffte.

»Dein Hund ist wirklich ein Pizza-Junkie«, sagte Kiona lachend und verteilte die Getränkedosen.

»Alle Hunde lieben Pizza, Ms Brooks«, informierte Becky sie ernsthaft.

»Jeder liebt Pizza!«, beharrte ein anderes Mädchen

schmatzend. Offenbar war meine Überraschung gelungen, stellte ich zufrieden fest.

Ich nahm mir auch ein Stück und sah mir dann die Schnitzereien an, die zum Teil schon ziemlich fortgeschritten wirkten. »Wow, wird das eine Otter-Mutter mit Baby?«, fragte ich und deutete auf ein Stück Treibholz, das nur wenig bearbeitet war, aber eindeutig Otterform hatte.

»Genau. Das ist das Werkstück von Grace«, informierte mich Kiona, die ebenfalls zum Tisch getreten war. »Wir haben darüber geredet, dass es ganz unterschiedliche Ansätze bei der Bildhauerei gibt. Zunächst unterscheidet man zwischen Skulptur und Plastik. Während die Plastik ein Aufbau von innen nach außen ist und meist aus weichem Material besteht, das Schicht für Schicht aufgetragen wird, entsteht eine Skulptur durch das Abtragen von Material. Michelangelo soll gesagt haben, dass er bereits die fertige Gestalt vor sich sähe, wenn er vor einem Marmorblock stünde. Er meinte, er würde lediglich überflüssiges Gestein abschlagen.« Sie lächelte. »Das ist natürlich typisch männliche Koketterie, denn in Wahrheit ist es viel komplizierter. Aber wir haben uns heute mit Holzstücken befasst, die unsere Fantasie beflügeln und aus denen wir mit wenigen Handgriffen etwas Tolles zaubern.«

»Das klingt in meinen Ohren ähnlich abstrakt wie Michelangelo«, bemerkte ich.

»Dad, du hast wirklich keine Ahnung von Kunst«, beklagte sich Grace, die sich zu uns gesellt hatte, mit dramatischem Augenrollen.

»Das habe ich auch nie behauptet. Dafür habe ich andere Qualitäten ...«

»Vor allem bist du peinlich. Superpeinlich!«

»Grace hat jedenfalls ein gutes Auge und ein phänomenales Abstraktionsvermögen«, lobte Kiona und klang dabei vollkommen aufrichtig und kein bisschen anbiedernd. Ein Kunststück, das mir nur selten gelang. Aber ich war ja auch peinlich. Superpeinlich.

»Es war total offensichtlich, dass in dem Stück Treibholz ein Otter verborgen ist«, behauptete Grace und tat so, als sei das gar nichts. »Selbst du hast es erkannt.«

»Aber sicher erst, nachdem du Hand angelegt hast. Ich glaube, das wird richtig toll.« Ich strahlte sie stolz an und hoffte, dass sie mir ausnahmsweise mal glaubte.

Die anderen Mädchen kamen ebenfalls zu uns und erklärten mir, woran sie arbeiteten. Manche Figuren waren leicht zu erkennen, andere waren, nun ja, eher abstrakt. Aber entscheidend war, dass alle mit Feuer und Flamme dabei waren.

»Willst du es auch mal versuchen?«, fragte mich Kiona.

»Ich glaube, ich habe mein Maß an väterlicher Peinlichkeit für heute schon ausgeschöpft«, gab ich zurück, obwohl es mich tatsächlich in den Fingern juckte. Es war eine vollkommen fremdartige Tätigkeit für mich, aber es musste schön sein, aus Holz und mit Schnitzmessern ein Kunstwerk zu erschaffen.

»Ach was, überrasch uns doch. Oder besser: Überrasch dich selbst! Wer weiß schon, ob nicht doch ein kleiner Michelangelo in dir steckt.«

Ich wollte gerade meine Zweifel äußern, als es an der Tür klopfte und einen Moment später Josh Parker in Uniform die Werkstatt betrat.

»Ich wusste gar nicht, dass heute ›Bring deinen Dad zum Kunstunterricht mit‹-Abend ist«, kommentierte

Maggie das Auftauchen des Neuankömmlings, und Josh lächelte schwach.

»Ist alles okay, Dad?«, wollte Becky wissen und sah ihren Vater besorgt an.

»Ja klar, ich wollte nur etwas mit Ms Brooks besprechen«, sagte er und blickte auf die Uhr. »Wie lange geht euer Bastelabend denn noch?«

Es war inzwischen zwanzig nach acht, und die Mädchen würden um halb neun abgeholt werden. Kiona war blass geworden, und ich schaute stirnrunzelnd zwischen ihr und Josh hin und her.

»Das ist kein Bastelabend, Dad«, berichtigte ihn Becky altklug. »Wir machen hier Kunst. Holzbildhauerei, um es genau zu sagen.«

»Natürlich. Das weiß ich doch«, beschwichtigte er seine Tochter. »Aber noch mal, wie lange dauert es noch?«

»Wir sind gleich fertig. Um halb neun werden wir alle abgeholt. Mich wollte Robbie holen.« Robbie war Beckys ältester Bruder, der oft genug Babysitter-Jobs erledigen musste.

»Sehr gut«, murmelte Josh und wirkte ein wenig geistesabwesend, dann fügte er mit einem vielsagenden Seitenblick zu mir hinzu: »Was hältst du davon, wenn Grace mit dir und Robbie nach Hause fährt und heute Nacht bei uns schläft?«

»Aber wir wollten unsere Pyjamaparty doch erst morgen machen«, fing Becky an, aber Josh unterbrach sie.

»Ihr könnt doch schon heute in die Planungsphase gehen, oder? Reed, wie klingt das für dich? Die Mädels brauchen doch immer länger mit der Organisation ihrer Partys.«

Das war zwar ein absurdes Gerücht, aber ich hatte den Hinweis begriffen. Es gab ein Problem, das Kiona betraf, und zwar in einer Weise, dass Josh davon ausging, dass sie besser moralische Unterstützung haben sollte. »Ich finde, das klingt toll! Macht das doch. Und Gracie, wenn du irgendwelche Klamotten für die Schule morgen brauchst, bring ich sie nachher oder morgen ganz früh bei den Parkers vorbei.« Ich beglückwünschte mich innerlich zu dieser Inspiration. Früher wäre das kein Thema gewesen, aber seit einiger Zeit konnte ein falsches Kleidungsstück zur großen Sinnkrise führen.

Zu meiner Überraschung zuckte sie nur mit den Schultern und meinte: »Okay. Ich schreib dir eine Textnachricht.« Dann begann sie zusammen mit den anderen Mädchen, Werkzeuge und Material aufzuräumen. Die angefangenen Werkstücke stellten sie auf ein Regalbrett.

Die ersten Autos fuhren vor. »Schön, dass ihr da wart«, sagte Kiona betont munter und ließ sich nichts von der Anspannung anmerken, die sie zweifellos verspürte. »Wir treffen uns dann nächsten Donnerstag zur gleichen Zeit wieder. Habt noch einen schönen Abend und kommt gut heim.«

»Bye, Ms Brooks«, verabschiedeten sich die Mädchen nacheinander.

Grace kam zu mir, umarmte mich kurz und drückte mir einen Kuss auf die Wange. »Bye, Dad. Hab du auch noch einen schönen Abend.« Dann zwinkerte sie mir auf eine Art und Weise zu, die mich sprachlos machte. Unterstellte mir meine kleine Tochter allen Ernstes, ich hätte den Auftritt von Josh Parker eingefädelt, damit ich einen Abend mit Kiona verbringen konnte?

Ich räusperte mich und beschloss, es nicht weiter zu kommentieren. »Hab du auch einen schönen Abend,

Sweetheart. Und quatscht nicht zu lange. Morgen ist ein Schultag!«

»Morgen ist Streiktag«, verbesserte sie mich. »Wir ziehen vor den Supermarkt und verlangen, dass ab sofort nur noch handgeangelter Fisch verkauft wird.«

»Und dass mehr vegetarische und vegane Produkte ins Sortiment aufgenommen werden«, fügte Becky noch hinzu und zupfte Grace dann am Ärmel. »Komm, Robbie wartet schon. Bye!«

Damit waren die Mädchen weg, und aus Kionas Gesicht wich all die aufgesetzte Munterkeit wie eine Maske, die herunterfiel. »Was ist passiert?«, wollte sie wissen.

GEDANKEN-TETRIS

PORT MCNEILL, VANCOUVER ISLAND, 4. FEBRUAR – KIONA

DAS HERZ SCHLUG MIR BIS ZUM HALS, UND EINE Gänsehaut jagte die nächste, seit Josh Parker meine Werkstatt betreten hatte.

»Es gibt einen deutlichen Hinweis darauf, dass Ihre Mutter ermordet wurde«, entgegnete er, und ich hörte, wie Reed neben mir scharf Luft einsog.

In meinen Ohren klingelte es und mir wurde schwindlig. Mein Gesichtsfeld verengte sich, so dass alles im Raum zu undeutlichen Schemen verschwamm. Lediglich das Polizeiwappen auf Josh Parkers Uniformjacke nahm ich gestochen scharf wahr, die Krone und die Abkürzungen RCMP und GRC, die für »Royal Canadian Mounted Police« und »Gendarmerie royale du Canada« standen. Dieses Signet war mein Anker, meine Hoffnung und das letzte Stückchen Klarheit, an dem ich mich festhalten konnte. Parker sprach weiter, doch ich verstand nichts. Auch Reed sagte etwas, aber meine Gedanken kreisten so schnell, dass ich mich nicht darauf konzentrieren konnte.

Reed zog mich in seine Arme und hielt mich fest an sich gedrückt, und langsam sickerte wieder mehr von der Umgebung in mein Bewusstsein ein.

»Was haben Sie gesagt?«, fragte ich mit heiserer, zittriger Stimme.

»Ich bat Sie, mit zur Dienststelle zu kommen«, entgegnete Parker ruhig und warf Reed einen vielsagenden Blick zu, den ich nicht verstand.

»Okay ...«

»Ich fahre dich«, bestimmte Reed. »Wir sind in einer Viertelstunde da«, sagte er zu dem Mountie, der mit einem knappen Nicken die Werkstatt verließ.

Reed bugsierte mich auf einen Stuhl. »Tief durchatmen. Ich räume rasch auf, dann fahren wir los.«

Ich konnte nur nicken und bekam am Rande mit, wie er die leeren Pizzakartons und zerknüllten Papierservietten zusammensuchte und sie zusammen mit den Getränkedosen in eine Papiertüte packte. Dann holte er aus meinem Minibadezimmer, das auch als Spülküche fungierte, einen Lappen und wischte die Werkbank sauber. Ich war immer noch unfähig, einen klaren Gedanken zu fassen. Meine Gehirnströme schienen sich durch dichte Watte oder eine zähflüssige Substanz durchkämpfen zu müssen, aber langsam, ganz langsam sickerte die Erkenntnis in mein Bewusstsein, dass meine schlimmste Befürchtung nach vierzehn Jahren Gewissheit werden könnte. Ich war mir immer sicher gewesen, dass meiner Mutter etwas Schlimmes zugestoßen sein musste. Sonst hätte sie mich nicht einfach verlassen. Aber jetzt womöglich einen Beweis dafür zu bekommen, die finale Bestätigung meiner Angst, zog mir den Boden unter den Füßen weg. Ich merkte kaum, dass ich wankte, aber Reed war bei mir, ehe ich vom Stuhl kippen konnte. Er sagte nichts, sondern hielt mich einfach nur fest. So lange, bis das Prickeln in meinen Armen und Beinen nachließ und ich wieder besser atmen konnte. Dann holte er meine Jacke und meine Tasche und führte mich nach draußen zu seinem Wagen.

»Aber mein Auto«, protestierte ich halbherzig.

»Das brauchst du heute nicht mehr«, sagte er entschieden und hielt mir die Beifahrertür auf. Plötzlich schoss mir die Erinnerung an meine erste Fahrt in diesem Auto durch den Kopf. Das war vor knapp drei Wochen gewesen, als wir gemeinsam nach Telegraph Cove zu dieser unvergesslichen Kajaktour mit den Orcas gefahren waren. Ein Tag, der mein Leben grundlegend verändert hatte. Irgendwie ahnte ich, dass diese Fahrt jetzt zu einer weiteren Lebensveränderung führen würde.

»Alles klar?« Reed sah mich besorgt an – ich musste wohl ein merkwürdiges Geräusch von mir gegeben haben.

»Ich weiß es nicht«, gab ich mit schwacher Stimme zu. »Ich glaube nicht.«

Er nahm meine Hand und drückte sie fest. »Egal, was gleich passiert, ich bin bei dir. Verstehst du das? Du bist nicht allein.« Er sprach so eindringlich, als wollte er um jeden Preis sichergehen, dass ich ihn verstand. Allerdings wurde mir in diesem Moment unfassbar übel.

»Halt an«, presste ich hervor. Wir waren gerade mal hundert Meter weit gekommen, doch mein Magen rebellierte.

In der Sekunde, in der Reed stoppte, sprang ich aus dem Auto und übergab mich heftig in den Straßengraben. Sofort war er wieder an meiner Seite und streichelte meinen Rücken. Als alles draußen war – vorwiegend die leckere Pizza –, lehnte ich mich erschöpft an den Wagen. Reed zauberte wie aus dem Nichts Taschentücher, Feuchttücher und eine Flasche Wasser hervor.

»Ich habe schon zu viel erlebt, um nicht vorbereitet zu sein«, erklärte er mir mit einem leichten Lächeln. Er musste meinen fragenden Blick richtig verstanden haben.

Ich neigte eigentlich nicht zu Übelkeit und zum Übergeben, aber die Ereignisse der letzten Tage gingen mir offenbar massiv an die Substanz. Es war mir peinlich, dass Reed mich so erlebte – so schwach, hilflos und abstoßend –, aber gleichzeitig war ich dankbar, ihn an meiner Seite zu haben, mich umsorgt und beschützt zu fühlen. Mir war nicht klar gewesen, dass es diese Seite an mir gab. Ich war immer stolz auf meine Unabhängigkeit gewesen – auch weil mir gar keine andere Wahl geblieben war. Mich musste niemand umsorgen oder beschützen – wenn überhaupt, tat ich das für andere. Doch es war unglaublich verführerisch, die Verantwortung abzugeben, und wenn es nur für ein paar süße Momente war. Es war auch nicht das erste Mal, dass ich mich in Reeds Gegenwart so fühlte. Genau genommen war es fast immer so, und ich wusste nicht, ob das wunderschön oder wahnsinnig beängstigend war. Aktuell war es vor allem alternativlos, denn aus eigener Kraft würde ich es heute niemals zur Polizeidienststelle schaffen. Ich säuberte mich, so gut es ging, spülte meinen Mund mit etwas Wasser aus und trank dann einen Schluck.

»Hast du vielleicht auch eine Cola?«, fragte ich ihn. Normalerweise konnte ich das Zeug nicht ausstehen, aber bei einem gereizten Magen half mir diese Zuckerplörre immer ungemein. Bildete ich mir zumindest ein.

Wahrscheinlich waren es nur der Zucker und das Koffein, die den Kreislauf stabilisierten.

»Kommt sofort«, entgegnete er mit einem Lächeln und einem übermütigen Funkeln in den Augen. Als er mir die Dose reichte, fügte er hinzu: »Und ich werde mir jeden Kommentar bezüglich unserer Zuckerwasser-Diskussion vorhin ersparen.«

Ich sagte dazu nichts, sondern trank ein paar vorsichtige kleine Schlucke und spürte ihnen ein wenig nach. Es fühlte sich okay an. »Ich glaube, es geht wieder.«

»Sicher?«

»Nein, aber ewig hier herumzustehen ist auch keine besonders berauschende Aussicht.« Ich atmete ein paarmal tief durch und stieg dann wieder ins Auto.

»Immerhin sprichst du wieder in Sätzen mit mehr als drei Wörtern«, stellte er fest, als er neben mir auf dem Fahrersitz Platz nahm. »Ich werte das als gutes Zeichen.«

Ich war zwar nicht ganz so überzeugt, aber erstaunlicherweise fühlte ich mich – wenn schon nicht besser – zumindest deutlich klarer. Und Klarheit im Kopf konnte ich jetzt wirklich dringend gebrauchen.

Wenige Minuten später parkte Reed vor der Polizeistation, wo uns Josh Parker schon erwartete und in sein Büro führte.

»Kann ich Ihnen etwas zum Trinken anbieten?«, fragte er mich, doch ich deutete kopfschüttelnd auf die halbvolle Cola-Dose in meiner Hand.

Reed setzte sich neben mich, warf mir einen aufmunternden Blick zu und umschloss meine eiskalte Hand mit seiner warmen.

»Sie haben also Beweise, dass meine Mutter ermordet wurde«, begann ich und war selbst erstaunt, dass ich die Kraft aufbrachte, das Ungeheuerliche auszusprechen.

»Noch keine abschließenden, aber starke Indizien«, schränkte Josh Parker ein. »Aber vielleicht erzähle ich Ihnen am besten die ganze Geschichte.«

Ich nickte, und er fuhr fort: »Die Schmähbriefe an Sie und Mr MacAlpine letzte Woche waren unser erster Anhaltspunkt. Wir wollten herausfinden, ob und wie es zu der angekündigten flächendeckenden Verteilung der Nachrichten an so gut wie alle Handys von Schülern und Eltern kommen würde. Als die Nachrichten dann am nächsten Tag tatsächlich über Messenger-Dienste auftauchten, machten wir uns an die Arbeit.«

»Wie kann man so etwas herausfinden?«, hakte Reed nach. »Ich meine, ich habe das Foto von Kiona von ungefähr zehn verschiedenen Leuten geschickt bekommen. Alles Menschen, die ich kenne und die in meinem Adressbuch stehen. Und alle haben geschrieben, dass man ihnen die Nachricht ebenfalls weitergeleitet hatte.«

»Ich gebe zu, dass ich die konkreten technischen Vorgänge auch nicht ganz begreife, aber einer meiner jungen Mitarbeiter und vor allem mein ältester Sohn Robbie sind die totalen Computer-Geeks. Ich will euch nicht mit Details langweilen, die ich selbst nicht verstehe, im Ergebnis kam aber heraus, dass die Nachrichten von einem Schulcomputer verschickt wurden. Dafür wurde ein besonderes Programm benutzt, so dass die Nachrichten so wirkten, als kämen sie von einer anderen Quelle. Für diese erste Welle von Nachrichten wurden gezielt Leute ausgewählt, die den Ruf haben ... nun ja ... sehr kommunikativ zu sein.«

Reed grunzte und verdrehte die Augen. »Du meinst Menschen, die saftigen Tratsch auf der Stelle weiterleiten?«

»Genau. Und es hat funktioniert. Die weitere Verteilung lief dann rein organisch ab. Wir wussten also, dass es von einem bestimmten Schulcomputer aus losging. Und wir mussten davon ausgehen, dass der Täter jemand war, der bestens vernetzt ist und genau weiß, wo und wie er die Nachrichten lancieren muss, um die breitestmögliche Streuung in kürzester Zeit zu gewährleisten. Damit schieden im Grunde schon mal alle Schüler aus. Dann gab es noch die Frage nach dem Motiv. Wir haben uns gefragt, wer schon häufiger durch rassistische und homophobe Kommentare aufgefallen war.«

»Craig Albright«, sprach Reed aus, was ich schon die ganze Zeit dachte.

»Craig Albright«, bestätigte Parker. »Er ist ja sehr versiert mit Computertechnologie. Nicht umsonst unterrichtet er seit Jahrzehnten auch Informatik an unserer Schule. Und er hält sich für den IT-Crack schlechthin in Port McNeill. Doch diese Selbsteinschätzung hat ihn auch unvorsichtig werden lassen. Es war für unsere Profis relativ einfach, seine Spur nachzuvollziehen und eindeutig festzustellen, dass er diese Nachrichten verbreitet hat. Bei der Recherche sind wir mehr oder weniger per Zufall auf ein verstecktes Forum in einer sehr dunklen Ecke des Internets gestoßen, in dem Craig aktiv war. Ich will euch die Details ersparen, aber im Wesentlichen geht es den Mitgliedern dieser Gruppe darum, ein weißes, christliches, heteronormatives Wertesystem auf der ganzen Welt ›wiederherzustellen‹. Ihr könnt euch vorstellen, dass da sehr viele verblendete Spinner unterwegs sind, die einfach ihren Frust rausplärren und damit auf ein dankbares Publikum stoßen. Es gibt aber auch einige, die selbst aktiv werden. Einer davon ist Craig, der sich in dieser Gruppe natürlich anders nennt. Er hat damit geprahlt, dass er die ›ethnische und moralische Säuberung‹ von Vancouver Island notfalls im Alleingang durchsetzen würde und dass er vor Jahren schon etliche ›Indianer-Schlampen‹ beseitigt habe.«

Parker sah mich entschuldigend an, doch ich reagierte gar nicht. Meine Gedanken spielten in meinem Kopf Tetris und fielen plötzlich alle an die richtigen Stellen, so dass sich langsam ein schauerliches Gesamtbild präsentierte. Doch einige Steine fehlten noch.

»Dann habt ihr ihn damit konfrontiert?«, fragte Reed und klang gleichermaßen fasziniert und angewidert.

»Noch nicht gleich. Wir haben noch ein bisschen weitergebohrt. So lange, bis wir genügend Material hatten, um einen richterlichen Durchsuchungsbeschluss zu erwirken und Amtshilfe aus Victoria anzufordern. Der Staatsanwalt und sechs Ermittler sind heute Mittag hier angekommen. Am Nachmittag sind wir dann mit drei Teams ausgerückt. Ein Team ist zu der kleinen Insel gefahren, auf der die Albrights ein Wochenendhäuschen haben. Das wird fast ausschließlich von Craig genutzt, weil es seiner Frau zu einsam ist und seine Kinder längst alle weggezogen sind. Angeblich ist Craig dort immer zum Angeln.«

Ich erinnerte mich an einige Kommentare von ihm, wenn er im Lehrerzimmer von seinen Wochenenden in der friedlichen, sauberen Einsamkeit seiner Inselhütte geschwärmt hatte.

»Ein zweites Team ist zu seinem Haus hier in Port McNeill gegangen, und ein drittes hat Craig von der Schule abgeholt und zur Polizeistation gebracht, wo der Staatsanwalt und ich mich lange mit ihm unterhalten haben.« Josh schüttelte sich. Offenbar war der Gedanke an diese Stunden auch für ihn wenig erquicklich.

»Natürlich hat er alles abgestritten – obwohl wir ihn zunächst nur wegen der Herstellung und Verteilung der Schmähbriefe befragt haben. Dafür schien ihm unsere nachdrückliche Bitte, uns zur Dienststelle zu begleiten, übertrieben. Blöd ist er ja nicht. Aber nachlässig und unvorsichtig. Denn so hatten wir recht schnell eindeutige Ergebnisse. Auf seinem Laptop, den wir in seinem hiesigen Haus sichergestellt haben, konnten wir die Bildbearbeitung von Ihrem Foto eindeutig nachvollziehen, Ms Brooks. Außerdem haben wir nur schwach verschlüsselte Listen und Tagebucheinträge gefunden, die aber so umfangreich sind, dass wir sie noch längst nicht alle sichten konnten. Aber bei einer simplen Suchfunktion ist der Name Ihrer Mutter an mehreren Stellen aufgetaucht.« Er schluckte sichtbar.

»Okay«, sagte ich gedehnt. Zwei weitere Tetris-Blöcke hatten sich in meinen Gehirnwindungen verkantet und wollten nicht an ihren angestammten Platz fallen. »Und wegen alldem glauben Sie, dass Craig Albright meine Mutter umgebracht hat? Könnten das nicht einfach nur irgendwelche kranke Fantasien sein, die er aufgeschrieben hat?«

»Seine Angaben waren relativ spezifisch. Und wir haben noch etwas gefunden, was unsere These untermauert. Das Insel-Team kam vor knapp zwei Stunden mit dieser Holzkiste zurück.« Er griff nach einem Stapel großformatiger Fotos und reichte mir eines. Darauf war eine alte Weinkiste aus Holz zu sehen.

Soweit ich es beurteilen konnte, war es eine handelsübliche Schmuckkiste für drei Weinflaschen mit einem simplen Scharnierdeckel und einem einfachen Verschluss. Ich zuckte mit den Achseln und wusste nicht, was ich erwarten sollte. Reed schien es ebenso zu gehen, denn auch er betrachtete das Foto mit einem fragenden Stirnrunzeln. Eindeutige Indizien hatte ich mir irgendwie eindrucksvoller vorgestellt.

»Ich will Sie vorwarnen, die nächsten Bilder dürften sehr verstörend sein.« Parker gab mir die weiteren Fotos und wirkte dabei, als würde er es lieber sein lassen.

Auf dem ersten Bild war in die geöffnete Kiste hineinfotografiert worden. Mir stockte der Atem. Es sah aus, als lägen darin mehrere Haarzöpfe – inklusive ledrig verschrumpelter Kopfhaut.

»Oh mein Gott«, japste Reed entsetzt. »Sind das ...?«

Parker nickte. »Nach allem, was wir uns bislang zusammengereimt haben, sind das die Skalpe von mindestens fünf Frauen. Mutmaßlich alle indigener Herkunft.« Er sprach leise, aber eindringlich und sah mich voller Mitgefühl an. »Ein Gentest wird den letzten Beweis erbringen, aber wir vermuten, dass einer davon Ihrer Mutter gehört, Ms Brooks.«

Ich brauchte keinen Gentest, um Gewissheit zu haben. Ich hatte weiter durch die Fotos geblättert, auf denen jeweils nur ein Zopf abgebildet war. Auf eine hatte ich das Zopfgummi mit dem rosa-silbernen Schmetterling entdeckt, das meine Mutter so geliebt und das ich unfassbar peinlich gefunden hatte. Sie hatte es auch am Abend ihres Verschwindens – ihres Todes! – getragen. »Das war meine Mutter«, krächzte ich tonlos und deutete mit zitternden Fingern auf den Zopf mit dem unsäglichen Schmetterling.

»Okay. Wir werden das aber selbstverständlich trotzdem noch im Labor verifizieren lassen. Dürfte ich dafür bei Ihnen einen Abstrich von der Mundschleimhaut nehmen?« Er zog ein Testkit aus der Schreibtischschublade und schob es mir über den Tisch zu.

»Sag mal, geht's noch?«, blaffte ihn Reed an. »Kiona hat gerade die Gewissheit bekommen, dass ihre Mutter tot ist. Dass sie ziemlich sicher ermordet wurde! Und du willst ihr mit einem Wattestäbchen im Mund herumwischen?«

»Verzeihung, das muss wirklich unsensibel erscheinen«, sagte Josh und wirkte ernsthaft zerknirscht. »Aber wir brauchen so schnell wie möglich alle Beweise, die wir kriegen können. Sämtliche digitalen und physischen Funde gehen heute Abend noch per Hubschrauber nach Victoria, und da wäre es gut, wenn wir den Schleimhaut-Abstrich ebenfalls mitschicken könnten, damit das Labor die Tests durchführen kann.«

»Aber auf einen Tag mehr oder weniger kommt es wohl kaum an«, beharrte Reed. Ich entwand ihm meine Hand, die er immer noch festgehalten hatte, und schüttelte den Kopf.

»Nein, das können wir auch gleich durchziehen.« Ich schnappte mir den Test, öffnete die Plastikschutzhülle, nahm das Wattestäbchen aus der Glasröhre und strich damit fest über die Innenseiten meiner Wangen. Dann steckte ich es wieder in das Röhrchen und reichte es dem Polizisten.

»Danke.« Er beschriftete es, stand auf und trug es aus seinem Büro. Ich nahm an, dass er das Teströhrchen einem Mitarbeiter überreichen würde, der es zusammen mit der Weinkiste und den anderen Beweisstücken dann zum Helikopter brachte.

Reed neben mir atmete schwer und schien zu brodeln, aber ich brachte es nicht über mich, ihn anzusehen. Ich starrte auf das schreckliche Foto und war mir in diesem Moment nicht einmal meiner eigenen Gefühle bewusst, da konnte ich mich nicht auch noch mit denen eines anderen befassen. Nicht einmal mit denen von Reed.

Ein weiteres Puzzleteil war an seinen Platz gefallen, und das Bild, das sich mir bot, war abscheulich, grausam und unglaublich schmerzhaft – aber auch von erschreckender Klarheit. Fast vierzehn Jahre lang hatte ich mir ausgemalt, was in dieser Nacht wohl passiert war, hatte mir vorgestellt, dass meine Mutter von einem Fremden überfallen und entführt worden war. Ich habe angenommen, dass dieser Fremde sie vergewaltigt, verschleppt oder getötet hatte. In meiner Vorstellung war sie ein Zufallsopfer gewesen, zum falschen Zeitpunkt am falschen Ort. Niemals jedoch wäre mir in den Sinn gekommen, dass es sich um einen Bekannten handeln könnte, um einen Menschen, den sie schon viele Jahre lang gekannt hatte. Der mein Lehrer gewesen war, der bereits ihr Lehrer gewesen war. Plötzlich kam auch das letzte verkantete Tetris-Teilchen in meinem Kopf in Bewegung. Vor meinem inneren Auge sah ich, wie es sich mehrmals um die eigene Achse drehte und schließlich den noch freien Platz im Gesamtbild ausfüllte. »Oh nein«, stöhnte ich so gequält auf, dass ich selbst erschrak und Reed geradezu alarmiert war.

»Was ist?«, rief er.

»Ich glaube, Craig Albright ist mein Vater!«

VALENTINSWUNDER

TELEGRAPH COVE, VANCOUVER ISLAND, 14. FEBRUAR – KIONA

ICH WAR MIR NICHT SICHER, OB ES DIE SCHLAUSTE aller Ideen war, den Klassenausflug zu den Walen ausgerechnet am Valentinstag stattfinden zu lassen. Gerade die Mädchen waren nur damit beschäftigt, wer von wem welche Karte bekommen hatte und wer nicht. Reed hatte vorhin einen kurzen Einführungsvortrag darüber gehalten, was uns draußen auf dem Meer gleich erwarten könnte, aber ich bezweifelte ernsthaft, dass ihm überhaupt jemand zugehört hatte. Stattdessen hatten die Kinder kichernd mit ihren Handys rumgespielt und waren offenbar schwer mit dem Klassenchat beschäftigt gewesen. Daraufhin hatte ich ihnen sämtliche Telefone abgenommen, und nun war die Stimmung endgültig im Eimer.

Mir wäre es ehrlich gesagt auch lieber gewesen, wenn ich diese Tour nicht jetzt hätte machen müssen, aber es war der letzte mögliche Termin für die nächsten

Wochen, und wir hatten es versprochen. Viel lieber hätte ich mich einfach in meiner Werkstatt verschanzt und geschnitzt. Das war die einzige Tätigkeit, die mich halbwegs entspannte. Wobei »halbwegs« auch schon stark übertrieben war.

Zehn Tage war es nun her, dass ich erfahren hatte, dass Craig Albright, mein Kollege und früherer Lehrer, der mutmaßliche Mörder meiner Mutter war. Seit acht Tagen hatte ich Gewissheit, denn er hatte die Taten alle gestanden. Er hatte sogar noch mehr Frauen auf dem Gewissen als gedacht, denn auf die Idee mit dem Skalpieren war er erst nach dem dritten oder vierten Mord gekommen. Seine Familie hatte keine Ahnung, mit was für einem Monster sie unter einem Dach gelebt hatte, und ich verspürte aufrichtiges Mitleid mit seiner Frau, seinen Kindern und seinen Enkeln. Sie würden für immer mit dieser Schuld, die nicht die ihre war, leben müssen.

Ich ahnte, wie es in ihnen aussah, denn auch ich würde mit solchen Gefühlen leben müssen. Seit sieben Tagen war ich nämlich um eine weitere Gewissheit reicher: Craig Albright war nicht nur mein Kollege, Ex-Lehrer und der Mörder meiner Mutter – er war tatsächlich auch mein leiblicher Vater. Und diese Nachricht hatte meine Welt endgültig zum Einsturz gebracht. Die Wahrheit bot keine gedanklichen Ausflüchte mehr, keinen Raum für Irrtümer – oder für Wunder. Da waren nur die kalten, reinen Tatsachen, und mit denen musste ich jetzt irgendwie klarkommen. Es gab keine Worte für das, was zurzeit in mir vorging, ich wusste nicht, was ich denken und was ich fühlen sollte. Hass, Schmerz, Verzweiflung, Wut, Trauer, Einsamkeit bildeten eine tiefschwarze Masse, die mich zu verschlingen drohte.

Dabei erfuhr ich gleichzeitig so viel Zuwendung, Solidarität und Freundschaft wie selten zuvor in meinem Leben. Natürlich hatte sich Craigs ungeheuerliche Tat in Windeseile in ganz Port McNeill herumgesprochen, und selbstverständlich waren alle vollkommen entsetzt und schockiert. Menschen, die ich bislang höchstens vom Sehen gekannt hatte, boten mir Unterstützung und Trost an – und Reed hätte mich am liebsten in Watte gepackt, um mich vor all diesen überwältigenden Eindrücken zu schützen. Doch das war mir einfach zu viel. Nach dem Abend auf dem Polizeirevier hatte er mich mit zu sich nach Hause genommen und mich die ganze Nacht im Arm gehalten. Er hatte meine Tränen getrocknet und meine Haare bei der nächsten Kotzattacke gehalten. Er war perfekt, doch ich ertrug es nicht.

Am Freitag hatte ich mich krank gemeldet und den Tag allein in meiner Wohnung verbracht. Ich musste nachdenken, irgendwie begreifen, was unbegreiflich war. Als es mir zu Hause zu unerträglich geworden war, war ich stundenlang am Strand hin und her spaziert und schließlich in meiner Werkstatt gelandet. Dort hatte mich am frühen Samstagmorgen Reed gefunden, der voller Sorge auf der Suche nach mir gewesen war. Ich hatte mein Handy ausgeschaltet und in meiner Wohnung gelassen, weil ich niemanden sehen und mit niemandem sprechen wollte.

Reed hatte das erstaunlicherweise begriffen. Er hat nicht versucht, mich dazu zu bringen, mit zu ihm zu kommen oder heimzugehen. Er hatte mir nur etwas zu essen gebracht und eine Thermoskanne voller Tee. Am Abend war er dann noch einmal mit einer Suppe gekommen – und mit seinem Hausschlüssel, damit ich jederzeit einen Fluchtort hätte, wenn mir in meiner

Wohnung oder meiner Werkstatt die Decke auf den Kopf fiel. Danach war er wieder gegangen, ohne mich zu bedrängen, mit ihm oder jemand anderem zu sprechen.

Am Sonntag hatte mich dann Josh Parker von Craigs Geständnis informiert, am Montagvormittag waren die Laborergebnisse gekommen: Der Skalp mit dem Glitzerschmetterling gehörte meiner Mutter, und Craig Albright war tatsächlich mein leiblicher Vater. Das war für mich ein mentaler Scheidepunkt gewesen: Ich hatte die Wahl, entweder komplett durchzudrehen oder eine Strategie zu finden, um irgendwie klarzukommen. Ich entschied mich für Letzteres und meldete mich bei meiner ehemaligen Betroffenengruppe in Vancouver. Ich hatte das Online-Forum ewig nicht mehr besucht, genauer gesagt, seit ich aus der Stadt zurück auf die Insel gezogen war, doch nun schrieb ich mir alles von der Seele und erzählte den anderen Gruppenmitgliedern von den neuesten Erkenntnissen. Es dauerte nicht lang, da kamen die ersten Antworten, und bald klingelte auch mein Handy. Erstaunlicherweise konnte ich die Trostversuche dieser Menschen viel besser annehmen als die meiner Freunde, Kollegen und Mitbürger hier in Port McNeill. Wobei, vielleicht war das nicht erstaunlich, sondern ganz normal, denn diese Leute wussten genau, was ich durchmachte.

Auch wenn ich mich immer noch grauenhaft fühlte – wie dreimal durchgekaut und ausgespuckt –, ging ich seit Dienstag wieder in die Schule. Normalität und Routine taten mir gut. Oder zumindest war es das, was ich mir einredete, denn von Normalität und Routine war da nicht viel zu spüren. Schüler wie Kollegen kämpften ebenfalls mit dem Entsetzen, das Craig Albright nicht nur in mein Leben gebracht hatte. Und doch musste das Leben weitergehen. Irgendwie.

Reed hatte neulich wohl recht gehabt, als ich ihn gefragt hatte, wie er seine Schicksalsschläge verkraftet hatte. Ihm hatte die Gewissheit geholfen – nicht nur zu ahnen, sondern zu wissen, dass seine Lieben tot waren. Der Schmerz war tief und überwältigend gewesen, doch es war eine klare, saubere Verletzung gewesen, die zwar langsam, aber letztlich gut heilte. Er hatte meine Situation mit einer eiternden Wunde verglichen, die nie ausheilte. Vielleicht war es so. Vielleicht war die neue Gewissheit wie eine Operation, die das Geschwür aus mir herausgeschnitten hatte – tief und großflächig, um auch den letzten Eiterherd zu erwischen? Vielleicht würde es mir auch besser gehen, sobald diese Wunde heilte? Ich hoffte es jedenfalls sehr.

So angeschlagen ich auch war, es tat mir gut, zu unterrichten und nach der Schule in meine Werkstatt zu gehen. Wie geplant hatte am Donnerstag auch wieder der abendliche Holzskulpturenkurs stattgefunden. Wieder mit Pizza und Limo von Reed, diesmal aber glücklicherweise ohne Hiobsbotschaft von der Polizei und ohne Übergeben am Straßenrand. Man wurde dankbar für die kleinen Dinge.

Besonders dankbar war ich aber für Reeds Geduld. Er brachte das mutmaßlich übermenschliche Kunststück fertig, mir das Gefühl zu geben, dass er immer für mich da war, ohne mich zu bedrängen. Seine süße Geste mit dem Haustürschlüssel war dabei nur ein Symptom von vielen, doch bis gestern hatte ich seine Einladung nicht angenommen – auch wenn mir meine Wohnung von Tag zu Tag fremder und unwirtlicher vorkam. Am Freitag nach der Schule, als endlich auch der Termin für die

Waltour heute festgestanden hatte, war Grace zu mir gekommen. Sie hatte knallrote Wangen gehabt und war so verlegen gewesen, dass sie Schwierigkeiten hatte, mir in die Augen zu sehen. Aber sie hatte ihre Botschaft unmissverständlich rübergebracht: Ich solle bitte endlich zu ihnen kommen!

Und so hatte ich gestern Nachmittag mit einer kleinen Reisetasche voller warmer Klamotten für den Wal-Ausflug bei Familie Archer vor der Tür gestanden. Ich hatte geklingelt, nicht meinen Schlüssel benutzt, und es war sofort klar gewesen, dass Reed nicht mit meinem Kommen gerechnet hatte, sich aber wahnsinnig freute. Grace und er hatten eben Brownies gebacken, die wir dann gemeinsam gegessen hatten, bevor wir zu dritt mit Ollie an den Strand gingen. Es war ein merkwürdiger Nachmittag gewesen. Heimelig, familiär – und total ungewohnt für uns alle. Ich glaubte, dass wir das alles erst mal ein wenig sacken lassen mussten, aber wir bemühten uns alle, dass es irgendwie funktionierte.

Grace und ich hatten vereinbart, dass sie mich außerhalb der Schule einfach Kiona nannte und nur im Unterricht bei »Ms Brooks« blieb – wobei ich das eigentlich auch doof fand. Warum sollten wir es so kompliziert machen? Ihre Mitschüler wussten doch sowieso alle Bescheid. Ich wollte in den nächsten Tagen mal mit Rhonda sprechen, ihre Meinung zu dem Thema hören und vor allem in Erfahrung bringen, wie Kollegen es handhabten, wenn sie ihre eigenen Kinder oder die von Verwandten oder engen Freunden in der Klasse hatten.

»Bereit für ein Abenteuer?«, fragte Reed, der gerade mit einem munteren Lächeln in die Umkleidekabine kam, wo die meisten von uns noch mit den sperrigen Trockenanzügen kämpften. Er ließ sich nicht anmerken, ob ihn das unaufmerksame Geschnatter vorhin ebenso genervt hatte wie mich, stattdessen kontrollierte er nun bei jedem Einzelnen von uns den Sitz des Anzugs, scheuchte uns dann nach draußen, wo Yaku und er bereits zwei Schlauchboote vorbereitet hatten, verteilte Schwimmwesten und schärfte uns noch einmal die wichtigsten Verhaltensregeln ein.

»Ms Brooks hat uns die Telefone weggenommen, so dass wir nicht mal Fotos machen können«, beklagte sich Maggie und schielte anklagend in meine Richtung.

»Das ist auch besser so, denn die Gefahr, dass ihr eure Handys verliert, ist verdammt groß. Haltet euch einfach gut fest und konzentriert euch aufs Beobachten mit euren Augen. Ganz ohne Telefon zwischen euch und den Walen.«

»Aber niemand wird es uns glauben, wenn wir keine Beweisfotos haben«, beharrte Maggie.

»Auf jedem Boot gibt es zwei fest installierte Kameras, die alles filmen, was wir sehen. Zusätzlich haben Yaku und ich kleine Kameras an unseren Mützen, und ich habe noch meinen Fotoapparat dabei, mit dem ich alles knipsen werde. Ihr werdet also reichlich Material haben«, entgegnete er mit einem geduldigen Lächeln. »Aber jetzt noch einmal: Haltet euch immer gut fest, fasst kein Tier an, auch wenn es womöglich sehr nahe kommt und neugierig ins Boot schaut, schreit nach Möglichkeit nicht herum, und für den unwahrscheinlichen Fall, dass jemand ins Wasser fällt, behaltet bitte die Nerven. Es wird nichts passieren. Wir ziehen euch dann in Windeseile wieder ins Boot. Alles klar?«

»Kann es echt sein, dass wir ins Wasser fallen?«, fragte Becky besorgt.

»Das ist wirklich total selten, aber wenn, ist es auch

nicht schlimm«, beruhigte sie Grace. »Ich bin schon ein paarmal schwimmen gegangen und Ollie auch.«

»Idealerweise geht heute niemand schwimmen. Weder Ollie noch sonst jemand«, sagte Reed und lächelte aufmunternd in die Runde.

Das war mir sehr recht, denn auch wenn ich nicht mehr ganz so nervös und ängstlich war wie vor meiner ersten Tour, fand ich die Vorstellung, ins Wasser zu fallen und den wunderschönen, aber auch riesigen Orcas zu nahe zu kommen, doch verdammt gruselig. Was, wenn sie sich dadurch provoziert oder gar angegriffen fühlten? Aber vielleicht sahen wir ja gar keine? Schließlich gab es keine Garantie für eine Sichtung. In diesem Moment fing ich den Blick von Yaku auf, der mich versonnen betrachtete und dann breit grinste. »Natürlich werden wir heute Wale sehen – das weißt du so gut wie ich.«

Einige der Kinder schauten verwundert zwischen uns hin und her, aber weder Yaku noch ich gingen darauf ein, und Reed war damit beschäftigt, uns auf die Boote zu verteilen. Wir waren insgesamt zu sechzehnt – dreizehn Schüler, ich, Yaku und Reed. Also acht Mann pro Boot – was eine überschaubare Menge war, wenn man den Profis glauben durfte. Mein Blick fiel auf einen Anlegesteg auf der anderen Seite der kleinen Marina von Telegraph Cove. Auch dort waren einige Leute unterwegs.

»Das ist der Anleger von ›Moby Tours‹«, erklärte mir Reed mit einem leichten Stirnrunzeln. »Offenbar fahren die heute auch raus.« Seine Lippen wurden ganz schmal, aber dann fing er sich gleich wieder. »Während der Saison herrscht an allen Anlegern ein Höllenbetrieb, weil jeder mit seinen Gästen rausfährt. Vielleicht hat Elliot ein kleines Valentins-Special angeboten? Ein romantisches Date mit einem Wal?« Er lachte gezwungen, wandte sich jedoch gleich wieder seiner eigentlichen Aufgabe zu. »Fährst du lieber mit Yaku und Grace oder lieber mit mir?«, fragte er mich, fügte dann aber mit einem kaum unterdrückten Seufzer hinzu: »Okay, die Frage stellt sich nicht mehr.« Sein Schlauchboot war nämlich bereits voll besetzt. Ausschließlich mit Mädchen – unter anderem Maggie und Frances. Letztere nutzte jede Gelegenheit, Reed schamlos anzuschmachten, und sie hatte dafür gesorgt, dass sie direkt neben ihm saß. »Sorry«, murmelte er mir zu, als ob er etwas dafür könnte.

»Nicht schlimm. Ich freu mich auf die Tour mit Grace und Yaku«, behauptete ich – und das war die Wahrheit. Und zugleich eine große Lüge, denn eigentlich wäre ich viel lieber mit Reed rausgefahren, weil nur er mir die nötige Sicherheit geben konnte. Doch das wollte ich auf keinen Fall thematisieren, denn Reed hätte zweifellos eines der Mädchen aus seinem Boot ins andere beordert – und das hätte sicher wieder für Ärger gesorgt.

»Dir wird nichts passieren. Versprochen«, raunte er mir ins Ohr, weil er natürlich genau gemerkt hatte, was in mir vorging. Dann drückte er mir einen kleinen Kuss auf die Lippen und half mir beim Einsteigen ins Schlauchboot. Ollie – wieder mit seiner Hundeschwimmweste ausgestattet – stand neben ihm und schien ernsthaft zu überlegen, wen er nun begleiten sollte. Reed oder Grace? Schließlich entschied er sich mit einem fast entschuldigenden Seitenblick zu Reed für Yakus Boot und sprang mit einem riesigen Satz in unsere Mitte. Dort legte er sich Grace und mir zu Füßen und schien mit dem Arrangement sehr zufrieden zu sein.

»Dann ist unsere Crew komplett«, befand Yaku augenzwinkernd. »Bereit zum Ablegen?«

Die vier Jungs und die beiden Mädchen in unserem Boot bejahten und hopsten voll aufgeregter Vorfreude herum, so dass das Boot wackelte. Ich nickte nur knapp und klammerte mich am Halteseil fest. Ich konnte mir nicht vorstellen, wie das funktionieren sollte, ohne dass irgendjemand ins Wasser fiel. Ollie legte mir seinen Kopf aufs Knie und schaute mich mit seinen treuen brauen Hundeaugen an, als wolle er mir Mut machen. »Hab keine Angst«, sagte nun auch Grace neben mir. Offenbar musste ich an meinem Pokerface arbeiten, wenn mir hier wirklich jeder anmerkte, wie es in mir aussah. Doch dann kam ich nicht mehr dazu, mir weitere Gedanken zu machen, denn Reed löste die Halteseile vom Steg, warf sie ins Boot und schickte uns voraus.

Yaku schaltete den Außenbordmotor ein – angeblich ein extraleises Modell, wie uns Reed vorhin erklärt hatte, doch das Tuckern, das rasch zu sonorem Brummen und Rattern anschwoll, war laut genug, um meine wirren Gedanken zu übertönen. Der Fahrtwind prickelte kalt auf meinen Wangen, vertrieb aber die letzten Spuren der bleiernen Müdigkeit, die seit Tagen mein ständiger Begleiter war – obwohl ich letzte Nacht in Reeds Armen zum ersten Mal seit über einer Woche überhaupt wieder halbwegs gut geschlafen hatte.

Ich drehte mich um und sah, dass auch Reeds Boot sich auf den Weg machte. Plötzlich verspürte ich so etwas wie leichte Vorfreude in mir. Bald würde ich die Orcas wiedersehen.

»Du hörst sie auch, was?«, fragte Yaku neben mir unvermittelt, und ich starrte ihn verblüfft an.

»Ähm ...?« Ich war mir nicht sicher, was er meinte. Außer dem Motorgeräusch hörte ich nämlich rein gar nichts.

»Die Wale«, sagte er schlicht. »Du hörst sie auch.« Er formulierte es als Aussage, nicht als Frage.

»Haben Wale denn eine richtige Sprache, die man lernen kann?«, wollte nun Becky wissen und ersparte mir damit eine Reaktion.

»Sie haben eine Sprache, sogar eine ziemlich individuelle«, erklärte ihr Grace. »Unsere Orcas hier haben ganz andere Lautäußerungen als Gruppen am anderen Ende der Welt. Die lernen als Jungtiere ihre eigenen Dialekte und hätten wahrscheinlich Schwierigkeiten, sich mit fremden Orca-Familien zu verständigen.« Man merkte, dass Grace sich richtig gut mit dem Herzensthema ihres Vaters auskannte, und sie war auch noch nicht fertig mit ihrer Erklärung: »Wir Menschen können die Unterschiede zwischen den Lauten erkennen, aber bisher sind wir nicht in der Lage, sie in unsere Sprache zu übersetzen und ihnen zu antworten. Umgekehrt funktioniert das viel besser. Orcas, die in Gefangenschaft gehalten werden, sind durchaus fähig, menschliche Wörter zu lernen und zu verstehen. Ich weiß, dass es viele Forscher gibt, die Wale sogar für intelligenter halten als uns Menschen.«

»Okay, aber auch Hunde lernen unsere Sprache, und so schrecklich schlau sind sie dann doch nicht«, behauptete Becky.

»Ollie ist schon ziemlich schlau«, verteidigte Grace ihren wuscheligen Liebling. »Aber längst nicht so clever wie die Orcas. Yaku kann die Wale aber hören«, kam sie wieder auf das eigentliche Thema zurück. »Nur irgendwie nicht mit den Ohren, sondern anders.«

»Echt?« Becky klang skeptisch. »Und wie soll das gehen?«

»Manche Menschen haben eine spirituelle Verbindung zu Tieren«, erklärte Yaku mit einem feinen Lächeln. »Bei mir sind es die Wale. Ich höre sie, wenn du so willst, mit meiner Seele. Und sie mich auch – daher finden wir uns immer wieder.«

»Hm.« Becky runzelte die Stirn und schien das alles nicht ganz glauben zu können. »Ist das nicht einfach nur eine Art Aberglaube?«

Auch die Jungs, die alle vier vorn im Bug saßen, hatten ihr Getuschel eingestellt und sahen nun gebannt zu dem alten Mann.

»Du kannst es bezeichnen, wie du willst«, entgegnete er milde. »Glaube gehört sicher dazu. Vielleicht ist es auch einfach nur Instinkt oder eine bestimmte Form von Sensibilität. Du hast doch bestimmt schon von sogenannten Pferdeflüsterern gehört, oder?«

»Klar, das sind Leute, die sich echt gut mit Pferden auskennen und ihnen bei ihren Problemen helfen können«, antwortete Becky. »Aber was hat das mit Walen zu tun?«

»Pferdeflüsterer kennen sich nicht nur gut mit Pferden aus, sie ›verstehen‹ sie auch. Haben ein Gespür für die Tiere und deren Bedürfnisse – was den meisten Menschen fehlt. Dadurch fassen die Tiere Vertrauen und kooperieren. Wenn du so willst, ist das auch eine Form von Sprache oder zumindest von nonverbaler Kommunikation. Bei mir ist das ganz ähnlich mit den Walen. Bei Kiona übrigens auch.«

Nun starrten mich sechs Paar Schüleraugen verblüfft an, und ich fühlte mich in Erklärungsnot.

»Echt, Ms Brooks?«, wollte Tyler wissen und klang beeindruckt.

»Zumindest ist Yaku dieser Meinung. Ich bin mir da ehrlich gesagt noch nicht so sicher.«

»Dad hat erzählt, dass Milly ganz nah ans Kajak gekommen ist, als ihr das erste Mal draußen wart, und er das Gefühl hatte, dass ihr euch irgendwie unterhalten habt«, plapperte Grace. »Ich finde das so toll.«

Ich zuckte mit den Schultern. Ich wusste immer noch nicht ganz, wie ich dieses Erlebnis einordnen sollte, ahnte jedoch, dass es tatsächlich außergewöhnlich war.

»Kiona muss sich erst mit ihrer Gabe anfreunden«, fabulierte Yaku weiter. »Irgendwann macht sie dir keine Angst mehr, sondern du wirst sie als Bereicherung empfinden.«

Oh Mann, ich wusste echt nicht, ob mir Yaku mit seinen Kommentaren gerade einen Gefallen tat. Wenn ich mir die Gesichter meiner Schüler so anschaute, überlegten sie wohl, ob sie wirklich eine durchgeknallte Walfrau als Lehrerin haben wollten. »Wir werden sehen«, entgegnete ich daher vage und bemühte mich um ein lässiges Lächeln.

»Dann lass uns doch ein Experiment machen«, schlug Yaku vor. »Mach die Augen zu, hör tief in dich rein, und dann deute in die Richtung, wo du Milly und ihre Familie vermutest. Dahin fahren wir dann.«

Ich schüttelte den Kopf, weil ich ahnte, dass es für die Kinder wie halbseidener Hokuspokus wirken musste, doch tat ich es trotzdem. Ich schloss die Augen und versuchte alle anderen Geräusche auszublenden. Das Gurgeln des Motors, das Plätschern der Wellen, das leichte Hecheln von Ollie. Und da spürte ich diese gleichermaßen unheimliche wie unwiderstehliche Sehnsucht in mir und war mir plötzlich ganz sicher, in welche Richtung wir fahren mussten. »Da entlang«, sagte ich mit fester Stimme und deutete auf eine Stelle am Horizont, für die wir unseren bisherigen Kurs verlassen und ziemlich deutlich nach links fahren mussten. Oder nach Backbord oder wie auch immer man dazu sagte.

Yaku strahlte mich wortlos an, änderte den Kurs und erhöhte das Tempo. Reeds Zodiac war ungefähr hundert Meter hinter uns und passte sich nun auch der neuen Route an. Wir waren ungefähr fünf Minuten lang weitergefahren, da legte ich unwillkürlich meine Hand auf Yakus, der sofort den Motor drosselte. »Sie kommen«, sagte ich leise – und tatsächlich, wenige Augenblicke später sahen wir die ersten steilen Rückenfinnen im ruhigen Meer.

REED

Die schnatternden Gänse in meinem Boot gingen mir gewaltig auf die Nerven – was mich wirklich wunderte, denn normalerweise brachten mich Teenagermädchen nur dann aus der Fassung, wenn sie Grace hießen und es mit aller Macht darauf anlegten. Und selbst dann blieb ich meistens noch cool. Außerdem war ich aufgeregte und überdrehte Gäste seit vielen Jahren gewohnt und hatte sie gut im Griff. Doch heute war irgendwas anders. Irgendwas beunruhigte mich – und das hatte nichts damit zu tun, dass die brünette Frances zu meiner Linken ständig ihre lange Mähne über die Schulter warf und mich mit Augenaufschlägen anhimmelte, die vermutlich verführerisch wirken sollten – oder was eine Dreizehnjährige eben dafür hielt. Nein, meine Unruhe hatte nichts mit den jungen Damen in meinem Zodiac zu tun. Sie verstärkten sie nur.

Das andere Boot änderte plötzlich den Kurs und

legte an Geschwindigkeit zu. Ich war mir sicher, dass Yaku »die Witterung« aufgenommen hatte, wie ich es immer nannte, obwohl das vermutlich ein vollkommen falsches Bild war.

»Warum fahren wir jetzt in eine andere Richtung?«, wollte Maggie wissen.

»Weil die Wale da sind«, antwortete ich, obwohl auf der fast spiegelglatten Wasseroberfläche nichts zu sehen war. Keine Finnen, keine Fluken, kein Blas und schon gar keine Walsprünge. Es herrschten heute wirklich perfekte Wetterbedingungen: kalt, aber klar, kein Wind und kaum Strömungswellen. Dafür sogar Sonnenschein, der für wunderbare Bilder sorgen würde.

»Ich seh aber nichts«, sagte Frances und machte einen so übertriebenen Schmollmund, dass ich fast lachen musste.

»Hab Geduld, die Orcas zeigen sich schon, wenn sie Lust darauf haben.«

»Ja, aber wie können die im anderen Boot denn wissen, dass die Wale da vorn sind, wenn man sie gar nicht sehen kann?«, fragte ein anderes Mädchen, an dessen Namen ich mich nicht erinnern konnte.

»Wahrscheinlich fliegt einer mit dem Flugzeug und informiert dann die Boote per Funk, wenn er Wale entdeckt hat«, mutmaßte Maggie.

»Stimmt, das wäre eine Möglichkeit, die viele Unternehmen nutzen. Wir machen das in der Regel nicht. Wir haben nämlich Yaku, der es auch so weiß«, entgegnete ich und wurde erwartungsgemäß mit sieben fragenden Mädchenmienen konfrontiert. »Ich kann euch nicht erklären, wie es funktioniert. Das ist eine rare Gabe, über die nur sehr wenige Menschen verfügen. Aber Yaku irrt sich nie. Ihr werdet schon sehen.« Vielleicht war es aber auch Kiona, die wieder einen unwiderstehlichen Reiz auf die Orcas ausübte, wie beim letzten Mal. So hatte ich Millys Familie noch nie erlebt, doch das behielt ich für mich.

Kurz darauf sah ich, wie Yaku den Motor abstellte, und drosselte ebenfalls die Geschwindigkeit. Ich navigierte uns in ungefähr dreißig Meter Abstand zum ersten Schlauchboot und machte ebenfalls den Motor aus.

»Da kommen sie!«, kreischte Frances laut auf und deutete auf die schwarzen Finnen, die in einiger Entfernung zu erkennen waren und sehr schnell näher kamen.

»Was habe ich zur Lautstärke gesagt?«, ermahnte ich sie. Dann aktivierte ich die Kameras auf dem Boot und auf meinem Kopf und nahm schon mal den Objektivschutz von meinem Fotoapparat. Ich schätzte, dass es gleich spektakulär werden würde.

Wir wurden nicht enttäuscht und bekamen eine wirklich aufregende Show geboten. Ich machte endlos viele Fotos von springenden Schwertwalen, von übermütigen Schlägen mit den Brustflossen auf die Wasseroberfläche, so dass wir alle nassgespritzt wurden, von neugierig aus dem Wasser spähenden Tieren, die genau abzuchecken schienen, wer in welchem Boot saß. Wenn ich einen Beweis gebraucht hätte, dass die Orcas vor allem wegen Kiona da waren, hier wäre er gewesen: Die Tiere tummelten sich nämlich vorwiegend um das andere Boot. Um die Mädels in meinem Schlauchboot nicht zu enttäuschen, schnappte ich mir das Paddel und ruderte uns ein Stückchen näher. Wegen der andauernden Wal-Aktivitäten wackelten unsere Schlauchboote ziemlich, was die Kinder jedoch nicht weiter zu ängstigen schien. Ganz im Gegensatz zu Kiona, die wie erstarrt wirkte und sehr blass war. Ob sie unter Seekrankheit litt oder Panik hatte, konnte ich nicht erkennen, aber ich hoffte, dass Yaku oder Grace darauf aufmerksam werden und eingreifen würden. Doch Yaku war seinerseits mit Fotografieren beschäftigt, und Grace erklärte gestenreich, was die Tiere gerade machten. Auf Kiona achtete niemand. Verdammter Mist.

Die Kinder jubelten laut, als Waldame Emily nur wenige Meter vor uns aus dem Wasser sprang und sich mit einem lauten und sehr feuchten Platscher wieder in die Wellen stürzte. Das war ihre Spezialität und machte ihr anscheinend großen Spaß.

»Haben Sie das auch gefilmt?«, rief Frances mit strahlenden Augen und einem glückseligen Lächeln. Vergessen war jede laszive Attitüde, jetzt war sie einfach nur ein begeistertes Mädchen, das gerade ein fantastisches Abenteuer genoss.

»Natürlich«, beruhigte ich sie und spürte im nächsten Moment ein unangenehmes Prickeln im Nacken. Eine Sekunde später hörte ich auch das Geräusch. Ich drehte mich um und sah, wie ein knallgelber Jetski mit zwei Personen darauf in atemberaubender Geschwindigkeit auf uns zugerast kam.

Unmittelbar danach überschlugen sich die Ereignisse. Der Jetski erreichte uns und drehte im letzten Moment in einem haarsträubenden Manöver ab, so dass wir nicht gerammt wurden. »Das sind doch Noah und Tom«, rief eines der Mädchen, und ich erkannte das »Moby Tours«-Logo auf dem lauten Schnellboot, das bei uns in der Gegend aus gutem Grund verboten war.

»Noah wollte nicht auf unsere Tour mitkommen, weil er sie zu lahm fand«, kreischte mir Frances ins Ohr, und ich war mir nicht ganz sicher, ob sie empört war oder den Jungen für seine Kühnheit bewunderte.

Meine Gefühle für den kleinen Idioten waren dagegen ziemlich eindeutig. Ich erinnerte mich, dass Grace mal erwähnt hatte, dass Elliots Neffe Noah hieß – das schien also einer der Jungen zu sein. Doch selbst Elliot hätte ich nicht zugetraut, dass er zwei Teenager allein auf einem Jetski – einem verbotenen Jetski – aufs Meer hinausfahren ließ. Ich kam allerdings nicht mehr dazu, diesen Gedanken weiter zu verfolgen, denn die Jungs fuhren eine große Kurve und kamen dann in ungebremstem Tempo wieder direkt auf uns zu.

Wenige Meter bevor sie uns erreichten – zweifellos wollten sie wieder ein spektakuläres Ausweichmanöver abziehen –, sprang plötzlich Milly aus dem Wasser und tauchte mit einem wütenden Schlag mit der Fluke wieder ab. Ich wusste nicht, ob der Steuermann in Panik geriet und deshalb verriss oder ob die Welle zu stark war, auf jeden Fall stürzten die beiden Jungs ins Wasser. Der Jetski verfügte glücklicherweise über die vorgeschriebene Notabschaltung, so dass der Motor augenblicklich verstummte, doch durch den Schwung driftete das verdammte Gefährt noch weiter. All das geschah in wenigen Sekunden, aber ich nahm es wie in Zeitlupe wahr: wie die beiden Jungen ins Wasser fielen, wie noch ein ärgerlicher Flukenschlag kam, wie der Jetski scheinbar ungebremst auf das andere Schlauchboot zufuhr – in dem schutzlos acht Menschen und ein Hund saßen. Meine Tochter und Kiona ... Irgendjemand schrie vor Entsetzen laut auf, vermutlich ich selbst, und für einen schrecklichen Moment war ich sicher, dass ich erneut zwei Menschen verlieren würde, die mein Leben waren.

Ich hörte einen dumpfen Aufprall, ein paar Schreie und dann den Ausruf von Maggie: »Ms Brooks ist ins

Wasser gefallen!« Dicht gefolgt von panischen Hilfeschreien, die von den abgestürzten Jungs stammten. Eine Sekunde lang war ich desorientiert und unentschlossen, was ich tun sollte, doch dann rief Yaku mit lauter, klarer Stimme zu mir herüber: »Bei uns ist alles okay, kümmere dich um die Jungs.« Aus den Augenwinkeln nahm ich wahr, wie er und zwei von Gracies Mitschülern Kiona wieder ins Schlauchboot zogen, konnte aber leider nicht erkennen, ob es ihr gut ging oder nicht. Aber Yaku hatte recht, ich musste mich um die beiden Kinder kümmern, die glücklicherweise Drysuits und Schwimmwesten trugen und somit nicht in unmittelbarer Gefahr schwebten. Ich war mir sicher, dass die Wale ihnen nichts tun würden, nur wussten sie das nicht und waren deshalb kurz davor, vor Angst durchzudrehen. Ich hatte große Lust, sie einfach hier herumdümpeln zu lassen und irgendwann Onkel Elliot zur Bergung zu schicken, doch natürlich tat ich das nicht. Stattdessen warf ich ein Tau in ihre Richtung und hielt ihnen auch das Paddel hin. Innerhalb weniger Augenblicke hatten wir sie im Boot – zwei zitternde Häufchen Elend, aber allem Anschein nach unverletzt.

Ich ignorierte ihr Gewimmer und überließ es zunächst ihren Mitschülerinnen, sich um sie zu kümmern. Stattdessen ließ ich den Motor an und näherte mich Yakus Boot, das ebenfalls abfahrbereit war. Die Wale hatten sich längst verzogen.

»Alles klar bei euch?«, rief ich hinüber und erhaschte einen Blick auf Kiona, die inmitten ihrer Schüler auf dem Boden lag. Sie war blass und hatte eine blutende Platzwunde am Kopf, war aber bei Bewusstsein und umklammerte mit einem Arm Ollie. Grace tupfte ihr die Stirnwunde ab und hielt ihre andere Hand.

»Keine Sorge«, versuchte Yaku mich zu beruhigen. »Wir haben hier alles im Griff.« Dann gab er Gas und steuerte zielstrebig unseren Hafen an.

Ich fuhr knapp dahinter und versuchte, das eben Erlebte einigermaßen zu verdauen. Diffus nahm ich wahr, wie Frances und Maggie den beiden Jungs einen gehörigen Einlauf verpassten – gut, dann konnte ich mir das fürs Erste sparen. Ich hatte alles auf Video und würde noch früh genug die Gelegenheit haben, die Eltern der Übeltäter, Elliot Graham und die zuständigen Behörden zu informieren. Jetzt interessierte mich nur noch, dass meine Gruppe wohlbehalten wieder an Land kam und ich mich persönlich davon überzeugen konnte, dass mit Grace und Kiona alles in Ordnung war.

PORT MCNEILL, VANCOUVER ISLAND, ZWEI STUNDEN SPÄTER – KIONA

Reed hatte tatsächlich darauf bestanden, mich ins Krankenhaus zu bringen, um mich gründlich durchchecken zu lassen. Dabei war ich sicher, dass mir nichts Schlimmes passiert war. Der Kratzer auf der Stirn war nicht der Rede wert. Beim Sturz aus dem Schlauchboot hatte ich mir den Kopf am Rand des Außenbordmotors angeschlagen – und womöglich war ich dann ein paar Augenblicke lang bewusstlos gewesen. Meine nächste Erinnerung war nämlich, wie ich wieder im Boot gelegen, Ollie mir übers Gesicht geleckt und Grace die Wunde abgetupft hatte. Das war maximal eine leichte Gehirnerschütterung, mehr nicht. Mir war nur ein wenig schwindlig und etwas übel, doch das unterschied sich kein bisschen von den letzten Tagen. Man hatte mir inzwischen Blut abgenommen und wollte gleich weitere Untersuchungen durchführen. Wenn sie meinten ... Letztlich war es mir ganz recht, einfach nur in diesem Untersuchungsraum liegen zu können und ein paar Minuten meine Ruhe zu haben.

Der Wal-Ausflug war nach all der Aufregung in den letzten Tagen ein wahres i-Tüpfelchen gewesen – und eine ähnliche emotionale Achterbahnfahrt. Die Verbindung mit den Tieren, die ich gespürt hatte, war noch stärker gewesen als beim letzten Mal. Was mich komplett schockiert hatte, war der Eindruck gewesen, dass sie mich trösten wollten. Wegen meiner Mutter. Mir schien, als wüssten sie, was mit ihr passiert war – aber das war definitiv nur Einbildung, oder? Jedenfalls hatten mich diese Empfindungen derart absorbiert, dass ich von allem anderen fast nichts mitbekommen hatte, sondern das fröhlich-begeisterte Gelächter und Rufen meiner Klasse komplett in den Hintergrund gerückt war. Dann war irgendwann Motorgeheul bei mir angekommen, ein Gefühl der Verärgerung, das nicht von mir selbst stammte und das ich mir zunächst nicht erklären konnte, ein lauter Schrei, ein dumpfer Knall, Schwärze – und einen Moment später hatte ich mit nassen Haaren und einer feuchten Hundezunge im Gesicht auf dem Boden des Schlauchboots gelegen.

Auf dem Rückweg zur Marina hatten mir Yaku und Grace erklärt, was passiert war. Dass Noah und Tom, zwei Jungs aus meiner Klasse, mit einem Jetski angebraust gekommen waren – offenbar um einen auf dicke Hose zu machen – und dann die Kontrolle über ihr Gefährt verloren hatten. Was genau dahintersteckte, würde ich vielleicht noch erfahren, aber Reed, den ich noch nie so wütend erlebt hatte, wollte nichts sagen. Er hatte mich höchstpersönlich ins Bootshaus getragen, mich aus den Klamotten geschält und in das Bett verfrachtet, in dem es vor fast genau vier Wochen zu unserer ersten einschneidenden Begegnung gekommen war. Als er sich davon überzeugt hatte, dass ich okay und stabil war, hatte er sich um alles andere gekümmert. Er hatte dafür gesorgt, dass die Kinder allesamt gut nach Hause kamen, hatte sich Elliot Graham vorgeknöpft, den Betreiber von »Moby Tours« und Noahs Onkel, Kopien von sämtlichen Videoaufnahmen gemacht, sie der Polizei übergeben und schließlich Grace, Ollie und mich ins Auto gepackt und nach Hause gefahren. Dort hatte er seine Tochter und den Hund in die Obhut von Connor und Liam gegeben und mich in unser kleines Ortskrankenhaus verfrachtet, wo er gerade noch mit Papierkram beschäftigt war.

Er hatte nichts gesagt, aber ich konnte mir vorstellen, welcher Film bei ihm abgelaufen sein musste, als er sah, wie der führerlose Jetski in Richtung unseres Schlauchboots getrudelt war. Zweifellos musste er einen heftigen Flashback zum schrecklichen Unfall seiner Frau und seines Schwiegervaters gehabt haben – und vermutlich ging es ihm gerade viel schlechter als mir. Vielleicht sollte ich dafür sorgen, dass sie statt meiner Reed aufnahmen?

»Hey«, sagte er, als er nun in den Raum kam. Er lächelte, wirkte aber wirklich ziemlich erschöpft.

»Hey.«

Er trat näher und setzte sich auf einen Stuhl neben der Behandlungsliege. »Wie fühlst du dich? Haben die Ärzte schon was festgestellt?«

»Ganz okay. Viel gesagt hat die Ärztin noch nicht. Sie hat mir in die Pupillen geschaut, ein paar simple neurologische Tests gemacht und ein Pflaster auf den Kratzer geklebt. Dann hat sie mir Fragen nach meinem allgemeinen Befinden gestellt und mir Blut abgenommen. Aber ganz ehrlich, ich bin sicher, das hat sie nur getan, weil du vorhin so einen Aufriss veranstaltet hast. Mir geht's gut. Vielleicht nicht total prickelnd brillant, aber das ist nach den letzten Tagen ja kein Wunder. Können wir nicht einfach nach Hause, und du machst mir deine berühmten Bananen-Pancakes und eine heiße Schokolade?«

»Du bekommst alles, was du willst, sobald ich es schriftlich habe, dass mit dir alles in Ordnung ist.« Er drückte einen Kuss auf meinen Handrücken und schaute mich so eindringlich an, dass ich Tränen in seinen Augen schimmern sah.

»Oh, Reed, es ist wirklich alles in Ordnung«, beteuerte ich und setzte mich auf. Dabei wurde mir zwar wieder etwas schwindlig, aber ich wollte nicht, dass er mich hilflos auf einer Liege sah, die ihm wahrscheinlich wie die Bahre vorkam, auf der damals seine tote Frau gelegen hatte.

»Wenn dir oder Grace etwas passiert wäre – ich hätte es nicht überlebt«, sagte er heiser und die Tränen traten ihm über die Lider. Ich glitt nun vollständig von der Liege herunter, setzte mich auf seinen Schoß und nahm ihn in die Arme. »Ich hätte es definitiv nicht überlebt«, wiederholte er mit erstickter Stimme gegen meine Schulter.

Ich streichelte ihm beruhigend und tröstend über den Rücken. »Aber es ist ja nichts passiert«, raunte ich ihm ins Ohr. »Und uns wird auch nichts passieren.«

Ich wusste nicht, wie lange wir so dagesessen hatten, als die Ärztin irgendwann zurückkam. »Sorry fürs Warten«, rief sie, als sie mit Schwung den Untersuchungsraum betrat. »Huch. Pardon. Ich will nicht stören«, fügte sie hinzu, als sie uns wahrnahm.

Ich ließ Reed los, der sich die restlichen Tränen von den Wangen wischte und die Ärztin verlegen anlächelte. »Sie stören doch nicht«, sagte er, hob mich hoch und setzte mich wieder auf die Liege. »Ist denn alles in Ordnung mit Kiona?«

»Soweit ich es aus medizinischer Sicht bislang beurteilen kann, ja«, antwortete sie. »Alles andere liegt vermutlich im Auge des Betrachters.«

»Was heißt das?«, fragte er alarmiert, und auch ich fühlte mich plötzlich merkwürdig. Vermutlich hielt sie mich für bekloppt, weil ich ihr von meiner Verbindung zu den Walen erzählt hatte.

»Ich weiß, es klingt total irre, dass ich meine, mit den Walen kommunizieren zu können, aber ich glaube nicht, dass das für ernsthafte geistige Defizite steht«, fing ich an und stoppte sogleich wieder, als die Ärztin lachte.

»Nein, keine Sorge, das glaube ich auch nicht – auch wenn das wohl recht ungewöhnlich ist. Es ist nur ...« Sie druckste herum und blickte zu Reed. »Vielleicht sollten wir das unter vier Augen besprechen?«

»Was?« Ich sah Reed an und schüttelte dann den Kopf. »Nein, was immer es ist, er kann es erfahren.«

»Na ja, vermutlich sollte er das sogar«, entgegnete die Ärztin. »Sie sind nämlich schwanger.«

»Ich bin was?«, rief ich.

»Schwanger?«, krächzte Reed.

»Wir haben Ihnen doch Blut abgenommen. Standardmäßig führen wir bei allen Frauen im gebärfähigen Alter auch einen Schwangerschaftstest durch, damit wir wissen, ob wir gegebenenfalls Röntgenaufnahmen machen können. Demnach sind Sie eindeutig schwanger.«

»Aber wir haben doch immer verhütet«, murmelte ich schwach. Mal abgesehen davon, dass wir ohnehin noch nicht allzu oft miteinander geschlafen hatten. Das eine Mal nach der ersten Waltour vor vier Wochen und dann noch am Wochenende darauf. Seitdem nicht mehr.

»Hattest du nicht auch deine Tage?«, fragte Reed stirnrunzelnd.

»Ja. Ich denke schon.« Es war so viel passiert, dass ich auf solche Dinge gar nicht mehr geachtet hatte.

»Als ich neulich bei dir war, an diesem Mittwochabend«, half er mir auf die Sprünge. »Da hast du gesagt, du hättest Unterleibskrämpfe, die sich anfühlen würden, als käme deine Periode.«

»Stimmt. Das war vor gut zwei Wochen. Danach hatte ich eine leichte Blutung. Nur zwei Tage oder so ...« Ich sah erst ihn an, dann die Ärztin. Es musste eindeutig ein Irrtum vorliegen.

»Das könnte die Einnistungsblutung gewesen sein. Das gibt's bei manchen Frauen.«

»Puh.« Ich konnte es nicht fassen. Passierte das gerade eben wirklich?

»Wir können eine Ultraschalluntersuchung machen und nachsehen«, schlug sie vor und ich nickte mechanisch.

Sie führte Reed und mich in einen gynäkologischen Behandlungsraum und benachrichtigte eine Kollegin. Zehn Minuten später lag ich auf dem Untersuchungsstuhl und zuckte leicht zusammen, als mir die Ärztin den vaginalen Schallkopf einführte. Ich hielt Reeds Hand umklammert – oder er meine, ganz eindeutig ließ sich das nicht bestimmen. Plötzlich sah man eine runde, dunkle Struktur auf dem Monitor, und ich hörte die triumphierende Ansage der Ärztin: »Herzlichen Glückwunsch!«

Ich wusste nicht, was ich sagen oder auch nur denken sollte, Reed jedoch schon. »Müsste man nicht einen Herzschlag erkennen?«, erkundigte er sich.

»Den wird man nächste oder spätestens übernächste Woche sehen«, behauptete die Ärztin. »Ich schätze mal, dass Sie in der sechsten Woche sind. Kindliche Herztöne erfassen wir in der Regel erst ab der siebten Woche.«

»Aber wir hatten doch erst vor vier Wochen das erste Mal Sex«, rief ich. Das konnte ja wohl alles nicht stimmen.

»Doch, das kommt hin«, sagte Reed, ehe die Ärztin überhaupt zu einer Erklärung ansetzen konnte. »Eine Schwangerschaft rechnet man ab dem ersten Tag der letzten Blutung, und die dürfte wohl etwa zwei Wochen vorher stattgefunden haben.«

»Sie kennen sich aus«, lobte die Ärztin lächelnd. »Das ist vollkommen richtig.«

»Aber wir hatten doch ein Kondom ...« Ich sah verwirrt zwischen der Ärztin und Reed hin und her.

»Ich fürchte, das war abgelaufen«, gab er leicht zerknirscht zu, aber in seinen Augen breitete sich ein unglaubliches Strahlen aus. Verschwunden waren die Müdigkeit, die Erschöpfung und die Angst, die ich da vorhin noch gesehen hatte.

»Das kommt gelegentlich vor«, entgegnete die Ärztin amüsiert.

»Wow« war alles, was ich für den Moment hervorbrachte.

»Ist das nicht ein Wunder? Nach all dem, was in den letzten Wochen passiert ist?«, fragte mich Reed. »Kiona, wir bekommen ein Baby! Das ist die beste Nachricht seit sehr langer Zeit.«

Die Ärztin druckte das Foto von dem dunklen Fleck aus, der ein Baby werden sollte. »Gehen Sie nach Hause, und feiern Sie den aufregendsten Valentinstag Ihres Lebens. Noch mal herzlichen Glückwunsch. Kommen Sie in zwei Wochen zum nächsten Termin – oder natürlich jederzeit, wenn irgendetwas sein sollte.« Sie schüttelte erst mir, dann Reed die Hand und verschwand aus dem Behandlungsraum.

»Ich fass es nicht«, stammelte ich.

»Ich schon.« Reed zog mich hoch und schloss mich in die Arme. »Welches Kind kennt schon seinen genauen Zeugungstag?« Er grinste. »Also, außer Grace. Da war es übrigens ganz ähnlich. Überwältigt von einem intensiven Walerlebnis ...« Er schob mich ein Stück zurück und streichelte mir mit dem Handrücken über die Wange. »Das ist jetzt vielleicht ein Schock für dich, aber ich bin überzeugt, dass es Schicksal ist und absolut richtig.«

Ich hatte keine Ahnung, woher genau er seine Überzeugung nahm, aber ich merkte, dass sie für uns beide reichte. Ich vertraute ihm in dieser Hinsicht, wie ich ihm überhaupt in allem vertraute. »Ich liebe dich, Reed Archer«, sagte ich schließlich. »Und jetzt möchte ich gerne nach Hause, Pancakes essen und dann mit einer heißen Schokolade und dir auf dem Sofa kuscheln.«

NEUE TRADITIONEN

PORT MCNEILL, VANCOUVER ISLAND, 10. MAI – KIONA

»Es wird ein Mädchen!«, rief Grace begeistert zu Connor hinüber, der in seinem Garten den Rasen mähte. Ich hatte gerade den nächsten großen Ultraschall-Termin hinter mir, oder besser gesagt: *Wir* hatten ihn hinter *uns*! Dieses Baby war nämlich eindeutig eine Familienangelegenheit.

Ich wäre auch allein zu dieser Untersuchung gegangen, aber Grace hatte sich von ihrem Vater eine Entschuldigung für den Sportunterricht an diesem Nachmittag schreiben lassen, und Reed war extra früh aus Telegraph Cove zurückgekommen, um mit dabei zu sein. Mit unserem Baby-Mädchen war alles in bester Ordnung. Sie war altersgemäß entwickelt, auch wenn man mir die Schwangerschaft noch so gut wie gar nicht ansah, doch das konnte sich laut meiner Ärztin schlagartig ändern.

»Das ist großartig«, freute sich Connor, nachdem er

seinen Rasenmäher abgestellt hatte und zu uns herübergekommen war. Er drückte Grace an sich, die beinahe noch aus dem fahrenden Wagen herausgesprungen war, als sie Connor erblickt hatte. Dann kam er zu mir und umarmte mich, als sei ich aus zartestem Porzellan, und klopfte schließlich Reed auf die Schultern. »Habt ihr schon Namen?«

Reed und ich warfen uns einen kurzen Blick zu und fingen dann beide schallend an zu lachen. Die Namensfindung war in diesem Haushalt eine höchst komplizierte Angelegenheit, die jetzt womöglich etwas einfacher würde, da wir nun immerhin das Geschlecht kannten.

»Wenn das mit den beiden so weitergeht, wird meine kleine Schwester nur eine Seriennummer bekommen und keinen eigenen Namen«, sagte Grace augenrollend zu Connor.

»Wir werden schon noch einen schönen Namen für sie finden«, behauptete Reed, und ich lachte noch mehr. Er war nämlich derjenige, der jeden Vorschlag dutzendfach hinterfragte, nach Bedeutungen recherchierte und Alternativen suchte. So gesehen hatte Grace mit ihrer Einschätzung nicht ganz unrecht.

»Wenn Kiona und ich die Entscheidung treffen dürfen, dann ja«, mischte sich Grace grinsend wieder ein und zwinkerte mir zu.

Eine Welle von Zärtlichkeit erfasste mich. Ich hatte immer noch ab und zu Schwierigkeiten damit, die Tragweite des Ganzen zu begreifen, es war ja alles so irrsinnig schnell gegangen. Nicht nur zwischen mir und Reed, sondern auch mit Grace. Wenn ich daran dachte, wie wütend und ablehnend sie zunächst gewesen war und wie wir jetzt miteinander umgingen, grenzte das fast an ein Wunder. Es gab keine eindeutige Definition, die unser

Verhältnis beschrieben hätte, aber man musste es wohl nicht benennen. Ich glaubte, dass wir für den jeweils anderen eine große Lücke füllten und dass daraus etwas ganz Einzigartiges entstehen konnte.

Ich war tatsächlich direkt am Valentinstag bei den beiden eingezogen und nur noch einmal in meiner alten Wohnung gewesen, um meine Klamotten, Bücher und die restlichen persönlichen Habseligkeiten zusammenzupacken. Das hatte mich nicht mehr als einen Tag gekostet. Seitdem lebte ich mit den beiden und Ollie zusammen, und es fühlte sich an, als wäre es nie anders gewesen. Reed hatte mir sein Arbeitszimmer überlassen, da er seinen Jobkram ohnehin fast ausschließlich im Büro von »Scott's Spout Scouts« in Telegraph Cove erledigte und auch seine Doktorarbeit endlich so gut wie fertig war. Grace begleitete mich oft in meine Werkstatt, und ich war hingerissen von ihrem Talent.

Nach den ersten Wochen, die ein vorsichtiges gegenseitiges Abtasten gewesen waren, hatten wir inzwischen regelrechte Familienroutinen entwickelt und ich genoss jede Sekunde davon. Selbst als meine Mutter noch gelebt hatte, hatten wir das kaum gehabt, weil sie ja ständig gearbeitet hatte, um uns über Wasser zu halten. Dieses Gefühl der Zugehörigkeit, der Gemeinschaft war einfach nur berauschend – und ich genoss meine Zeit allein mit Grace fast genauso wie die mit ihrem Vater. Reed hatte nicht übertrieben, als er sich selbst scherzhaft als guten Fang anpries. Er war der perfekte Hausmann, aber da wir diese Pflichten jetzt einigermaßen gerecht durch drei teilten, hatte er auch mehr Zeit und Muße für andere Dinge, wovon aber vorwiegend ich profitierte ...

Natürlich belastete mich die Erkenntnis, dass Craig Albright mein leiblicher Vater und der Mörder meiner

Mutter war. Es würde mit Sicherheit auch noch eine ganze Zeit lang dauern, bis dieser Schmerz endgültig nachließ – falls es überhaupt jemals geschah. Aber es half ungemein, dass ich jetzt eine eigene Familie hatte, die mir so viel Liebe und Geborgenheit schenkte, wie ich sie noch nie gehabt hatte. Dafür war ich unendlich dankbar. Als der Skalp meiner Mutter aus der Pathologie zurückgekommen war, hatten wir ihn verbrannt, waren mit der Asche aufs Meer hinausgepaddelt und hatten sie dort verstreut. In Anwesenheit der Orcas hatte sie ihren Frieden gefunden, da war ich mir ganz sicher.

Überhaupt war ich während der letzten Wochen oft mit dem Kajak unterwegs gewesen. Meine Angst war vollkommen verflogen – im Gegenteil, diese Trips gaben mir immer besonders viel Ruhe und inneren Frieden. Ich war zwar längst nicht so gut beim Aufspüren der Wale wie Yaku, aber ich wurde besser und konnte mich mit dieser Fähigkeit in den nächsten Jahren sicherlich nützlich machen. Zu tun gab es nämlich genug.

Nach dem Jetski-Unfall am Valentinstag hatte Elliot Graham seine Lizenz verloren und durfte keine Touren mehr anbieten. Reed hatte sich in Telegraph Cove mit einem weiteren seriösen Anbieter zusammengeschlossen und Elliots Slots gekauft, damit nicht der nächste ausschließlich kommerziell orientierte Veranstalter reingrätschte. In Tofino hatten er und seine Geschäftspartnerin Esther Johnson das Gleiche getan. Es war ein großes finanzielles Risiko, aber sie hatten ein solides Konzept, und die aktuelle Saison ließ sich gut an. Und wenn alle Stricke rissen, gab es ja immer noch mein Einkommen. Rhonda hatte mich letzte Woche gefragt, ob ich mir vorstellen könnte, zum Start des übernächsten Schuljahres den Posten der stellvertretenden Direktorin zu übernehmen und in paar Jahren vielleicht sogar ihren eigenen Job als Schulleiterin. Ich war wirklich gerne Lehrerin und hatte das Gefühl, zumindest bei meinen Schülern etwas bewirken zu können.

Meine Rede damals hatte hohe Wellen geschlagen. Nicht alle fanden gut, wofür ich mich einsetzte, aber viele hatte ich zum Nachdenken gebracht. Die Schülerinnen und Schüler engagierten sich nun nicht nur in der »Fridays for Future«-Bewegung, sondern versuchten auch ein menschliches, offenes Klima in der Schule und bei ihren Freizeitaktivitäten einzubringen. Das war ein verdammt gutes Gefühl – und ich war stolz auf die Kinder. Und auch auf mich selbst, weil ich den Mut aufgebracht hatte, meine Stimme zu finden.

»Wenn schon nicht auf den Namen für euer Kind, habt ihr euch dann wenigstens schon auf einen Hochzeitstermin geeinigt?«, wollte Connor wissen.

»Wir arbeiten daran.« Reed warf mir einen Seitenblick zu, denn in diesem Punkt war ich diejenige, die nicht so mitzog, wie er sich das vorstellte.

»Mir ist es halt nicht so wichtig«, sagte ich. »Ich brauche keinen Trauschein, um mich als Paar zu fühlen. Wir sind auch so eine Familie, aber Reed ist in dieser Hinsicht der totale Spießer.«

»Damit kann ich leben. Ich bin sehr gerne ein Spießer, und ich will dich auf jeden Fall vor der Geburt unseres Babys heiraten!«

»Dann leg doch bitte einfach einen Termin fest«, bat ich seufzend. Dieses Gespräch führten wir schon zum x-ten Mal. »Wir können auch auf der Stelle ins Rathaus gehen und die Papiere unterschreiben, wenn es dir so wichtig ist.«

»Ich will nicht einfach nur Papiere unterschreiben.

Ich will meine Familie dabeihaben, unsere Freunde und ...«

»... am liebsten die halbe Welt«, beendete ich seinen Satz. »Ich weiß. Und ich mache da sehr gerne mit. Aber es ist Hauptsaison bei dir, und du weißt selbst, dass du eigentlich gar keine Zeit hast und nie einen Termin finden wirst, der für die halbe Welt, unsere Freunde und die Familie passt.«

»Was ihr braucht, ist ein Hochzeitsplaner«, mischte sich Connor ein.

»Von denen es in Port McNeill ja so viele gibt«, brummte Reed und ging zum Briefkasten.

»Nicht offiziell, aber ihr bekommt das beste Team, wenn ihr wollt. Liam, Grace und ich planen den perfekten Tag für euch. Wir brauchen nur noch euer Okay.«

»Sagt einfach Ja«, rief Grace und hibbelte aufgeregt herum – offenbar hatten die beiden das schon länger geplant und nur auf eine gute Gelegenheit gewartet.

»Ja, ich will!«, erwiderte ich grinsend. »Gebt mir einfach Bescheid, wann ich wo sein muss und was ich anziehen soll.«

»Du bist die unromantischste Frau, die ich kenne.« Reed war mit einem Stapel Post zurückgekommen. »Aber die Idee finde ich toll. Connor, Grace – ich wäre euch ebenfalls sehr dankbar, wenn ihr das alles übernehmen könntet.« Er runzelte die Stirn, als er einen schönen, cremefarbenen Umschlag zwischen all den Rechnungen und der Reklame hervorzog. »Was ist das?«

»Sieht nach einer Hochzeitseinladung aus«, befand Connor mit Kennerblick.

»Von meinem Dad?« Reed hatte den Absender

gelesen und klang halb bewundernd, halb schockiert. »Das ging ja fix.«

»Na ja, bei euch ging's noch schneller«, sprang Grace ihrem Großvater bei. »Oder glaubt ihr, dass Joanne auch schwanger ist?«

»Unwahrscheinlich, sie ist schon Anfang fünfzig. Aber wundern würde mich auch schon nichts mehr ...« Er öffnete den Umschlag und zog eine Karte hervor, die er aufklappte und las. Ein Lächeln breitete sich auf seinem Gesicht aus. »Keine Hochzeit, aber eine wirklich schöne Einladung.« Er reichte mir die Karte, und ich las vor:

Lieber Reed,
das letzte Jahr ist für uns Archers mehr als turbulent zu Ende gegangen – und das neue ging genauso wild weiter. Zu meiner großen Freude haben wir alle fünf die Liebe gefunden, etwas, was sich deine Mutter von Herzen für uns gewünscht hat. Wir haben uns Zeit gelassen, bis wir ihren letzten Wunsch erfüllen konnten, aber nun ist es endlich so weit, und das macht mich sehr, sehr glücklich.
Wenn es je einen Anlass für ein Familienfest gegeben hat, dann ist es doch dieser, oder? Aus diesem Grund lade ich dich, Grace und Kiona ein, am Geburtstag deiner Mutter Megan mit mir, all deinen Geschwistern und allen neuen Partnern in Victoria die Liebe und unsere Familie zu feiern. Vielleicht entsteht daraus ja eine neue Tradition? Ich würde mir das sehr wünschen. Seid ihr dabei?
Love, Dad

Mir traten vor Rührung spontan Tränen in die Augen. Die verdammten Schwangerschaftshormone brachten mich ständig zum Weinen, doch diese Einladung ging mir wirklich ans Herz. Ich hatte inzwischen schon alle Familienmitglieder kennengelernt, aber bislang nur einzeln. Ich hoffte, dass auch Easton und Nora die Einladung und das väterliche Friedensangebot annahmen. »Das ist absolut wundervoll«, sagte ich schniefend. »Natürlich fliegen wir hin, oder?«

»Wann ist das?«, wollte Connor wissen. »Dann könnten wir ja gleich eure Hochzeit mitfeiern – wenn schon die ganze Archer-Sippe beisammen ist.«

»Am 16. Mai, also diesen Sonntag«, sagte Reed und schüttelte den Kopf. »Aber da heiraten wir auf keinen Fall. Da feiern wir einfach nur den Geburtstag meiner Mom und hoffentlich die Wiederauferstehung unserer Familie.«

ENDE

Willst du wissen, wie es mit Kiona, Reed und Grace weitergeht? Dann besuche mich auf meiner Website unter www.carinmueller.de/lagekm für eine kostenlose, recht ausführliche Bonusszene.

DIE »INSEL DER WALE«-ROMANE

Die Reihe besteht bislang aus drei Teilen, allerdings drängeln sich Ideen für weitere Romane immer weiter nach vorne in meinem Kopf. Es könnte also bald Nachschub geben. Abonniere dafür am besten mein »Dienstags-Update«, in dem ich alle vierzehn Tage über Neuigkeiten aus meinem Autorinnen-Leben und über neue Bücher informiere.

Direkt zum Dienstags-Update: https://carinmueller.-de/newsletter/leser-post

BISHER ERSCHIENEN:

Lebe, als gäbe es kein Morgen

Zwei Menschen, eine Leidenschaft: Orcas! Aber reicht das, um die tiefen Wunden beider zu heilen?

. . .

Wale sind Reed Archers große Leidenschaft und zusammen mit seiner dreizehnjährigen Tochter Grace sein ganzer Lebensinhalt. Nach einem tragischen Schicksalsschlag fühlt er sich endlich bereit für eine neue Liebe.

Wenn die Vergangenheit nicht ruhen will, können Rückschritte auch Fortschritte sein. Kiona Brooks will zurück in ihrer Heimat endlich alte Wunden heilen und herausfinden, was genau die Orcas ihr zu sagen haben.

Eine abenteuerliche Kajak-Tour zu den Walen vor der winterlichen Küste Vancouver Islands schweißt die beiden auf unwiderstehliche Art zusammen. Doch wollen sie auch dasselbe?

Ein winterlicher Liebesroman voller Gefühl und mit wichtigen Themen – fesselnd, bewegend und fürs Herz.

Lausche den Klängen deiner Seele

Von neugierigen Walen, hungrigen Bären und einer Herausforderung namens Liebe

Was denn noch alles?

Wal-Saison im malerischen Tofino. Für die lebensfrohe Esther Johnson kommen zur Sorge um ihre gehörlosen

Kinder und dem Rosenkrieg mit ihrem Ex auch der Schuldenberg ihres Whale-Watching-Unternehmens dazu.

Sie trifft Dominic Gordon, der augenscheinlich nicht zur Erholung hierhergekommen ist. Gleichermaßen fasziniert und irritiert, ahnt sie nichts von den Herausforderungen, die der erfolgreiche Software-Entwickler zu überwinden hat. Eine gereizte Bärenmutter ist noch die Geringste davon ...

Esther und Dominic hätten eine Chance auf Glück – doch was ist der Preis dafür? Sind sie bereit, ihn zu zahlen?

Eine mitreißende Geschichte vor der atemberaubenden Kulisse Vancouver Islands – mit imposanten Walen, hungrigen Bären und einer großen Erkenntnis: Man hört nur mit der Seele gut.

Wandere auf unerforschten Pfaden

Verspielte Delfine, schützende Tätowierungen und der Beginn einer unerwarteten Liebe.

Kann man vor dem Leben davonlaufen?

Yuma Solano ist auf der Flucht – vor der Angst. In Tofino kommt sie endlich zur Ruhe und mit der Entspannung kehrt nach Jahren auch ihre Kreativität zurück. Schiffe, Wellen und Wale bevölkern ihr Skizzenbuch – und eines Tages auch die seelenvollsten Augen, die sie jemals gesehen hat.

Die gehören Nalu Kalakaoa. Der hawaiianische Seebär weiß auf den ersten Blick, dass Yuma sein Schicksal ist, doch mit ihrer Geheimnistuerei kann er nicht umgehen. Seine eigenen Narben trägt er offen und mit eindrucksvollen Tätowierungen verziert.

Beide wissen, dass der erste Schritt in ein neues Leben der härteste ist, doch auf Vancouver Island wird ihnen klar: Man kann auch ankommen, wenn man unterwegs ist!

Eine außergewöhnliche Geschichte über die Überwindung von Ängsten und die Magie der eigenen, inneren Kraft.

Weitere Geschichten ab 2025!

ANMERKUNGEN

INDIGENE KULTUR

Die indigene Bevölkerung in Kanada bezeichnet sich selbst als »First Nations«, also als erste Nationen. Ich habe den englischen Begriff einige Male erwähnt, es aber vermieden, zu stark den Fokus darauf zu lenken, weil er hierzulande nicht flächendeckend bekannt ist. Die deutsche Übersetzung »erste Nationen« sorgte in einigen Tests ebenfalls für Irritation unter den LeserInnen, weshalb ich darauf verzichtet habe.

Nicht abschließend klären konnte ich, ob die Bezeichnung »Stamm« in Ordnung geht. Auf kanadischen Websites bezeichnen sich die Angehörigen der unterschiedlichen Gruppen wechselweise als zugehörig zum »tribe« oder zur »nation« der XYZ.

Craig spricht einige Male sehr abfällig von »Indianermädchen« (vgl. u. a. das Kapitel »Schulstreik«)

oder überhaupt von »Indianern«. In Kanada und den USA ist diese weiße Fremdbezeichnung für die indigene Bevölkerung ein vergleichbares Unwort wie »N**er« und wird streng vermieden. Selbst ein massiv rassistischer Mann wie Craig würde dort wohl kaum in der Öffentlichkeit von »Indianermädchen« sprechen – auch und schon gar nicht in seiner Funktion als Lehrer. Das würde ihn mit ziemlicher Sicherheit den Job kosten. Mutmaßlich würde er derart explizite Äußerungen nur hinter vorgehaltener Hand von sich geben und sich in öffentlichen Situationen eher passiv-aggressiv zeigen. Ich habe es ihn trotzdem sagen lassen, um das Ausmaß seines Hasses drastisch und plakativ genug darzustellen.

Den Stamm der Kwakwaka'wakw gibt es tatsächlich. Er ist im Norden von Vancouver Island ansässig. Laut meinen Recherchen spielen Wale, konkret auch Orcas, eine große Rolle für diese Bevölkerungsgruppe. Die Ehrenbezeichnungen »Walmann« und »Walfrau« habe ich jedoch frei erfunden. Womöglich gibt es sie auch in Wirklichkeit, aber für meine Geschichte entspringen sie rein meiner Fantasie (vgl. Kapitel »Walverwandtschaften«).

Ähnliches gilt für die Bedeutung der »spirituellen Begleiter« und/oder »Krafttiere«. Ich weiß, dass diese Wesen in vielen indigenen Kulturen eine große Rolle spielen, habe jedoch keine Ahnung, ob ich die Begrifflichkeiten richtig gebraucht/interpretiert habe. Die Idee dahinter, dass jeder Mensch einen metaphysischen Begleiter in Tiergestalt hat, finde ich jedoch wundervoll und hoffe, dass ich sie respektvoll und angemessen dargestellt habe.

Yaku ist eine (zumindest von mir gewählte) Abkürzung des Kwakwaka'wakw-Namens Yakuglas. Ein Träger dieses Namens war Charlie James, ein bekannter Holzschnitzer und Maler. »Yaku« bedeutet auch in der Cusco-Quechua-Sprache »Wasser«, was ich so schön fand, dass ich mich für diesen Namen entschieden habe, auch wenn diese Sprache nur in Südamerika und sicher nicht auf Vancouver Island gesprochen wird.

DANKE

Manchmal verändern sich Gewissheiten von heute auf morgen, manchmal ist es ein schleichender Prozess. Vor einem Jahr hätte sich niemand vorstellen können, wie es sich anfühlt, mit einer Pandemie zu leben. Anfang des Jahres war ich mir auch noch ganz sicher, erst einmal kein Selfpublisher-Projekt mehr zu wagen. Doch Dinge ändern sich. Auch Menschen und Beziehungen ändern sich. Das ist manchmal sehr schmerzhaft, aber diese Veränderungen machen auch Platz für Neues.

Vor diesem Hintergrund ist »Lebe, als gäbe es kein Morgen« entstanden – eine Geschichte, in der ich einige Herzensangelegenheiten thematisiert und Neues gewagt habe (z.B. zum ersten Mal die Ich-Form als Erzählperspektive). Gleichzeitig ist etwas geschehen, das mich sehr erschüttert hat. Ich weiß nicht, ob das Projekt dafür der Anlass war oder nur einen bereits unerkannt bestehenden tiefen Graben offengelegt hat. Ich weiß nur, dass es mich traurig macht.

Trotzdem nimmt »Lebe, als gäbe es kein Morgen« einen ganz besonderen Platz in meinem Herzen ein, denn ich habe dabei viel über Wagnisse und Mut gelernt. Ein wichtiger Mensch in meinem Leben bezeichnet diesen Roman sogar als meinen bislang besten – wofür ich sehr dankbar bin und auch ein bisschen ungläubig ...

Eine Sache aber hat sich glücklicherweise über all die

Jahre nie geändert: der Zuspruch und die Begeisterung meiner wundervollen Leserinnen! Vielen, vielen Dank dafür – ihr seid einfach die Besten!

Aber auch sonst gibt es einige Menschen, denen ich danken möchte:

Ich danke meiner wundervollen Kollegin Sarah Saxx, die mich auf diese Reise nach Vancouver Island begleitet hat – mit Rat, Tat, dem traumhaften Cover und ihrer eigenen Geschichte »Liebe, als wäre dein Herz nie gebrochen«, die wunderschön geworden ist.

Vielen Dank an Barbara Gehrung für den grandiosen Namen »Spout Scouts«! Am liebsten würde ich selbst ein Walbeobachtungsunternehmen mit diesem Namen gründen.

Ein riesengroßes Dankeschön geht an meine Beta-Leserinnen Kirsten Höhn, Tanja Hoff, Tina Slotty und Ulla Leuwer für eure mutmachenden Kommentare zur Rohversion.

Vielen Dank meinem kleinen, aber feinen Team an Buchbloggerinnen und Stammleserinnen, die mit mir mitfiebern und mich nach Kräften unterstützen. Ihr seid so toll!

Tausend Dank an Micha Goebig, die das Sensitivity Reading übernommen und mich mehr als einmal mit sicherer Hand von ganz dünnem Eis gezogen hat.

Ich danke – wie so oft in den letzten Jahren – meiner unbeirrbaren, aber liebevollen Lektorin Julia Funcke. Ohne dich will ich einfach kein Buch mehr machen!

Weil ich dennoch zum Verschlimmbessern neige, hat mir Veronika Schlotmann-Thiessen ihre unbestechlichen Adleraugen geschenkt und die allerletzten Fehler ausgemerzt. Tausend Dank dafür!

Last but not least danke ich noch Jan und Toni,

meinen zweibeinigen und vierpfotigen Lieblingen – ohne euch wäre alles sinnlos!

PS: Weil mich fast alle Vorableser darauf angesprochen haben: Ich muss gestehen, dass ich weder die Twilight-Bücher gelesen, noch die Filme gesehen habe ...

Noch ein PS: Zweifellos habe ich wieder einige Menschen vergessen, ohne die es diesen Roman nicht gäbe – verzeiht mir bitte! Ihr mögt zwar nicht in diesen Zeilen verewigt sein, in meinem Herzen habt ihr trotzdem einen besonderen Platz.

UPDATE JANUAR 2024:

Ich freue mich, dass meine »Insel der Wale«-Reihe so viele Menschen begeistert. Der Grund für die Neuauflage mit frischen Covern ist der Tatsache geschuldet, dass es vermutlich 2025 mit der Reihe weitergehen wird. Allerdings in anderer Form als ursprünglich angedacht. Vielleicht ist dir auch aufgefallen, dass außen nicht nur Charlotte Taylor als Autorin genannt ist, sondern auch Charlotte McGregor. Mal abgesehen davon, dass die beiden ohnehin identisch sind, passt die Geschichte deutlich besser in das »McGregor«-Universum als zu »sexy Taylor«.

In meiner ursprünglichen Danksagung spreche ich von einem Ereignis, das mich sehr traurig gemacht hat. Ich darf nun berichten, dass wieder alles gut ist. Manchmal heilt Zeit eben doch alle Wunden. Dafür bin ich sehr dankbar. Auch für die offene Aussprache.

Ich möchte hier auch ganz besonders Sabine Albrecht erwähnen, die die wunderbaren neuen Outfits für die Reihe erschaffen hat. Vielen Dank dafür – sie sind grandios.

WER IST CHARLOTTE?

Charlotte Taylor und Charlotte McGregor, die beide als Autorin auf dem Cover genannt werden, sind ein und dieselbe Person, die im wahren Leben Carin Müller heißt.

Doch wie es in der Buchwelt manchmal so Usus ist, wollen Verlage für Geschichten, die im Ausland spielen gerne einen passenden Autorennamen auf den Umschlag schreiben. So entstand zunächst Charlotte Taylor, deren Geschichten vor allem in den USA und in Kanada spielen und später Charlotte McGregor, deren Herz vorwiegend »very british« schlägt und auch vor komplexeren Themen nicht zurückschreckt.

Immer aber geht es um die Liebe. Mal prickelt sie, mal ist sie voller Dramatik – aber nie selbstzweckhaft, denn neben dem schönsten Gefühl der Welt, gibt es immer auch andere Themen die im Fokus stehen. Das können persönliche Schicksalsschläge und Lebenskrisen sein oder auch Stoffe von gesellschaftlicher oder globaler Bedeutung. Auch wenn die Geschichten gerne mal komplexer sind, kommen sie doch immer leicht und optimistisch daher, damit die Leser:innen am Ende mit einem glücklichen Lächeln das Buch zuklappen.

facebook.com/autorinnen.wg
instagram.com/charlotte.autorin

MEINE BÜCHER

VERÖFFENTLICHUNGEN ALS CHARLOTTE MCGREGOR:

- »Ein Sommer in Kirkby« – 2020, SP
- »Highland Hope – Ein Bed & Breakfast für Kirkby« – 2021, Heyne Verlag
- »Highland Hope – Ein Pub für Kirkby«, 2021 – Heyne Verlag
- »Highland Hope – Eine Destillerie für Kirkby« – 2021, Heyne Verlag
- »Highland Hope – Eine Bäckerei für Kirkby« – 2022, Heyne Verlag
- »Island Dreams – Der Garten am Meer« – 2022, Heyne Verlag
- »Die Glückskuh von Kirkby« – 2022, SP
- »Highland Happiness – Geschichten aus Kirkby« – 2022, SP
- »Highland Happiness – Die Weberei von Kirkby« – 2023, SP
- »Robin – High in the Sky« – 2023, SP (Wiederveröffentlichung des gleichnamigen Romans aus 2018)
- »Highland Happiness – Die Töpferei von Kirkby« – 2023, SP
- »Highland Happiness – Das Herrenhaus von Kirkby« – 2023, SP
- »Insel der Wale – Lebe, als gäbe es kein Morgen« – 2024, SP (Wiederveröffentlichung des gleichnamigen Romans aus 2020)

- »Insel der Wale – Lausche den Klängen deiner Seele« – 2024, SP (Wiederveröffentlichung des gleichnamigen Romans aus 2021)
- »Insel der Wale – Wandere auf unerforschten Pfaden« – 2024, SP (Wiederveröffentlichung des gleichnamigen Romans aus 2021)
- »Highland Happiness – Die Schreinerei von Kirkby« – 2024, SP
- »Highland Happiness – Die Schmiede von Kirkby« – 2024, SP

VERÖFFENTLICHUNGEN ALS CHARLOTTE TAYLOR:

- Die Reihe »Hot Chocolate« – 18 Titel, ab 2015, Bastei Lübbe
- »San Francisco Millionaires Club – Ian« – 2017, SP
- »San Francisco Millionaires Club – Derek« – 2017, SP
- »Robin – High in the Sky« – 2018/2023, SP
- »San Francisco Millionaires Club – Dan« – 2019, SP
- »San Francisco Millionaires Club – Sammelband: Ian, Derek, Alistair, Dan« – 2020, SP
- »Lebe, als gäbe es kein Morgen« – 2020/2024, SP
- »Lausche den Klängen deiner Seele« – 2021/2024, SP
- »Wandere auf unerforschten Pfaden« – 2021/2024, SP
- »L.A. Roommates 1 – Prickelnde Nächte und heiße Flirts« (Wiederveröffentlichung Teil 1 der »Hot Chocolate«-Geschichten) – 2022, Bastei Lübbe
- »L.A. Roommates 2 – Wilde Herzen und süße Verführung« (Wiederveröffentlichung Teil 2 der »Hot Chocolate«-Geschichten) – 2022, Bastei Lübbe

Veröffentlichungen als Carin Müller:

- »Mopsküsse« – 2009, Goldmann
- »High Heels & Hundekuchen« – 2012, Goldmann
- »Gefühlte Wahrheit – 2014, SP
- »Hundstage« – 2014, SP
- »Problemzonen« – 2015, SP
- »Tage zwischen Ebbe und Flut« – 2016, Droemer Knaur
- »Hugo's Affairs – Wie war das mit den zauberhaften Anfängen?« – 2022, SP (Wiederveröffentlichung von »Mopsküsse«)
- »Hugo's Affairs – Wenn es nicht gut ist, ist es nicht das Ende!« – 2022, SP (Wiederveröffentlichung von »High Heels und Hundekuchen«)

Veröffentlichungen als Nirac Rellum:

- »Außenmission auf Kaipas V« – 2015, SP
- »Ferien auf Tarkanus X« – 2017, SP

Einen kompletten Überblick über meine Romane – inklusive Cover und Klappentexte findest du auch hier in meinem Katalog. https://carinmueller.de/katalog